MATTHIAS P. GIBERT

Tödliche Hetze

MATTHIAS P. GIBERT

Tödliche Hetze

Thilo Hains 4. Fall

GMEINER

Immer informiert

Spannung pur – mit unserem Newsletter informieren wir Sie regelmäßig über Wissenswertes aus unserer Bücherwelt.

Gefällt mir!

Facebook: @Gmeiner.Verlag
Instagram: @gmeinerverlag
Twitter: @GmeinerVerlag

MIX
Papier aus verantwortungsvollen Quellen
FSC® C014496

Besuchen Sie uns im Internet:
www.gmeiner-verlag.de

Im Ehnried 5, 88605 Meßkirch
Telefon 07575/2095-0
info@gmeiner-verlag.de

1. Auflage 2020

Lektorat: Sven Lang
Herstellung: Mirjam Hecht
Umschlaggestaltung: U.O.R.G. Lutz Eberle, Stuttgart
Druck: GGP Media GmbH, Pößneck
Printed in Germany
ISBN 978-3-8392-2764-0

Personen und Handlung sind frei erfunden.
Ähnlichkeiten mit lebenden oder toten Personen
sind rein zufällig und nicht beabsichtigt.

0

Thilo Hain spürte die Schmerzen wie durch eine Nebelwand. Eine wabernde, dichte Nebelwand. Sein Gehirn erfasste das pochende und quälende Stechen aus der Schulter lediglich wie in Zeitlupe. Sein gesamter Körper zitterte vor Schmerzen.

Noch einmal versuchte er sich aufzurichten, konnte jedoch auch dieses Mal nichts gegen die Handschellen ausrichten, mit denen er an den weiß lackierten Heizkörper gefesselt war. Seine eigenen Handschellen. Sein ausgelaugter und blutender Körper sank zurück auf den Dielenboden. Hain dachte an seine beiden Söhne. Dachte an Carla, seine Frau. Alles in ihm schrie danach, stark zu bleiben, durchzuhalten, um sie wiederzusehen, und gleichzeitig hatte der Hauptkommissar das Gefühl, als würde das Leben sich mit jeder verrinnenden Sekunde ein wenig mehr aus ihm zurückziehen.

Er schrie so laut es ihm möglich war auf, brüllte gegen die dröhnende Musik aus den beiden großen Lautsprecherboxen auf der anderen Raumseite an, doch er wusste, dass auch dieser Versuch im Ansatz zum Scheitern verurteilt war.

Erneut wandte er den Kopf nach rechts und fixierte die sanft flackernde Flamme der etwa vier Meter entfernt auf einem Tisch stehenden Kerze. Dann, nach einer gefühlt endlos scheinenden Zeit, hob er den Kopf und sah hinauf zur Decke. Auf einem quer verlaufenden Stahlträger konnte er schemenhaft die rote Elf-Kilo-Propangasflasche erkennen. Hain wusste, dass das aus der Flasche austretende Gas langsam zu Boden sank und dass es nur eine Frage der Zeit war, bis sich um die brennende Kerze ein zündfähiges Gemisch gebildet hatte.

Wahrscheinlich wird die Explosion so gewaltig, dass hier nicht eine Mauer stehen bleibt, dachte er. *Na ja, wenigstens sollte es schnell gehen.*

Kurz durchzuckte den Polizisten die Frage, woran er eigentlich sterben würde, wenn es zum großen Knall kam, doch diese komplett irre Aufgabenstellung konnte er zum Glück genauso schnell aus seinem Kopf vertreiben, wie sie gekommen war.

Scheiße, dachte er. *Ich werde hier verrecken, ohne auch nur den Hauch einer Chance zu haben, mich von denen, die mir wirklich etwas bedeuten, verabschieden zu können.*

Dieser Gedanke fügte unter die rasende Angst in ihm eine gehörige Portion Wut hinzu. Mit Tränen in den Augen rüttelte er an den Handschellen, bog den gesamten Körper wegen der schlagartig wieder aufkeimenden Schmerzen durch und schrie erneut laut auf.

»Nein«, brüllte er. »Verdammt noch mal, nein!«

1

Kassel, ein paar Tage zuvor

Pia Ritter sah ein weiteres Mal auf die beiden violetten Streifen in den Sichtfenstern des weißen Plastiksticks in ihrer rechten Hand. Die junge Oberkommissarin holte tief Luft, kräuselte die Stirn und zog ihren Slip hoch.

»Puh, das scheint ja eine wirklich schwere Geburt gewesen zu sein«, bemerkte ihr Freund Dominik vielsagend. Er saß grinsend in der Küche am gedeckten Frühstückstisch und las etwas auf dem Tablet.

»Womit wir bereits mitten im Thema sind«, erwiderte Pia leise und legte den Schwangerschaftstest vor ihm ab.

Er warf einen kurzen Blick darauf, nickte, stand auf und nahm sie sanft in den Arm. »Geil. Ich hatte schon befürchtet, dass deine Kratzbürstigkeit der letzten Tage etwas mit deiner Persönlichkeit zu tun hätte.«

Pia machte sich ein wenig frei von ihm. »Aber das würde bedeuten, dass wir Eltern werden, Dominik. Dass wir … dass du und ich …«

Er legte ihr den rechten Zeigefinger auf den Mund. »Das Einzige, was wir jetzt entscheiden müssen, ist, ob wir heiraten wollen, alles andere wird ganz sicher großartig. Und krieg jetzt bitte, bitte keinen Schiss. Du weißt, wie sehr ich mir ein Kind mit dir gewünscht habe und wünsche, Pia.«

»Wir kennen uns gerade mal ein knappes Jahr. Da musst

du schon verstehen, dass ich ein bisschen Schiss kriege bei dem Gedanken an ein … gemeinsames Kind.«

»Ja, ich weiß. Du bist nun mal, was unsere Beziehung angeht, eine echte Hosenscheißerin. Aber wie es ausschaut, wirst du dich dieses Mal wohl entscheiden müssen.« Er küsste sie liebevoll auf den Mund, griff nach dem Teststäbchen und hielt es ihr vor die Nase. »Ich jedenfalls freue mich auf unser Kind. Und auf das Leben mit dir, wenn du es uns denn zulassen solltest.«

Pia Ritter zögerte einen kurzen Moment, holte tief Luft und fing an zu lachen. Erst sehr zögerlich, dann jedoch immer lauter und schließlich aus vollem Hals. »Ich werde Mutter, verdammt noch mal. Ich werde Mutter.«

»Ja. Und ich weiß, dass du eine tolle Mutter sein wirst. Und ich verspreche dir, dass ich alles daran setzen werde, ein ebenso toller Vater zu sein.« Seine Hände schoben sich unter ihr Schlafshirt, das sie immer noch trug. »Und jetzt würde ich total gern noch mal mit dir rüber ins Schlafzimmer gehen. Über Verhütung müssen wir uns, wenn ich es recht betrachte, derzeit ja keine Sorgen machen, oder?«

»Als ob uns das Thema in den letzten Monaten irgendwie beschäftigt hätte«, erwiderte die werdende Mutter grinsend und schob ihren Freund Richtung Bett.

2

Andreas Bader konnte sich an keinen einzigen Tag seines Lebens erinnern, an dem er nicht vom Hass zerfressen gewesen wäre. Abgrundtief vom Hass zerfressen. Menschen, Dinge, Begebenheiten oder auch Begegnungen, alles hatte er gehasst und hasste es noch immer. Seinen Nachbarn etwa, diesen Großkotz mit dem dicken Porsche-SUV. Oder die Altparteien, die sich immer nur für die verschissenen Flüchtlinge einsetzen. Aber am meisten hatte er immer seinen eigenen Namen gehasst.

Andreas Bader.

Wer, verdammt noch mal, will denn genau so heißen wie eine linke Terroristendrecksau? Gut, die feige Ratte, die sich selbst erschossen hatte, hatte einen Vokal mehr im Nachnamen, aber was bedeutete in diesem großen Zusammenhang schon ein einzelner Buchstabe?

Nichts bedeutete der. Rein gar nichts.

Was war er schon in der Schule gehänselt worden für diesen Namen. Und wie oft hatte er seinem Vater, der ja dafür die Verantwortung trug, die Pest dafür an den Hals gewünscht.

War ja dann auch so gekommen. Zwar keine Pest, aber immerhin Krebs. Sechs Monate, dann war er hinüber gewesen. Und Andreas hatte nicht eine Träne vergossen. Warum auch? Der Typ hatte schon Jahre vor seinem Tod nichts mehr mit ihm zu tun haben wollen.

Hoffentlich ist er richtig elendig verreckt! Hat gelitten wie ein Schwein, mit fiesen Schmerzen und so.

Jahrelang hatte er sich jeden Tag aufs Neue vorgenommen, eine Namensänderung in Angriff zu nehmen. Andreas Bauer hatte er heißen wollen, Andreas Bauer klang viel deutscher und auch viel harmloser als Andreas Bader. Aber es war nie dazu gekommen, er hatte es einfach nicht auf die Reihe gebracht. Wie bei so vielem anderen hatte er auch diesen Vorsatz nicht in die Tat umgesetzt.

Er wischte sich den Schweiß von der Stirn, presste den Lederhandschuh noch etwas fester um den Griff des Baseballschlägers in seiner rechten Hand und lugte aus dem Gebüsch.

Wo bleibt der denn?

Seine Leute hatten ihm gesagt, dass er spätestens um 0:30 Uhr an der Haustür sein würde. Spätestens!

Wieder streifte sein Blick die Armbanduhr an seinem Handgelenk.

1:10 Uhr.

Er stemmte sein Gewicht auf das linke Bein, um das etwas kürzere rechte zu entlasten. Auch so eine Hinterlassenschaft seines verblödeten Alten, dass ein Bein gut dreieinhalb Zentimeter kürzer war als das andere. Und dass er deswegen das eine Bein immer ein klein wenig nachzog, was ihm andererseits oftmals ziemliche Schmerzen bereitete. Wieder trippelte er von einem Bein aufs andere, um so für ein wenig Entlastung zu sorgen.

Wenn der nicht bald kommt, dann verpiss ich mich. Dann ist er eben morgen dran. Oder nächste Woche, was weiß ich.

Aber er hatte sich wirklich gefreut auf diese Abreibung. Dieses Arschloch war nämlich reif, so viel war klar.

Überreif.

Obwohl der laue Nachtwind längst ein wenig für Abkühlung gesorgt hatte, stand Bader schon wieder der Schweiß auf der Stirn. Erneut wischte er sich die Feuchtigkeit mit dem Unterarm ab und stierte dabei weiter in die Richtung, aus der sein Opfer kommen musste. Von irgendwo war ein leises Schnarchen zu hören, dem er jedoch keine größere Bedeutung schenkte.

Komm endlich, du linksgrün versifftes Scheißhaus, damit ich dir meine Baseballkeule über den Schädel ziehen kann, dachte der arbeitslose Betonbauer mit einer Mischung aus Ungeduld und Erwartungsfreude.

Zehn Minuten später hörte Bader, dass sich ein Wagen näherte, und sah kurz darauf das Aufleuchten von Scheinwerfern. Mit einem Grinsen im Gesicht zog er sich ein wenig tiefer ins Gebüsch zurück und umfasste dabei den Baseballschläger mit beiden Händen.

Dann quietschende Schritte. Leise, wie von Sportschuhen, aber in der ruhigen Nacht gut zu hören. Und schließlich tauchte sein Opfer auf dem schmalen Weg zu dem in zweiter Reihe liegenden Mehrfamilienhaus auf.

Bader ging noch einmal seinen Plan durch.

Vorbeigehen lassen, die vor der Brust befestigte, winzig kleine Kamera starten, aus der Deckung springen und sofort mit der Baseballkeule auf den Rücken prügeln. Wenn er auf dem Boden liegt, noch ein paar auf die Rübe, damit er so richtig Blut spuckt.

Der Mann, auf den er es abgesehen hatte, trug einen leichten, hellen Sommeranzug, über seiner rechten Schulter hing eine Stofftasche.

Dieses Opfer ist völlig ahnungslos, dachte Bader und freute sich schon auf den ersten Schlag.

Jetzt waren sie auf gleicher Höhe. Drei Schritte, noch einer, dann schaltete er die Kamera scharf und sprang aus der Deckung. Mit hoch erhobenem Baseballschläger sprintete er los, doch er hatte definitiv nicht mit so etwas wie Gegenwehr gerechnet. Der Mann im Anzug wirbelte nämlich herum und hatte gleichzeitig einen Gegenstand aus seiner Sakkotasche gefischt. Er stockte für einen Sekundenbruchteil, als sein Gegenüber ihm eine Flüssigkeit ins Gesicht sprühte. Sofort fingen seine Augen an zu brennen und es war ihm fast unmöglich, Luft zu holen.

»Du verschissene Sau, ich mach dich kalt«, brüllte der Mann mit dem Baseballschläger in die Nacht und schwang den Prügel in einem großen Halbkreis. Erkennen konnte er wegen der zusammengekniffenen Augen zwar nichts, aber er erwischte seinen Gegner trotzdem. Der schrie laut auf, und die Tränengasdose fiel mit einem Scheppern zu Boden. Bader setzte zu einem weiteren Schlag an, doch diesmal hatte er keinen Erfolg. Der nächste Hieb allerdings saß wieder. Und noch einer. Dazwischen vernahm er die lauten Schreie des Angegriffenen.

Dem Angreifer hingegen brannten die Augen wie Feuer, er bekam kaum Luft, aber er war wütend. Sehr wütend. Die nächsten Schläge gingen wieder allesamt daneben, doch dann traf einer mit voller Wucht. Offenbar bewegte sich der auf dem Boden liegende Mann von ihm weg.

»Aufhören!«, schrie in diesem Augenblick eine Frauenstimme aus Richtung des Hauses hinter ihm. »Sofort aufhören!«

Andreas Bader hätte den Typen am liebsten totgeprügelt, doch er wusste, dass er schnellstens verschwinden musste. Vermutlich waren die Bullen schon auf dem Weg, und er konnte so gut wie nichts erkennen von dem, was um ihn herum geschah. Also wandte er sich ab, wankte mit unsicheren Schritten um das Haus herum und war kurz darauf in der dahinter liegenden Kleingartenanlage verschwunden.

3

Thilo Hain hob den Kopf und grinste seine Partnerin an. Pia Ritter grinste wortlos zurück, hängte ihren leichten Sommerblazer an den Garderobenhaken hinter der Tür und goss sich einen Becher Kaffee ein.

»Na, wie war dein Schießtraining?«, wollte er mit einem übertrieben strengen Blick auf die Uhr über der Tür wissen. »Bis 11 Uhr hast du es bisher noch nie auf dem Schießstand ausgehalten.«

»Es gab ein kleines Problem mit meiner Dienstwaffe, deshalb hat es ein bisschen länger als normal gedauert. Aber ich wäre auch so nicht sofort nach dem Schießen wieder hier aufgetaucht.«

»Aha.«

»Was heißt da *aha*, Thilo?«, wollte sie von ihm wissen, ohne den Gesichtsausdruck auch nur eine Nuance zu verändern. »Immerhin habe ich mich den ganzen Morgen gefragt, ob du dich wieder eingekriegt hast.«

»Das Gleiche könnte ich mich in Bezug auf dich auch fragen«, gab der Hauptkommissar zurück.

Sie goss etwas Milch in ihren Kaffee und trank einen Schluck. »Das stimmt. Allerdings würden wir dann das Prinzip von Ursache und Wirkung ernsthaft durcheinanderbringen, was meinst du?«

Hain zuckte mit der Schulter.

»Na ja«, erwiderte Pia, »immerhin warst du es, der laut

geworden ist und schon mehr als ein klein wenig die Kontrolle über seine Emotionen verloren hat.«

»Aber provoziert hast du mich schon auch. Das musst du zugeben, Pia.«

Sie nickte. »Das will ich gar nicht abstreiten, aber es darf dir einfach nicht passieren, dass du darauf so reagierst, wie es gestern Abend der Fall gewesen ist. Du warst persönlich verletzend, und das hat mich echt sauer gemacht.« Wieder setzte sie die Tasse an und trank einen Schluck. »Es ist nun mal so, dass niemand so viel von mir weiß wie du, Thilo. Und dann ist es einfach eine wahnsinnige Enttäuschung, wenn du dieses Wissen in den für dich passenden Situationen gegen mich einsetzt. Das geht einfach nicht.«

Er holte zerknirscht Luft. »Damit hast du völlig recht, das geht wirklich nicht, und ich bitte dich dafür aufrichtig um Verzeihung. Es tut mir nämlich echt leid, was ich da gesagt habe, und ich verspreche dir, dass so etwas nie mehr vorkommt.«

Pia Ritter sah ihren Kollegen eine Weile schweigend an. »Dass dir das Gesagte leidtut, glaube ich dir sogar, Thilo«, erklärte sie ihm schließlich. »Allerdings habe ich so meine Zweifel, ob dir in der passenden Situation nicht doch wieder etwas Ähnliches rausrutscht. Du bist im Grunde deines Wesens nun mal immer noch der kleine Junge, der zum alles ausblendenden, sämtliche Grenzen überschreitenden Jähzorn neigt.« Die Oberkommissarin trat auf ihn zu und legte ihm die linke Hand auf die Schulter. »Denn wenn es etwas gibt, das ich in der Zeit der Zusammenarbeit mit dir gelernt habe, dann ist es auf jeden Fall genau das. Dass du unberechenbar und nur sehr schwer zu kontrollieren bist. Und in speziellen Fällen gelingt es nicht einmal dir selbst, dich zu kontrollieren.«

»Komisch, solche Sachen sagt Carla auch öfter zu mir. Und sie sagt es praktisch seit dem Tag, an dem wir uns kennengelernt haben.« Er hob den Kopf. »Immerhin attestiert sie mir eine gewisse Lernfähigkeit. Sie meint nämlich, dass mein Verhalten sich mit den Jahren zumindest ein wenig gebessert habe.«

»Na bitte, dann besteht doch offenbar Hoffnung für mich, dass es mir genauso gehen könnte.«

»Es tut mir wirklich leid, Pia, und ich schäme mich für mein Verhalten. Und ich betone noch mal, dass es sich nicht wiederholen wird. Ganz sicher.«

»Nun häng es nicht höher, als es ist. Wir hatten eine Meinungsverschiedenheit, die mit diesem Gespräch offiziell ausgeräumt wurde, und damit ist es auch gut. Inhaltlich, und das weißt du auch, sind wir gar nicht so weit auseinander gewesen. Nur an der Art der Argumentation können wir noch arbeiten. Speziell du natürlich.«

»Das mache ich«, gab er erleichtert zurück.

»Was konkret heißt, dass du nie wieder in einer solchen Situation mein gestörtes Verhältnis zu meinen Eltern herabwürdigend thematisierst?«

»Versprochen.«

»Und du wirst weiterhin nie wieder in einer vergleichbaren Situation meine Angst vor Nähe in Beziehungen herabwürdigend ansprechen?«

»Dito.«

»Und schließlich wirst du niemals wieder ein Wort darüber verlieren, wie sehr ich als Teenager unter meiner Akne gelitten habe? Stichwort *Streuselkuchen* und so?«

»Das war besonders gemein, deswegen hier ein doppeltes Versprechen, es niemals wieder zu tun.«

Pia nahm die Hand von seiner Schulter, trank einen weiteren Schluck Kaffee und ging langsam zu ihrem Bürostuhl. »Ich will«, nahm sie sitzend den Faden wieder auf, »hier gar nicht werten, welche deiner Beleidigungen auf der nach oben offenen Hain-Skala die gemeinste war. Es wäre uns beiden und unserem Verhältnis allerdings zu wünschen, du hättest dich in Zukunft einfach besser im Griff.« Sie lächelte ihn an. »Damit würden dir selbstverständlich auch solche Canossagänge wie der aktuelle erspart bleiben.«

Hain nickte und ließ einen kleinen Notizzettel auf ihrer Seite des Schreibtischs herabsegeln. Sie sah kurz darauf und hob dann ebenso erstaunt wie anerkennend die Augenbrauen.

»Meinst du das ernst, oder wirst du den Termin am Tag vorher absagen?«

»Ganz sicher nicht. Ich werde, und auch das verspreche ich dir hiermit, diesen und die garantiert folgenden Termine bei meiner Seelenklempnerin dazu nutzen, um an meinem, wie du sagst, *alles ausblendenden, jegliche Grenze überschreitenden Jähzorn* zu arbeiten.«

»Dafür gebührt dir meine vollste Hochach…« Die Oberkommissarin brach wegen des klingelnden Telefons auf dem Tisch ihren Satz ab und griff nach dem Mobilteil. »Ja, Ritter«, meldete sie sich und lauschte einen kurzen Moment. »Geht klar, Herbert. Wir sind auf dem Weg.« Damit legte sie das kleine Gerät vor sich ab und stand auf.

»Was gibt es denn?«, wollte ihr Kollege wissen.

»Schwierigkeiten, Thilo. Was außer Schwierigkeiten hat es sonst jemals gegeben, wenn Herbert um unser Erscheinen nachsucht?«

»Er hat nicht erwähnt, um *welche* Schwierigkeiten es genau geht?«

»Nein, hat er nicht. Aber sein Tonfall hat durchaus erkennen lassen, dass es sich um eher bemerkenswerte Schwierigkeiten handeln könnte.«

»Meinst du, er könnte was von unserer … Meinungsverschiedenheit gestern mitbekommen haben?«, wollte Hain mit Besorgnis in der Stimme wissen.

»Wenn ja«, gab seine Kollegin grinsend zurück, während sie die Tür öffnete, »solltest du schon mal deiner Knarre und deinem Dienstausweis einen Abschiedskuss geben, Hasenhirn.«

Er zögerte und sah sie schweigend an.

»Mann, Mann, Mann«, brummte Pia. »Wir waren auf einem Feld zwischen Vellmar und Kassel unterwegs, als die Gäule mit dir durchgegangen sind. Die einzigen, die dich schreien gehört haben können, sind Singvögel und Regenwürmer, und Letztere wegen der anhaltenden Trockenheit in mindestens einem halben Meter Tiefe. Ich glaube zwar wirklich, dass Herbert gute Kontakte zu vielen Kreaturen auf diesem Planeten unterhält, aber dass er Singvögel und Regenwürmer zu seinen Informanten zählt, halte ich dennoch für komplett ausgeschlossen.«

»Schön«, meinte Hain leise. »Dann lass uns mal los.«

Der Kriminalrat hatte tatsächlich keinerlei Informationen über den Disput seiner beiden Mitarbeiter. Er kam allerdings ohne große Vorrede auf sein Anliegen zu sprechen.

»Die Jungs von ZK 10 haben angefragt, ob wir ihnen für ein paar Wochen zur Hand gehen können«, teilte er seinen Kommissaren mit besorgter Miene mit. »Sie haben eine angespannte Personalsituation, und letzte Nacht gab es schon wieder einen Anschlag.«

»Der Staatsschutz? Ernsthaft?«, wollte Pia wissen. »Was ist denn passiert letzte Nacht?«

»Ein Journalist wurde niedergeschlagen. Na ja, eigentlich wurde er ziemlich übel zugerichtet. Vermutlich ist die Sache nur deswegen halbwegs glimpflich für ihn ausgegangen, weil er dem Angreifer Reizgas ins Gesicht sprühen konnte, bevor die Attacke richtig losgegangen war. Trotzdem liegt er mit schweren Verletzungen auf der Intensivstation. Es besteht zwar keine akute Lebensgefahr, aber sie mussten ihn am Rücken und am Jochbein operieren. Wird aber alles wieder, wie man hört.«

»Wer ist der Mann?«

»Ein Journalist, wie gesagt. War früher bei der taz in Berlin und arbeitet seit ein paar Jahren freiberuflich. Liefert meistens links eingefärbte, aber wie man hört, gut recherchierte Artikel an verschiedene, auch größere Tageszeitungen. Außerdem betreibt er einen Blog, aber fragt mich nicht, um was genau es darin geht.«

»Du hast ihn dir noch nicht angeschaut?«, wollte Hain mit leicht ironischem Unterton wissen.

Herbert Schiller bedachte seinen Mitarbeiter mit einem missbilligenden Blick, sparte sich aber eine verbale Replik.

»Hat Karlsruhe, also die Bundesanwaltschaft, die Sache übernommen?«, wollte Pia wissen.

»Nein, und es wird wohl auch nicht dazu kommen. All das, mit dem wir es hier in der Gegend seit dem Lübcke-Attentat vom letzten Jahr zu tun haben und hatten, waren eher Einzeltaten, so sieht es zumindest der Generalbundesanwalt. Deshalb hat er seine Zuständigkeit immer verneint. Und unseren Staatsanwälten hier in Kassel ist das sicher mehr als recht, wenn sie unabhängig von Karlsruhe ihren Aufgaben nachgehen können.«

»Ich erinnere mich eigentlich nur an zwei Sachen, bei denen man von einer Übernahme durch die Bundesanwaltschaft hätte ausgehen können«, bemerkte Hain. »Das war einmal dieser Angriff auf den Linken-Abgeordneten, der aber relativ glimpflich ausgegangen ist, und diese komische Geschichte mit diesem Mädchen, das Flugblätter gegen den Klimawandel verteilt hat und danach auf dem Heimweg zusammengeschlagen wurde.«

»Dabei vergisst du allerdings«, warf Pia ein, »diese fiese

Sache an Weihnachten, bei dem das Auto des Journalisten abgebrannt ist, der in der rechten Szene recherchiert hat.«

»Richtig«, stimmte Hain ihr zu. »Das hatte ich echt schon vergessen. Wenn man nicht selbst in die Ermittlungen involviert ist, geht das leider schneller, als einem lieb ist.«

»Und dann ist da noch dieser merkwürdige Unfall von letztem Monat, bei dem der Rechtsanwalt schwer verletzt wurde, der schon öfter linke Aktivisten vor Gericht vertreten hat. Er bleibt bis heute bei seiner Behauptung, dass er geblendet wurde und deshalb im Straßengraben gelandet ist.«

»Seine Frau wurde auch verletzt, wenn ich mich richtig erinnere«, warf Pia ein.

»Stimmt. Sie hatte etwas an der Wirbelsäule abbekommen. Aber offenbar war es nicht so schlimm wie zunächst befürchtet. Zumindest ist sie nicht querschnittgelähmt.«

»Wenigstens was«, erwiderte Pia.

»Und warum genau«, hakte Hain sarkastisch nach, »ist die Personalsituation bei den Kollegen vom Staatsschutz so angespannt? Alle im Urlaub, oder was?«

»Das weiß ich offen gesagt nicht, Thilo. Aber wenn die Kollegen von ZK 10 um Unterstützung bitten, sind wir die Letzten, die sie ihnen verweigern. Und wenn ich zusammenrechne, worum die sich in den letzten Wochen und Monaten so alles kümmern mussten, kann ich sehr gut nachvollziehen, dass bei denen der Baum lichterloh brennt.«

»Und dass seit dem Frühjahr bei uns auch eine Menge Arbeit liegen geblieben ist, interessiert anscheinend niemanden, oder?«

»Was genau ist denn liegen geblieben, Thilo?«

Der Hauptkommissar schnaufte hörbar durch. »Du weißt genau, dass wir unsere Zeit auch nicht auf der Kirmes gewonnen haben, Herbert.«

»Das ist längst keine Antwort auf meine Frage. Also, hast du eine vernünftige Antwort, oder bleibt es bei deinem allgemeinen Gemaule?«

»Ach, kratz mich doch.«

»Gut. Dann wären ja alle Unklarheiten beseitigt. Ihr meldet euch also umgehend beim Kollegen Brinkmann.« Er sah seine beiden Mitarbeiter an. »Danke für euren Besuch.«

Ein paar Minuten nach diesem herzlichen Rauswurf betraten die beiden Kommissare der Mordkommission wieder ihr Büro. Hain ließ sich genervt auf seinen Stuhl fallen, während seine Kollegin sich Wasser eingoss.

»Warum bist du denn so geladen?«, wollte sie wissen, nachdem sie das Glas zur Hälfte geleert hatte. »Ein paar Tage oder von mir aus auch Wochen bei ZK 10 bringen uns doch nicht um.«

»Wer oder was sagt denn, dass ich *geladen* bin?«, fragte er zurück.

Pia trank den Rest, stellte das Wasserglas auf dem Tisch ab und setzte sich. »Deine Körperhaltung, dein Gesichtsausdruck und deine patzige Antwort. Also, was ist los?«

Hain holte tief Luft und sah sie dabei lange an. »Es geht um Sascha Brinkmann. Er ist der leitende Hauptkommissar von ZK 10.«

»Ich weiß, wer Sascha Brinkmann ist. Aber was ist der Hintergrund für deine Reaktion?«

»Sascha und ich haben, als ich noch bei der Sitte war, eine Weile zusammengearbeitet. Und das ist halt nicht ganz so perfekt gelaufen, wie alle Beteiligten es erwartet haben.«

»Was genau ist denn schiefgelaufen?«

Hain stöhnte auf. »Pia, das sind Sachen, die mehr als 15 Jahre zurückliegen und über die ich auch wirklich nicht mehr nachdenken oder gar sprechen will. Unsere Zusammenarbeit war halt ein wenig knorpelig, um es mal vorsichtig auszudrücken.«

»Ich will es trotzdem wissen.«

Wieder ein Schnauben auf der anderen Schreibtischseite, gefolgt von einer längeren Pause. »Wir waren damals«, fuhr der Hauptkommissar schließlich fort, »halt zwei junge Bullen, die sich nicht riechen konnten. Ich hielt ihn für einen verdammten Karrieristen, und er mich wohl für ein arbeitsscheues Subjekt. So jedenfalls hat er sich mir gegenüber mal ausgedrückt.«

Pia Ritter musste grinsen. »Und, hatte er recht mit seinem Vorwurf? Warst du ein arbeitsscheues Subjekt?«

»Quatsch. Ich war genauso engagiert wie heute auch, was allerdings für Sascha so etwas wie Majestätsbeleidigung gewesen ist. Er hat von allen Kollegen den Einsatz erwartet, den er selbst geleistet hat, aber das war einfach ein irrer Gedanke. Der ist morgens als Erster im Büro gesessen und hat abends als Letzter das Licht ausgemacht. Und das alles nur, weil er unbedingt Karriere machen wollte.«

»Na, zumindest das ist ihm ja gelungen.«

»Ja klar. Auf Kosten von zwei Scheidungen und einem längeren Aufenthalt in der Psychiatrie.«

»Davon habe ich auch gehört. Aber wer von uns hat nicht schon Probleme mit seinem psychischen Wohlbefinden gehabt?«

»Darauf würde ich auch nie rumreiten. Es passt halt einfach ins Bild des gnadenlosen und rücksichtslosen Karrieristen.«

Nun lachte die Hauptkommissarin laut auf. »Deine Differenzierungsfähigkeit und dein damit verbundenes erstklassiges Reflexionsverhalten sind immer wieder beeindruckend, Thilo.«

»Ach komm, der Typ ist echt ein Arschloch.«

»Ja, das mag vielleicht sein, aber seit einer Viertelstunde unterstehen wir sozusagen seinem Kommando. Und du wirst dir, verdammt noch mal, alle Mühe geben, ihn nicht spüren zu lassen, dass du ihn für ein Arschloch hältst.«

Nun fing Hain an zu grinsen. »Das muss ich nicht, das weiß er.«

»Vielleicht hat er ja über die Jahre vergessen, was du von ihm hältst.«

»Das halte ich für ausgeschlossen. Ich habe ihn nämlich vor nicht allzu langer Zeit daran erinnert.«

»Oh Gott, Thilo!«

Hain wurde ernst. »Er hat mir auf Pauls Beerdigung durch die Blume zu verstehen gegeben, dass er mir eine Mitschuld an dessen Tod gibt.« Der Hauptkommissar sprach von Paul Lenz, seinem Vorgesetzten und Freund, der ein paar Jahre zuvor während eines Einsatzes getötet worden war.

»Echt? Was hat er denn gesagt?«

»Dass ich halt besser auf ihn hätte aufpassen müssen. ›Wenn ein Polizist stirbt, und ein Kollege ist in unmittelbarer Nähe, dann ist immer ein Fehlverhalten des Kollegen anzunehmen‹, das waren seine Worte.«

»Was für ein Blödmann. Und was für ein ausgemachter Blödsinn.«

»Siehst du. Sag ich doch.«

»Nein, das habe ich nicht so gemeint. Natürlich ist Brinkmann nicht per se ein Arschloch, auch wenn er sich zu so einer Aussage hat hinreißen lassen. Die war nämlich garantiert auch davon geprägt, dass ihr beiden euch nicht leiden könnt.«

Hain schüttelte den Kopf.

»Trotzdem, so etwas sagt man nicht. Auch dann nicht, wenn man jemanden überhaupt nicht leiden kann.«

»Wie hast du reagiert?«

»Ich musste nicht reagieren. Maria, Pauls Frau, die neben mir stand, hat ihn mit einem Blick bedacht, der dafür gesorgt hat, dass er sofort abgehauen ist.«

»Cool.«

»Ja, das fand ich auch.«

»Was wäre denn deiner Meinung nach passiert, wenn Maria nicht …?« Pia brach ab, weil das Telefon auf ihrem Schreibtisch schon wieder klingelte. Sie nahm den Anruf entgegen und lauschte einen Moment. »Ja, wir kommen rauf«, sagte sie schließlich und legte auf. »Wenn man vom Teufel spricht«, meinte sie grinsend und erhob sich.

»War er das?«

»Jep. Und er erwartet uns unmittelbar zu einem ersten Briefing.«

»Scheiße.«

Pia blieb stehen und drehte sich zu ihrem Kollegen um. »Ich bin für dich da, Thilo, wann immer du mich brauchst, und ich stehe hinter dir. Allerdings mache ich das garantiert nicht, wenn du irgendwelchen Blödsinn unternimmst. Du wirst Brinkmann als unseren temporären Vorgesetzten akzeptieren und vernünftig mit ihm reden. Falls du das nicht machen solltest, trete ich dich ernsthaft in den Arsch. Ist das in aller Deutlichkeit bei dir angekommen?«

Er schluckte. »In aller Deutlichkeit, ja.«

»Gut. Ich bin übrigens schwanger.«

Hain nickte und trat hinter ihr auf die Tür zu. Es dauerte tatsächlich eine Weile, bis ihre Worte den Weg in die richtige Region seines Gehirns gefunden hatten. Dann jedoch blieb er abrupt stehen.

»Warte, warte. Du bist was?«

»Schwanger. Ich bin schwanger. Ich werde Mutter.«

»Wie denn das? Warum …?«

Nun lachte die Oberkommissarin laut auf. »Du fragst

mich jetzt nicht ernsthaft, wie das geht mit dem Mutterwerden, oder?«

»Nein, nein, natürlich nicht. Aber ich wusste halt nicht, dass das mit dir und Dominik so … ernst ist.«

Sie sah ihn eine Weile stumm an. »Wie ernst eine Sache wirklich ist, bemerkt man doch immer erst, wenn es darauf ankommt, Thilo. Und ja, ich glaube, dass die Sache mit Dominik und mir sehr ernst ist. Zumindest deutet mein Bauchgefühl überaus stark darauf hin.«

Thilo trat einen Schritt auf seine Kollegin zu und nahm sie in den Arm. »Von ganzem Herzen meinen Glückwunsch und alles Gute, Pia. Und falls es ein Junge wird, kannst du eine Tonne Klamotten von uns kriegen.«

»Das werden wir sehen. Viel wichtiger ist mir aber, dass du mit dieser Information sehr diskret umgehst. Versprichst du mir das?«

Er hob die rechte Hand und spreizte Daumen, Zeige- und Mittelfinger ab. »Hoch und heilig, wirklich.«

»Gut. Dann krieg dich jetzt wieder ein und lass uns aufbrechen in die Höhle des Löwen.«

In dieser Höhle des Löwen wurden die beiden Kommissare von K 21 von einem aufmerksamen, jedoch auch etwas distanzierten Sascha Brinkmann empfangen. Nachdem alle drei mit einem Kaffee versorgt waren, kam der Erste Hauptkommissar der Staatsschutzabteilung zur Sache.

»Zunächst einmal danke ich euch, dass ihr bei uns eine Weile aushelfen könnt und wollt. Wir wissen wirklich im Augenblick nicht, wo uns der Kopf steht, und da ist es wirklich hochanständig, dass ihr das macht.«

»Gern«, erwiderte Pia.

Brinkmann nickte und wandte sich direkt Hain zu. »Ich weiß natürlich auch, Thilo, dass wir beide es nicht immer leicht miteinander hatten. Aber wenn du damit einverstanden bist, würde ich gern einen Schlussstrich unter das Vergangene ziehen und hier und heute bei null anfangen. Ist das in Ordnung für dich?«

»Klar ist das in Ordnung für mich.«

»Gut. Dann lasst uns am besten gleich in die Sache von letzter Nacht einsteigen.« Er schlug ein Dossier auf und informierte Ritter und Hain über den Sachstand im Fall des zusammengeschlagenen Journalisten Jonas Blum.

»Dem Mann geht es den Umständen entsprechend gar nicht so schlecht, obwohl es eine Weile dauern dürfte, bis er wieder an einem Computer sitzen und Storys schreiben kann. Er hat bei dem Angriff mehrere gebrochene Rückenwirbel davongetragen und, wie ich gerade vor ein paar Minuten gehört habe, mehrere Brüche im rechten Arm. Vermutlich aufgrund einer normalen Abwehrhaltung.«

»Stimmt es, dass er dem Angreifer eine Ladung Reizgas verpasst hat?«, wollte Pia wissen.

»Nach seiner eigenen Aussage ja.«

»Du zweifelst daran?«, hakte die Kommissarin nach.

»Na ja, in so einer Situation denkt man vielleicht, man hat den Aggressor mit Reizgas im Gesicht getroffen, aber vielleicht ist da doch eher der Wunsch der Vater des Gedankens. Das Verletzungsbild und die Schwere seiner Blessuren lassen mich ernsthaft daran zweifeln, dass er mit seinem Verteidigungsversuch erfolgreich war.«

»Aber er hat eine Dose bei sich gehabt, oder? Zumindest müssten die Kollegen, wenn es so gewesen sein sollte, eine bei ihm gefunden haben.«

»Eine Dose mit Reizgas hat er definitiv bei sich gehabt, und es wurde auch eine Ladung davon versprüht. Aber wie gesagt, ob das Zeug tatsächlich dort gelandet ist, wo er es hinhaben wollte, stelle ich hier mal infrage.«

»Wie ist die Spurenlage den Angreifer betreffend?«, wollte Hain wissen.

»Ein paar nicht verwertbare Schuhabdrücke im Gras vor einem Gebüsch und ein paar mickrige Lacksplitter davor, vermutlich von einem Baseballschläger. Aber das dürfte uns nicht wirklich weiterhelfen. Was die DNA-Geschichten angeht, sind die Kollegen noch dabei, aber ihre ersten Einlassungen geben auch keinen Anlass zu großen Hoffnungen.«

»Dieser Blum soll ein politisch eher links angehauchter Mann sein?«

»So sieht es aus, ja. Wir sind noch dabei, seinen Blog zu analysieren, aber die ersten Erkenntnisse deuten sehr stark darauf hin.«

»Also steht der Verdacht einer rechtsradikal motivierten Tat im Raum?«

Brinkmann legte den Kopf schief und sah seinen Kollegen irritiert an. »Natürlich steht dieser Verdacht im Raum, sonst wäre die Sache ja bei euch gelandet, oder?«

»Irgendwelche Hinweise auf eventuelle Täter?«, ging Pia kurzerhand dazwischen, um einer nach ihrer Meinung durchaus möglichen Eskalation vorzubeugen. »Bekennerschreiben? Irgendwas am Tatort, was man verwerten könnte?«

Der Leiter der Staatsschutzabteilung schüttelte den Kopf. Es war nicht ersichtlich, ob sich diese Geste auf Hains Frage oder die seiner Kollegin bezog.

»Nein, bisher nichts dergleichen. Aber das soll nichts heißen. Wir hatten ja in den letzten Monaten hier in der Gegend einige dieser Geschichten zu beklagen, und bisher gab es immer jemanden oder eine Gruppe, die sich dazu bekannt hat.«

»Echt?«, zeigte Pia sich überrascht. »Das wusste ich gar nicht.«

»Wir haben es auch nicht an die große Glocke gehängt, damit daraus nicht etwas viel Größeres wird, als es eigentlich sein muss.«

»Und wie soll ich mir diese Bekenntnisse vorstellen?«, wollte Hain wissen. »Ein Anruf? Eine Mail bei einer Agentur?«

»Nein, Thilo, auch unsere Kundschaft ist nicht mehr komplett analog unterwegs. Es gibt ein paar Internetseiten, auf denen so etwas gepostet wird.«

»Und es ist nicht möglich herauszufinden«, wollte Pia wissen, »wo diese Seiten gehostet sind?«

»Wir haben es hier mit Leuten zu tun«, antwortete Brinkmann, »die auch wissen, wie man die modernen Informationskanäle nutzt. Die verstecken sich zum Beispiel hinter ausgeklügelten VPNs oder dem Tor-Netzwerk, und dann ist es gar nicht so leicht, wie man denken könnte, an sie heranzukommen.« Er zögerte. »Immerhin sind wir hier in Kassel von richtig schweren Anschlägen wie etwa dem in Halle oder gar der unglaublichen Tat von Hanau verschont geblieben. Zum Glück, kann ich dazu nur sagen. Ich denke nämlich, dass es absolut keinen Spaß macht, so dermaßen im Fokus des öffentlichen Interesses zu stehen.«

Pia musste an die vielen Menschen denken, die bei diesen Anschlägen ihr Leben verloren hatten, und schauderte kurz dabei.

»Was erwartest du jetzt konkret von uns, Sascha?«, wollte Hain wissen. »Wie genau können wir eure Arbeit unterstützen?«

Brinkmann bedachte ihn und seine Kollegin mit einem geduldigen Blick. »Es ist ja nun mal so, dass ihr beiden in der Szene nicht so bewandert seid wie wir, die wir jeden Tag mit diesem Klientel zu tun haben. Was leider heißt, dass ihr zunächst mal für die nicht so interessanten Ermittlungsarbeiten eingesetzt werdet. Das kann sich ändern, aber im Augenblick werdet ihr meinen Leuten eher zuarbeiten. Will heißen, dass ihr hier im konkreten Fall für die Zeugenbefragungen in den umliegenden Häusern zuständig seid und die Ergebnisse dazu an uns weiterreicht. Es gab quasi einen Augenzeugen, mit dem wir aber schon gesprochen haben. In dieser Richtung braucht ihr also nichts zu unternehmen.«

»Klingt spannend«, brummte Hain.

»Ich weiß, dass man sich nicht um solche Arbeiten reißt, aber diese Dinge müssen nun mal gemacht werden. Und wer weiß, vielleicht ergibt sich ja gerade durch euer Mitwirken der entscheidende Hinweis zur Aufklärung des Anschlags.« Der Mann hinter dem Schreibtisch drehte die Kladde um 180 Grad und schob sie in Richtung von Hain und Ritter. »Hier drin findet ihr alles, was ihr zunächst wissen müsst. Falls es Fragen irgendwelcher Art geben sollte, bin ich euer Ansprechpartner.« Er stand auf und streckte die rechte Hand nach vorn. »Willkommen im Team.«

4

Andreas Bader wäre am liebsten aus der Wohnung gestürmt, zu der kleinen Apotheke zwei Straßen weiter, um dort eine Großpackung Augentropfen zu kaufen. Aber das durfte er nicht.

»Du wirst auf jeden Fall zu Hause auf mich warten und auf gar keinen Fall irgendwohin gehen«, hatte Maik noch in der Nacht am Telefon zu ihm gesagt. »Und schon gar nicht zu irgendeiner Apotheke, wo vermutlich schon ein Bullenauto auf dich wartet. Die sind zwar doof, aber so doof nun auch wieder nicht.«

Bader hatte die ganze Nacht hindurch gelitten wie ein Hund. Seine Augen waren aufgequollen und tränten ständig. Natürlich war es nicht hilfreich, dass er immer wieder darin rieb. Aber er konnte einfach nicht anders. Mehrmals hatte er darüber nachgedacht, sich der Order von Maik zu widersetzen und loszugehen, doch dazu reichte sein Mut nicht aus. Also war er den Schmerzen und dem Jucken mit Leitungswasser zu Leibe gerückt, was die Sache allerdings immer nur für ein paar Augenblicke besser machte.

Jetzt lag er auf seiner alten, durchgesessenen Couch und verfluchte diesen Typen, der ihm das angetan hatte.

Hoffentlich hat er so viel abgekriegt, dass er verreckt, dieser blöde Wichser, dachte er bebend vor Wut.

Wieder und wieder hatte er auf seinem Fernseher die Aufnahme der vergangenen Nacht laufen lassen und sich am Stöhnen und Wimmern des Mannes auf dem Boden ergötzt, den er mit seinen Schlägen überzogen hatte. Viel erkennen konnte man zwar auch mit intaktem Sehvermögen nicht, aber Bader war sich sicher, dass es reichte, um zu demonstrieren, dass da einem linken Pisser eine Lektion erteilt wurde.

Bumm, bumm, bumm, immer rauf auf die hohle Birne.

Es klingelte an der Tür.

Der arbeitslose Betonbauer stand schwerfällig auf, ging in den Flur und sah durch den Spion.

»Hallo, Maik«, brummte Bader, nachdem ein Mann die Wohnung betreten hatte. Maik Zoller, sein mit Jeans und T-Shirt bekleideter, etwa 40-jähriger Besucher, musterte Bader eingehend und schüttelte den Kopf.

»Du siehst ja noch beschissener aus, als ich befürchtet habe«, sagte er mitleidslos. »Irgendwie gerade so, als ob der Typ *dich* vermöbelt hätte.«

Bader drehte sich um und ging Richtung Wohnraum. »Dass du dich jetzt auch noch über mich lustig machst, finde ich wirklich richtig scheiße, Maik.« Er ließ sich wieder auf das Sofa fallen. »Hast du mir wenigstens was für meine Augen mitgebracht?«

»Bist du bekloppt, oder was? Ob ich nun in einer Apotheke auflaufe oder du, das macht ja nun echt keinen Unterschied. Aber ich habe mit einem Kumpel gesprochen, der das auch schon mal hatte, und der meinte, dass es bald besser werden würde. Sollst halt nicht wie ein Bekloppter daran herumreiben, dann wird das schon wieder. Und du gehst die nächsten Tage besser nicht aus dem Haus, damit niemand dich sieht.«

»Ihr habt gut reden«, murrte Bader leise. »Morgen früh habe ich einen Termin auf dem Arbeitsamt.«

»Den musst du verschieben. So, wie du aussiehst, kommt

doch sofort jeder drauf, dass du die Gasladung abgekriegt hast.«

»Aber es kommt doch gar nichts über die Sache. Weder im Radio noch im Fernsehen ist irgendetwas darüber gelaufen.«

»Mann, das habe ich dir doch erzählt. Das geht erst los, wenn wir das Video hochgeladen haben. Wo hast du es denn?«

Bader deutete auf eine Speicherkarte auf dem Tisch.

»Hast du dir eine Kopie gezogen?«

Ein längerer unsicherer Blick, dann ein vorsichtiges Nicken.

»Du Vollpfosten! Ich hatte dir doch extra …«

»Nun mach mich doch nicht gleich wieder so an«, ging Bader ein wenig zu energisch dazwischen. »Mein Fernseher konnte mit dem komischen Format der Aufnahme nichts anfangen, also habe ich sie für mich konvertiert. Was soll denn deswegen schon passieren?«

»Was deswegen passieren soll? Sag mal, hast du sie nicht mehr alle? Wenn die Bullen so was bei dir finden, dann bist du geliefert. Bei deiner Vorstrafenlatte fährst du garantiert für ein paar Jahre ein. Und was das für uns alle bedeutet, brauche ich dir ja wohl nicht zu erklären, oder?«

»Aber ich würde denen doch nichts erzählen. Nicht ein Wort würden die aus mir rauskriegen, das schwöre ich.«

»Das denkst du dir so in deiner hohlen Birne. Aber glaub mir, die haben ihre Methoden, dich zum Reden zu bringen. Glaub es mir einfach.« Er griff nach der Speicherkarte auf dem Tisch und sah dann Bader auffordernd an. Der wies mit dem Kopf auf den großen Flachbildfernseher. Zoller ging zu dem Gerät, fand einen auf der linken Seite eingesteckten USB-Stick und zog ihn heraus. »Den nehme ich mit. Wenn ich das, was da drauf ist, sicher gelöscht habe, kriegst du ihn zurück.«

Die beiden Speichermedien verschwanden in seiner rechten Hosentasche.

»Und jetzt erzähl doch mal, wie genau die Sache abgelaufen ist«, forderte er den Mann auf der Couch auf. Bader rückte nach vorn und lieferte ihm einen detaillierten Bericht seiner Erlebnisse ein paar Stunden zuvor.

»Und dieses Arschloch hat dir einfach so das Tränengas in die Augen gesprüht? Noch bevor du ihm eine verpasst hattest?«

»Klar, noch bevor ich ihm die Erste übergezogen hatte. Frag mich nicht warum, aber es war so.«

»Meinst du, der wusste, dass du auf ihn gewartet hast?«

»Nein, der wusste von nichts. Der hat sich vermutlich schon seit ein paar Monaten auf dem Heimweg in die Hosen geschissen vor Angst und deswegen das Gas dabeigehabt.«

»Aber du hast ihn trotzdem richtig erwischt? Hast ihn anständig fertiggemacht?«

»Das kannst du glauben. Der braucht in den nächsten Monaten eine Schnabeltasse für seine Suppe. Man sieht es auf dem Video eigentlich ganz gut, obwohl ein paar Spritzer von dem Gas auf die Kamera gekommen sind.«

Zoller überlegte eine Weile. »Vielleicht hättest du ein bisschen schneller sein müssen, Andy. Ein Formel-1-Bolide bist du ja nicht gerade mit deinem Hinkefuß. Oder hast du irgendwie gezögert, bevor du zugeschlagen hast?«

»He, he, nun hör aber auf. Du weißt, dass ich nicht zögere oder rumzicke, wenn ich einem auf die Fresse haue. Das weißt du ganz genau. Ich bin auf ihn zu und wollte gerade ausholen, da hat er sich umgedreht und mir das Gas in die Augen gesprüht. Ich hätte noch so schnell sein können, das hätte nichts geändert. Und außerdem hattest du mir in die Hand versprochen, dass du mich nicht mehr mit meinem zu kurzen rechten Bein aufziehen würdest.«

»Ja, klar, schon gut. Ich wollte dich weder aufziehen noch anmachen.« Er sah Bader dabei zu, wie der sich zum wiederholten Mal über die Augen wischte. »Und hör endlich auf, dir ständig in die Augen zu fassen. Damit machst du die Scheiße nur noch schlimmer. Und es dauert viel länger, bis du Ruhe hast.«

Bader ließ sich in die Couch zurückfallen und rollte dabei die rot geränderten Augen.

»Du hast gut reden. Dir hat ja auch niemand so ein Scheißzeug in die Fresse gesprüht.«

Zoller stand wortlos auf. »In einer Stunde steht deine Heldentat online. Aber schau es dir auf keinen Fall ohne VPN an, klar?«

»Klar. Bin doch nicht blöd.«

Er wartete, bis sein Besucher gegangen war, holte sich eine Dose Bier aus dem Kühlschrank und setzte sich wieder auf die Couch. »Dir wird auch noch aufgehen, was du an mir hast«, murmelte er leise in Richtung Wohnungstür. »Musst gar nicht mehr lange warten, dann werden du und die Jungs mich vermutlich auf den Schultern durch die Stadt tragen und dabei hochleben lassen.«

Eine halbe Stunde und zwei Dosen Bier später war Andreas Bader eingeschlafen.

5

»Na, das ist doch gar nicht so schlecht gelaufen«, meinte Pia, als sie außer Hörweite von Brinkmanns Büro waren. »Ich zumindest hätte es mir *knorpeliger* vorgestellt, um dich mal zu zitieren.«

»Ja, klar, ist echt klasse gelaufen«, brummte Hain mit Blick auf die Kladde in seiner Hand. »Bis auf die Tatsache, dass wir die Hilfsarbeiten abgekriegt haben.«

»Das hatte ich nicht anders erwartet, und du ganz sicher auch nicht. Und dass die uns beiden die ganz heißen Aufgaben übertragen, das wollte und will ich ehrlich gesagt gar nicht. Wir machen das, was Brinkmann von uns verlangt, und lassen uns überraschen, was dabei herauskommt.« Sie versetzte ihrem mürrisch dreinblickenden Kollegen einen angedeuteten Schlag in die Rippen. »He, nun lass dich doch nicht so hängen. Wir arbeiten uns kurz in den Fall ein und danach lade ich dich auf einen leckeren Kaffee ein.«

Hain, der sich schon in Bewegung gesetzt hatte, blieb wieder stehen und drehte sich zu seiner Kollegin um. »Kaffee?«, flüsterte er. »Bist du wahnsinnig? Was soll denn aus deinem Nachwuchs werden, wenn du ihn schon in den ersten Wochen seines Daseins mit Koffein abfüllst?«

Pia sah ihren Kollegen einen Moment lang fassungslos an. Dann schüttelte sie den Kopf und drängte sich an ihm vorbei. »Ich hätte besser meinen Mund gehalten, bis ich auf Größe 44 aufgequollen bin.«

Ihren Cappuccino genehmigte sich die junge Kommissarin trotz der Warnung ihres Kollegen, und auch Hain nahm einen. Dann fuhren sie gemeinsam in den Stadtteil Waldau und hatten kurz darauf den Parkplatz erreicht, auf dem auch Jonas Blum in der Nacht zuvor seinen Wagen abgestellt hatte.

»Hier hatte ich öfter zu tun, als ich noch bei der Sitte war«, erklärte er. Sein Blick fiel auf die zahlreichen Wohnsilos dahinter.

»Echt? Was gab es denn hier so Spannendes für die Tugendwächterabteilung zu sehen?«

»In den Häusern hier hatten sich viele Mädchen aus Osteuropa niedergelassen und sind illegal der Prostitution nachgegangen. Das hat einige hier gestört. Denn das ist nämlich eigentlich gar keine schlechte Wohngegend.« Er drehte sich einmal um die eigene Achse. »Mir hat mal eine erzählt, dass die meisten ihrer Kunden zu Fuß kommen würden. Das war zwar irgendwie lustig, aber trotzdem haben wir ihr die Bude zugemacht.«

»Wie, die Bude zugemacht? Die hat doch da gewohnt, oder?«

»Ja klar. Aber der Druck aus der Nachbarschaft ist so groß gewesen, dass sie es, nachdem wir sie erwischt hatten, einfach gelassen hat. Wenn ich mich recht erinnere, hat sie dann am Straßenstrich auf der Wolfhager Straße angeheuert.«

»Das arme Ding.«

»Ja. Ein paar Monate später ist sie von ihrem Zuhälter totgeschlagen worden.« Sein Arm wies auf einen der im rechten Winkel stehenden Wohnblocks hinter dem Straßenschild »Waldemar-Petersen-Straße«.

»Das da drüben ist die Nummer 59, da hat der Blum gewohnt. Und dort, auf dem Weg davor, müsste sich die Sache von letzter Nacht abgespielt haben.«

Sie gingen auf den etwa 100 Meter entfernten, noch immer mit Trassierband abgesperrten Tatort zu und betrachteten den mit Blutspritzern gesprenkelten Asphalt.

»Wie das hier aussieht«, meinte Pia, »dürfte der gute Herr Blum richtig Glück gehabt haben. Das hätte auch deutlich unangenehmer ausgehen können für ihn.«

»Definitiv, ja.«

»He, was machen Sie denn da?«, wollte eine Männerstimme hinter ihnen wissen. »Sind Sie von der Zeitung, oder was?«

Die beiden Polizisten drehten sich um und blickten auf einen Mann, der beide Unterarme auf eine Fensterbank im Hochparterre gestützt hatte und sie mit zusammengekniffenen Augen fixierte. Sein Oberkörper wurde nur unzureichend von einem ehemals weißen Unterhemd bedeckt. Dichte Haarbüschel quollen überall heraus, in seinem linken Mundwinkel klemmte eine dampfende Zigarette. Hain erinnerte die Szene stark an eine der hemmungslos überzeichneten Karikaturen des österreichischen Künstlers Manfred Deix.

»Nein«, erwiderte Hain, nachdem er und seine Kollegin bis auf ein paar Meter an ihn herangetreten waren, »wir sind nicht von der Zeitung.«

»Rundfunk? Oder Fernsehen? Aber Sie haben ja gar keine Kameras dabei.«

»Weder noch«, beschied Pia ihm.

»Dann sind Sie bestimmt auch solche Internetfritzen. Da war vorhin nämlich schon einer von hier.«

»Wirklich? Was wollte der denn?«

»Hat sich hier umgesehen und einen auf wichtig gemacht. Mit Kamera und so.« Er schnippte seine Zigarettenkippe ins Gras, wo sie auf eine ansehnliche Anzahl von Kollegen traf. »Aber mal was anderes«, meinte er schließlich verschwörerisch. »Ich wundere mich schon den ganzen Tag, dass gar nichts über die Sache im Radio oder im Fernsehen kommt. Wissen Sie, was da los ist? Wenn hier in Deutschland einer so brutal vermöbelt wird, dann sollte man doch schon denken, dass das für die Allgemeinheit von Interesse ist. Aber nichts, nicht ein Wort zu dieser Sache.«

»Sie kennen Herrn Blum?«

»Klar. Der lebt doch bestimmt schon seit … hm, fünf Jahren hier im Block. Und da lernt man sich schon kennen, was meinen Sie denn? Ich bin seit 47 Jahren hier und habe schon viele kommen und gehen gesehen.«

»Wow«, machte Hain auf beeindruckt. »Seit 47 Jahren, und immer hier in der gleichen Wohnung?«

»Seit 47 Jahren, immer hier in der Wohnung«, gab er stolz zurück. »War meine erste eigene Bude, nachdem ich geheiratet habe und bei den Eltern rausmusste.«

Wieder ein anerkennendes Nicken des Kommissars. »Ist Herr Blum eigentlich verheiratet?«, fragte er dann.

»Nein, soweit ich weiß nicht. Ich habe ihn zwar ein paarmal mit einer Frau gesehen, aber der lebt allein hier. Das weiß ich ganz genau. Steht ja auch nur sein Name am Klingelbrett und an der Wohnungstür.«

»Also eher eine Freundin?«

»Würde ich mal sagen, ja.«

»Und Sie haben was von der Sache von letzter Nacht mitbekommen?«, wollte Pia nun wissen.

»Klar. Ich habe den Typen, der auf den armen Blum eingeprügelt hat, ja praktisch in die Flucht geschlagen.«

»Ach, Sie sind aus dem Haus gekommen?«

Der Mann am Fenster griff nach der neben ihm liegenden Zigarettenschachtel und zündete sich einen Glimmstängel an. »Nee, dazu ging das doch alles viel zu schnell. Ich hatte gerade den Fernseher ausgemacht und wollte ins Bett gehen, als ich die Schreie gehört habe. Bei der Hitze hat man ja doch die Nacht über das Fenster offen. Und dann habe ich den Kerl mit der Latte in der Hand aber mal so richtig angepfiffen, dass er das lassen soll, was er da veranstaltet.« Er zog an der Zigarette und blies eine Ladung blauen Rauch aus. »Da wusste ich ja noch gar nicht, dass es der arme Blum war, der da jammernd am Boden lag. Das habe ich erst mitgekriegt, als die Sanis gekommen sind und ihn auf die Trage geschnallt haben.«

»Da hatten Sie aber die Polizei schon angerufen?«

»Klar. Und den Rettungswagen.«

»Das haben Sie wirklich vorbildlich gemacht, das kann man nicht anders sagen.«

Sein Blick wanderte von Hain zu Pia und wieder zurück. »Aber nun sagen Sie mir doch mal, von welcher Truppe Sie denn eigentlich sind. Fernsehen?«

»Nein«, lachte die Oberkommissarin ihn an, »viel, viel weniger spektakulär. Wir sind von der Polizei.«

»Ach. Aber da waren doch schon so viele von hier. Was wollen Sie denn noch?«

»Wir sind so etwas wie eine Spezialeinheit«, ließ Hain den armen Kerl wissen. »Wir haben eine Sonderausbildung in ...«

»Wir wollen noch ein paar Befragungen durchführen«, ging Pia energisch dazwischen, bevor ihr Kollege sein unbekümmertes Fabulieren auf die Spitze treiben konnte. »Manchmal fällt den Leuten über den Tag ja noch was ein, was sie uns noch nicht erzählt haben.«

»Und dafür brauchen Sie eine Sonderausbildung?«, hakte er skeptisch nach.

Pia bedachte Hain mit einem Blick der Marke »tödlich«.

»Ja, wegen der Kommunikation und so muss man schon gut ausgebildet sein. Sonst kommt man ja nicht so gut an die Leute ran, verstehen Sie?«

»Ja klar. Ganz moderne Ermittlungsmethoden. Kenne ich aus dem Fernsehen.«

»Ja, genau wie im Fernsehen«, rief Hain eine Spur zu laut.

»Aber bei Ihnen«, übernahm wieder Pia, »ist nichts an nennenswerten oder für uns relevanten Infos dazugekommen?«

Der Mann am Fenster kniff ein Auge zusammen und sah sie fragend an.

»Also Sie haben den Kollegen alles, was Sie wahrgenommen haben, erzählt, nehme ich an. Da gibt es nichts mehr, das für uns wichtig sein könnte?«

»Nein, ich habe denen alles erzählt. Alles, von Anfang bis Ende, vom ersten Schrei, bis die Uniformierten hier aufgekreuzt sind.«

»Gut, dann haben wir auch an Sie keine Fragen mehr.«

»Ich hätte vielleicht noch eine«, meinte Hain.

Pia sah ihn warnend an, aber er machte eine beschwichtigende Handbewegung. »Wenn man so lang unter einem Dach wohnt, dann kennt man sich doch richtig gut, und das haben Sie uns ja auch schon erzählt. Also, dass Sie Herrn Blum gut kennen. Mich würde jetzt brennend interessieren, was der Herr Blum denn so für ein Mensch ist. Wie Sie ihn so wahrnehmen.«

»Der Maik ist ein ganz feiner Kerl, das kann ich Ihnen auf jeden Fall sagen. Wenn Not am Mann ist, kann man sich immer hundertprozentig auf den verlassen.« Die Asche an seiner Zigarette löste sich von der Glut und fiel zu Boden. »Und dass der jetzt so zusammengeschlagen worden ist, grenzt für mich schon an einen Mordversuch. Der Bekloppte, der das gemacht hat, den sollte man für den Rest seiner Tage in Gewahrsam nehmen und auf ja keinen Fall mehr rauslassen.« Wieder ein Zug an der Zigarette. »Ist nur meine Meinung. Ist einfach nur meine Meinung.«

Pia Ritter nickte. »Klar. Wissen Sie denn auch, was der Herr Blum beruflich macht?«

»Nee. Darüber haben wir nie gesprochen. Interessiert mich auch nicht. Der ist sauber und ordentlich, der Rest interessiert mich nicht. Und die anderen Leute hier im Block garantiert auch nicht.« Er zögerte und winkte die beiden Polizisten noch ein wenig näher. »Ich glaube ja, dass das einer von diesen Typen drüben aus der Afrikasiedlung war. Sie wissen schon, einer von diesen …«

»Nein, wissen wir nicht«, brummte Hain. »Was oder wen genau meinen Sie denn?«

»Na, Sie wissen doch.«

»Also«, mutmaßte Pia Ritter, »haben Sie doch jemanden erkannt? In der Akte steht, dass Sie wegen der Dunkelheit nichts erkennen konnten. Und Sie haben ja eben auch eingeräumt, dass Sie Herrn Blum erst erkannt haben, als die Sanitäter ihn auf die Trage geschnallt hatten.«

Der Arm des Mannes am Fenster wies wortlos nach rechts. »Da drüben, in der Afrikasiedlung, da müssen Sie nach dem Bekloppten suchen. Da leben diese verdammten …« Er brach mitten im Satz ab, warf seinen Zigarettenstummel in Richtung der vorher gerauchten Zigarette, brachte seinen Oberkörper in die Vertikale und warf seinen Besuchern einen letzten, bärbeißigen Blick zu. »Und jetzt gehe ich rein und schau ein bisschen Fernsehen. Ist ja auch alles besprochen, was zu besprechen war.« Damit schloss er das Fenster, zog den Vorhang zu und war im nächsten Augenblick verschwunden.

Ritter und Hain sahen sich verwundert an.

»Dieser Abgang war jetzt aber ein sehr plötzlicher«, befand der Hauptkommissar süffisant. »Aber vermutlich hat er gemerkt, dass er dabei war, sich um Kopf und Kragen zu reden.«

»Ja, den Eindruck hatte ich auch. Aber interessant zu erfahren, dass man fünf Jahre zusammen unter einem Dach leben kann, ohne auch nur zu wissen oder nachzufragen, was der Nachbar so arbeitet. Erstaunlich, meinst du nicht?«

»Vielleicht würde Blum das Verhältnis zu seinem am Fenster rumlümmelnden Nachbarn ja ganz anders beschreiben als er eben. Und vermutlich war es nicht der schlechteste Gedanke, diesem Blockwart so wenig wie möglich über sich, seinen Beruf und sein Leben preiszugeben.«

»Ja, auch damit könntest du recht haben.« Pia Ritter wandte den Kopf in ebenjene Richtung, in die der Mann am Fenster gerade gedeutet hatte. »Ich war da schon länger nicht mehr, aber die Afrikasiedlung hat doch schon vor Jahren ihren schlechten Ruf abgelegt, oder?«, wollte sie von ihrem Kollegen wissen.

»Ich hatte dort auch schon länger nicht mehr zu tun, sehe das aber genauso wie du. Die ganz wilden Zeiten des Viertels liegen definitiv schon Jahre, wenn nicht Jahrzehnte zurück.«

Das Gespräch der beiden bezog sich auf eine Siedlung innerhalb des angrenzenden Stadtteils Forstfeld, die etwa einen Kilometer Luftlinie von der Waldemar-Petersen-Straße entfernt lag. Die Straßen waren bei der Gründung des Viertels 1938 nach Begriffen aus den ehemaligen deutschen Kolonien benannt worden. Nach dem Zweiten Weltkrieg, spätestens jedoch in den Sechzigerjahren des vergangenen Jahrhunderts, war das Quartier zu einem der ersten sozialen Brennpunkte Kassels geworden, und die durchaus abwertende Bezeichnung »Afrikasiedlung« hatte sich bis in die heutige Zeit gehalten.

»Was für *Leute* könnte die Plaudertasche am Fenster gemeint haben? Hast du eine Idee?«

Hain schüttelte den Kopf. »Menschen wie der deuten vielleicht am ehesten auf Flüchtlinge, wenn etwas passiert ist.

Aber soviel ich weiß, leben von denen keine in dem Viertel.« Er setzte sich Richtung Haustür in Bewegung. »Vermutlich gibt es da schon den einen oder anderen Bewohner, den man im weiteren Sinn als einen unserer Kunden bezeichnen könnte. Aber das sind dann eher klassische Kleinkriminelle oder Drogenabhängige, die für diesen Mist hier nach meiner Meinung garantiert nicht infrage kommen.«

Pia, die neben ihm herging, nickte. Sie hatten die Tür erreicht und betrachteten das links davon angebrachte Klingelbrett mit etwa 20 Schildern. »Stimmt, hier ist nur sein Name vermerkt«, fasste sie zusammen.

Hain drückte auf eine der unteren Klingeln. Der Name Yilmaz ließ darauf schließen, dass sie hier nicht beim Kollegen Blockwart landeten. Kurz darauf ertönte der laute Summer. Die beiden traten in den muffig riechenden Hausflur und sahen an dessen Ende eine Frau in einer offen stehenden Tür.

»Ja, bitte?«, wollte sie unsicher wissen. »Was möchten Sie?«

Während Pia sich und ihren Kollegen vorstellte, waren aus dem Innern der Wohnung die Stimmen mehrerer Kinder zu hören.

»Und Sie sind?«, fragte die Polizistin freundlich.

»Ich bin Hatice Yilmaz. Warum wollen Sie das wissen?«

»Wir befragen die Bewohner, also alle Bewohner des Hauses, zu dem Vorfall von letzter Nacht«, erklärte die Polizistin der skeptisch dreinschauenden Frau.

»Was für einen Vorfall meinen Sie?«, wollte sie wissen.

»Einer der Bewohner ist vergangene Nacht auf dem Weg zum Haus überfallen und zusammengeschlagen worden. Wir sind auf der Suche nach Zeugen, die vielleicht Hinweise auf den oder die Täter geben können.«

Die Frau im Türrahmen schüttelte den Kopf. »Es tut mir

leid, aber ich weiß nichts von einem Überfall. Ich habe wirklich überhaupt nichts davon mitbekommen. Wer wurde denn zusammengeschlagen?«

»Herr Blum.«

»Blum? Den kenne ich leider nicht. Wohnt der schon lange hier?«

»Das weiß ich nicht.«

»Wenn sich die Sache vor der Haustür zugetragen hat, dann können wir gar nichts davon mitbekommen haben. Wir haben ja nur Fenster nach hinten raus, zu den Bäumen.«

»Wir dachten«, mischte Hain sich ein, »dass Sie vielleicht etwas von dem Polizeieinsatz bemerkt haben. Da war letzte Nacht wirklich viel los vor der Tür.«

Die Frau schüttelte erneut den Kopf. »Nein, leider. Wir haben die ganze Nacht geschlafen und gar nichts mitbekommen.«

Nun tauchte neben ihr ein etwa dreijähriges Mädchen auf, das nach ihrer Hand griff. Sie beugte sich nach unten, flüsterte dem Kind etwas ins Ohr, lächelte dabei gütig und nickte aufmunternd. Die Kleine sah kurz zu Hain, dann etwas länger zu Pia, drehte sich schließlich um und rannte davon.

»Ich würde mich jetzt gern wieder um meine Kinder kümmern«, ließ die Frau sie wissen.

»Leben Sie allein mit Ihren Kindern?«, hakte der Hauptkommissar nach.

Sie bedachte ihn mit einem längeren, unschlüssigen Blick und nickte dann kaum wahrnehmbar.

»Ja. Mein Mann war nicht gut zu mir und den Kindern.«

»Das tut mir leid.«

»Aber Sie sind doch der Letzte, der etwas dazu kann«, meinte sie mit traurigem Gesicht. »Wenn Spielsucht und der Alkohol zusammenkommen, dann wird es einfach schwer für eine Familie.«

Pia streckte den Arm nach vorn und reichte Frau Yilmaz die Hand. »Danke, dass Sie uns aufgemacht und unsere Fragen beantwortet haben.«

»Bitte. Auf Wiedersehen.«

Die Tür fiel hinter ihr ins Schloss. Pia und Thilo sahen sich betreten an.

»Das Leben kann schon ungemütliche Überraschungen bereithalten«, murmelte die Oberkommissarin, als die beiden ein paar Meter entfernt waren.

»Das sag ich dir.«

An der Tür gegenüber von Frau Yilmaz' Wohnung stand »Zacharias« an der Klingel. Sowohl Pia als auch ihr Kollege vermuteten zurecht, dass hier der Blockwart wohnte.

An den beiden weiter Richtung Haustür liegenden Wohnungen wurde ihnen nicht geöffnet, also stapften sie in den ersten Stock. An der ersten Tür über der Wohnung des Blockwarts öffnete ihnen eine ältere Dame, die sich auf einen Rollator stützte.

»Lassen Sie sich bloß nichts von diesem Kretin erzählen«, sagte sie den Polizisten ungefragt. »Dieser Mann hat sich seinen Verstand komplett weggesoffen und weggeraucht, wenn ich mich mal so umgangssprachlich ausdrücken darf.«

»Ach«, erwiderte Thilo freundlich, »Sie haben unser Gespräch mit Ihrem Nachbarn angehört, Frau …?«

»Neutze. Elfriede Neutze. Und ja, ich war genötigt, das Gespräch mit anzuhören. Mein Wohnzimmerfenster ist geöffnet, da ließ sich das kaum vermeiden.«

»Und Sie sind der Meinung«, hakte Pia nach, »dass Herr Zacharias uns Unsinn erzählt hat?«

»Auf jeden Fall. Der hat vermutlich komplett alkoholisiert auf seinem Sofa gelegen, aber sicher nichts von der fiesen Attacke auf den bedauernswerten Herrn Blum mitbekommen. Zumindest nicht, bis auf dem Hof richtig etwas los war mit der Polizei und den ganzen Rettungskräften.«

»Aber er hat uns erzählt, dass er die Polizei angerufen hat.«

»Das habe ich durchaus gehört, selbstverständlich. Aber daran ist kein wahres Wort, denn ich habe sofort, nachdem der Täter sich aus dem Staub gemacht hat, auf dem Polizeirevier angerufen. *Ich* habe die 110 gewählt und den Vorfall gemeldet, nicht dieser schreckliche Mann.«

»Na ja«, gab Pia vorsichtig zu bedenken, »vielleicht waren Sie ja gleich schnell, oder einer von Ihnen war ein paar Sekunden vor dem anderen am Telefon.«

»Nein, auch das stimmt nicht. Ich …« Sie brach ab, betrachtete die Kommissarin eingehend und unterzog im Anschluss auch Hain einer optischen Überprüfung. Dann trat sie zur Seite und wies mit dem rechten Arm in Richtung ihres Flurs. »Kommen Sie, ich möchte nicht meine dem Alter geschuldeten gesundheitlichen Schwierigkeiten hier in aller Öffentlichkeit diskutieren. Kommen Sie herein.«

Sie wartete, bis die beiden Polizisten an ihr vorbei in den Flur getreten waren, schloss die Wohnungstür und ging auf den Rollator gestützt vor ihnen ins mit schweren Möbeln vollgestellte Wohnzimmer.

»Bitte, setzen Sie sich«, sagte sie zu den Beamten.

Die Kommissare nahmen auf dem Sofa Platz, Frau Neutze ihnen gegenüber auf einem Sessel.

»Also, ich kann Ihnen deshalb mit absoluter Sicherheit sagen, dass Herr Zacharias nichts von der Sache mitbekommen hat, weil ich sein Schnarchen gehört habe. Und ein Mensch, der schnarcht, zumal in der Lautstärke dieses ungehobelten Widerlings, nimmt nun einmal nichts wahr von seiner Umwelt. Der schläft dabei nämlich tief und fest.« Die alte Dame sagte das mit solcher Bestimmtheit, dass weder Ritter noch Hain etwas dagegen vorbringen konnten oder wollten. »Und um meine Worte zu unterstreichen, machen wir jetzt einen kleinen Test, den Sie sicher als schlüssigen Beweis anerkennen dürften«, fuhr sie fort, stand auf und öffnete den rechten Flügel des großen Fensters. Sofort wurde im Zimmer die Kakofonie der Welt vor dem Haus hörbar. Dann griff Frau Neutze zum Telefon, nahm es aus der Ladeschale, wählte eine Nummer und deckte das kleine Gerät schließlich mit der rechten Hand ab. Nach ein paar Sekunden erklang klar und deutlich der Rufton aus der Wohnung unter ihnen. Sie wartete ein paar weitere Sekunden, bis das Klingeln aufhörte, fing süffisant an zu grinsen und beendete das Gespräch. »Das dürfte unterstreichen, was ich Ihnen gerade zu vermitteln versucht habe«, sagte sie bestimmt und stellte das Telefon zurück.

»Durchaus, ja«, stimmte Pia ihr zu. »Was mich allerdings wundert, ist die Tatsache, dass Sie die Telefonnummer Ihres Nachbarn, zu dem Sie ja ganz offensichtlich nicht das beste Verhältnis haben, auswendig kennen.«

Das Grinsen der alten Dame wurde noch ein wenig breiter. »Ja, ich kann verstehen, dass Sie darüber verwundert sind. Aber ein klein wenig Vergnügen sollten Sie mir schon gönnen, wenn Sie verstehen, was ich meine.«

Hain wollte nachfragen, weil er es nicht verstand, doch ein Blick seiner Kollegin ließ ihn innehalten.

»Sie meinen, dass man ein störendes Schnarchen im Sommer auch einfach mal mithilfe des Telefons unterbrechen kann«, vermutete die Oberkommissarin.

»Ich werde sicher nichts sagen, durch das ich mich in irgendeiner Form selbst belasten würde«, antwortete Frau Neutze erkennbar vergnügt.

»Das erwartet auch niemand von Ihnen. Aber wir sind natürlich sehr interessiert an Ihren Beobachtungen von letzter Nacht.«

»Die werde ich Ihnen gern mitteilen. Allerdings möchte ich Ihnen noch kurz darlegen, warum ich, auch in der vergangenen Nacht, nicht wie jeder vernünftige Mensch im Bett gelegen und geschlafen habe.«

Pia schüttelte den Kopf. »Das ist wirklich nicht notwendig. Uns reicht es zu wissen, dass Sie wach gewesen und etwas von dem Angriff auf Herrn Blum mitbekommen haben.«

»Na gut, dann kommen wir eben gleich zur Sache. Ich habe also mit einem Buch in der Hand hier im Zimmer gesessen, das Radio lief leise, und von unten war das zwar rhythmische, nichtsdestotrotz überaus enervierende Schnarchen meines Nachbarn zu hören. Dann, gegen 1:15 Uhr, ging urplötzlich das Gebrüll los.«

»Was meinen Sie mit *Gebrüll*«, hakte Thilo Hain nach.

»Das Erste, was ich hier oben gehört habe, war der Satz: ›Du verschissene Sau, ich mach dich kalt.‹ Das ist jetzt nicht mein Sprachgebrauch, aber das war das Erste, was gerufen wurde. Danach folgten Stöhnen und das Klappern von Holz auf dem Boden. In diesem Moment hatte ich aber auch schon das Fenster erreicht und konnte sehen, dass ein Mann mit einer Holzlatte auf einen anderen einzuprügeln versuchte. Zuerst dachte ich wirklich, dass der Schläger blind sei, weil er so unbeholfen und ohne jegliches Konzept auf den anderen einschlug. Diesen Gedanken musste ich allerdings verwerfen, als er den anderen, Herrn Blum, schließlich immer und immer wieder mit äußerst brutalen Hieben überzog.«

»Konnten Sie den Angreifer erkennen?«

Die Frau auf dem Sessel schüttelte den Kopf. »Nein, da muss ich Sie leider enttäuschen. Meine Augen sind erstens nicht mehr die besten, und zweitens hatte ich unglücklicherweise auch noch meine Lesebrille aufgesetzt. Ich hatte ja, wie gesagt, kurz zuvor noch gelesen.«

»Größe? Vielleicht etwas zur Statur des Mannes? Oder irgendwelche anderen Auffälligkeiten?«

»Nein, auch da kann ich Ihnen leider nicht weiterhelfen. Das Einzige, was mir wirklich in Erinnerung geblieben ist, war die … rasende Wut, mit der er auf Herrn Blum eingedroschen hat.« Sie überlegte eine Weile. »Ja, ich muss wirklich sagen, dass der Mann geradezu blindwütig vorgegangen ist. Meine größte Befürchtung war, dass er sein armes Opfer am Ende totgeschlagen haben könnte, weswegen ich auch laut gerufen habe, dass er aufhören soll. Dann jedoch war es mir wichtiger, sofort die Polizei und den Rettungswagen zu verständigen.«

»Wie ging es weiter?«

»Als ich das getan habe und zurück am Fenster war, lag das Opfer, also Herr Blum, stöhnend da. Und ganz kurz darauf erklangen auch schon die ersten Sirenen.«

»Sind Sie nach unten gegangen, um sich um Herrn Blum zu kümmern?«, wollte Hain wissen.

Die alte Dame drehte den Kopf, wies auf den Rollator neben sich und verzog dabei den Mund. »Ich habe zwei künstliche Hüftgelenke, die beide nicht so funktionieren, wie die Ärzte, die sie eingebaut haben, es mir vor den Operationen annonciert haben. Wenn ich also etwas wirklich nicht gut kann, dann ist es auf jeden Fall Treppenlaufen.« Sie holte tief Luft. »Und deshalb, und damit komme ich auf meine gesundheitlichen Probleme zurück, schlafe ich auch eher wenig. Meine Nächte sind, wie die Tage auch, geprägt von starken bis sehr starken Schmerzen, die ich leider nicht mehr loswerde.« Die ohnehin zerfurchte Stirn der Frau wurde noch etwas faltiger. »Und deshalb habe ich auch bewusst keinen Versuch unternommen, dem armen Mann da unten meine Hilfe zuteilwerden zu lassen. Bis ich nämlich bei ihm angekommen wäre, hätte man ihn vermutlich schon ins Krankenhaus gebracht.«

»Natürlich. Niemand macht Ihnen einen Vorwurf, Frau Neutze.«

»Darüber bin ich mir im Klaren. Alt werden ist eben nichts für Feiglinge.«

»Ich weiß«, mischte Pia sich ein, »dass man das eine Dame nicht fragen sollte, aber darf ich trotzdem erfahren, wie alt Sie sind?«

»82. Ich bin im letzten März 82 Jahre alt geworden.«

»Und Sie leben schon lange hier im Haus?«

Nun lachte Elfriede Neutze laut auf. »Ja, ich lebe schon lange hier im Haus. Und noch deutlich länger als Herr Zacharias übrigens.«

»Wow. Der hat uns erzählt, dass er seit 47 Jahren hier wohnt.«

»Ich weiß, ich habe es gehört. Er hat es ja auch laut genug hinausposaunt.« Sie wurde ernst. »Ich habe vorletztes Jahr mein 50-jähriges Jubiläum hier im Haus gefeiert.«

»Das ist bemerkenswert«, meinte die Polizistin anerkennend. »Aber das heißt dann natürlich auch, dass Sie schon sehr lange mit Herrn Zacharias in der direkten Nachbarschaft auskommen müssen.«

»Nein, das stimmt glücklicherweise nicht. Ich bin nach dem Tod meines Mannes vor sieben Jahren aus dem obersten Stock hierher in diese kleinere Wohnung gezogen. Vorher hatte ich mit Zacharias so gut wie keinen Kontakt. Wir haben immer in deutlich unterschiedlichen Welten gelebt.«

»Wie meinen Sie das?«

»Meine liebe Frau Polizistin, ich war bis zu meiner Pensionierung Lehrerin. Oberstufenlehrerin mit den Fächern Deutsch und Englisch. Und Herr Zacharias spielt, rein intellektuell, ja nun in einer ganz anderen Liga. Ich möchte wahrlich nicht arrogant erscheinen, aber ich weiß beim besten Willen nicht, was ich mit diesem Menschen reden sollte.«

»Was vielleicht schade, aber vermutlich auch nicht zu ändern ist«, meinte Hain. »Mich interessiert noch, wie es weitergegangen ist, nachdem Sie die Kollegen verständigt hatten. Ist ein Beamter bei Ihnen gewesen?«

»Nein, niemand. Es hat mich auch gewundert, aber bis vorhin hat sich niemand ernsthaft um den Sachverhalt gekümmert. Da waren zwar ein paar Leute mit weißen Anzügen, die überall herumgekrabbelt sind, aber mehr auch nicht.«

»Das waren die Damen und Herren von der Spurensicherung.«

»Das habe ich mir gedacht.«

Pia und Thilo tauschten einen kurzen Blick aus, mit dem sie sich gegenseitig signalisierten, dass alle Fragen gestellt waren, bedankten sich bei Frau Neutze, übergaben ihr eine Visitenkarte und verließen die Wohnung. Die übrigen Mieter des Hauses, die sie zu befragen versuchten, waren entweder nicht anwesend oder hatten überhaupt nichts von dem Vorfall mitbekommen.

Auf dem Weg nach draußen warf Pia einen Blick auf ihre Armbanduhr. »Tatsächlich schon 17:20 Uhr. Lass uns kurz bei Brinkmann Bericht erstatten und dann Feierabend machen. Ich bin ziemlich durch und freue mich narrisch auf meine Couch.«

»Auf jeden Fall. Ich bring dich schnell nach Hause, kläre das mit Brinkmann und mach dann auch Feierabend. In Ordnung?«

»Wer bin ich, dass ich dir widersprechen würde?«, grinste Pia Ritter ihren Kollegen an.

Eine knappe halbe Stunde später lag sie in Dominiks Arm, dachte zum ersten Mal daran, wie ihr Leben zu dritt aussehen würde, und war kurz darauf eingeschlafen.

6

Hila Binisao drückte die Return-Taste auf dem Keyboard, holte tief Luft und stand auf. Die 22-jährige Studentin des Studiengangs Deutsch als Fremdsprache rieb sich die Augen, streckte sich und machte dabei ein zufriedenes Gesicht.

»Na, fertig?«, wollte Paul Bittenbinder am Schreibtisch gegenüber mit deutlichem fränkischen Akzent und breitem Grinsen im Gesicht wissen.

»Ja, endlich«, erwiderte die in Somalia geborene und als Baby mit ihrer Familie nach Deutschland gekommene Frau. »Der Artikel hat sich aber auch wirklich gezogen.«

»Ja, manchmal ist das so. Da geht die Recherche ganz schnell und der Rest gestaltet sich zäh wie Kaugummi.«

Hila reckte die Arme über den Kopf, stellte sich auf die Zehenspitzen und machte ein paar Dehnübungen. Dabei fiel ihr Blick auf die dritte im Raum anwesende Person. »Na, auch immer noch hier?«, rief sie Elena Siebert zu, die allerdings in diesem Moment aufstand und nach ihrer Tasche griff.

»Ja, aber jetzt muss ich los. Bin schon viel zu spät dran. Wir sehen uns morgen in der Uni.«

»Klar. Kommst du zur Vorlesung von Langeweile-Pomberg?«

»Ich würde echt gern drauf verzichten, muss aber. Sonst kriege ich vermutlich richtig Ärger mit ihm.«

»Dann sehen wir uns. Ich kann leider auch nicht noch mal schwänzen.«

Die beiden lachten sich zu. Elena nickte in Richtung Bittenbinder, warf sich die Tasche über die Schulter und stürmte aus der kleinen Redaktion. Hila und Paul sahen ihr dabei zu, warteten, bis der rechte Flügel der schweren Drahtglastür zugefallen war, und gingen schließlich langsam, fast ein wenig zögernd aufeinander zu.

»Ich hab schon gedacht, die würde gar nicht mehr gehen«, murmelte der aus Fürth stammende junge Mann, griff nach Hilas Hand und zog sie langsam zu sich heran.

»Und ich hätte es keine Minute länger ausgehalten, dich nicht endlich in den Arm zu nehmen«, erwiderte sie leise.

Dann berührten sich ihre Oberkörper. Hila spürte ihre Brust beben, als Pauls Hände ihren Hinterkopf umfassten, er sie noch etwas näher zu sich heranzog und sanft auf den Mund küsste. Aus dem vorsichtigen, ein wenig unbeholfenen Tasten der Lippen wurde schnell ein verspieltes Ringen ihrer Zungen. Schließlich schob Paul sie ein Stück zurück.

»Mannomann«, hauchte er tonlos. »Du stellst aber wirklich eine ganze Menge mit mir an.«

Die junge Frau fing an zu lachen und küsste ihn erneut. »Ja, das glaube ich dir gern. Aber ein bisschen musst du dich schon noch gedulden. Hier in der Redaktion wäre es mir dann doch nicht so recht.«

Bittenbinder schluckte. »Du willst es also … wirklich?«

Wieder ein Lachen. »Ganz wirklich, und heute, Paul. Ich freue mich darauf, und das weißt du auch ganz genau.« Sie blickte ihm tief in die Augen. »Und es ist ja nun wirklich nicht so, als ob nur du deinen Spaß daran hättest.«

Das, da war sich Paul Bittenbinder absolut sicher, war definitiv richtig. Als die beiden sich vor etwa drei Monaten auf der Party einer gemeinsamen Freundin zum ersten Mal über den Weg gelaufen waren, hatte es allerdings nicht so ausgesehen, als würde aus ihnen beiden etwas werden. Er war ziemlich betrunken gewesen und sie genervt von den Jungs, die ihr im Minutentakt Avancen machten. Avancen jener Art, mit denen sie weder etwas anfangen konnte noch wollte. Dann, als sie sich schon von der Gastgeberin verabschiedet hatte und gerade auf dem Weg nach draußen war, lief er mit drei Bechern Bier in den Händen direkt in sie hinein.

Verdammt, hatte sie innerlich geflucht, *so ein Volltrottel.*

Bittenbinder, dem sein Malheur sehr peinlich war, hatte zu allem Überfluss auch noch an ihrer Bluse herumgefummelt, um die triefende Flüssigkeit irgendwie von ihrem Körper wegzubekommen. Hilas weit aufgerissene Augen ließen ihn jedoch zurückzucken.

»Komm mir bloß nicht noch mal zu nah. Und geh mir aus dem Weg, damit ich ins Bad kann.«

»Ja, klar. Das tut mir echt total leid, aber ich habe dich einfach nicht gesehen.«

»Dann kauf dir halt eine Brille, verdammt noch mal, wenn du so blind bist. Wegen deiner Schusseligkeit bin ich jetzt nass wie ein …« Ihr war auf die Schnelle kein Vergleich eingefallen, was sie ganz offensichtlich nervte.

»Wie ein begossener Pudel«, beendete er schnell ihren Satz, bemerkte jedoch mit Blick auf ihr krauses, pechschwarzes Haar, dass auch das keine gute Idee gewesen war.

»Nein, äh … ich meine …« Hila schob ihn einfach zur Seite und verschwand kopfschüttelnd im Bad. Als sie zehn Minuten später wieder zum Vorschein kam, stand er immer noch total geknickt vor der Tür.

»Ich bitte dich wirklich ganz aufrichtig um Verzeihung«, ließ er sie demütig wissen. »Und das meine ich absolut ernst. So etwas ist mir nämlich noch nie passiert.«

Die junge Frau, die ihre Klamotten notdürftig mit einem Handtuch getrocknet hatte, sah ihn streng an. »Das hilft mir leider jetzt kein bisschen. Ich hab ungefähr 20 Minuten mit dem Fahrrad vor mir und so warm ist es draußen noch nicht, dass das mit den nassen Sachen die pure Freude wäre.«

»Willst du meine Jacke haben? Ich habe eine Lederjacke dabei, da kommt so gut wie keine kühle Luft durch.«

Hila dachte kurz nach, schüttelte im Anschluss jedoch den Kopf. »Nein, das geht nicht. Du müsstest sie ja zurückkriegen, und ich habe echt keine Lust, dir noch mal zu begegnen. Wer weiß, was dann schief- oder kaputtgehen wird.«

»He«, erwiderte er leise, »das ist jetzt wirklich nicht fair von dir. Ich mach dir einen nett gemeinten Vorschlag, will dir helfen, und du …«

»Das stimmt, da hast du recht«, unterbrach sie ihn. »Das war nicht fair von mir. Also, wo ist die Jacke?«

Er ging in Richtung der Garderobe, die mittlerweile aus einem riesigen Berg Jacken, Mänteln und sonstiger Bekleidung bestand. Nach ein paar Sekunden hob er seine schwere, schwarze Lederjacke hoch und hielt sie ihr hin. »Ich habe sogar noch eine viel bessere Idee«, meinte er treuherzig. »Was hältst du davon, wenn ich einfach mit dir fahre? Ich bin auch mit dem Rad da und könnte dich doch nach Hause bringen. Dann würde auch die Rückgabeproblematik ausfallen.«

»Nein, das musst du nicht machen. Sag mir einfach, wo ich die Jacke hinbringen soll, dann klappt das schon.«

Zwei Minuten später hatte Paul sie überredet. Insgeheim war sie gar nicht böse darüber gewesen, sich von ihm begleiten zu lassen, denn Fahrradfahrten durch die nächtliche Stadt gehörten nicht unbedingt zu ihren liebsten Beschäftigungen, seit sie einmal von ein paar Typen bedrängt worden war.

Die Strecke zu ihr nach Hause hatte dann mehr als eine Stunde in Anspruch genommen, weil sie die meiste Zeit die Räder geschoben hatten.

»So, hier sind wir«, hatte sie ihm vor einem Lebensmittelmarkt im Stadtteil Bettenhausen erklärt.

»Hier wohnst du? In einem Edeka-Lädchen?«

»Nein«, erwiderte sie und deutete mit dem Arm auf ein kleines Reihenendhaus in etwa 100 Metern Entfernung, »unser Haus ist das da vorn, aber mein Vater sieht es nicht gern, wenn ich mit irgendwelchen Typen vor dem Haus auftauche.«

»Aha. Irgendwelche Typen …«

»Nun nimm mir das nicht krumm. Bei uns zu Hause gehen die Uhren nun mal anders als in vielen anderen Familien. Das kannst du gut finden oder nicht, es ist aber nun mal so.«

»Hm. Und wie genau gehen die Uhren bei euch zu Hause?«

»Die gehen so genau«, antwortete sie lachend, »dass es nun mal nicht gestattet ist, mit irgendwelchen Typen vor dem Haus aufzutauchen.«

»Klar«, antwortete Bittenbinder und nahm dann all seinen Mut zusammen. »Gehst du trotzdem mal mit mir einen Kaffee trinken? Ich verspreche dir auch, dass er nicht auf deiner Bluse landet.«

»Klar«, war ihre völlig überraschende Antwort. »Aber nicht morgen und nicht übermorgen.«

Dann nannte sie ihm einen Ort und eine Zeit und verschwand ohne ein weiteres Wort.

Paul Bittenbinder schlief in dieser Nacht wenig, wie auch in vielen Nächten seitdem. Aus der ersten Verabredung zum Kaffee wurde ein Essen, und daraus resultierten einige nächtliche Klubbesuche. Und irgendwann war es dann so weit.

»Ich habe mich in dich verliebt«, gestand er ihr.

»Ich weiß.«

»Du weißt das?«

»Klar. Oder wie sollte ich es sonst bewerten, dass du mir seit Wochen praktisch nicht mehr von der Seite weichst?«

»Aber …«

»Geht mir übrigens genauso.«

Von diesem Moment an waren die beiden ein Paar. Allerdings ein Paar, das auf Hilas Wunsch aus seiner Beziehung ein Geheimnis machte.

»Du musst das verstehen«, war ihre Begründung dazu. »Ich komme aus einem total konservativen Elternhaus und ich will auch keinen Ärger mit meinen Eltern kriegen. Wir sind zusammen, ich bin total verliebt in dich, aber es muss einfach unter uns bleiben.«

Paul tat sich zunächst schwer damit, ihre Liebe geheim zu halten, mit den Wochen jedoch löste es so etwas wie ein Kribbeln bei ihm aus. Er hatte alles, was er sich wünschte, und ob jemand davon wusste oder nicht, war ihm irgendwann komplett egal. Sie trafen sich ein paarmal in seinem Studentenappartement, wobei Hila immer darauf achtete, dass sie nie auf seinem Bett landeten.

»Ich bin 22«, hatte sie ihm relativ zu Anfang erklärt, »hatte noch nie finalen Sex und werde ihn vermutlich auch mit dir nicht haben. Das ist nicht böse gemeint, aber ich bin, was das angeht, eher noch konservativer als meine Eltern.«

Diese Denkweise allerdings hatte Bittenbinder innerhalb weniger Wochen geradezu eingerissen. Hila war immer mutiger geworden im Ausprobieren seines und ihres Körpers, und es fiel ihr immer schwerer, an ihren Prinzipien festzuhalten. Und nun standen sie sich in der Redaktion des kleinen Onlinemagazins gegenüber.

»Ich meine«, flüsterte er ihr ins Ohr, »du hast das zwar vorgestern gesagt, aber man kann sich die Dinge ja auch wieder anders überlegen.«

»Du nennst also das erste Mal miteinander schlafen *die Dinge*?«, gab sie mit gespielter Empörung zurück. »Du nennst mein erstes Mal, auf das ich mich freue wie eine Irre, *die Dinge*?«

»He, jetzt drehst du mir schon wieder die Worte im Mund herum, Hila. Ich will einfach, dass du dich auf keinen Fall gedrängt fühlst von mir, das ist alles.«

»Gut«, antwortete sie grinsend. »Dann will ich ab jetzt, dass *du* dich von *mir* gedrängt fühlst. Verstanden?«

Er schluckte. »Das stand wirklich nicht zu erwarten, dass du das einmal zu mir sagen würdest, vermute ich.«

»Womit du eindeutig recht hast. Und jetzt lass uns packen und uns losmachen, bevor ich es mir anders überlege und mich doch in den behütenden Schoß meiner afrikanischen Großfamilie zurückbegebe.«

Drei Stunden später lagen die beiden nackt auf dem Bett in seinem WG-Zimmer. Hila ruhte mit dem Kopf auf seiner Brust, ihre Augen waren geschlossen.

»Was meinst du?«, wollte sie nach einer Weile leise wissen.

»Wozu?«

»Wozu wohl?«

»Dazu kann man doch unmöglich zwei Meinungen haben«, murmelte er.

»Ja, das finde ich auch. Kuschelsex mit dir ist schon klasse gewesen, und Hardcorefummeln auch, aber das jetzt spielt definitiv in einer anderen Liga.«

»Das heißt, wir kriegen eine Chance auf Wiederholung?«

»Worauf du dich verlassen kannst.« Sie wurde ernst. »Nein, ehrlich, das hätte ich so nie erwartet. In meiner Familie hat vermutlich keine Frau bisher das erlebt, was ich gerade erlebt habe. Jede Einzelne hat mich immer vor den Männern gewarnt, die ohnehin ständig nur das Eine wollen, aber keine hat mir erzählt, dass damit auch so viel Freude und Glück verbunden sein kann.« Ihr Blick suchte seinen und sie küsste ihn sanft auf den Mund. »Das mag aber auch damit zusammenhängen, dass die meisten Frauen in meiner Familie … nicht mehr empfänglich sind für dieses Erleben.«

»Wie meinst du das?«

Hila antwortete nicht. Stattdessen lief eine Träne über ihr Gesicht. Paul hob den Kopf und strich ihr sanft über das Haar.

»He, he, was ist denn? Habe ich irgendetwas Falsches gesagt oder gemacht?«

»Nein, das hast du nicht. Aber es ist nun mal so, dass die meisten Frauen in meiner Familie beschnitten wurden, als sie kleine Mädchen waren. Was nichts anderes heißt, als dass sie nur schwer Zugang finden zu sexueller Lust, wenn überhaupt.«

»Oh Gott. Das hört man manchmal, aber es kommt mir so vor, als würden diese schrecklichen Rituale in einer anderen Welt stattfinden.« Er zog sie zu sich heran und nahm sie fest in den Arm. »Und jetzt liege ich hier mit dir und du erzählst mir, dass du Menschen kennst, die das wirklich erleben mussten.«

»Und müssen, Paul. Das schleppst du dein gesamtes Leben mit dir herum.«

»Ja, natürlich.«

»Meine Mutter hat mir erzählt, dass auch ich dafür vorgesehen war, beschnitten zu werden, und dass es ihr nur ganz knapp gelungen ist, mich davor zu bewahren. Eine ihrer Schwestern spricht deswegen kein Wort mehr mit ihr.«

»Aber das ist ja furchtbar. Eine Tante von dir wollte, dass dir das widerfährt?«

»Es sind meistens die Frauen, die darauf bestehen. Männer wollen mit so etwas überhaupt nichts zu tun haben.« Sie wischte sich die Tränen weg. »In dem Dorf, wo meine Familie herkommt, gibt es vermutlich keine Frau, die nicht verstümmelt ist. Es ist schrecklich, aber es ist dort nun mal Tradition. Ich kann es auch nicht verstehen, speziell jetzt, nachdem ich mit dir hier liege, aber dort macht man es einfach nun mal so. Und alle Programme, die dagegen arbeiten, sind so gut wie nutzlos.«

»Wie furchtbar«, murmelte er. »Wie abgrundtief furchtbar.«

»Ja«, stimmte sie ihm zu, sah auf ihre Uhr, schob die Decke zur Seite und stützte sich auf die Arme.

»Und jetzt muss ich komplett unromantisch sein und dich auf der Stelle verlassen, sonst komme ich morgen unmöglich zu einer vernünftigen Zeit aus dem Bett. Und du weißt ja, dass morgen eine der wichtigsten Klausuren meines gesamten Studiums ansteht. Also schmeiß mich bitte ohne jegliches Schuldgefühl raus.«

»Ich hätte es viel lieber, dass ich morgen früh mit dir hier wach werde. Du kannst doch auch von hier aus zur Uni fahren.«

»Ja, das hätte ich vermutlich noch viel lieber als du, aber es geht leider nicht. Und jetzt ist auch auf keinen Fall der richtige Zeitpunkt, um dieses Thema zu diskutieren.« Damit sprang sie aus dem Bett, raffte ihre Klamotten zusammen und verschwand auf Zehenspitzen im Bad, um die anderen WG-Bewohner nicht zu wecken. Als sie ein paar Minuten später fertig angezogen wiederauftauchte, grinste sie über das ganze Gesicht.

»Ich nehme einen Teil von dir mit nach Hause«, erklärte sie ihm. »Zwar einen kleinen, aber dafür einen für mich schon ziemlich wichtigen.«

Ihr Freund brauchte einen Moment, bis er es verstanden hatte. »Oh Gott, nein. Ist das Kondom gerissen?«

»Definitiv, ja, aber mach dir keine Sorgen. Ich hatte bis vor drei Tagen meine Periode. Also kann da nichts draus werden. Das ist komplett unmöglich.« Sie sah ihn mit schief gelegtem Kopf an. »Wobei, unser Baby wäre sicher supersüß.«

»Aber nur wenn es nach dir kommt.«

»Das stimmt. Allerdings müssten wir vom ersten Tag an seiner Aussprache arbeiten. Wenn es den gleichen fränkischen Akzent drauf hätte wie du, würde ich es ohne Ansehen der Person gleich wieder zurückschieben.«

»He, he. Fränkisch ist der schönste Dialekt Deutschlands. Da kannst du jeden in Nürnberg oder Fürth oder Erlangen fragen.«

Hila lachte laut auf. »Ja, klar.«

Nun sprang auch Paul aus dem Bett und zog sich an.

»Was hast du vor?«, wollte sie wissen.

»Ich bring dich. Ich will es genau so machen wie am ersten Abend.«

»Oh nein, bloß nicht. Mir wird noch immer schlecht, wenn ich an die nach Bier stinkenden Klamotten denke.«

»Das mit dem Bier und den Klamotten lassen wir halt aus. Aber bringen will ich dich auf jeden Fall.«

»Schön«, sagte Hila, weil sie auch nichts anderes erwartet hatte.

»Danke für mein verdammt schönes erstes Mal«, flüsterte sie ihm ins Ohr. »Ich hätte es mit niemandem anderen erleben wollen als mit dir, du komischer Franke.«

»Gern«, erwiderte er mit rollendem R.

Als die beiden kurz darauf an ihren Fahrrädern angekommen waren und Hila den Schlüssel aus dem Rucksack gekramt hatte, stöhnte sie laut auf.

»Oh verdammt, ich habe einen Ordner in der Redaktion liegen gelassen.«

»Was für einen Ordner denn?«

»Den hatte mir Britt geliehen, damit ich mich noch ein bisschen besser auf die Klausur morgen vorbereiten kann. Und ich habe ihr versprochen, dass sie ihn gleich morgen zurückbekommt.«

»Und wenn du ihn ihr übermorgen zurückgibst?«

Hila schüttelte den Kopf. »Das kann ich nicht machen. Ich muss auf jeden Fall noch mal in der Redaktion vorbei und ihn holen.«

»Na, dann«, sagte Bittenbinder. »Die Nacht ist lau, die Stimmung könnte nicht besser sein, und vielleicht kriege ich ja einen Kuss extra, weil ich dich nicht allein durch die Nacht fahren lasse.«

»Den bekommst du auf jeden Fall, Paul.«

Eine Viertelstunde später hatten sie die Redaktionsräume erreicht. Die ganze Fahrt über hatten sie miteinander herumgealbert wie kleine Kinder und waren noch immer beseelt von den Eindrücken des Abends.

»Willst du warten?«, wollte Hila wissen. »Dann brauchen wir die Räder nicht abzuschließen.«

»Nein, ich gehe mit rein. Vielleicht bekomme ich ja schon jetzt eine kleine Belohnung für meinen Begleitservice.«

Sie sah ihn mit halb geöffneten Augen an, legte ihre rechte Hand auf den Reißverschluss seiner Jeans und grinste. »An was für eine Art Belohnung hast du denn dabei gedacht?«

Paul zuckte bei ihrer Berührung, atmete schwer durch und legte die Stirn in Falten. »Es scheint, als hätte ich ein Ungeheuer wachgerufen, das in dir geschlummert und nur auf seine Erweckung gewartet hat.«

»Das ist durchaus möglich.«

Keine fünf Minuten später hatten sie ihre Räder vor dem Haus angekettet und standen eng umschlungen in der hintersten Ecke des Redaktionsraums. Paul hatte seine Hand unter ihr Shirt geschoben, während Hila sich an seinem Gürtel zu schaffen machte. Beide keuchten, küssten sich gierig und freuten sich darauf, den jeweils anderen noch einmal intensiv zu spüren und zu erleben.

Dann brach die Hölle über sie herein.

7

Thilo Hain wollte das fiese Geräusch aus seinem Traum weit weg ins Unterbewusstsein schieben, doch es gelang ihm einfach nicht. Wieder und wieder versuchte er es, doch ohne Erfolg.

»Thilo«, hörte er jetzt Carla neben sich leise sagen. »Thilo, wach auf, dein Telefon klingelt.«

»Was?«, schreckte der Hauptkommissar hoch. »Was ist los?«

Seine Frau legte ihm die Hand auf die Schulter und drückte sie sanft. »Du musst mal an dein Telefon gehen. Das klingelt schon eine ganze Weile.«

»Was soll denn …?«

In diesem Moment verstummte der Rufton. Hain griff zu seinem Mobiltelefon und sah auf das Display.

»Die Nummer kenne ich nicht«, brummte er, »und sie ist auch nicht in meinen Kontakten vermerkt.«

»Dann ruf halt zurück. Wer dich um diese Zeit zu erreichen versucht, meint es vermutlich ziemlich ernst.«

»Vielleicht hat sich ja jemand verwählt.«

Zeitgleich mit Carlas Worten begann das Telefon erneut zu summen. Diesmal war es die Mailbox.

»Vermutlich doch nicht verwählt«, murmelte er, drückte die grüne Taste und lauschte.

»Wer war es?«, wollte Carla wissen, nachdem er das Handy vom Ohr genommen hatte.

»Sascha Brinkmann. Er bittet umgehend um meinen Rückruf.«

»Ist das der vom Staatsschutz, von dem du mir beim Abendessen erzählt hast?«

Thilo nickte.

»Was könnte der wollen?«

»Eigentlich kann ich mir nur vorstellen, dass schon wieder irgendetwas passiert ist.« Er suchte nach dessen Nummer und wählte. Brinkmann nahm das Gespräch nach dem ersten Klingeln an.

»Ja, Brinkmann.«

»Ich bin's, Thilo.«

»Hallo, Thilo. Gut, dass du so schnell zurückrufst. Bei uns brennt der Baum, und zwar komplett und lichterloh.«

»Was ist passiert?«

»Es gab einen weiteren Anschlag, diesmal allerdings mit mutmaßlich mehreren Toten. Viel mehr kann ich dir aber noch nicht sagen.«

»Scheiße.«

»Du sagst es. Kannst du gleich herkommen?« Brinkmann nannte ihm die Adresse.

»Bin in einer Viertelstunde da. Soll ich Pia mitbringen?«

»Nein, ich habe sie schon erreicht. Sie ist auf dem Weg.«

»Wie schlimm ist es?«, wollte Carla wissen, nachdem er das Gespräch beendet hatte.

»Ziemlich schlimm. Es gab einen Anschlag mit Toten.«

»Ach du Scheiße.«

»Ich muss los, Carla.«

»Kann ich irgendetwas für dich tun?«

»Nein. Schlaf weiter und sei für mich da, wenn ich nach Hause komme.«

»Versprochen.«

Der Anschlagsort lag in der Gottschalkstraße im Herzen der Nordstadt, dem studentisch geprägten Viertel mit der Hochschule als Zentrum. Hain stellte den Mazda zwischen zwei Feuerwehrwagen ab, stieg aus und ging auf die gespenstisch zuckenden Blaulichter der Einsatzfahrzeuge zu. Die Gottschalkstraße war von jeder Menge Gaffer bevölkert, die allerdings nicht bis zum Tatort vordringen konnten. Ein uniformierter Kollegen hob das Trassierband an, nachdem Hain seinen Ausweis vorgezeigt hatte, und schüttelte dabei den Kopf.

»Ist nicht schön«, sagte er leise. »Ist wirklich nicht schön.«

»Ich muss trotzdem hin«, erwiderte Hain ebenso leise und schob sich an ihm vorbei.

Kurz darauf kam er bei Brinkmann an, der mit dem Telefon in der Hand dastand und wild gestikulierend mit einem Feuerwehrmann diskutierte.

»Da kann noch niemand rein, völlig unmöglich«, erklärte der Brandretter dem Polizisten. »Niemand kann sagen, was der Brand mit der Statik des Hauses veranstaltet hat. Sie nicht, und ich auch nicht. Und bis da nicht ein Sachverständiger sein Okay gegeben hat, wird niemand das Gebäude betreten.«

Brinkmann nickte resignierend. Offenbar war ihm klar, dass er im Augenblick nichts gegen die Anweisung ausrichten konnte. Deshalb drehte er sich um und wandte sich Hain zu.

»Hallo, Thilo. Schön, dass du so schnell gekommen bist.«

Der Mann von K 21 nickte.

»Dafür nicht. Erzähl mir einfach, was hier passiert ist.«

»Vor ungefähr einer Stunde, also ziemlich genau um 1:55 Uhr, wurden zwei Brandsätze in die beiden Fenster im Erdgeschoss geschleudert.« Er wies auf eine Öffnung in der rußverschmierten Hauswand. »Es waren wohl Molotowcocktails, aber welche von der spezielleren Sorte.«

»Was meinst du damit?«

»Wie es aussieht, hatten der oder die Täter den Brandbeschleuniger in ein Gel verwandelt, wie man das bei Napalm oder ähnlichem Zeug macht. Deshalb war die Feuerwehr zunächst komplett überfordert damit, den Brand unter Kontrolle zu bringen.«

»Du hast von Toten gesprochen. Woher weißt du, dass da Leute drin waren?«

»Zwei haben es noch bis knapp vor den Flur geschafft, aber dort war dann Schluss. Wir können die komplett verkohlten Leichen zwar sehen, aber du hast den Feuerwehrmann ja gehört.«

»Ist mit noch mehr Opfern zu rechnen?«

»Keine Ahnung. Wir haben noch keinen der Mieter der betroffenen Räume erreichen können. Die Mieter der oberen Stockwerke hatten zum Glück einen Ausgang nach hinten in den Garten, den sie benutzen konnten. So haben wir es bei ihnen nur mit leichten bis mittelschweren Rauchvergiftungen zu tun.«

Hain betrachtete die Fassade. »War das eine Wohnung?«

Brinkmann schüttelte den Kopf. »Das war das Büro oder die Redaktion, das weiß ich noch nicht so genau, einer kleinen Zeitung oder Zeitschrift. Einer der anderen Hausbewohner, ein alter Mann, mit dem ich kurz sprechen konnte, bevor er ins Klinikum gefahren wurde, hat es mir erzählt. Der Name der Postille ist wohl ›Libera‹ oder so ähnlich. Ich zumindest habe noch nie von einem Presseerzeugnis mit diesem Namen gehört.«

»Ich auch nicht.«

»Morgen«, erklang Pia Ritters müde Stimme hinter ihnen.

Die beiden drehten sich um und nickten der Oberkommissarin zu. Brinkmann erläuterte auch ihr kurz den Sachstand. »Als Erstes müssen wir herausfinden«, fuhr er dann fort, »welche Leute genau hinter dieser ominösen Zeitung stecken. Das übernehmt ihr beide bitte.« Er zögerte. »Es ist übrigens ein Video aufgetaucht. Darauf ist der Angriff auf den Journalisten von letzter Nacht zu sehen. Wurde anonym auf einer rechten Plattform veröffentlicht. Aller Wahrscheinlichkeit nach hat der Angreifer selbst gefilmt, aber die Jungs von der Kriminaltechnik konnten es noch nicht bearbeiten.«

»Was für kranke Arschgeigen sind das denn«, meinte Pia empört, »die nehmen ihre Attacken gleich noch auf, um sie dann der Öffentlichkeit zu präsentieren? Ich könnte wirklich kotzen.«

»Das passiert viel öfter, als man glaubt. Manchmal können wir die Aufnahmen aus dem Verkehr ziehen, sodass sie gar nicht erst an die Öffentlichkeit kommen, aber das gelingt uns leider viel zu selten.« Wieder ein Zögern. »In diesem Fall kann man die Tat wirklich nur erkennen, wenn man weiß, was stattgefunden hat. Die Qualität ist mega miserabel.«

»Wenigstens etwas.«

»Ja, aber mach dir keine Illusionen. Bis gestern Abend wurde das Video schon 1.500 Mal angesehen, und die Zahl der Zugriffe dürfte sich mittlerweile deutlich erhöht haben. Die Kommentare dazu gehen von geschmacklos bis strafrechtlich höchst relevant.«

»Warum kann man diese Scheiße nicht einfach aus'm Netz nehmen, Sascha?«, wollte Hain wissen.

»Das haben wir schon angeleiert, aber dann steht das Material trotzdem eine Minute später auf einem anderen Server wieder online. Die sind die Igel, wir die Hasen.«

»Was jetzt nicht wirklich …« Der Hauptkommissar brach ab, weil neben ihnen ein Uniformierter mit einer jungen Frau im Schlepptau auftauchte. »Darf ich euch kurz stören?«, fragte er.

Die drei nickten.

»Das hier ist Frau …«

»Siebert«, sagte sie aufgeregt. »Ich heiße Elena Siebert.«

»Ja, Frau Siebert«, erwiderte Brinkmann, »was können wir für Sie tun?«

»Ich bin Redaktionsmitglied bei Libera-Online. Das ist die Internetzeitung, die hier …« Die junge Frau verstummte und brach in Tränen aus. »Stimmt es, dass es Tote gegeben hat?«, wollte sie schließlich schluchzend wissen.

Der Mann vom Staatsschutz legte die Stirn in Falten. »Dazu können wir Ihnen leider noch keine abschließenden Informationen geben, so leid es mir tut. Wir vermuten es aber mit an Sicherheit grenzender Wahrscheinlichkeit. Wissen Sie, wer sich vor etwa einer Stunde in den Räumen aufgehalten haben könnte?«

Elena Siebert schüttelte den Kopf. »Das weiß ich nicht. Und es ist auch eigentlich unmöglich, dass irgendjemand hier gewesen ist. Zwei von meinen Kollegen haben zwar noch gearbeitet, als ich nach Hause gefahren bin, aber die waren garantiert schon weg, als es angefangen hat zu brennen.«

Brinkmann nickte Pia Ritter und Thilo Hain zu. Von diesem Moment an war das ihre Zeugin.

»Lassen Sie uns mal von hier weggehen«, bat die Oberkommissarin sie. »Dann stehen wir den Hilfskräften nicht unnötig im Weg.«

»Ja«, gab die junge Frau, noch immer laut schluchzend, zurück und folgte den Polizisten. Dann jedoch blieb sie abrupt stehen, wies mit dem rechten Arm auf den in etwa zehn Metern entfernten Fahrradständer und schrie laut auf.

»Nein, das kann doch nicht sein. Das kann unmöglich sein!«

Pia und Thilo drehten sich erschrocken um.

»Was kann unmöglich sein, Frau Siebert?«, fragte Pia vorsichtig. Sie legte sanft ihre linke Hand auf die rechte Schulter von Elena Siebert, die mit weit aufgerissenen Augen dastand. Diese hob den Arm ein wenig und wies mit ihrem zitternden Zeigefinger auf den Fahrradständer.

»Das da sind die Räder von Hila und Paul, den beiden, die nach mir noch in der Redaktion gewesen sind. Ohne die wären die beiden nie von hier weggegangen.«

»Sind Sie sicher?«

»Womit? Dass es ihre Räder sind, oder dass sie nie ohne sie von hier weggegangen wären?« Nun hob sie die Arme und vergrub ihr Gesicht in den Händen. »Aber es sind ihre Fahrräder, so glauben Sie mir doch«, schrie sie gellend. »Es sind ihre Fahrräder!«

Hain sah sich um, fand, wonach er gesucht hatte, und zog die Frau sanft in Richtung eines VW-Busses, dessen Schiebetür offen stand.

»Wir brauchen den mal«, ließ er den davor ausharrenden Uniformierten wissen.

»Kein Problem«, erwiderte der, wartete, bis die drei eingestiegen waren, und schob die Tür zu.

Hain saß am Fenster, Pia nahm ihm gegenüber Platz. Ihre laut schluchzende Zeugin saß neben der Kommissarin.

»Darf ich kurz versuchen, Hila zu erreichen?«, fragte sie stockend. »Bitte! Ich muss wissen, ob sie zu Hause ist.«

»Natürlich«, stimmte Hain zu. »Rufen Sie bei ihr an.«

Elena kramte mit zitternden Fingern ihr Mobiltelefon aus der Jackentasche und drückte eine Kurzwahltaste. Noch vor dem ersten Klingeln ertönte die Nachricht, dass der gewünschte Gesprächspartner nicht zu erreichen sei. Sie schüttelte den Kopf. »Das Telefon ist ausgeschaltet. Das macht Hila nie, auch nachts nicht.«

»Könnten Sie es bei diesem Paul versuchen?«

»Ja, klar.«

Wieder wählte sie, wieder war das Ergebnis negativ.

»Oh mein Gott! Warten Sie, ich schicke den beiden schnell eine WhatsApp.« Sie tippte in rasender Geschwindigkeit eine Nachricht und drückte die Senden-Taste. »Jetzt hoffe ich sehr, dass sich einer oder beide möglichst schnell bei mir melden.«

»Das muss alles sehr verstörend für Sie sein, Frau Siebert, aber vielleicht gibt es ja eine völlig harmlose Erklärung dafür, dass Sie niemanden erreichen können. Sind die beiden, also diese Hila und dieser Paul, ein Paar?«

»Nein, nein, die haben nichts miteinander. Sie machen, genau wie ich, bei Libera-Online mit, aber das war es auch schon. Hila studiert mit mir zusammen.« Die junge Frau schob das Telefon zurück in die Jacke, wischte sich über das feuchte Gesicht und holte stöhnend Luft. »Auf dem Weg hierher hat mir jemand erzählt, dass es Tote gegeben haben soll. Was ist jetzt damit? Stimmt es, oder stimmt es nicht?«

»Wie es aussieht«, antwortete Pia Ritter, »gibt es anscheinend tatsächlich zwei Opfer zu beklagen. Aber natürlich liegen uns noch keine Angaben zu deren Identität vor. Bis hierhin können wir also unmöglich bestätigen, dass es sich um Ihre Freunde handelt. Dementieren können wir es im Umkehrschluss jedoch leider auch nicht.«

Elena Siebert sah die Polizistin mit weit aufgerissenen Augen an. »Aber denken Sie doch einfach mal nach!«, schrie sie. »Ihre Fahrräder stehen angekettet vor dem Haus, was nur so sein kann, weil sie noch oder noch mal in der Redaktion gewesen sind.«

»Theoretisch könnte es natürlich so sein, wie Sie vermuten«, warf Hain ein, »aber es gibt sicherlich noch eine ganze Menge andere Erklärungen.«

Die Worte des Hauptkommissars sollten die Frau mutmaßlich ein wenig beruhigen, seine Stimme klang jedoch alles andere als überzeugend.

»Was genau machen Sie denn bei Libera-Online?«, wollte Pia wissen. »Der Name klingt, offen gestanden, nicht gerade selbsterklärend.«

Elena Siebert hob den Kopf und sah sie eine Weile lang stumm an. Dann kramte sie ein Papiertaschentuch aus der rechten Hosentasche und schnäuzte sich.

»Wir haben vor ein paar Monaten damit angefangen, so etwas wie eine kleine Szenezeitung aufzubauen. Online, kostenlos und informativ. Nichts Großes, ganz sicher nicht, aber ehrlich und möglichst neutral.«

»Und welche Themen liegen Ihnen schwerpunktmäßig am Herzen?«

»Na ja, die Lage der Welt. Und die Lage auf der Welt. Bei unseren Themen geht es viel um Umweltschutz und so. Und Geschlechtergerechtigkeit natürlich. Außerdem haben wir letzte Woche eine Rubrik etabliert, in der wir die offensichtlichen Lügen der AfD und anderer rechter Gruppierungen entlarven.«

»Offensichtliche Lügen? Was meinen Sie damit?«

»Die AfD zum Beispiel bedient sich halt immer wieder irgendwelcher Lügen, um ihre Ziele besser durchsetzen zu können. Zum Beispiel, dass die Flüchtlinge sich nicht bei uns integrieren wollen. Das stimmt nicht, das wissen sie genau, behaupten aber strikt das Gegenteil. Bei bestimmten Wählergruppen kommt das gut an, deshalb sagen sie das dann auch bei jeder sich bietenden Gelegenheit.« Sie dachte einen Moment nach. »Wir haben mehrere Wochen darüber gesprochen, ob wir das wirklich machen oder ob wir uns nicht doch besser auf unsere Kernthemen beschränken sollten. Innerhalb der Redaktion ist das kontrovers diskutiert worden, und die, die es machen wollten, haben sich nur ziemlich knapp durchsetzen können. Und jetzt ist alles verbrannt und vielleicht sind sogar Hila und Paul …«

Wieder fing sie laut an zu schluchzen. Thilo warf seiner Kollegin einen fragenden Blick zu, die allerdings nur mit einem hilflosen Schulterzucken antwortete.

»Sie könnten sich also vorstellen, dass Sie mit dieser neuen … Rubrik ein paar Leuten auf die Füße gestiegen sind?«, wollte die Oberkommissarin kurz darauf wissen. »Und dass dieser Anschlag mit der neuen Rubrik zu tun haben könnte?«

Elena hatte sich wieder ein wenig unter Kontrolle. »Natürlich, was glauben Sie denn? Dass unsere Redaktion abgefackelt wird, weil wir uns für ein besseres Klima oder die Gendergerechtigkeit einsetzen?« Sie schnäuzte sich erneut. »Wir haben schon zwei Tage, nachdem wir mit der Rubrik online gegangen sind, die ersten Hassmails bekommen. Natürlich anonym, natürlich jede Einzelne weit unter der Gürtellinie.«

»Haben Sie das angezeigt?«

»Ach was. Was sollen die Bull… Was soll die Polizei denn machen bei Wegwerf-E-Mail-Adressen und jeder Menge Verschleierung auf dem Weg? Da kommt doch nie was bei raus, wenn man diese Idioten anzeigt.«

»Wenn ich Sie richtig verstehe«, hakte Hain nach, »dann könnte man Ihr Onlinemagazin durchaus als linkslastig bezeichnen, oder?«

»Natürlich. Warum sonst sollten wir uns den Lügen der Rechten widmen, wenn wir nicht links wären?«

»Aber der Schwerpunkt lag zunächst auf der Umwelt und der Geschlechtergerechtigkeit?«

»Ja, damit sind wir gestartet, klar. Und bevor Sie jetzt fragen: Ja, wir wurden alle inspiriert von Greta. Und wir schämen uns auch nicht dafür. Das mit den Rechten kam erst in den letzten Monaten auf, weil wir uns wirklich Sorgen gemacht haben darüber, dass die unwidersprochen so viele Lügen verbreiten können.«

»Haben Sie die Adressen von Hila und Paul?«, wollte

Pia wissen. »Mein Kollege und ich würden jetzt gern dort hinfahren. Und die Telefonnummern wären auch klasse.«

»Ja, klar habe ich die.« Sie nannte ihr die beiden Adressen und Telefonnummern, Pia schrieb auf ihrem Mobiltelefon mit. Als die junge Frau geendet hatte, fing sie wieder leise zu weinen an. »Das kann doch alles gar nicht sein! Vor ein paar Stunden haben wir uns noch für morgen in der Vorlesung verabredet, und jetzt ist Hila vielleicht …«

Pia hob den Arm und legte Elena sanft die Hand auf die Schulter. »Ich weiß, das wird Sie jetzt bestimmt nicht trösten, und wir können natürlich auch nichts gegen Ihre Verunsicherung tun, aber ich verspreche Ihnen, dass wir Sie sofort informieren, wenn wir mehr wissen.«

Die Studentin nickte dankbar.

»Und wenn Sie möchten, bringen wir Sie jetzt zu einem unserer Psychologen. Vielleicht hilft es Ihnen ja, ein Gespräch mit ihm zu führen.«

»Ja, das Angebot nehme ich gern an«, sagte Elena. »Und vielleicht haben Sie ja sogar recht und es ist alles nur ein furchtbarer Irrtum.« Sie schluckte. »Womit ich nicht sagen will, dass mir die Toten egal sind. Natürlich nicht. Aber ich will einfach nicht, dass es Hila und Paul sind. Ich würde es nicht aushalten, wenn sie tot wären.«

Eine halbe Stunde später war die junge Frau in der Obhut der hinzugezogenen Polizeipsychologin Renan Keter. Ritter und Hain hatten kurz ihre Erkenntnisse mit Sascha Brinkmann besprochen, der ihnen im Gegenzug mitteilte, dass ein Bausachverständiger dabei war, die Statik des Hauses zu überprüfen.

»Und hier«, hielt die Kommissarin dem Staatsschutzmann den Bildschirm ihres Telefons vor die Nase, »habe ich die Telefonnummern der beiden. Lass doch mal prüfen, wo ihre Telefone eingeloggt sind oder zuletzt eingeloggt waren.«

»Das ist eine gute Idee, ich kümmere mich sofort darum«, erwiderte er, während er ein Foto des Monitors machte. Pia nickte.

»Wir beide würden jetzt gern zu den Meldeadressen von Hila Binisao und Paul Bittenbinder fahren und sehen, ob wir dort etwas über einen möglichen Aufenthaltsort herausfinden können«, erklärte Hain dem Kollegen.

»Macht das, klar. Und meldet euch bitte sofort, wenn ihr etwas wisst. Einer unserer Jungs von der Spurensicherung hat eine Roboterkamera in den Flur geschickt und mir danach gesteckt, dass es bei den beiden Leichen dort nicht mehr viel zu identifizieren geben dürfte. Sie sind nämlich bis auf die Knochen verbrannt.«

»Logo, wir halten dich auf dem Laufenden«, meinte Pia leise, bevor sie und ihr Kollege sich abwandten.

»Was für eine Scheiße«, fluchte sie dafür umso lauter, als sie neben Hain im Auto saß. »Ich könnte kotzen, wenn ich daran denke, dass vielleicht zwei junge Menschen hopsgegangen sind, weil sie dazu bereit waren, für ihre Überzeugungen einzutreten.«

Hain nickte kurz, sparte sich aber einen weiteren Kommentar. Stattdessen startete er den Motor, legte den ersten Gang ein und nahm Kurs auf die Innenstadt.

»Hier ist es«, wies Pia ein wenig später nach einer wortlosen Fahrt auf ein älteres Haus in einer ruhigen Seitenstraße. »Reginastraße 4. Ich habe übrigens mal direkt um die Ecke gewohnt, drüben in der Germaniastraße.«

»Echt? Wusste ich gar nicht.«

»Ja, mit meinem ersten richtigen Freund. Hat aber nur zwei Monate gehalten, dann habe ich ihn rausgeworfen.«

Sie stiegen aus und nahmen die paar Stufen hinauf zur Haustür. Rechts auf dem Klingelbrett fanden sie den Namen Bittenbinder inmitten mehrerer anderer.

»Scheint eine WG zu sein, was meinst du?«

»Sieht so aus, ja.«

Die Kommissarin klingelte und trat einen Schritt zurück. Es dauerte etwa eine Minute, dann erklang eine verschlafene Stimme aus der Gegensprechanlage.

»Ja, was ist denn?«

»Hauptkommissar Thilo Hain, guten Morgen. Meine Kollegin und ich sind auf der Suche nach Paul Bittenbinder. Ist er zu Hause?«

Kurzes Überlegen.

»Klar sollte der zu Hause sein. Soll ich mal nachsehen? Oder warten Sie, worum geht es denn eigentlich?«

»Wir möchten nur klären, ob er zu Hause ist. Oder, falls nicht, ob jemand von seinen Mitbewohnern weiß, wo wir ihn finden können.«

»Warten Sie, ich sehe mal nach. Bin gleich wieder da.«

Es dauerte eine knappe Minute, bis die Stimme wieder zu hören war.

»Nee, sorry, Paul ist nicht da. Sein Bett ist leer. Und ich weiß auf jeden Fall nicht, wo er sein könnte.«

»Können wir kurz raufkommen und uns ein wenig umsehen?«, wollte der Polizist wissen. »Sie haben definitiv nichts zu befürchten, aber es wäre für uns sehr wichtig, uns in seinem Zimmer umzusehen.«

Pause.

»Ja, dann kommen Sie halt rauf. Sie klingen ja ganz vernünftig.«

Als die beiden im dritten Stock angekommen waren, stand Bittenbinders Mitbewohner in Jeans und T-Shirt an der Tür. Sicher hatte er sich beides schnell übergezogen.

»Sie können sich bestimmt vorstellen, dass ich nicht gerade begeistert bin, wenn die Polizei mitten in der Nacht hier auftaucht«, meinte er ein wenig mürrisch.

»Wir würden auch lieber im Bett liegen und irgendetwas Interessantes träumen«, ließ Pia ihn wissen und hielt dabei ihren Dienstausweis in die Höhe. »Aber genau wie bei Ihnen fragt halt auch bei uns niemand danach.«

»Haben Sie Pauls Telefonnummer? Vielleicht würde sich die Sache ja schon aufklären lassen, wenn Sie mit ihm telefonieren würden. Oder ihm eine WhatsApp schicken.«

»Das haben wir alles versucht, aber er hat darauf bisher leider nicht reagiert. Außerdem möchten wir einfach nur sicherstellen, dass es Ihrem Mitbewohner gut geht.«

»Dass es ihm gut geht? Besteht denn die Gefahr, dass es ihm *nicht* gut gehen könnte? Ihm ist doch nichts passiert oder so?«

»Um das zu klären, sind wir hier«, ließ sie ihn wissen. »Und jetzt würden wir uns wirklich gern ein wenig in seinem Zimmer umsehen. Ich verspreche Ihnen auch, dass wir, sollten wir etwas finden, das dort nach unserer Meinung nichts zu suchen hat, großzügig darüber hinwegsehen werden.«

Der junge Mann trat zur Seite. »Nein, nein, Paul hat mit Drogen nichts am Hut«, erklärte er nachdrücklich, während er auf eine Tür am hinteren Ende des langen, schlauchartigen Flurs wies. »Der trinkt sich manchmal einen, mehr aber auch nicht.«

In diesem Moment wurde etwas weiter vorn eine Tür geöffnet.

»Was ist denn hier los?«, wollte eine junge Frau in Slip und T-Shirt wissen.

»Die sind von der Polizei. Weißt du, wo Paul steckt?«

»Nee, keine Ahnung. Ist was passiert?«

»Nein«, antwortete Thilo schnell, »es ist nichts passiert. Wir sind einzig auf der Suche nach ihm, um uns davon zu überzeugen, dass es ihm gut geht.«

Die Frau sah ihn irritiert an, schüttelte den Kopf und zog sich in ihr Zimmer zurück.

»Ist Paul eher einer, der sein Bett morgens macht, oder lässt er es schon mal liegen?«, wollte Pia wissen, nachdem die drei das WG-Zimmer erreicht und sie einen ersten Eindruck gewonnen hatte.

»Ach, der macht das mal so und mal so.«

»Hm.«

Die Kommissarin zog ihr Telefon heraus und tippte ein paarmal darauf herum.

»Kennen Sie eine Hila Binisao?«, wollte sie schließlich wissen.

»Klar. Mit der arbeitet er doch bei Libera-Online. Warum, hat sie ihm was angetan?«

»Das glaube ich nicht. Kennen Sie Frau Binisao persönlich?«

»Ja, natürlich. Wir haben uns ein paarmal in der Redaktion getroffen.«

»Sie arbeiten auch bei Libera-Online?«

»Oh Gott, nein. Aber ich besuche Paul manchmal dort, wenn ich von der Uni komme, und dabei habe ich sie halt kennengelernt.«

»Sind die beiden ein Paar?«

Der WG-Mitbewohner zögerte. »Keine Ahnung, offen gesagt. Aber vermutlich eher nein, weil Paul mir garantiert davon erzählt hätte. Er hat zwar neulich mal eine Andeutung gemacht bezüglich einer Frau, auf die er steht, aber das war bestimmt nicht sie. Warum hätte er auch ein Geheimnis daraus machen sollen?«

Hain war auf seiner Runde durch den Raum am Bett angekommen und schlug die Decke zurück.

»He, he, das geht jetzt aber wirklich ein bisschen weit, meinen Sie nicht? Sie können doch nicht in Pauls Bett herumschnüffeln.«

Der Kommissar zog ungerührt Einweghandschuhe über, faltete die Bettdecke zusammen und legte sie über den Stuhl am Schreibtisch. Dann zog er das Bettlaken gerade und beugte sich nach vorn.

»Wann hatte Ihr Mitbewohner nach Ihrem Kenntnisstand denn zum letzten Mal Frauenbesuch?«, fragte er den nun sichtlich verunsicherten jungen Mann an der Tür.

»Hallo, das geht weder Sie noch mich irgendetwas an. Und jetzt muss ich Sie bitten, unsere Wohnung auf der Stelle zu verlassen.«

»Ja, das machen wir«, erwiderte Hain und tauschte einen Blick mit Pia aus, die neben ihn getreten war. »Ich will da jetzt nicht reinlangen, aber für mich sieht das noch recht frisch und auch ein wenig feucht aus«, ließ er sie wissen.

»Hm. Sehe ich auch so.«

Der Hauptkommissar wandte sich an den Mitbewohner. »Wenn Sie uns den Gefallen tun würden, Herr …«

»Ich möchte Ihnen meinen Namen nicht sagen.«

Pia hob den Blick von den Flecken im Bett und ging auf ihn zu. »Auf das Gebäude, in dem sich die Redaktion von Libera-Online befindet, wurde im Verlauf der Nacht ein Brandanschlag verübt, bei dem es offenbar Tote gegeben hat. Sie können jetzt hier den dicken Max machen und uns auflaufen lassen, oder Sie arbeiten mit uns zusammen bei der Klärung der Frage, ob Ihr Mitbewohner betroffen sein könnte oder nicht. Das liegt ganz bei Ihnen.«

»Ach du Scheiße«, entfuhr es dem jungen Mann. »Ein Brandanschlag? Das ist ja furchtbar.«

»Ja, das sehen wir genauso, Herr …«

»Prein. Mirko Prein.«

»Also, Herr Prein. Wenn Sie mit uns zusammenarbeiten wollen, um Ihrem Freund zu helfen, dann gehen Sie jetzt in die anderen Zimmer und wecken Ihre Mitbewohner. Wir brauchen nämlich jede Information, die wir kriegen können.«

Prein, dessen Gesichtsausdruck und Haltung sich mit einem Mal komplett verändert hatten, nickte und trat wortlos aus dem Zimmer.

»Na bitte, geht doch«, brummte Hain und sah sich erneut in dem Raum um. Pia schob sich wortlos ans Fenster und betrachtete den rötlich eingefärbten Himmel.

Kurz darauf standen inklusive Prein zwei junge Männer und zwei junge Frauen in Bittenbinders WG-Zimmer. Die beiden Frauen waren gekommen, wie sie geschlafen hatten, die Jungs steckten in Bademänteln. Pia Ritter informierte sie kurz über die Sachlage.

»Und deshalb wäre es für uns wirklich wichtig, jede auch noch so unbedeutende Kleinigkeit zu erfahren, die mit Paul Bittenbinders aktuellem Aufenthaltsort in Zusammenhang stehen könnte.«

»Ich habe echt vermutet«, ergriff die Frau das Wort, die kurz zuvor schon auf dem Flur aufgetaucht war, »dass Paul glücklich und zufrieden mit irgendeiner Schnalle hier im Bett liegt. Darauf deuteten nämlich die Geräusche und Wortfetzen hin, die ich heute Abend hier aus dem Zimmer gehört habe.«

»Wie meinen Sie das?«, hakte Hain nach.

»Na, was vermuten Sie denn, um was es geht, wenn ich Geräusche, Wortfetzen, Schnalle und glücklich und zufrieden in einem Satz unterbringe. So alt, dass Sie damit nichts mehr anfangen können, sehen Sie eigentlich gar nicht aus.«

Pia konnte gerade noch so ein Grinsen unterdrücken, bevor sie eine Frage hinterherschob. »Sie meinen also, dass er Besuch von einer Frau hatte?«

»Davon würde ich mal verschärft ausgehen, ja. Ein Mann war es jedenfalls definitiv nicht, dazu war die Stimme zu hoch.«

»Und Sie, die anderen? Wissen Sie etwas über eine mögliche Partnerschaft Ihres Mitbewohners?«

Sämtliche Angesprochenen schüttelten den Kopf.

»Wir sind hier eine WG und keine wie auch immer geartete Überwachungseinrichtung«, ließ der kleinere der beiden Bademäntel leise vernehmen. »Hier kann jeder machen, was er will, solang er die anderen damit nicht belästigt.«

Kollektives Nicken folgte.

»Kennt neben Herrn Prein jemand von Ihnen Hila Binisao? Es ist eine Kollegin von ihm aus dem Libera-Online-Projekt.«

»Ich habe die beiden mal zusammen gesehen«, meinte die andere Frau gähnend. »Ist ja auch schwer zu übersehen, die Frau.«

»Wie meinen Sie das?«

Sie sah betreten zu Boden.

»Vera meint das vermutlich, weil Hila eine Farbige ist. Sie stammt, wenn ich das richtig in Erinnerung habe, aus Somalia.«

»Ach so.«

»Kann es sein, dass Herr Bittenbinder und Frau Binisao in einer Beziehung sind?«

»Keine Ahnung«, antwortete der größere Mitbewohner, der die Befragung bis zu diesem Moment schweigend verfolgt hatte. »Und es interessiert mich auch nicht. Und wenn Sie nichts dagegen haben, gehe ich jetzt wieder ins Bett, ich habe nämlich morgen … heute einen harten Tag.« Er verließ, ohne eine Antwort abzuwarten, den Raum. Kurz darauf war das Zuschlagen einer Tür zu hören.

»Nehmen Sie es ihm nicht übel«, bat Prein die Beamten. »Seine Beziehung ist gerade in die Brüche gegangen und er macht deswegen echt eine schwere Zeit durch.«

»Kein Problem«, antwortete Pia Ritter und wandte sich

erneut an die Frau, die über Geräusche und Wortfetzen aus Bittenbinders Zimmer berichtet hatte.

»Aber Sie haben nicht gesehen, mit wem er hier gewesen ist?«

»Nein, ehrlich nicht. Wenn es diese Hila gewesen wäre und ich sie gesehen hätte, würde ich es Ihnen sagen. Aber ich habe wirklich nur … na ja … verschärft auf Sex hinweisende Geräusche und irgendwelche Wortfetzen mitbekommen. Aber echt nichts Konkretes.«

»Gut. Das hilft uns auf jeden Fall schon mal weiter und wir danken Ihnen, dass Sie unserer Bitte nachgekommen sind.«

»Gern«, antwortete Mirko Prein. »Sollen wir uns bei Ihnen melden, wenn Paul hier auftaucht? Vielleicht ist er ja mit Hila zu ihr nach Hause gegangen, oder sie schauen sich den Sonnenaufgang irgendwo an oder sind an einen Badesee gefahren? Paul liebt die Natur und mag so was schon ziemlich gern.«

»Es wäre schön, wenn dem so wäre«, stimmte Hain dem jungen Mann zu und reichte ihm eine Visitenkarte, »und natürlich noch besser, wenn Sie uns sofort informieren würden, sobald er nach Hause kommt.«

»Ich leg ihm auch einen Zettel hin, damit er weiß, dass Sie nach ihm suchen.«

»Das ist eine super Idee, vielen Dank.«

Die anschließende Fahrt zu Hila Binisaos Adresse führte die beiden durch die noch verschlafen wirkende Stadt. Zwar fuhren die Straßenbahnen bereits, doch es war kaum Autoverkehr auszumachen.

Und trotzdem schien sich irgendetwas verändert zu haben in Kassel.

»Stört es dich, wenn ich das Radio anmache?«, wollte Pia von ihrem Kollegen wissen. »Mich würde interessieren, ob über den Anschlag berichtet wird.«

»Nein, mach ruhig.«

Die Kommissarin schaltete um und wählte danach den Sender hr-iNFO. Keine drei Minuten später begann der nächste turnusmäßige Nachrichtendurchlauf. Gleich die erste Nachricht bezog sich auf die Ereignisse der Nacht.

Kassel:

Bei einem Brandanschlag in Kassel sind nach bisher nicht bestätigten Meldungen in der vergangenen Nacht mindestens zwei Menschen getötet worden. Der Anschlag galt den Redaktionsräumen einer linken Onlinezeitung. Zu Einzelheiten live unser Reporter vor Ort, Michael Przibilla.

»Das gesamte Erdgeschoss des Gebäudes ist komplett ausgebrannt, die darüber liegenden Stockwerke stark in Mitleidenschaft gezogen. Nach Aussagen von Feuerwehrleuten wurde bei dem Anschlag offenbar ein Napalm-ähnlicher Brandbeschleuniger verwendet, was die Löscharbeiten extrem erschwert hat. Über die Opfer des Anschlags gibt es bisher nur Mutmaßungen, jedoch sprechen auch Polizeikreise mittlerweile von mindestens zwei Toten. Ein Betreten des Tatorts ist bisher nicht möglich, da durch die extreme Hitze des Brandsatzes die Statik des gesamten Gebäudes in Mitleidenschaft gezogen sein könnte. Zur Stunde ist ein Bausachverständiger damit beschäftigt, eine Prüfung durchzuführen.

Über eine Täterschaft kann zum jetzigen Zeitpunkt ausschließlich spekuliert werden, nach Zeugenaussagen befand sich jedoch im Erdgeschoss des Hauses die Redaktion von Libera-Online, einer linken Szenezeitung. Die ersten Reaktionen in den sozia-

len Netzwerken werfen rechten Kreisen vor, für den Anschlag die Verantwortung zu tragen, zumal vor ein paar Tagen bei Libera-Online eine Rubrik aktiviert wurde, unter der zu einer kritischen Auseinandersetzung mit rechten Gruppierungen aufgerufen wurde. Wie es aussieht also erneut ein schwarzer Tag für die freie Meinungsäußerung in diesem Land, und vielleicht sogar ein schwarzer Tag für die gesamte Demokratie in Deutschland.«

Der Rest der Fahrt verlief schweigend, weil jeder der beiden Kommissare seinen eigenen Gedanken nachhing. Fünf Minuten später stoppte Hain den Mazda vor einem Reihenhaus.

»Wäre ich religiös«, meinte Pia leise, während sie auf den Eingang zuhielten, »würde ich vermutlich jetzt dafür beten, dass die beiden mit ausgeschalteten Telefonen in Hilas Bett liegen und die Nachwehen der vergangenen Nacht genießen. Weil ich aber nicht an irgendeinen Gott glaube und außerdem eine Polizistin bin, die in ihrem Leben schon viel zu viel Scheiße gesehen hat, mache ich es nicht und befürchte, dass wir beide gleich auf ein leeres Bett starren und unsere schlimmsten Annahmen sich bestätigen werden.«

»He, he, so kenne ich dich ja gar nicht«, erwiderte Hain fast ein wenig erschrocken. »Ich bin doch eigentlich bei uns beiden der Bedenkenträger. Willst du mir jetzt meinen Status streitig machen?«

»Nein, das will ich ganz bestimmt nicht, Thilo. Aber irgendwas ganz tief in mir drin sagt mir, dass wir zwei Phantomen hinterherjagen. Dass wir leider mal wieder zu spät kommen.«

»Mensch, das …« Der Hauptkommissar brach ab, weil in diesem Moment die Haustür geöffnet wurde und ein Mann mit grauen Schläfen und einem Rucksack in der rechten

Hand darin auftauchte. Er hob den Kopf und starrte die beiden mit fragendem Blick an.

»Was machen Sie auf meinem Grundstück?«, wollte er nach einem kurzen Moment des Überlegens wissen. »Und wer sind Sie?«

Die beiden Polizisten griffen nach ihren Dienstausweisen und hielten sie ihm entgegen. Hain stellte sich und seine Kollegin vor und kam sofort zum Grund ihres Besuchs.

»Hila?«, fragte der Mann aufgebracht zurück. »Meine Tochter Hila liegt oben in ihrem Bett und schläft, wie sich das gehört für eine anständige junge Frau.«

»Sind Sie sich dessen ganz sicher, Herr … Binisao? Sie sind doch Herr Binisao, oder?«

»Natürlich, ich bin Ernest Binisao. Und natürlich bin ich sicher, dass Hila in ihrem Bett liegt. Wo sonst sollte sie um diese Uhrzeit sein.«

»Herr Binisao«, schaltete Pia sich vorsichtig in das Gespräch ein, »würde es Ihnen etwas ausmachen, sich kurz davon zu überzeugen? Und wenn Hila da ist, würden wir gern ganz kurz mit ihr sprechen. Sie hat nichts ausgefressen oder angestellt, aber sie könnte eine wichtige Zeugin für uns sein.«

»Eine wichtige Zeugin? Ich wüsste keinen Grund, warum meine Tochter Hila für Sie eine wichtige Zeugin sein könnte.«

Pia und Thilo tauschten einen klärenden Blick aus. Dann sah die Kommissarin den Mann an der Tür ernst an.

»Es hat letzte Nacht einen Brandanschlag gegeben, hier in Kassel. Auf ein Haus, in dem Hila manchmal gewesen ist.«

»Aber Hila zündet doch keine Häuser an«, gab er schroff zurück. »Was denken Sie sich denn?«

»Nein, davon gehen wir auch nicht aus. Umso dringender müssten wir mit ihr sprechen. Wäre es also möglich, dass Sie einfach nachschauen und sie bitten, kurz mit uns zu sprechen?«

»Natürlich. Sie wird sich nur etwas anziehen und dann für Sie da sein. Aber ich bin mir sicher, dass Hila Ihnen keine Auskünfte zu einem Brandanschlag geben kann. Absolut sicher.« Damit stellte er den Rucksack neben der Tür ab und ging zurück ins Haus.

Es dauerte mehr als zwei Minuten, bis er mit einer besorgt dreinblickenden Frau neben sich wiederauftauchte. Sein selbstsicheres Auftreten war einer deutlich wahrnehmbaren Unsicherheit gewichen.

»Kommen Sie doch bitte herein«, forderte er die Beamten leise auf.

Sowohl Hain als auch Ritter folgten den beiden ins Haus. Im Flur angekommen klingelte Hains Telefon. Der Kommissar entschuldigte sich und ging wieder vor die Tür.

»Ja, Hain.«

»Hallo, Thilo, hier ist Sascha.« Die Stimme seines Kollegen klang müde und deprimiert.

»Ja, Sascha, was gibt's?«

»Wir haben die Auswertungsdaten der Telefone der beiden bekommen.«

»Ja. Und?«

»Sowohl das Telefon von Hila Binisao als auch das von Paul Bittenbinder waren bis zum Zeitpunkt ihres Abschaltens etwa zweieinhalb Minuten nach dem Ausbruch des Feuers im Umkreis von höchstens 50 Metern um die Redaktion eingeloggt.«

»Ach du Scheiße.«

»Du sagst es. Wir hatten außerdem die Freigabe vom Statiker und waren im Innern des Hauses. Die zwei Todesopfer sind jetzt bestätigt, und zwar sind es ein Mann und eine Frau. Und falls es noch irgendwelche Zweifel an ihrer Identität gegeben haben sollte, werden die dadurch ausgeräumt, dass die Frau um den Hals eine Silberkette mit einem Anhänger getragen hat, der aus dem Wort ›Hila‹ bestand.« Brinkmanns Schlucken war durch das Telefon deutlich hörbar.

»Mehr als die beiden Opfer gab es allerdings, oder besser glücklicherweise, nicht zu beklagen.«

»Trotzdem wissen wir jetzt wenigstens mit Sicherheit, dass es sich bei den beiden Toten um Hila Binisao und Paul Bittenbinder handelt.«

»Das stimmt, ja.«

»Was für eine Scheiße. Als mein Telefon eben geklingelt hat, waren wir gerade mit den Eltern des Mädchens auf dem Weg zu ihnen ins Haus. Die beiden sind zwar erstaunt, dass ihre Tochter nicht in ihrem Bett liegt, aber sonst komplett arglos.«

»Dann beneide ich dich nicht um das, was du jetzt vor der Brust hast, Thilo.«

»Ich mich auch nicht, Sascha. Ich mich auch nicht.«

8

Das Klingeln des Telefons schreckte Wolf Herren auf. Der 55-jährige Mann griff zu dem vibrierenden Gerät auf dem Nachttisch, hob es hoch und nahm das Gespräch entgegen.

»Ja, was gibt es denn«, schnarrte er verschlafen und mit verstopfter Nase.

»Hallo, Wolf, hier ist Anette. Hast du schon Nachrichten gehört oder gesehen?«

»Nein.« Sein Blick fiel auf die rot schimmernde Anzeige des altertümlichen Radioweckers, der ebenfalls auf dem Nachttisch stand. »Es ist 5:10 Uhr. Um diese Zeit pflege ich glücklicherweise tief und fest zu schlafen und nicht Nachrichten zu schauen.«

»Solltest du aber«, empfahl die Frauenstimme ihm süffisant. »Es gibt nämlich Neuigkeiten aus deiner Stadt.«

»Und um was für Neuigkeiten handelt es sich genau?«

»Schalt einfach die Nachrichten ein oder hol dir die Infos aus dem Internet, das ist mir egal. Und in einer halben Stunde will ich eine druckreife Stellungnahme dazu von dir vorliegen haben. Verstanden?«

Herren stöhnte leise auf. »Anette, nun lass mich doch erst mal richtig wach werden. Was hilft es dir, mir und uns denn, wenn ich dir im Halbschlaf eine Stellungnahme zurechtschustere?«

»In 30 Minuten. Ich verlass mich auf dich.«

Mit dem typischen Knacken brach die Verbindung ab.

Der Kommunikationstrainer und Politikberater legte das Telefon zurück, rieb sich die Augen, ging in die Küche, um die Kaffeemaschine in Betrieb zu nehmen, und legte sich anschließend wieder hin. Er wartete eine Minute, während der er ein paar Konzentrationsübungen machte, griff sich wieder das Telefon und öffnete den Internetbrowser. Die Onlineausgabe der Lokalpostille öffnete sich, und mit einem Blick auf die Startseite war ihm sofort klar, wovon Anette Sturm gesprochen hatte.

Brandanschlag auf Redaktion von linkem Onlinemagazin. Mehrere Tote befürchtet. Polizei tappt im Dunkeln.

Er las den kompletten Artikel, der allerdings nichts weiter Erhellendes lieferte, und schaltete den Fernseher ein. Dort lief, wie immer, n-tv, und auch hier wurde gerade über den Brandanschlag berichtet. Dem Mann auf dem Bett war sofort klar, welches Onlinemagazin in der Nacht angegriffen worden war, schließlich hatte er die Aktivitäten dieser linken Bande in den letzten Wochen und Monaten akribisch verfolgt. Hatte sich ausgiebig darüber informiert, mit welchen Mitteln sie der Partei nachstellte und sie zu diskreditieren versuchte, für die er arbeitete.

Ein paar Sekunden später hatte er sich den Morgenmantel übergeworfen, war in die Küche gegangen und saß nun mit einer Tasse Kaffee in der linken und seinem Tablet in der rechten an dem viel zu großen Tisch. Die Onlineseiten aller großen deutschen Nachrichtenmagazine machten mit dem Kasseler Anschlag auf. Belastbare Informationen gab es noch keine, und es schien, als würden alle aus einer Quelle abschreiben oder zitieren. Allgemeiner Tenor war, dass es sich angesichts der politischen Ausrichtung des Onlinemagazins eigentlich nur um einen rechtsextremistisch motivierten Anschlag handeln konnte. Immer wieder war von mehreren Toten die Rede, bestätigt hatte dies jedoch noch niemand.

Der Politikberater lehnte sich zurück, sah auf seine Armbanduhr und dachte darüber nach, welcher Text in genau 19 Minuten als E-Mail-Anhang seinen Computer verlassen würde.

Wolf Herren war kein eingeschriebenes AfD-Mitglied, das wollte er sich nun wirklich nicht antun. Nicht, dass er den Thesen, die von der Partei propagiert wurden, keinen Charme abgewinnen konnte, aber wenn er eines Tages vielleicht mal wieder für die SPD oder auch die FDP, die jahrelang auf seine Expertise zurückgegriffen hatte, arbeiten wollte, dann musste er jetzt möglichst aus der Anonymität heraus agieren.

Etwa zweieinhalb Jahre zuvor war Anette Sturm an ihn herangetreten und hatte vorsichtig angefragt, ob er sich eine Zusammenarbeit mit der Partei vorstellen könne. Herren hatte der Sache zunächst eher ablehnend gegenübergestanden, doch eine teure Scheidung und der Unterhalt dreier studierender Kinder wollten irgendwie finanziert werden. Also hatte er nach einigem Zögern zugesagt und seitdem nahezu täglich Texte, Stellungnahmen und Memoranden geliefert. Meist war die Auftraggeberin Anette Sturm gewesen, jedoch waren mittlerweile auch andere Parteigranden von seiner Arbeit überzeugt und hatten bei ihm um Unterstützung in Fragen der Außendarstellung nachgesucht.

Allerdings, und das machte die Zusammenarbeit nicht gerade einfacher, waren einige seiner Klienten davon überzeugt, dass seine Texte höchstens als Anregung zu verstehen waren, und verschlimmbesserten immer wieder seine Vorlagen. Anfangs hatte Herren sich noch darüber mokiert und auch beschwert, mittlerweile akzeptierte er die Veränderungen ebenso zähneknirschend wie stillschweigend.

Seine eigentliche Ausbildung zum Kommunikationsfachmann hatte er bei und unter dem Automobilverleiher

Erich Sixt absolviert, der vor mehr als 30 Jahren auf den damaligen Controller in seinem Unternehmen aufmerksam geworden war und ihn nach Kräften gefördert hatte. Sixt, selbst ein begnadeter Vermarkter, hatte ihn immer wieder in die erste Reihe gestellt und so dafür gesorgt, dass Herrens anfängliches Lampenfieber und seine Schwierigkeiten, vor Gruppen zu sprechen, sich quasi in Luft aufgelöst hatten. Irgendwann war es ihm egal gewesen, ob 20, 200 oder 2.000 Leute vor ihm saßen und ihm zuhörten. Wolf Herren war der Chef im Ring, immer und überall. Er war das Alphatier.

Es dauerte vier Jahre, bis es zum Zerwürfnis mit Sixt kam. Über die Gründe gab es, wie immer in solchen Situationen, verschiedene Versionen, je nachdem welchen der Protagonisten man gerade befragte. Herren machte sich selbstständig, nutzte dabei konsequent seine breit gestreuten Kontakte und war schon kurze Zeit später als Unternehmensberater eine große Nummer. Er arbeitete viel und hart und baute sich einen ebenso großen wie erlesenen Kundenkreis auf. Der unermüdliche Einsatz für seine Klienten nutzte ihn allerdings ab. In regelmäßigen Abständen plünderte er in seinen Hotelzimmern die Minibar, zunächst kam er immer wieder angetrunken, später auch volltrunken zu irgendwelchen Meetings. Wenn man wie er 750 Euro pro Beraterstunde aufrief, waren die Kunden darüber nur äußerst mäßig amüsiert. Es folgten ein gnadenloser Abstieg, mehrere Aufenthalte in Entzugskliniken und wiederkehrende Sauforgien im Wechsel mit konsequent abstinent geführten Lebensabschnitten. 2008 schließlich die Trennung und anschließend die Scheidung von seiner Frau.

Irgendwann im Jahr 2010 saß Herren einem Psychiater gegenüber, der ihm in selten drastischen Worten zu verstehen gab, wie sein weiteres Leben verlaufen würde, wenn er nicht einen konsequenten Schlussstrich unter sein bisheriges Verhalten ziehen würde.

»Sie werden als einer dieser bedauernswerten Menschen enden, die sich im Zustand der Volltrunkenheit in die Hose pissen und kacken. Sie werden über sich selbst weinen und Sie werden zum schlechten Schluss als menschliches Wrack dahinvegetieren. Und niemand, absolut niemand außer Ihnen selbst ist in der Lage, diesen Prozess aufzuhalten.«

Die Konfrontation mit seiner möglichen Zukunft hatte Wolf Herren wachgerüttelt. Er hörte direkt nach dem Vortrag des Psychiaters auf zu trinken, wurde zum Vegetarier und selbst das Rauchen erlaubte er sich nur noch in absoluten Ausnahmesituationen. Anfangs mit kleinen, später wieder ein wenig größer werdenden Aufträgen hatte er sich über Wasser gehalten, um irgendwann einmal einem jungen FDP-Hinterbänkler zu begegnen, den er aus seiner früheren Tätigkeit kannte und der sich vorgenommen hatte, gegen den alteingesessenen Kandidaten als Landesvorsitzender der Partei kandidieren zu wollen. Die Wahl ging zwar denkbar knapp verloren, aber Herren war wieder im Spiel. Sein neues Betätigungsfeld war nun die Politik, und auch hier hatte er sich nach relativ kurzer Zeit ein gehöriges Maß an Reputation erarbeitet.

Nun allerdings hatte er noch genau 15 Minuten Zeit, um Anette Sturm den gewünschten Text zu liefern. Einen Text, der zwar so etwas wie Trauer um die möglichen Opfer erkennen ließ, gleichzeitig aber auch ein Appell an das potenzielle Wahlvolk der Partei war. Er ging zu seinem Laptop, klappte es auf und begann zu schreiben:

Die Ereignisse der vergangenen Nacht in Kassel erschrecken uns als Menschen, Bürger dieses Landes und als politische Partei. Sie widern uns an. Ver-

mutlich mussten mehrere Menschen ihr Leben lassen, weil gemeine Verbrecher sich in kaum auszuhaltender Weise über Recht und Gesetz gestellt haben. Diese schändliche Tat ist in keiner Weise zu rechtfertigen, und unser aller Mitgefühl gilt den Hinterbliebenen der Opfer.
Gleichzeitig aber ist es notwendig, erneut darauf hinzuweisen, dass auch dieser Anschlag eine direkte Antwort auf die komplett verfehlte Politik in Bezug auf die strafverfolgenden Behörden ist. Allein in Hessen wurden in den vergangenen Jahren mehrere tausend Stellen bei der Polizei gestrichen, vom eklatanten Mangel an Richtern und Staatsanwälten gar nicht zu sprechen.
Und wenn diese ohnehin schon komplett überforderte Exekutive und Judikative sich dann noch mit zehn-, wenn nicht gar Hunderttausenden straffälligen Zugewanderten beschäftigen muss, dann steht der Kollaps unserer öffentlichen Sicherheit und Ordnung wahrlich zu befürchten. Und so ist es auch an diesem wieder wirklich traurigen Tag für Deutschland unsere Pflicht als Partei, auf diese Versäumnisse hinzuweisen.

Herren las den Text zweimal durch, fügte kleinere Korrekturen ein, packte ihn als Anhang an eine E-Mail und schickte ihn auf den elektronischen Weg. Keine zwei Minuten darauf klingelte sein Telefon.

»Hallo, Anette«, eröffnete er das Gespräch, nachdem er gesehen hatte, wer ihn anrief. »Bist du zufrieden mit dem, was du vorliegen hast?«

»Über alle Maße, ja. Du hast dich in diesen paar Zeilen tatsächlich mal wieder selbst übertroffen.«

»Freut mich, dass dir mein Text zusagt.«

»Ich habe nicht von *zusagen* gesprochen, Wolf. Ich habe gesagt, dass du dich mal wieder selbst übertroffen hast.«

Herren, der dieses Salbadern von Politikern ebenso kannte wie verachtete, bedankte sich erneut für das Lob seiner Auftraggeberin.

»Kann ich sonst noch etwas für dich tun?«, wollte er schließlich wissen.

»Auf jeden Fall, ja. Es reicht aber, wenn du dich einfach bereithältst. Ich melde mich, wenn es so weit ist.«

»Gut, ich warte auf deinen Anruf. Und wenn es geht, bitte nicht wieder so kurzfristig. Ich bin einfach besser, wenn ich mehr Zeit habe zum Nachdenken.«

»Wenn du einen Job suchst«, antwortete sie hörbar vergnügt, »bei dem du lange nachdenken oder vielleicht sogar meditieren kannst, bevor etwas passiert, solltest du für den Dalai Lama arbeiten. In der Politik und speziell bei uns in der Partei brauchen wir Leute mit blitzschneller Auffassungsgabe. So einen wie dich, um genau zu sein.« Damit legte sie ohne Verabschiedung auf.

»Du gottverdammte, blöde Kuh«, brummte Herren, nachdem er sein Telefon neben den Laptop gelegt hatte.

9

Andreas Bader hatte in der gesamten Nacht nicht eine Minute geschlafen. Immer wieder hatte er mit zitternden Fingern die Programme gewechselt; zunächst die im Radio, danach, als die ersten Übertragungswagen am Anschlagsort angekommen waren und sendeten, die Fernsehprogramme. Alle Welt berichtete ausführlich über dieses Ding.

Sein großes Ding.

Mann, was war das eine Freude, als die Bude sofort in hellen Flammen gestanden hatte! Zu gern hätte er noch ein paar Sekunden dabei zugesehen, wie das Feuer sich in rasender Geschwindigkeit in den beiden Räumen ausgebreitet hatte. Aber ging ja nicht, er musste ja verschwinden.

Trotzdem geil gelaufen, die Sache. Total geil.

Zweimal Molli spezial, und die Hütte ist baufällig.

Was er nicht verstehen konnte, war die Geschichte mit den Toten. Die konnte er ganz und gar nicht verstehen. Als er die Mollis abgedrückt hatte, war nämlich hinter den Fenstern alles dunkel gewesen. Und warum sollten sich da drin irgendwelche Leute im Dunkeln rumdrücken? Aber wahrscheinlich waren das nur wieder Nebelkerzen der Bullen, die die Sache auf sonst was aufblasen wollten. Na ja, ihm konnte es nur recht sein. Ohne Tote gut. Mit Toten, viel besser. Und falls das wirklich zwei von diesen linken Brüdern gewesen sein sollten, dann hatten die es halt nicht besser verdient. Ist halt so.

»Man sollte nicht in die Küche gehen, wenn man die Hitze nicht aushält«, hatte sein Ausbilder bei der Bundeswehr immer gesagt. Recht hatte der Mann.

Eigentlich hatte Bader wegen seiner Augen drüber nachgedacht, die Sache zu verschieben, sich dann aber doch dafür entschieden, es durchzuziehen. Die Mollis hatte er schon zwei Tage vorher gebastelt und im Keller seiner Nachbarin versteckt. Die kam dort nie hin, weil sie Angst vor Ratten hatte. Das Schloss zu ihrem Abteil war für ihn echt keine Herausforderung gewesen. Er hatte schon manches dort versteckt, was mal für eine Weile versteckt bleiben sollte.

Der arbeitslose Mann drückte ein paarmal auf der Fernbedienung herum, bis er einen Sender gefunden hatte, der über *sein Ding* berichtete. Zum wahrscheinlich hundertsten Mal stierte er auf die verkohlte Fassade des Hauses, grinste und trank dabei einen Schluck Bier.

10

»Unsere Tochter ist eigentlich eher das, was man als ein braves Mädchen bezeichnen würde«, erklärte Lagonda Binisao. Hilas Mutter saß mit ihrem Mann und Pia Ritter am Küchentisch. »Dass sie jetzt nicht hier ist, ist wirklich eine äußerst seltene Ausnahme.«

»Wie alt ist Ihre Tochter?«, wollte Pia wissen.

»Hila ist 22 Jahre alt«, antwortete der Vater.

»Dann reden wir ja eigentlich von einer erwachsenen Frau«, gab die Polizistin zu bedenken.

»Das mag in Ihrer Kultur so sein, Frau Kommissarin«, widersprach Binisao, »für uns ist Hila noch nicht erwachsen. Das wird sie erst sein, wenn sie verheiratet ist und Kinder hat.«

»Na ja, 22 und Studentin, da könnte es sein, dass sie noch ein paar andere Pläne …« Die Polizistin brach ab, weil ihr Kollege durch die offene Tür eingetreten und auf die drei zugekommen war. Sein Gesicht war kalkweiß und seine Schultern hingen auf unnatürliche Weise nach unten. Pia wusste sofort, was mit ihm geschehen war und warum sich seine Haltung so dramatisch verändert hatte.

Sie schluckte.

»Der Anruf kam von einem Kollegen«, begann Hain tonlos, »und … Er hat leider nichts Gutes zu bedeuten gehabt.«

»Wie meinen Sie das?«, wollte Lagonda Binisao wissen.

»Ja, was meinen Sie damit?«, mischte sich auch ihr Mann ein.

Der Kommissar atmete tief durch. »Ihre Tochter Hila hat sich vermutlich zum Zeitpunkt des Brandanschlags in den betroffenen Räumen aufgehalten. Es handelt sich um das Haus, in denen die Redaktion des Onlinemagazins untergebracht ist … war, an dem Hila mitgearbeitet hat.«

»Dieses Liberodings oder wie das heißt?«, fragte Ernest Binisao, dem die Dramatik der Aussage des Polizisten offenbar verborgen geblieben war. Das war bei seiner Frau definitiv anders, denn sie begann in diesem Moment leise, aber klagend zu weinen.

»Was soll denn das heißen«, hakte er bellend nach. »Ist unsere Tochter verletzt? Ist sie schwer verletzt?«

»Nein«, antwortete Hain leise, wobei er die Wahrheit ein wenig verbog. »Es gab bei dem Anschlag keine Verletzten. Es gab aber leider zwei Tote zu beklagen.«

»Was soll das … heißen?«

In diesem Augenblick realisierte auch Ernest Binisao, was der Polizist ihm da gerade klarzumachen versuchte.

»Nein!«, schrie er laut. »Nein, das kann nicht sein. Sie irren sich!«

»Ich würde Ihnen wirklich gern etwas anderes sagen, Herr Binisao, aber es gibt leider keine besseren Nachrichten. Ich kann Ihnen leider keine Hoffnung machen, dass …«

»Hören Sie auf!«, schrie der Mann nun. »Hören Sie auf und verlassen Sie auf der Stelle mein Haus.«

Lagonda Binisao, die ein Stofftaschentuch hervorgekramt hatte, wischte sich über die Augen, aus denen die Tränen nur so flossen. »Ernest, bitte«, schluchzte sie. »Diese Leute können nichts dafür. Sie überbringen nur die Nachricht.«

»Aber was für eine Nachricht überbringen sie denn? Dass unsere Hila tot sein soll. Das ist aber doch unmöglich. Komplett unmöglich.«

Lagonda Binisao sah zunächst Pia Ritter länger an, danach blieb ihr Blick an Thilo Hain hängen. »Sie würden so etwas nicht sagen, wenn Sie nicht ganz sicher wären, oder?«

Der Hauptkommissar nickte.

»Das Telefon Ihrer Tochter und auch das des mutmaßlichen anderen Opfers waren zum Zeitpunkt des Anschlags im direkten Umfeld der Redaktion eingeloggt. Nach menschlichem Ermessen gibt es keine andere Erklärung, als dass es sich bei den Toten um die beiden handelt.«

»War das dieser Paul?«

Hain nickte erstaunt. »Paul Bittenbinder, ja.«

Ernest Binisao drehte den Kopf und sah seine Frau vorwurfsvoll an. »Was willst du damit sagen, Lagonda? Dass unsere Hila einen Freund hatte? Einen festen Freund?«

Die Frau fing nun hemmungslos zu weinen an. Alles an ihr war Schmerz und Verlust und Trauer. »Sie war verliebt, Ernest!«, schrie sie ihren Mann an. »Unsere Hila war bis über beide Ohren in diesen Paul verliebt.«

»Aber …«

»Nichts *aber*! Hila war jung und verliebt, und jetzt ist sie tot. Und ich weiß nicht, wie ich mit diesem Schmerz jemals weiterleben soll.«

In diesem Moment brach Ernest Binisao zusammen. Er sank auf seinen Stuhl, schlug sich die Hände vors Gesicht und fing an, nach Luft zu schnappen. Keine dreißig Sekunden später war er keuchend und mit den Beinen strampelnd auf den Boden gesunken. Seine Frau schrie, er wurde blau im Gesicht, Hain versuchte, ihn zu beruhigen und zu stabilisieren, Pia telefonierte nach einem Notarztwagen.

30 Minuten später hatte sich die Situation im Haus weitgehend beruhigt. Ernest Binisao war mit Verdacht auf Herzinfarkt auf dem Weg ins Krankenhaus, seine Frau mit 20 Milligramm eines Benzodiazepins weitgehend ruhiggestellt, und

Hain und Ritter konnten für sie auf die Unterstützung von Renan Keter bauen, jener Psychologin also, die sich schon in der Nacht um Elena Siebert gekümmert hatte.

»Und es ist in Ordnung, wenn wir Sie jetzt mit ihr allein lassen, Frau Keter?«, fragte Pia.

»Absolut. Machen Sie Ihren Job, indem Sie die Täter finden, ich mache meinen hier.«

»Vielen Dank.«

»Dafür nicht.«

»Mann, Mann, Mann, was für ein Irrsinn«, murmelte Hain, während er sich lustlos ein Stück Croissant in den Mund schob. Die beiden hatten sich auf dem Weg zum Präsidium auf ein Basisfrühstück verständigt und saßen nun vor einem kleinen Café am Leipziger Platz.

»Ich habe noch nie so viel Mitgefühl gehabt mit irgendjemandem wie vorhin mit diesem Elternpaar«, sagte Pia leise. »Und ich wünsche mir, dass ich niemals in meinem Leben so etwas mitmachen muss.« Die Kommissarin zögerte und trank einen Schluck Kaffee. »Ein Kind zu haben erscheint mir gerade in diesem Augenblick wie eine Bürde, die mir im wahrsten Sinn des Wortes die Luft zum Atmen raubt. Ich fühle mich gerade, wie durch den Wolf gedreht.«

»Das kann ich absolut nachfühlen. Aber du wirst lernen, damit umzugehen, glaub mir. Du übernimmst Verantwortung, sehr viel Verantwortung, aber du wirst auch erkennen, dass du nicht alles kontrollieren kannst. Es gibt Risiken, auch und gerade im Leben eines Kindes, mit denen man lernen muss umzugehen. Und das wird garantiert auch dir gelingen. Also steck jetzt bloß nicht den Kopf in den Sand oder reagiere am Ende sogar kopflos. Das wäre, nach meiner Meinung zumindest, die komplett falsche Entscheidung.«

»Ja, ja, du hast ja recht, Thilo. Aber du musst mir auch meine gehörige Portion an Zweifeln zugestehen. Immerhin wusste ich vor nicht mal 48 Stunden noch nicht einmal, dass ich heute mit diesem Thema konfrontiert werde. Also …«

»Also bitte ich dich, mutig zu sein. Mutig und selbstbewusst, was sowieso das Beste ist für den kleinen Wurm, der da in dir heranreift.«

»Schöne Aussichten, neun Monate mit einem *Wurm* im Bauch durch die Gegend zu rennen«, gab sie mit dem Anflug eines Grinsens auf den Lippen zurück und trank ihren Kaffee aus.

Sie zahlten und gingen Richtung Mazda, als Pias Telefon sich meldete.

»Ja, Ritter«, nahm sie den Anruf entgegen.

»Pia, hier ist Sascha. Seid ihr schon auf dem Rückweg zum Präsidium?«

»Ja. Wir haben eben einen schnellen Kaffee genommen und steigen gerade ins Auto.«

»Leipziger Platz ist klasse. Dann könnt ihr, wenn das bei euch passt, gleich noch mal in die Gottschalkstraße fahren. Von dort aus hat mich gerade der Besitzer einer kleinen Autowerkstatt drei Häuser vom Tatort entfernt angerufen und mir erklärt, dass auf den Bildern seiner Überwachungskamera vielleicht etwas zu sehen sein könnte, das mit dem Brandanschlag in Verbindung steht. Fragt mich nicht, was genau er meinte, er ist vermutlich Türke oder Araber mit eher rudimentären Deutschkenntnissen, und ich habe ihn deshalb nicht richtig verstehen können.«

»Gut, wir fahren gleich hin. Hast du einen Namen für uns?«

»Ja, der Mann heißt Hamadi.«

»Schön. Gibt es vielleicht weitere Kameras, um deren Bilder wir uns kümmern sollten?«

»Nein, eigentlich nicht. Wir haben natürlich noch gestern Nacht und heute Morgen die gesamte Gegend nach irgendwelchen Aufzeichnungsgeräten abgesucht, aber nur zwei Dummys entdeckt. In der Gegend stehen die Leute halt nicht so auf Videoüberwachung. Die an der Werkstatt muss wirklich gut versteckt sein, sonst hätten wir sie auf jeden Fall entdeckt und nach dem aufgezeichneten Material gefragt.«

»Na, wenigstens hat sich der Werkstattbesitzer ja gemeldet.«

»Stimmt.«

In Brinkmanns Hintergrund wurde jetzt diffus hörbar gesprochen.

»Du, Pia, warte mal eben.« Der Mann vom Staatsschutz führte eine kurze Unterhaltung in seinem Büro, dann wandte er sich wieder der Kommissarin am Telefon zu. »Also, es ist jetzt offiziell, dass der Generalbundesanwalt die Sache an sich gezogen hat, was bei der Sachlage ja auch zu erwarten war. Karlsruhe und Wiesbaden, also das BKA, sind schon in Mannschaftsstärke hier in Kassel erschienen, wie ich gerade erfahren habe. Ich versuche gleich mal mit denen ins Gespräch zu kommen, um die weiteren Schritte abzuklären.«

»Alles klar. Wir sind, wenn in der Werkstatt alles glattläuft, in ungefähr einer halben Stunde im Präsidium.«

Brinkmann bedankte sich und beendete die Verbindung. Pia informierte Hain über den Auftrag sowie die Übernahme der Ermittlungen durch die Bundesanwaltschaft und das Bundeskriminalamt, und kurze Zeit später rollte das kleine Cabriolet auf die Gottschalkstraße und den noch immer weiträumig abgesperrten Tatort zu. Inzwischen hatten mehrere Fernsehstationen ihre Übertragungswagen mit Satellitenschüsseln auf dem Dach in Stellung gebracht, und auch die unvermeidlichen Gaffer drängten sich mehrreihig an den aufgestellten Gittern herum. Vor dem Haus stand ein Leichenwagen, davor und dahinter Einsatzwagen von Polizei und Feuerwehr sowie mindestens ein Dutzend große Limousinen und SUVs mit Wiesbadener, Berliner und Karlsruher Kennzeichen. Vor dem Haus hatten sich ein paar Männer in dunklen Anzügen aufgestellt, einer von ihnen gab offenbar gerade ein Interview.

»Das nenne ich mal den richtig großen Bahnhof«, bemerkte Hain kopfschüttelnd.

»Sei nicht unfair, Thilo. Diese Sache hat auf jeden Fall eine bundesweite Bedeutung, da kann ich den Aufmarsch wirklich verstehen.«

»Wenn du meinst.«

Etwa eine Minute später standen sie vor der sehr kleinen Autowerkstatt des Herrn Hamadi. Dass sie richtig waren, konnten sie einem kleinen, selbst gemalten Holzschild über dem Tor entnehmen, das vom Regenwasser an den Kanten schon deutlich aufgeschwemmt worden war. Noch bevor sie das Gelände betreten hatten, kam ihnen ein junger Mann im ölverschmierten Blaumann entgegen und begrüßte sie.

»Sie sind doch nicht schon wieder irgendwelche Journalisten?«, fragte er abweisend. »Wir haben nämlich absolut gar nichts zu sagen.«

»Nein«, erwiderte Hain. »Wir möchten zu Herrn …«

»Hamadi«, vervollständigte Pia. »Zu Herrn Hamadi.«

»Dann sind Sie von der Polizei?«, fragte er noch ein wenig skeptischer.

Hain musste grinsen. »Ja, das stimmt. Auch wenn wir vielleicht nicht so aussehen, wie man sich landläufig Polizisten vorstellt.«

Pia warf ihrem Kollegen einen bitterbösen Blick zu.

»Nein, nein, das passt schon«, ließ er sie deutlich freundlicher als zuvor wissen und deutete auf eine weiß getünchte Tür an einem Nebengebäude.

»Mein Vater ist da drin und zieht ein paar Reifen um. Gehen Sie einfach rein, er erwartet Sie ja.«

»Ah, gut, dass Sie da sind«, wurden die beiden Polizisten von Hamadi senior in gebrochenem Deutsch begrüßt. Er hantierte gerade mit einer Zigarette im Mund an der Reifenmontiermaschine herum. »Kommen Sie, ich gebe Ihnen die Speicherkarte.« Damit warf er die Zigarettenkippe auf den Boden, trat sie aus und war auch schon durch eine Tür verschwunden. Ritter und Hain folgten ihm über den Hof und warteten auf seine Geste hin vor dem Büro. Ein paar Sekunden später erschien er wieder und reichte dem Kommissar eine SD-Karte.

»Wenn Sie etwas dazu wissen wollen, müssen Sie meinen Sohn fragen«, sagte er mit einem Wink in Richtung des jungen Mannes, der unter einem alten, auf der einzigen Hebebühne der Werkstatt stehenden Mercedes zugange war. »Ich muss mich um die Reifen kümmern, die Frau mit dem Auto will gleich hier sein.« Herr Hamadi nickte, drehte sich um, ging mit schnellen Schritten zurück zu dem Nebengebäude und zündete sich auf dem Weg eine weitere Zigarette an. Die beiden Kommissare betraten die eigentliche Werkstatt und näherten sich dem Sohn.

»Mein Vater ist manchmal ein wenig … schrullig, wenn Sie verstehen, was ich meine«, erklärte er ihnen. »Ich muss mich vermutlich mal wieder für ihn entschuldigen, wenn ich sein Verhalten Ihnen gegenüber richtig bewerte.«

»Ach, das macht nichts«, erwiderte Pia. »Schrullig sind wir ab und an doch alle mal.«

»Ab und an geht ja, aber zu seiner Schrulligkeit kommt leider jetzt auch noch eine gehörige Portion Altersstarrsinn hinzu.« Er winkte ab. »Na ja, es interessiert Sie aber garantiert nicht die Bohne, wie ich mit meinem Herrn Vater zurechtkomme.«

»Das stimmt leider«, begegnete Pia ihm mit offenherziger Ehrlichkeit. »Uns würde viel mehr interessieren, wo die Kamera verbaut ist, mit der die Aufnahmen gemacht wurden.«

Hamadi junior legte die Ratsche auf dem Werkstattwagen ab und bat die beiden Beamten, ihm zu folgen.

»Wir hatten innerhalb der letzten drei Jahre vier Einbrüche hier, deshalb haben wir die Kamera angebracht. Man kann unser Gelände wirklich nur von der Gottschalkstraße her betreten, deshalb reicht die eine gut aus.« Er wies auf den kleinen LED-Strahler, der das Firmenschild beleuchtete. »Dort habe ich sie installiert, direkt neben der Abdeckung der Lampe. Gut, was?«

Sowohl Pia als auch Thilo konnten keine Kamera entdecken.

»Jetzt denken Sie bestimmt, der spinnt, aber da oben ist wirklich eine Kamera eingebaut. Und das Beste ist, dass sie sogar einen durchgehenden Film macht und nicht nur sekundenweise Bilder wie die meisten anderen. Dafür brauchten wir zwar eine große Speicherkarte, aber die Dinger kosten ja heute so gut wie nichts mehr. Und wenn wir morgens kommen und alles gut ist auf dem Gelände und wir nichts unternehmen, dann wird alle 24 Stunden die Aufnahme überspielt.«

»Sie scheinen sich gut auszukennen mit diesen Dingen«, sagte Hain mit Hochachtung in der Stimme.

»Na ja, als Kfz-Mann bin ich ja von Haus aus schon technikaffin. Und mich interessiert wirklich alles, was irgendwie mit Technik oder Medien zu tun hat. Und dann kommt halt so etwas dabei heraus.« Sein Blick fiel auf das immer noch weiträumig abgesperrte Haus auf der anderen Straßenseite in etwa 70 Metern Entfernung, vor und in dem in weiße Tyvekanzüge gekleidete Mitarbeiter der Spurensicherung ihrer Beschäftigung nachgingen. »Vielleicht hilft Ihnen ja das, was wir aufgenommen haben, bei Ihrer Arbeit. Das ist zwar alles nur in SD und keinesfalls hochauflösend, aber wir haben auf jeden Fall gesehen, wie jemand auf das Haus zugeht, zweimal etwas wirft und dann wegrennt.«

»Auf dem Film kann man den Ablauf der Tat sehen?«, fragte die Kommissarin entgeistert.

»Na ja, wie gesagt. Es ist jetzt keine Hightech-Aufnahme, und außerdem in Schwarz-Weiß, aber man kann schon etwas erkennen. Ich und mein Vater drücken Ihnen auf jeden Fall die Daumen, dass Sie diesen Idioten, der das gemacht hat, schnell erwischen.«

Hain wies auf die Speicherkarte in seiner rechten Hand und nickte. »Vielleicht macht das Material hier es uns ja ein wenig einfacher, was natürlich klasse wäre. Deswegen danke noch mal.«

»Gerne.«

11

Andreas Bader hatte eine gute Stunde geschlafen. Na ja, eher hatte er ein Triumphnickerchen gemacht. Durch seine Blutbahn kreiste noch immer so viel Adrenalin, dass an einen tiefen Schlaf überhaupt nicht zu denken war. Er hätte am liebsten sofort die Kumpels von C18 angerufen und jedem einzeln erklärt, dass er für diesen Brand verantwortlich war. Er, Andreas Bader, ganz allein.

Zwei Tote. Was für ein Erfolg! Eine Heldentat! Niemals hätte er sich träumen lassen, dass bei diesem Coup sogar ein paar von diesen linken Spinnern mit draufgehen würden, aber umso besser. Umso besser!

Seit vier Stunden lief die Festplatte seines Sky-Receivers voll mit Nachrichten und Sendungen, die sich ausschließlich mit dem Anschlag in der Gottschalkstraße beschäftigten. Bader saugte geradezu gierig jede neue Information dazu auf.

Die beiden Toten waren bestätigt, logo. Warum die da drin gewesen und ihm praktisch in die Mollis gelaufen waren, konnte er sich zwar nicht erklären, aber diese Tatsache machte seinen Triumph nur umso größer. Jeder, aber auch jeder von den Jungs würde ihn ausgelassen feiern, so viel war klar.

Beseelt griff er nach der Bierdose auf dem Tisch und wollte einen weiteren Schluck nehmen, als es an der Tür klingelte. Bader zuckte kurz zusammen, schaltete den Fernseher aus und schlich auf Zehenspitzen Richtung Wohnungstür. Dort nahm er den danebenstehenden Baseballschläger in die Rechte.

Wenn das die Bullen sind, müssen sie mich mit den Füßen zuerst hier raustragen, dachte er.

Durch den Spion erkannte er allerdings Maik Zoller und öffnete die Tür sofort und mit einem breiten Grinsen auf dem Gesicht. Der Mann in T-Shirt und kurzen Hosen trat ein, begrüßte den Wohnungsinhaber mit kräftigem Handschlag und ging durch zum Wohnzimmer. Dort legte er eine kleine Papiertüte mit dem Aufdruck einer Göttinger Apotheke auf den Tisch.

»Alter Falter, du glaubst nicht, was in der Stadt los ist, Andy.« Er zögerte. »Du hast doch schon davon gehört, was letzte Nacht in der Nordstadt passiert ist, oder?«

Bader nickte.

»Da hat es einer diesen linken Scheißhäusern richtig fett besorgt. Wir fragen uns alle, wer das gewesen sein könnte, aber irgendwie fällt uns nichts dazu ein. Wahrscheinlich ein Bruder von außerhalb, der die irgendwie auf dem Kieker hatte.«

Bader, der noch immer breit grinste, schaltete den Fernseher wieder ein. »Ich glaube, ich weiß, wer das war«, sagte er.

Zollers Kopf flog herum. »Du weißt, wer dieser absolute Spitzenkönner ist?«

Wieder ein Nicken. Dann spreizte Bader die beiden Daumen ab, hob die Arme und wies dabei auf sich.

»*Du*? *Andy*? Du hast die Mollis abgedrückt?«

»Ich hab die Mollis abgedrückt, ja.«

In diesem Moment verstummte das Gespräch der beiden und ihre Köpfe wandten sich ruckartig der Stimme aus dem Fernseher zu. Dort hatte eine blonde Reporterin zu sprechen begonnen.

Nun ist es traurige Gewissheit. Bei den beiden Opfern des Brandanschlags von Kassel handelt es sich um die 22-jährige Hila Binisao und den ein Jahr älteren Paul Bittenbinder. Beide stammen aus Kassel und waren Studenten an der dortigen Universität.

Im Hintergrund wurden nebeneinander Bilder der beiden eingeblendet.

Hila Binisao stammt aus dem Senegal und kam als kleines Mädchen zusammen mit ihrer Familie als Flüchtling nach Deutschland. Über Bittenbinder ist bisher lediglich bekannt, dass er aus einem kleinen Ort in Franken stammt. Ob es sich bei dem Anschlag um ein gezieltes Attentat auf die beiden handelt, ist zur Stunde völlig ungeklärt. Als sicher gilt indes, dass sowohl Binisao als auch Bittenbinder Mitarbeiter des linken Onlinemagazins waren, dessen Redaktionsräume Ziel des Anschlags von letzter Nacht gewesen sind.

»Du absolut unfassbar geile Sau«, platzte es lauthals aus Maik Zoller heraus, nachdem zurück ins Studio geschaltet worden war. »Du bist das Größte, was mir jemals begegnet ist, du Hundling.« Damit schlug er Bader mehrmals kräftig auf die Schulter, um ihn schließlich noch herzhaft in den Arm zu nehmen und zu drücken. »Woher wusstest du denn, dass die Niggerfotze mit ihrem kleinen Freund da drin ist? Hast du die beiden ausgespäht, oder was?«

Andreas Bader durchzuckte es kurz, dann jedoch nickte er. Sich jetzt nicht komplett der Wahrheit verpflichtet zu fühlen, konnte für ihn gewaltige Vorteile bedeuten.

»Klar hab ich die beiden ausgespäht, schon seit einer Woche übrigens. Wie der die immer an der Hand gehalten hat, echt ekelhaft.«

»Aber warum hast du denn nichts gesagt? Wir wären doch dabei gewesen.«

»Klar, das stimmt«, bestätigte Bader. »Aber genau wie du vertraue ich nicht jedem von den Jungs uneingeschränkt.« Er verwies auf die immer wieder in ihrem Netzwerk hochkochenden Gerüchte, dass der Verfassungsschutz über jeden ihrer Schritte informiert sei. »Und wenn jemand das durchgesteckt hätte, hätte es halt nicht geklappt. Dann hätten ein paar Bullenwagen zur Absicherung dort gestanden, und mein ganzer schöner Plan wäre für die Tonne gewesen.«

»Was das Vertrauen zu den Jungs angeht, gebe ich dir schon recht, Andy, aber dass du nicht mal mir davon erzählt hast, könnte ich dir eigentlich richtig übel nehmen.« Er lachte laut los. »Nein, Quatsch. Du hast letzte Nacht eine echte Heldentat hingelegt, das nimmt dir nie wieder jemand. Sei richtig stolz auf das, was dir da gelungen ist.«

»Das bin ich auf jeden Fall.«

Zoller dachte einen Moment nach. »Was hältst du davon, wenn ich dich auf ein Bier im ›Vaterland‹ einlade? Da werden nach und nach alle vom Combat auftauchen, davon bin ich überzeugt, und dann können wir dich so richtig hochleben lassen. Wie wäre das?«

»Das wäre echt geil, klar.«

»Dann lass uns gleich los. Ich kann es kaum erwarten, dir dein absolut verdientes Heldenbier zu spendieren.«

In genau dem Moment, als Zoller seinen Satz beendet hatte, kam Baders Wohnungstür mit ohrenbetäubendem Lärm durch den Flur geflogen.

12

Pia Ritter und Thilo Hain saßen mit mehreren Kollegen der Abteilung Staatsschutz des PP Kassel vor einem großen Flachbildfernseher und warteten auf den Start jener Bilder, die von der Kamera vor der Kfz-Werkstatt aufgenommen worden waren. Sascha Brinkmann fehlte, er war in der sogenannten Großen Lage mit den Kollegen vom BKA und den Bundesanwälten ein paar Etagen weiter oben im Haus.

Dann hatte der hinzugezogene Techniker alles erledigt und der Film lief.

»Soll ich gleich in die zeitliche Nähe zum Anschlag gehen?«, fragte der etwas nerdig, aber überaus engagiert wirkende junge Mann.

»Ja, mach das mal«, meinte Simon Hertz, ein Hauptkommissar Anfang 50, und bedachte ihn dabei mit einem interessierten Blick.

»Bist du neu bei uns, Kollege? Ich kann mich jedenfalls nicht erinnern, dich schon mal gesehen oder mit dir gearbeitet zu haben.«

»Da haben Sie recht. Ich bin seit ungefähr drei Monaten hier in Kassel, vorher war ich in Gießen.«

»Und, gefällt es dir hier?«

»Ja, natürlich. Ich habe hier viel mehr Verantwortung als auf meiner vorigen Stelle, und das macht halt immer mehr Spaß.«

»Schön. Und wenn du jetzt noch umsetzen könntest, dass du auch so alte Kollegen wie mich einfach und zwanglos duzen darfst oder vielleicht sogar musst, könnte eine richtig dicke Freundschaft zwischen dir und den Kasseler Kollegen entstehen.«

Der Techniker rief rot an, schluckte und blickte in die Runde. »Ich bin der Tobias«, erklärte er mit belegter Stimme. »Tobias Rüther.«

Hertz fing an zu grinsen, beugte sich nach vorn und griff nach der Hand des jungen Mannes. »Und wir sind deine Kollegen, Tobias. Alle unsere Namen kennenlernen und behalten wirst du sicher erst im Lauf der Zeit, aber das wird schon, verlass dich drauf. Aber du klingst jetzt nicht gerade wie ein Junge aus dem Kasseler Umland, oder?«

»Nein, ich bin nicht aus Hessen. Ich bin in Rudolstadt geboren und in Ilmenau aufgewachsen.«

»Also ein waschechter Thüringer, der sich zu uns verlaufen hat?«

»Genau. Aber ich fühle mich schon ziemlich heimisch hier.«

»Wie lang bist du insgesamt schon bei uns?«

»Acht Jahre. Zuerst war ich ein paar Jahre in Offenbach, dann 15 Monate in Gießen und seitdem hier in Kassel.«

»Schön. Und jetzt lass mal sehen, was deine Technik uns so alles zu bieten hat.«

»Ja klar. Vielleicht fangen wir am besten eine halbe Stunde vor dem Anschlag an.«

Tobias griff zur Maus neben seinem Notebook und klickte ein paarmal darauf herum. »Wir machen das in der Regel so«, meinte er, ohne den Blick vom Monitor zu heben, »dass wir mit vier- oder achtfacher Geschwindigkeit laufen lassen, bis wirklich relevante Bilder zu sehen sind.«

»Ja, so machen wir es«, bestätigte Hertz nickend.

Alle sechs im Raum anwesenden Polizisten starrten gebannt auf die Schwarz-Weiß-Bilder. Rechts oben lief eine Uhr mit, sodass man sehr gut erkennen konnte, wie weit der Anschlagszeitpunkt entfernt war. Immer wieder tauchten auf den Bildern Personen auf, die jedoch mit der Sache nichts zu tun zu haben schienen, denn ihr Weg führte sie an der Kamera vorbei, ohne dass irgendwelche Unterbrechungen oder Blicke in Richtung des betroffenen Hauses zu erkennen waren.

»Ab jetzt lass es mal bitte in Originalgeschwindigkeit laufen«, bat nun Britta Ley, eine Oberkommissarin. »Jetzt müssten nach Auswertung der Handydaten nämlich gleich Hila Binisao und Paul Bittenbinder an dem Haus ankommen.«

Es dauerte keine Minute, bis sich die Annahme der Beamtin bestätigte. Die beiden rollten mit ihren Fahrrädern langsam die Gottschalkstraße entlang, hielten an, schienen irgendetwas zu besprechen und schoben schließlich die Räder in den rechts neben der Haustür stehenden Fahrradständer. Dann rückten sie etwas näher zueinander und verschwanden kurz darauf im Gebäude. In den kommenden fünf Minuten und 15 Sekunden passierte nichts im Blickfeld der Kamera, dann jedoch tauchte aus Richtung der Mombachstraße ein Mann auf. Er trug eine Baseballkappe, hatte die Schultern hochgezogen und auf seinem Rücken war deutlich ein Rucksack zu erkennen. Der Mann, dessen Gesicht nicht zu erkennen war, ging auf der gegenüberliegenden Straßenseite langsam an dem Haus, in dem sich die Redaktion im Erdgeschoss befand, vorbei, wobei sein Kopf jedoch mehrmals nach links zuckte. Für ein paar Sekunden verschwand er aus dem Erfassungswinkel der Kamera, betrat ihn jedoch kurz darauf wieder und wechselte nun mit deutlich mehr Geschwindigkeit die Straßenseite. Dann blieb er stehen, ließ den Rucksack von den Schultern gleiten, zog den Reißverschluss auf und griff hinein. Als seine Hände wieder zum Vorschein kamen, befand sich darin etwas, das jedoch auf die Entfernung nicht zu identifizieren war. Dann ging alles rasend schnell. Er stellte die Gegenstände vor sich auf dem Boden ab, holte etwas aus der Hosentasche und kniete sich anschließend hin. Was dann genau geschah, war nicht zu erkennen, weil der Mann mit seinem Körper sowohl die Gegenstände als auch sein Handeln verdeckte. Als er wieder aufstand, befanden sich zwei brennende Flaschen in seinen Händen. Mit kurzen schnellen Schritten trat er vor die Fenster im Erdgeschoss und warf nacheinander zunächst den einen Molotowcocktail durch die linke Scheibe und danach den zweiten durch die rechte. Zur Überraschung aller Beteiligten vor dem Fernseher blieb er dann mehrere Sekunden stehen, um die sofort lodernden Flammen zu betrachten, klatschte schließlich wie erfreut in die Hände, schnappte sich den Rucksack und lief mit schnellen Schritten auf die Kamera zu. Keine fünf Sekunden später war er an dem Aufnahmegerät vorbei und verschwunden. Was blieb, waren die aus den Fenstern schlagenden Flammen. Keiner der Kommissare sagte etwas.

»Wollt ihr es gleich noch einmal sehen?«, fragte der Techniker.

»Ja, bitte«, sagte Hain mit belegter Stimme. »Für mich würde es aber ab dem Moment reichen, wo der Täter im Bild auftaucht. Die beiden Opfer brauche ich nicht noch einmal.«

Allgemein zustimmendes Nicken.

»Dann lasse ich es ab da noch mal laufen.«

Dieser Vorgang wiederholte sich insgesamt dreimal. Mehrmals bat einer der Anwesenden um ein Standbild oder eine Zeitlupe, jedoch war man sich schnell einig, dass der Täter durch die Bilder nicht zu identifizieren sein würde.

»Wir haben ein paar schwache Schwarz-Weiß-Aufnahmen von seinem Gang und seinen Klamotten, die allerdings zu keinen großen Hoffnungen Anlass geben«, meinte Hain.

»Wir könnten damit an die Öffentlichkeit gehen«, schlug Oberkommissarin Ley vor. »Vielleicht erkennt ja ein Angehöriger oder Bekannter mehr von ihm als wir.«

»Also ich könnte nicht mal mit hundertprozentiger Bestimmtheit sagen, ob es sich dabei um einen Mann oder eine Frau handelt«, erklärte Pia Ritter. »Von der Statur und dem Gang her könnte die Person sowohl männlich als auch weiblich sein.«

Die lebhafte Diskussion wurde schließlich durch die sonore Stimme von Simon Hertz unterbrochen. »Lass die Szene doch noch mal laufen, Kollege«, bat der altgediente Kommissar den Techniker. »Und ab dem Moment, wo er die Mollis weggeworfen hat, möchte ich bitte zweifache Geschwindigkeit. Speziell seine Rennerei möchte ich mir in dieser Version anschauen.«

»Was soll denn das bringen, Simon?«, fragte Günter Probst, ein weiterer Mann vom Staatsschutz. »Der Kerl macht das wirklich so, als ob er genau wüsste, dass er von einer Kamera aufgenommen wird. Das Schild an seiner Mütze verdeckt komplett sein Gesicht.«

»Ich weiß«, brummte Hertz. »Kann ich es trotzdem bitte genau so haben?«

Der Techniker bemühte wieder die Maus, und der Film startete erneut. Ab der von Hertz angesprochenen Stelle ließ er ihn mit der doppelten Geschwindigkeit ablaufen.

»Danke«, meinte der Hauptkommissar schließlich und stand auf. »Ich habe genug gesehen und weiß mit an Sicherheit grenzender Wahrscheinlichkeit, wer das ist.«

Durch den Raum ging ein ungläubiges Raunen.

»Was heißt das, du weißt, wer das ist«, hakte Pia Ritter

nach. »Konntest du jetzt wirklich so viel mehr erkennen als wir, Simon?«

»Wahrscheinlich«, erwiderte Hertz und sah in die Runde. »Der Mann, der letzte Nacht dieses junge Mädchen und den jungen Mann umgebracht hat, ist nach meiner Meinung Andreas Bader, und zwar eindeutig. Ihr könntet euch das Video vermutlich noch hundertmal anschauen und würdet nicht drauf kommen, aber er ist es.«

»Und was genau macht dich da so sicher?«, wollte die Oberkommissarin wissen.

Über das Gesicht von Hertz huschte die Andeutung eines Lächelns. »Als ich das erste Mal mit diesem Arsch zu tun hatte, vor ungefähr 15 Jahren, war das wegen eines Diebstahlsdelikts. Ich war damals noch nicht beim Staatsschutz und hatte mit ihm wegen eines Ladendiebstahls zu tun. Er war als notorischer Klauer bekannt und hätte eigentlich schon damals in den Knast gehört, aber der Knilch von der Jugendgerichtshilfe hat ihm das erspart, indem er vor dem Richter auf die Tränendrüse gedrückt hat. Bader hat offenbar einen Geburtsfehler, irgendwas mit seiner Hüfte, fragt mich aber nach den vielen Jahren bloß nicht mehr, was genau. Auf jeden Fall zieht er beim Laufen immer ein Bein ganz leicht hinter dem anderen her, und exakt das hat der Mann in dem Film da eben auch gemacht.« Der Hauptkommissar kramte ein Papiertaschentuch aus der Hose und putzte sich die Nase. »Ich hatte in den letzten Jahren immer wieder mit diesem Arschloch zu tun, und ihr könnt mir glauben, dass ich schon ziemlich oft hinter ihm hergegangen bin und dabei seinen ungewöhnlichen Gang bewundern durfte. Man muss es erstens wissen und zweitens drauf achten, sonst fällt es einem nicht auf, aber es ist absolut typisch für ihn. Mit so einer Unwucht geht sonst niemand, den ich kenne.«

Die im Raum anwesenden Polizisten einigten sich darauf, die betreffenden Szenen erneut anzusehen. Mancher stimmte Hertz danach zu, anderen jedoch fiel keine unnatürliche Gehhaltung auf. Der Hauptkommissar ließ sich von den Zweifeln allerdings in keiner Weise beeindrucken.

»Er zieht das eine Bein nach, was man, oder besser ich zumindest, beim Rennen absolut perfekt sehen kann. Außerdem passt seine Statur, und dass er seit ein paar Jahren in rechtsradikalen Kreisen seine Heimat gefunden hat, steht vermutlich nicht einmal im Ansatz infrage. Also sollten wir auf der Stelle losgehen und ihm ein paar für ihn unangenehme Fragen stellen.«

»Mensch Simon, auf deine bloße Vermutung mit dem Hinken hin kriegen wir doch niemals einen Haftbefehl«, gab Sergej Kowalow, ein weiterer Staatsschützer, zu bedenken.

»Den will ich ja auch noch gar nicht. Ich will ihn nur mit unserem Verdacht konfrontieren, das sollte meiner Meinung nach schon reichen. Bader ist wirklich nicht die schärfste Klinge im Messerblock, und vielleicht reicht es ja schon, wenn wir ihm ein bisschen Angst machen. Bisher war das ein reiner Mitläufer, und garantiert wusste er nicht mal, dass sich jemand in den Redaktionsräumen aufhält. Einen Brandanschlag traue ich diesem Hirni vielleicht noch zu, aber wenn wir über Mord reden, ist das schon eine andere Hausnummer. Eine robuste Befragung dazu steht der höchstens eine halbe Stunde durch.«

»Und was ist«, wandte Hain ein, »wenn er es doch so geplant hat, wie es schließlich gelaufen ist? Wenn es ihm darum gegangen ist, diese junge Frau umzubringen? Dann könnte es durchaus sein, dass wir auf einen höchst wehrhaften Gegner treffen, der uns die Hölle heißmacht.«

»Ich glaube es zwar nicht, aber ganz von der Hand zu weisen ist dein Einwand nicht, Thilo.«

Für ein paar Sekunden herrschte Schweigen in der Runde.

»Außerdem«, ergänzte Britta Ley, »müssen wir unser Vorgehen auf jeden Fall mit Karlsruhe absprechen. Die werden garantiert fuchsteufelswild, wenn wir jetzt einfach zu diesem Bader fahren und ihn hopsnehmen.«

Hertz schnaufte durch. »Klar. Und bis alle relevanten Stellen ihren Senf dazugegeben haben, ist der vielleicht schon über alle Berge.«

»Solche Leute hauen nicht ab, das weißt du ganz genau. Die wollen sich von ihren Kumpels feiern lassen für ihre Dinger.«

»Vielleicht ja, vielleicht nein. Auf jeden Fall …« Hertz brach ab, weil in diesem Augenblick Sascha Brinkmann den Raum betrat. Der Erste Hauptkommissar berichtete kurz von der Lagebesprechung und wurde danach über die Erkenntnisse seiner Kollegen bezüglich des Films und die anschließende Diskussion informiert. Er ließ sich die betreffende Stelle vorführen.

»Ich kenne den Bader ja nun auch schon ein paar Jahre, Simon, aber davon, dass der einen Hüftschaden hat, weiß ich nichts. Ich würde dir zwar zustimmen, dass der Täter ein wenig hinkt, aber dass das Bader ist, könnte ich nie und nimmer mit Gewissheit sagen.«

»Er ist es, so glaubt es mir doch!«

Brinkmann überlegte eine Weile. »Gut. Die Damen und Herren aus Karlsruhe und Wiesbaden wollen sich erst einmal ein genaueres Bild der Lage machen und danach intern besprechen, sodass wir uns erst in drei Stunden wieder treffen werden. Bis dahin muss die Aktion Bader also über die Bühne gegangen sein.«

Wieder ein paar Sekunden des Nachdenkens.

»Und wir ziehen das SEK hinzu. Ich will nicht, dass wir uns bezüglich unseres Vorgehens hinterher etwas vorwerfen lassen müssen. Die Jungs bringen uns rein, den Rest erledigen wir dann selbst.« Er sah in die Runde. »Irgendwelche Fragen oder Anregungen?«

Tobias Rüther hob vorsichtig den Arm.

»Ja, was ist, Kollege?«

»Würde es Ihnen, also ich meine … dir, etwas ausmachen, wenn ich mitkomme? Vielleicht gibt es da irgendwelche technischen Utensilien, die auf die Schnelle mal überprüft werden müssen.«

Der Erste Hauptkommissar dachte kurz über den Vorschlag des Technikers nach und nickte. »Das könnte wirklich notwendig sein, deshalb finde ich deine Idee gut. Du kommst mit. Hast du deine Weste griffbereit?«

»Ja.«

»Gut. Sonst noch was?«

Allgemeines Kopfschütteln.

»Schön. Dann leiern wir jetzt den Einsatz an und sehen zu, dass die Sache möglichst schnell erledigt ist. Simon, du weißt, wo dieser Scheißkerl zu Hause ist?«

»Klar. Immerhin hatte ich eine Zeit lang so etwas wie eine Dauerkarte für Hausbesuche bei ihm.«

13

Anette Sturm lehnte sich zufrieden in ihrem Stuhl zurück. Die Landesvorsitzende der hessischen AfD hatte das Echo in den sozialen Medien zu ihrer Stellungnahme überflogen und danach ein kurzes Telefonat mit der Parteizentrale in Berlin geführt. Ihr war versichert worden, dass alle in der Hauptstadt von ihrer Aussendung beeindruckt waren und sie jederzeit auf die Ressourcen der Bundespartei zurückgreifen könne, sowohl personell wie natürlich auch finanziell. *Blödsinn*, hatte sie am Ende des Telefonats gedacht, *ihr werdet mir natürlich alle Steine in den Weg legen, die in der Kürze der Zeit aufzutreiben sind.*

Anette Sturm, da waren sich die allermeisten Beobachter einig, würde in den kommenden Jahren, ja vielleicht schon deutlich früher, die neue starke Frau in der AfD werden. Die Gründe dafür lagen ebenso auf der Hand, wie sie leicht nachvollziehbar waren.

Die promovierte Betriebswirtin brachte nämlich alles mit, was es für die Übernahme einer exponierten Stellung innerhalb der Partei brauchte: Eloquenz, Bildung, ein gewinnendes Lachen und auf jeden Fall Stilsicherheit. Ihr Auftreten war weder so geifernd-unbelehrbar wie das von Alice Weidel, noch bediente sie sich der selbstherrlichen Oberlehrerattitüde eines Alexander Gauland. Dass sie dazu, im krassen Gegensatz zu Beatrix von Storch, ausnehmend gut aussah und sehr viele, speziell ältere Menschen, sie sich durchaus als potenzielle Schwiegertochter vorstellen konnten, kam positiv hinzu. Wolf Herren, ihr Medienberater, hatte ihr die Situation vor etwa einem Jahr folgendermaßen beschrieben:

»Pass auf«, hatte er gesagt, »der nach meiner Meinung einzige Faktor, der die AfD mittel- und langfristig von der 40-Prozent-Marke fernhält, ist die schwere Vermittelbarkeit ihres Führungspersonals. Da gibt es zum Beispiel solche wie den ehemaligen Boss Gauland und seinen Nachfolger, diesen komischen Chrupala, die für vielleicht zehn Prozent der Wähler ein Grund sind, ihr Kreuzchen bei der AfD zu machen. Allerdings halten die beiden auch gleich mal drei bis fünf Prozent des Wahlvolks davon ab, die Partei zu wählen, obwohl sie mit manchen Positionen von denen ganz gut einverstanden sind. Aber diese Typen sind halt nun mal keine Sympathieträger, sogar eigentlich eher das Gegenteil. Oder die Weidel. Die ist gut für maximal zwölf Prozent, du musst aber auch bei ihr gleich wieder drei oder vier Punkte abziehen, weil viele genau wegen ihr die Partei nicht wählen. Und speziell dir muss ich ja nun nicht erzählen, dass sie hinter den Kulissen noch viel schlimmer ist als vor der Kamera, was nun wirklich etwas heißen soll. Ganz schlimm sieht die Sache allerdings beim Storch aus. Die ist nicht nur schwer vermittelbar, sie ist dazu auch noch optisch eine Vollkatastrophe. Wenn du mit der in der ersten Reihe antreten würdest, wären deine Chancen, gewählt zu werden, bei maximal fünf Prozent. Ein bisschen besser sieht es bei Höcke aus, bei dem man wenigstens nicht gleich auf den ersten Blick merkt, wie kognitiv beschränkt er ist. Also gut für plus 13 minus drei bis fünf. Macht insgesamt genau die Prozentzahlen, mit denen deine Partei sich herumschlagen muss. Und genau hier könnte der, nennen wir ihn mal Haider-Effekt zum Tragen kommen. Du wirst es vielleicht nicht wissen, aber die Freiheitlichen in Österreich waren, bis der gute Jörg kam, eine relativ unbedeutende Gauklertruppe. Der Haider mit seinem Schwiegersohncharme und diesem speziellen Schmäh, den er ganz unbestritten hatte, war wie ein Sechser im Lotto für die Partei. Ab da ging es nur noch bergauf. Und wenn man seinen Werdegang verfolgt, ist eine Sache wirklich hervorstechend. Der Typ konnte nämlich sagen, was er wollte, es hat sich nie so böse angehört, wie es gemeint war. Das war es, was ich immer an ihm bewundert habe, nämlich, dass seine Thesen sich für das gemeine Wählerohr immer irgendwie vertretbar angehört haben, auch wenn er damit ganz klar Naziparolen propagiert hat. Man hat ihm die einfach deshalb durchgehen lassen, weil er sie auf so absolut unnachahmliche Weise verkaufen konnte. Auf diesem Gebiet allerdings steht die AfD gerade größtmöglich im Regen, weil sie solch eine Person einfach nicht hat. Heiner Geißler, Björn Engholm, in gewisser Weise bis zu seinem Absturz sogar Uwe Barschel waren solche Typen, aber etwas Vergleichbares sehe ich bei euch auf weiter Flur halt nicht.«

In den Wochen danach hatten sich die beiden intensiv darüber ausgetauscht, was genau für diesen Haider-Effekt notwendig wäre. Und irgendwann war Anette Sturm aufgegangen, dass sie all das mitbrachte, was dazu notwendig war. Allerdings, und das wusste sie, würden die Etablierten an der Parteispitze keinen Jota ihrer Macht freiwillig abgeben, darin unterschied sich die AfD nicht von den anderen Parteien. Also waren Herren und sie übereingekommen, dass die Strategie zur Übernahme des Vorsitzes eine langfristige sein müsse.

Langfristiges und strategisches Denken, darin allerdings war Anette Sturm eine ausgewiesene Könnerin.

Es klopfte an ihrer Bürotür.

»Ja, herein.«

Björn Holland, ihr persönlicher Referent, betrat den Raum.

»Du, Anette, da sind jede Menge Anfragen bezüglich der Sache in Kassel. Willst du mit irgendjemandem darüber ein Gespräch führen?«

Die Frau stand auf und betrachtete die in voller Pracht stehenden Rosensträucher vor ihrem Abgeordnetenbüro. »Nein, keine Lust. Ich werde nach Kassel fahren und mir selbst ein Bild von der Sache machen. Kannst du dafür sorgen, dass ich ein Interview vor dem abgefackelten Haus kriege?«

Holland sah sie erstaunt an. »Warum willst du das machen, Anette? Die Bude steht inmitten des Uni-Viertels, da kannst du dich auf mächtig Gegenwind einstellen, wenn du direkt dort ein Interview haben willst.«

»Ich weiß. Aber gerade deshalb will ich es ja.«

»Und an welches Medium hast du gedacht? Ist ja nicht so, dass die Sender oder Magazine sich darum reißen, mit Leuten von uns Interviews vor angekokelten Häusern zu führen, in denen … zwei Menschen ums Leben gekommen sind.«

Anette Sturm sah ihren Referenten lange an. »Wer sich warum und weshalb darum reißt oder auch nicht, mit mir ein Interview zu führen, geht mir komplett am Arsch vorbei, mein lieber Björn. Das hinzukriegen ist dein Job, und wenn es aus irgendwelchen Gründen nicht klappen sollte, kannst du gern ab morgen wieder an der Uni deiner Hiwi-Beschäftigung nachgehen. Haben wir uns verstanden?«

Holland sah betreten zu Boden. »Ja klar. Ich dachte halt nur, dass …«

»Du sollst nicht *denken*, sondern einen Interviewtermin für mich klarmachen.« Sie warf einen Blick auf ihre Armbanduhr. »Ich will in drei Stunden in Kassel sein und spätestens in dreieinhalb den Termin haben. Heute Abend ist diese Veranstaltung hier bei der IHK, die ich auf keinen Fall verpassen möchte. Schick mir eine WhatsApp, mit wem ich wann vor dem Haus sprechen werde. Und nur vor dem Haus, dass das absolut klar ist.«

»Natürlich, das geht klar. Und du willst da wirklich komplett allein hinfahren? Wäre es nicht besser, wenn ich …«

»Nein, das wäre es nicht«, unterbrach sie ihn barsch. »Du besorgst mir ein Bahnticket, dann fahre ich mit dem Taxi zu dem Haus, tüte das Interview ein und sitze kurz danach schon wieder im ICE nach Hause. Endgültig verstanden?«

»Ja.«

Sie wartete, bis er das Zimmer verlassen hatte, griff zum Telefonhörer und wählte die Nummer von Wolf Herren.

»Ja, Anette, was gibt's?«

»Ich brauche ein paar Anregungen von dir, Wolf.«

»In Bezug auf?«

»Ich werde später in Kassel sein und will vor dem Haus ein Interview geben. Natürlich soll dabei meine tiefe Betroffenheit zum Ausdruck kommen, aber ich will auch die Leute erreichen, die sich insgeheim darüber freuen, dass dieses … Flüchtlingsmädchen und der Typ gestorben sind. Verstehst du? Ich möchte die einen erreichen, ohne die anderen zu verschrecken.«

»Na ja«, antwortete Herren, »eigentlich willst du es, wenn du ehrlich bist, genau andersherum. Du willst die Leute, die sich zumindest klammheimlich über den Tod der jungen Frau freuen, erreichen, ohne die ganzen anderen, die es furchtbar finden, zu verschrecken.«

»Ja, von mir aus, das kann auch sein. Ich denke allerdings, dass deine Detailversessenheit für mein mögliches Statement ohne den geringsten Belang ist, oder?«

»Definitiv, das ist sie nicht, nein.«

14

Die Arbeit des SEKs konnte man nur mit den Worten *grobschlächtig, aber perfekt* umschreiben. Ein Mitglied des Kommandos hatte mithilfe einer Ramme die Tür zu Baders Wohnung in den Flur geprügelt, direkt darauf hatten mehrere Beamte die Wohnung gestürmt und gesichert. Bader und sein Besucher waren zwar zunächst perplex zurückgewichen, hatten sich dann jedoch für so etwas wie Widerstand entschieden. Allerdings war der schon im Ansatz zum Scheitern verurteilt gewesen, denn die innerhalb von wenigen Sekunden in der Wohnung verteilten weiteren Beamten hatten es erst gar nicht zu einer koordinierten Attacke kommen lassen. Nun waren die Fronten so weit geklärt, dass das SEK das Feld wieder hatte räumen können. Die verbliebenen Polizisten hatten die Wohnung einer intensiven Durchsuchung unterzogen, dabei jedoch weder Erkenntnisse gewonnen noch belastende Gegenstände gefunden.

Andreas Bader kniete auf dem Boden, die an den Handgelenken mit einem Kabelbinder zusammengebundenen Arme hinter dem Rücken verschränkt. Sein hasserfüllter und wütender Blick fixierte Hauptkommissar Simon Hertz, der es sich in einem der beiden Sessel bequem gemacht hatte. Maik Zoller, sein Besucher, war in die Küche gebracht worden, wo er, ebenfalls mit den Armen hinter dem Rücken, von drei Polizisten bewacht wurde.

»Mach mich sofort los, du Wichser«, zischte Bader Hertz an. »Ich habe nämlich null Ahnung, was ihr eigentlich von mir wollt.«

Hertz hielt seinem Blick eine Weile stand und nickte schließlich. »Das kann ich dir sagen, was wir von dir wollen, Andy. Wir wollen dich zunächst festnehmen, dann dem Haftrichter vorführen, direkt danach in U-Haft nehmen und irgendwann dann wirst du in einem aufsehenerregenden Prozess zu lebenslang verurteilt, natürlich mit anschließender Sicherungsverwahrung. Was nichts anderes heißt, als dass dieser sonnige Sommertag heute mit seinem strahlend blauen Himmel dein letzter in Freiheit gewesen ist.«

»Ach, und was soll ich gemacht haben? Mal wieder einen Kiosk überfallen, oder was?«

Bader nahm Bezug auf eine Serie von Überfällen und nächtlichen Einbrüchen in Trinkhallen und Kiosks vor etwa zwölf Jahren, für die der Mann auf dem Boden drei Jahre und vier Monate im Gefängnis verbracht hatte. Hertz war seinerzeit der federführende Ermittler gewesen.

»Nein, Andy, diesmal hast du dich nicht mit einem kleinen Kiosk begnügt, diesmal hast du das große Rad gedreht. Das ganz große, um genau zu sein.«

Bader lachte heiser auf. »Hör bloß auf, hier so einen Scheiß zu erzählen, Hertz. Ihr könnt mir gar nichts, und das weißt du auch ganz genau.«

Der Hauptkommissar grinste. »So? Dann will ich dir mal eine Geschichte erzählen, mein lieber Andreas. Und die geht so, dass du letzte Nacht mit zwei Mollis im Rucksack vor einem Haus in der Gottschalkstraße aufgetaucht bist, sie durch die beiden Fenster im Erdgeschoss geworfen, dir deinen ach so einzigartigen Triumph ein paar Sekunden angeschaut hast und dann verduftet bist. Was du allerdings nicht auf dem Schirm hattest, ist die Existenz einer Kamera nicht weit von dem Haus entfernt, das du mitsamt der beiden armen Teufel abgefackelt hast, die sich darin aufgehalten haben.« Der Polizist beugte sich ganz dicht zu Bader hinunter. »Wir haben dich am Arsch, Andy, und zwar ziemlich kräftig.«

»Was?«, schrie Bader nun ebenso unvermittelt wie laut los, »ich soll an der Sache in der Gottschalkstraße beteiligt sein? Das könnt ihr schwachsinnigen Bullenärsche komplett vergessen, ich habe nämlich einen Haufen Zeugen dafür, wo ich letzte Nacht wirklich gewesen bin. Und das ist meilenweit von der Nordstadt weg.«

»Das stimmt, und ich bin einer von diesen Zeugen«, kam es nun ebenso laut gebrüllt, jedoch durch die Tür gedämpft, aus der Küche. »Der Andy war die ganze Nacht mit mir und ein paar Kumpels unterwegs, und das können wir alle beschwören. Und jetzt macht uns sofort los, sonst kriegt ihr brutale Scherereien mit meinem Anwalt.« Zoller fing nun geradezu hysterisch an zu lachen. »Da habt ihr euch wohl ein bisschen verhoben, was? Blöd gelaufen, würde ich mal sagen. Und du, Andy, hältst jetzt besser die Schnauze und wartest, bis der Dr. Wöhler hier ist. Der wird diesen Ärschen schon Beine machen, verlass dich drauf.«

Simon Hertz verdrehte genervt die Augen und kam Bader noch ein Stück näher. Fast berührten sich ihre Nasen. »Das wird dir nichts helfen, Andreas«, flüsterte er. »Das Einzige, was dir vielleicht noch die Sicherungsverwahrung ersparen könnte, ist, wenn du ab sofort mit uns zusammenarbeitest. Dann läuft es vielleicht auf Totschlag hinaus, weil du ja nicht wissen konntest, dass die beiden in dem Büro waren.«

Andreas Bader antwortete dem Polizisten nicht. Stattdessen hob er grinsend den Kopf und spuckte Hertz ansatzlos mitten ins Gesicht. Thilo Hain, der etwa drei Meter entfernt neben dem Fernseher gestanden hatte, sprang dazwischen und warf den dabei laut auflachenden Mann auf die Seite. Gleichzeitig hatte Hertz seine Dienstwaffe gezogen und sie auf Bader gerichtet.

»He, Simon!«, schrie Hain ihn mit weit aufgerissenen Augen an, »das ist dieser Arsch nicht wert.« Damit fasste er an den Lauf der Waffe und drückte ihn langsam, Zentimeter für Zentimeter, gegen Hertz' nur langsam erlahmenden Widerstand Richtung Boden. »Steck sie weg, los.«

Der Hauptkommissar der Staatsschutzabteilung schluckte und schob die Waffe mit geschlossenen Augen zurück ins Holster.

»Macht sie los«, brummte Sascha Brinkmann aus dem Hintergrund. »Macht sie los und lasst uns bloß hier abhauen, bevor ich noch richtig schlechte Laune kriege.«

»Ja, haut bloß ab, ihr Scheißbullen«, dröhnte es bellend aus der Küche. »Ihr könnt mir und meinem Kumpel nämlich mal gerade gar nichts, ihr Versager.«

Simon Hertz wischte sich mit dem Ärmel Baders großflächig verteilten Speichel vom Gesicht, zog ein kleines Klappmesser aus der Hosentasche und durchtrennte den Kabelbinder.

»Wir sind noch längst nicht fertig miteinander, wir beide«, flüsterte er ihm ins Ohr. »Noch längst nicht.« Damit erhob er sich und ging Richtung Flur.

»Du kannst mir nicht drohen, Hertz«, schrie der Mann in den Jogginghosen ihm hinterher, »das schaffst du nicht. Wenn wir uns mal draußen irgendwo über den Weg laufen, bist du fällig, das verspreche ich dir. Und die Rechnung für meine Tür wird garantiert saftig, da könnt ihr schon mal anfangen für zu sparen.«

Hain, der ebenfalls bereits auf dem Weg Richtung Ausgang gewesen war, drehte sich noch einmal um und ging auf Bader zu, der gerade aufstehen wollte. Der Hauptkommissar stieß ihn zu Boden und baute sich über ihm auf. »Übertreib es nicht, Bader. Drohungen gegen einen Kollegen sind Drohungen gegen jeden Einzelnen von uns, also überleg dir deine Worte in Zukunft ein wenig besser.«

»Verpiss dich, Bullenarsch.«

»Lass dich von diesen Pissern bloß nicht provozieren, Andy«, rief Maik Zoller, der mit dem Mobiltelefon in der Hand das Wohnzimmer betreten hatte. »Ich rufe Dr. Wöhler an, der wird denen schon zeigen, wo der Hammer hängt.«

Damit wandte er sich Pia Ritter und den anderen Beamten zu, die im Begriff waren, die Wohnung zu verlassen.

»Dienstaufsichtsbeschwerde gegen euch alle wird der stellen, und anzeigen wird er auch jeden von euch. Ihr könnt euch schon mal drauf einstellen, dass eure beschissenen Bullenkarrieren heute zu Ende gegangen sind. Over and out, sozusagen.«

40 Minuten später saßen die sieben an der Aktion beteiligten Polizisten in Sascha Brinkmanns Büro. Der Erste Hauptkommissar von ZK 10 hatte einen hochroten Kopf und sah überaus wütend aus.

»Wenn wir mal einen Lehrfilm drehen müssen, wie man in so einer Situation garantiert *nicht* vorgehen sollte, dann stellen wir einfach die letzten anderthalb Stunden nach, was meint ihr?«

»Mensch Sascha, gegenseitige Vorwürfe bringen uns jetzt auch nicht weiter«, widersprach Sergej Kowalow ein wenig halbherzig. »Wir konnten doch nicht ahnen, dass der einen Kumpel zu Besuch haben würde. Und dass er seine Antwort an Simon so laut brüllt, dass wir es in der Küche hören würden, stand auch nicht zu erwarten. Immerhin hast du auch nicht damit gerechnet, oder?«

»Nein, damit hat niemand gerechnet, selbst ich nicht. Aber im Nachhinein war das alles andere als professionell, das müssen wir uns schon vorhalten lassen.« Er dachte eine Weile nach. »Und wenn die beiden wirklich diesen Winkeladvokaten Wöhler auf uns hetzen sollten, dann können wir uns auf eine schöne Schlammschlacht gefasst machen. Dann können wir morgen überregional nachlesen, wie dämlich wir uns angestellt haben.«

»He, nun bleib mal auf dem Teppich. Allein wegen der vielen Beleidigungen, die sie uns an den Kopf geworfen haben, können wir gegen sie vorgehen. Und die Sache mit Bader und dem Brandanschlag ist nach meiner Meinung überhaupt nicht für ihn ausgestanden. Wir sollten definitiv in dieser Richtung weiterermitteln, wenn du mich fragst.«

»Das kann schon sein, aber dann brauchen wir eben deutlich mehr als einen möglicherweise hinkenden Täter. Dann benötigen wir harte Fakten, die sein getürktes Alibi widerlegen.«

»Daran würde ich gern arbeiten«, mischte Simon Hertz sich ein. »Immerhin sind wir auf meine Veranlassung hin bei ihm eingefallen. Und außerdem denke ich wie Sergej, nämlich, dass er es auf jeden Fall gewesen ist.«

Brinkmanns Stirn kräuselte sich. »Dann bleibt ihr beiden an ihm dran. Lasst euch eine Liste mit den Namen der Zeugen geben und tretet denen auf die Füße. Vielleicht können wir ja einem von denen nachweisen, dass er Mist erzählt.« Der Leiter von ZK 10 sah auf die Uhr. »Ich bin schon ziemlich spät dran und muss jetzt erst mal zur nächsten Sitzung mit den Karlsruhern und Wiesbadenern. Was ich denen zu unserem Einsatz von eben erzähle, weiß ich noch nicht, aber die gesamte Wahrheit wird es garantiert nicht sein.«

Sein Blick fiel auf Thilo Hain.

»Thilo, du und Pia klemmt euch mal an diesen Maik Zoller. Über den wissen wir zwar, dass er in der rechten Szene eine Rolle spielt, aber wie groß die ist und was genau er da macht, zum Beispiel bei C18, darüber wissen wir noch nicht genug. Versucht doch mal, ein Gespräch mit Kriminalrat Dr. Winkler zu führen, der kann euch da bestimmt die richtigen Informationen geben. Denn wenn es einer weiß, dann er.«

Hain nickte. »Machen wir.«

Dr. Hieronymus Winkler war so etwas wie die graue Eminenz im Polizeipräsidium Kassel, wenn es um rechte Gruppierungen, rechte Gewalt und ihre Sympathisanten, aber natürlich auch rechten Terror ging. Der 64-jährige Mann litt seit vielen Jahren an Multipler Sklerose, was ihn immer wieder für längere Zeit in den Rollstuhl zwang. An den besseren Tagen konnte er sich noch mithilfe eines Stocks fortbewegen, doch diese Tage wurden sukzessive weniger. Für die meisten Kriminalbeamten mit seiner Krankengeschichte wäre die Karriere bei der Polizei längst beendet gewesen, doch Winkler kämpfte verbissen um jede Stunde, die er im Dienst verbringen konnte. Mittlerweile zwar in Teilzeit, was ihn jedoch nicht daran hinderte, oftmals zehn Stunden oder auch mehr in seinem Büro zu verbringen. Er hatte sich selbst so etwas wie eine Stabsstelle verordnet, und sein Rat und seine Expertise waren nicht nur in Kassel und Hessen gefragt. Der grauhaarige Mann war im Vorjahr federführend daran beteiligt gewesen, auf die Spur des mutmaßlichen Mörders von Walter Lübcke zu kommen, dem Kasseler Regierungspräsidenten. Winkler und Lübcke hatten sich seit ihrem im gleichen Jahr erfolgten Eintritt in die CDU gekannt, und es war sicher nicht übertrieben, sie als Freunde zu bezeichnen. Der Polizist hatte, trotz seiner emotionalen Betroffenheit, noch in der Tatnacht erste Hinweise auf die mögliche Täterschaft gegeben und schließlich auch den mutmaßlichen Täter ins Spiel gebracht, den er trotz dessen Abtauchens in den Jahren davor nie aus dem Fokus verloren hatte.

Nun klopfte Pia Ritter bei Winkler und trat einen Schritt zurück. Es dauerte einen kleinen Moment, dann ertönte von hinter der Bürotür ein klares und durchdringendes »Herein«.

Weder die Polizistin noch ihr Kollege hatten jemals persönlich mit dem alten Staatsschützer zu tun gehabt, der schon gegen Ende der 70er-Jahre des vorigen Jahrhunderts gegen die RAF und ihren wirren und aberwitzigen Terrorismus gekämpft hatte. Er saß in einem klobig wirkenden Elektrorollstuhl, hatte ein offenes, aber zerfurchtes Gesicht, trug eine dicke Brille und sah die beiden freundlich an.

Hain und Ritter stellten sich ihm vor und kamen direkt zur Sache. Nachdem sie dem zwei Meter großen Mann einen detaillierten Abriss der Ereignisse seit dem Anschlag in der Gottschalkstraße gegeben hatten, bedachte dieser sie mit einem irritierten Blick.

»Maik Zoller und Andreas Bader? Diese beiden habt ihr im Blick wegen der Sache?« Er fuhr sich über das Kinn, was wegen der offensichtlich am Morgen ausgefallenen Rasur ein schabendes Geräusch verursachte. »Auch auf die Gefahr hin, dass ich manchmal viel glaube, aber dass die beiden das waren, das glaube ich nicht. Und dass der Bader humpelt, davon habe ich auch noch nie was gehört. Die beiden sind ganz kleine Räder im rechten Getriebe, ganz, ganz kleine.« Wieder die Handbewegung am Kinn. »Aber na ja, die haben ja alle mal klein angefangen, auch die meisten Großen.«

Pia zog ihr Telefon aus der Jackentasche. »Können Sie uns ein wenig mehr über die beiden erzählen? Wir haben sie ja nur vorhin bei einer … ziemlich schiefgelaufenen Aktion in Baders Wohnung kennengelernt. Was sind das für Typen?«

Winkler hob interessiert den Kopf. »So?«, sagte er nicht ohne einen gewissen Schalk. »Eine schiefgelaufene Aktion in Baders Wohnung? Darf ich darüber ein bisschen mehr erfahren?«

Die Oberkommissarin gab ihm einen kurzen Überblick über ihren Besuch bei Andreas Bader.

Der Mann im Rollstuhl hörte mit schief gelegtem Kopf zu, tippte ein paarmal auf der Schreibtischplatte herum und nickte wortlos, als sie geendet hatte. Offenbar dachte er sich seinen Teil dazu, bezog sich jedoch nicht auf ihre Erklärung und kam vielmehr auf Pias Frage zurück.

»Hm. Was sind das für Typen, der Bader und der Zoller? Wenn euch das wirklich interessiert, dann würde ich gern ein wenig ausholen. Habt ihr ein bisschen Zeit mitgebracht?«

»Klar«, meinte Hain.

»Gut. Und hört bloß auf, mich weiter zu siezen, damit kann ich auch in meinem hohen Alter immer noch nicht gut umgehen. Ich bin der Hieronymus.«

»Dann bin ich Thilo.«

»Und ich die Pia.«

»Gut. Da das jetzt geklärt ist, gebe ich euch einen kurzen Abriss, wie sich das mit den gewaltbereiten Rechten in Deutschland so verhält. Fangen wir also oben an, da, wo es den Leuten weniger um eine Ideologie geht, sondern wie eigentlich immer im Leben um die Kohle. Es gibt bei uns hier in Deutschland eine Kaste von, sagen wir mal, 180 bis 200 Leuten, die mit der ganzen Neonazischeiße eigentlich gar nichts anfangen kann, die aber prächtig daran verdient. Das sind Devotionalienhändler, Musiker, Konzertveranstalter, aber auch ganz banale Klamottenhändler oder sonstige Geschäftemacher. Und natürlich das eine oder andere Tattoostudio und so ein Kram. Der jährliche Umsatz dürfte sich im dreistelligen Millionenbereich abspielen, so ganz genau weiß das allerdings niemand. Unter denen spielt die zweite Liga auf, im Großen und Ganzen gestellt von vielleicht 1.000 bis 1.500 Leuten. Hier wird es schon deutlich ideologischer, was man unter anderem daran merkt, dass sich in dieser Kaste eine Menge offenbar ganz normale Menschen mit Jobs, Familien und geregeltem Einkommen tummeln. Aber eigentlich sind sie genau jene Brandstifter, die in Reden anstacheln und aufhetzen und dann später behaupten, sie hätten das doch alles gar nicht so oder halt ganz anders gemeint. Viele von denen sind eindeutig zu feige, um selbst irgendetwas Illegales zu tun, das überlassen sie lieber der niedrigsten Kaste. Und damit kommen wir dann zu Geschützen wie Bader und Zoller. Nach meiner Meinung sind das ganz gewöhnliche Kriminelle, die in diesen Gruppen aber relativ sicher auf Gleichgesinnte treffen.«

Er griff zu einer Wasserflasche, füllte sich sein Glas, bot seinen Besuchern etwas an, die beide ablehnten, und stellte schließlich die leere Flasche in einen Kasten unter dem Schreibtisch.

»Wir Menschen organisieren uns nun mal in Gruppen, ob uns das gefällt oder nicht. Und wenn man sowieso schon mit dem Gesetz auf Kriegsfuß steht, dann ist der Weg in eine solche Gruppierung nicht weit. Hier bekommen diese Leute genau jene Anerkennung, die ihnen im sonstigen Leben versagt bleibt. Wir dürfen dabei aber auf keinen Fall vergessen, dass wir es salopp gesagt mit dem Bodensatz der Gesellschaft zu tun haben. Die kommen zum Teil aus der Hooliganszene im Fußball, der Trinkerszene, und man hat auch schon ehemalige Junkies unter ihnen ausgemacht. Aber wie auch immer, das sind die Damen und Herren, die am Ende für die rechts motivierten Straftaten verantwortlich zeichnen.«

»Darunter gibt es auch Frauen?«, wollte Pia ein wenig ungläubig wissen.

»Und ob es unter denen auch Frauen gibt«, bestätigte Winkler. »Das ist sogar die prozentual am stärksten wachsende Gruppe innerhalb der gewaltbereiten rechten Szene.«

Pia, die sich eifrig Notizen machte, hob den Kopf. »Und

wo würdest du in diesem Kontext Parteien wie die AfD oder die NPD sehen?«

»Die NPD ist tot, so viel kann ich zu dieser Partei sagen. Und sie ist deshalb tot, weil sich die meisten ihrer Sympathisanten der AfD an den Hals geschmissen haben. Da können die entscheidenden Damen und Herren noch so oft auf irgendwelche Unvereinbarkeitsbeschlüsse verweisen, die NPD ist zum großen Teil in der AfD aufgegangen. Und die AfD ist halt der klassische Wolf im Schafspelz, was sie auch ziemlich geschickt umgesetzt kriegen. Über die breite Spanne an Wählern, die sich von denen angesprochen fühlen, würden sich wohl alle anderen Parteien nicht nur heimlich freuen.«

»Wie meinst du das?«

»Die AfD grast praktisch von der Mitte bis zum äußersten rechten Rand ganz viel ab, was natürlich mit ihrem Personal zusammenhängt. Da gibt es solche, die man ungestraft als ›Faschisten‹ bezeichnen darf, wie auch eigentlich ganz Gemäßigte. Die fallen halt nicht so auf, weil wir uns, auch medial, eher den Schreihälsen zuwenden. Denen, die von und mit der Provokation nicht schlecht leben. Und machen wir uns nichts vor, wenn du in der AfD was werden willst, dann musst du provozieren und schreien, so laut du kannst. Und hier schließt sich wieder der Kreis zu der obersten Kaste innerhalb des rechten Gefüges, denn natürlich ist es höchst erstrebenswert, in ein Landesparlament einzuziehen. Oder vielleicht sogar in den Bundestag. Das bringt nämlich, neben der öffentlichen Wahrnehmung, auch ein richtig gutes Gehalt mit sich. Und eine Altersversorgung, von denen ihr und ich auch in ganz feuchtfröhlichen Nächten nicht mal zu träumen wagen.«

Winkler reckte sich, trank einen Schluck Wasser und hielt sich kurz die Hand vor den Mund.

»Und machen wir uns nichts vor, auch unter den vielen AfD-Parteigängern, die es in die Parlamente geschafft haben, gibt es eine ganze Menge an echten Platzpatronen. Da geben sich Pleitiers, Hochstapler und Gaukler die Ehre, das glaubt man nicht. Aber wenn sie aufgestellt und gewählt werden, kann niemand etwas dagegen unternehmen.«

Noch einmal fuhr der Mann im Rollstuhl mit der rechten Hand an den Mund. Offenbar bevorzugte er Wasser mit viel Kohlensäure.

»Allerdings ist es definitiv so, dass es diverse Verbindungen zwischen AfD-Chargen und dem gewaltbereiten, äußersten rechten Rand gibt. Da trifft man sich und man schätzt sich auch. Offen zugeben würde das die Partei zwar niemals, aber ich kann das anhand vieler Videos und Fotos belegen. Was uns allerdings im Moment definitiv nicht gelingen würde, ist, die AfD mit irgendwelchen Gewalttaten direkt in Verbindung zu bringen. Dafür sind deren Vorturner nun doch ein bisschen zu clever. Die Drecksarbeit lassen sie solche Deppen wie Bader und Zoller machen, ohne sich auch nur in deren Nähe zu begeben.«

»Das wäre aber auch wirklich zu doof«, meinte Hain.

Winkler nickte. »Aber, und damit komme ich zurück auf euer Kernanliegen, ich bin keineswegs überzeugt davon, dass der Bader die Nummer in der Gottschalkstraße durchgezogen hat. Das erscheint mir mindestens eine Hausnummer zu groß für ihn. Eine Körperverletzung, ja klar. Eine Beleidigung? Immer gern. Vielleicht sogar mal irgendwo eine Scheibe einschmeißen, von mir aus. Aber einen Brandanschlag mit zwei Toten? Das traue ich ihm definitiv nicht zu.«

»Wie steht es mit der Verbindung der beiden zu C18?«

»Klar sind die beiden nach meiner Meinung dabei. Aber leider führt die Truppe nun mal kein offizielles Mitgliederverzeichnis. Wir wissen es, sie wissen, dass wir es wissen, und damit war es das auch schon. Natürlich ist der Nordhessische Arm dieser Truppe auch bundesweit betrachtet ein sehr starker, aber viel können wir dagegen nicht tun. Und natürlich stehen die in Verbindung mit den Überresten von Blood and Honour, aber auch da sind uns die Hände gebunden. Und wenn wir mal etwas gegen einen von denen unternehmen könnten, dann steht uns der Verfassungsschutz auf den Füßen und bittet uns händeringend, bloß seine V-Leute nicht zu enttarnen.«

Es entstand eine kurze Stille.

»Wenn man dich so reden hört«, nahm Hain den Faden wieder auf, »dann könnte man denken, dass du irgendwo tief in dir drin eigentlich schon ein bisschen resigniert hast, Hieronymus.«

Der Mann vom Staatsschutz schüttelte den Kopf. »Nicht tief in mir drin, und schon gar nicht nur ein bisschen. Meine Resignation begleitet mich schon seit vielen Jahren, nur damals hätte man noch etwas unternehmen können gegen diese Auswüchse. Aber man hat es nicht getan, aus welchen Gründen auch immer, und nun müssen wir damit leben.« Er atmete tief ein und wieder aus. »Wir müssen damit leben, und manchmal muss deswegen auch jemand sterben.«

»So wie Walter Lübcke?«

»Ja, so wie Walter Lübcke. Der Walter und ich, wir kannten uns fast 40 Jahre, und ich habe ihm immer wieder gesagt, dass er vorsichtig sein soll, aber er wollte sich einfach nicht verbiegen lassen. Und die Zeit, in der er unter Personenschutz stand, hat er mir gegenüber mal die schlimmste seines Lebens genannt. Er war, obwohl man ihm das nun wirklich nicht ansah, ein absoluter Freigeist. Und ein Mann, für den es überlebensnotwendig war, sich frei bewegen zu können. Und das geht nun mal nur eingeschränkt unter Personenschutz.«

Pia und ihr Kollege tauschten einen kurzen Blick aus.

»Wir wussten nicht, dass du mit ihm befreundet warst«, meinte sie leise.

»Doch, das waren wir. Aber das ist eine Geschichte für einen langen Winterabend am Kamin. Und bis dahin versucht ihr, das Arschloch zu erwischen, das dieses Haus und die beiden jungen Leute angezündet hat.«

»Das machen wir.«

Hieronymus Winkler ließ seinen Rollstuhl ein wenig auf die beiden Kollegen zurollen. »Und ich stelle euch mal ein Dossier zusammen, in dem ihr alles findet, was ich über Bader, Zoller und ihre Beziehung zu Combat 18 und diesen sonstigen Spinnern archiviert habe. In Ordnung?«

»Das wäre ein Traum«, erwiderte Pia, schüttelte ihm die Hand und verließ zusammen mit ihrem Kollegen das Büro.

15

Anette Sturm war, nicht nur nach ihrer eigenen Meinung, eine mutige Frau. Auf dem Weg zum Ausgang des Bahnhofs Wilhelmshöhe jedoch war ihr etwas mulmig zumute. Unter Zugrundelegung konsequenter Ehrlichkeit hätte sie sogar eingestehen müssen, ein wenig weiche Knie zu haben. Mit geschultem Blick erfasste die Politikerin die Reihe der wartenden Taxis unter dem ausladenden Vordach, entschied sich für das sechste Fahrzeug und öffnete die hintere rechte Tür. Der Fahrer drehte den Kopf in ihre Richtung und sah sie überrascht an.

»Es steht Ihnen zwar frei, sich für ein beliebiges Taxi zu entscheiden«, ließ er sie wissen, »aber unter den Kollegen ist es nicht gern gesehen, wenn man den ersten Wagen übergeht.«

»Es steht Ihnen durchaus frei«, entgegnete sie ruhig, während sie sich auf der Rückbank niederließ, »mich darüber zu informieren, aber ich lehne Ihr Angebot hiermit dankend ab. Die vor Ihnen wartenden Herren sehen nämlich alle aus, als hätten sie in ihren früheren Leben Eselskarren gesteuert und ihren Führerschein in einer anatolischen Lotterie gewonnen. Also, fahren Sie los und verzichten Sie nach Möglichkeit auf eine Stadtrundfahrt, ich kenne mich nämlich in Kassel sehr gut aus.«

Der Fahrer brauchte etwa eine Sekunde, um ihre Worte zu verarbeiten. Dann bugsierte er den Hybrid-Toyota nahezu geräuschlos aus der Reihe der wartenden Taxis und rollte auf den vor ihnen liegenden Zebrastreifen zu.

»Wo soll die Reise denn hingehen?«, fragte er emotionslos.

»Zur Gottschalkstraße bitte.«

Der Fahrer sah sich seinen Fahrgast kurz im Rückspiegel an.

»Oberes oder unteres Ende? Die Straße ist heute den ganzen Tag über teilweise gesperrt.«

»Ich möchte zu genau jenem Teil, der gesperrt ist.«

Wieder ein Blick in den Rückspiegel, diesmal ein etwas längerer, weil sie an der roten Ampel zur Wilhelmshöher Allee warten mussten. Und in diesem Augenblick konnte Anette Sturm so etwas wie Erkenntnis im Gesichtsausdruck des Taxifahrers erkennen. Dann wandte der Mann den Blick nach vorn, drehte das Radio etwas lauter und trommelte mit den Fingern auf dem Lenkrad herum.

Die im etwa 30 Kilometer von Kassel entfernten Melsungen geborene Politikerin war solche Reaktionen gewöhnt. Immer wieder brauchten Menschen, die sie sahen, einige Sekunden, um ihr Gesicht ihrer öffentlichen Rolle zuordnen zu können. Sie arbeitete zwar daran, dass diese zeitliche Spannweite kleiner wurde, aber auch dabei legte sie keine übertriebene Eile an den Tag, weil sie sich sicher war, dass ihre Popularität sich mit jedem öffentlichen Auftritt steigern würde.

»Wenn du es vernünftig anstellst, dich aus den parteiinternen Scharmützeln raushältst und alle Schritte konsequent planst, wird deine Zeit mit hundertprozentiger Sicherheit kommen«, hatte Wolf Herren ihr prophezeit. Sie glaubte mit unerschütterlichem Optimismus an seine Worte.

Während ihr Fahrer sie mit überdeutlich zur Schau gestellter Missachtung strafte, scrollte sie sich durch ein paar Seiten in den sozialen Netzwerken. Auf Facebook hielten sich die Meinungen zum Kasseler Anschlag in etwa die Waage. Viele

Kommentare verurteilten ihn als das »barbarische Werk von komplett Irren«, andere warnten vor verfrühten Schuldzuweisungen. Und irgendwo war sogar die wirre These aufgetaucht und hundertfach geliked worden, dass Hila Binisao und Paul Bittenbinder sich beim schiefgegangenen Kochen von Crystal Meth selbst in die Luft gesprengt hätten. Auf Twitter war die Lage ähnlich, hier allerdings konnte Anette Sturm erkennen, dass ihre Partei Einfluss auf die öffentliche Meinung und Stimmung zu nehmen versuchte. Denn natürlich beschäftigte die AfD ein Netzwerk an ehrenamtlichen und bezahlten Kommentatoren, die in ihrem Sinn einwirken sollten. Die Abgeordnete warf in diesem Zusammenhang besonders gern einen Blick in die östlichen Bundesländer, wo ihre Partei erstens sehr stark und zweitens sehr aktiv in dieser Richtung war. Hier waren mehrere sächsische Landtagsabgeordnete sogar so weit gegangen, eine Verschwörungstheorie aufzugreifen, die besagte, dass der Anschlag in Wirklichkeit von linken Kräften verübt worden war, um die gesamte Rechte damit zu diskreditieren. Diese hatte er einem renommierten Nachrichtensender gegenüber wiederholt. Und natürlich gab es eine nahezu unüberschaubare Menge an Hass- und Hetzkommentaren, die sich dem Attentat widmeten. Das reichte von

»Hätte sie halt zu Hause in Afrika bleiben sollen, die Niggernutte«

bis

»Man sollte sich als guter Deutscher schon genau überlegen, mit wem man ins Bett steigt, dann bleibt einem so etwas auch erspart.«

Die Herkunft von Hila Binisao spielte in nahezu allen abwertenden Kommentaren eine Rolle, und viele der Kommentatoren und Twitternutzer glänzten mit völlig absurden Hinweisen und Vergleichen zur Flüchtlingskrise von 2015.

Anette Sturm hingegen war überaus zufrieden, wie sich die Sache entwickelte. Mit ihrem ausgeprägten politischen Instinkt in Verbindung mit ein wenig Glück war die Sache für mehrere Prozentpunkte gut. Und so schlecht, wie es gerade in der Hessischen Landesregierung lief, waren vorgezogene Neuwahlen, bei denen sie dann groß auftrumpfen konnte, nicht ausgeschlossen.

Während das Taxi am Landgericht vorbeirollte, wurde ihr die deutliche Polizeipräsenz bewusst. Nahezu im Umfeld jeder Kreuzung parkte ein Streifenwagen, und auch ein paar Beamte waren zu sehen, die zu Fuß unterwegs waren. Als dann links der Friedrichsplatz sichtbar wurde, hielt sie für ein paar Sekundenbruchteile die Luft an, denn die gesamte riesige Fläche war komplett bedeckt mit Menschen.

»Was ist denn hier los?«, hörte die Abgeordnete sich sagen.

»Das ist die Abschlusskundgebung einer Demo«, antwortete der Fahrer, »die seit gut zwei Stunden läuft. Angeblich sind mehr als 70.000 Leute gekommen, um gegen diese fiese Scheiße von letzter Nacht zu demonstrieren.« Er hob den Kopf und warf der Frau auf der Rückbank einen verächtlichen Blick zu. »Es soll nämlich Menschen geben, die so etwas richtig zum Kotzen finden.«

Er zögerte einen Augenblick. »Ich bin übrigens einer davon«, setzte er kühl hinzu.

»Was bilden Sie sich eigentlich ein«, herrschte Anette Sturm ihn an. »Sie sollen mich einfach nur fahren und mir dabei keine politischen Sonntagsreden halten.«

»Wie Sie möchten, Verehrteste. Allerdings gebe ich zu bedenken, dass Sie mich gefragt haben.«

»Ach, halten Sie doch am besten einfach den Mund!«

»Ihr Wunsch sei mir Befehl.«

Gut fünf Minuten später ließ der Mann den Toyota vor einer Absperrung auslaufen.

»So, da wären wir. Macht 13,30 Euro.«

»Mit Quittung bitte«, zischte Anette Sturm. »Und Ihren Namen hätte ich gern für meine Beschwerde gewusst.«

Der Fahrer drehte sich um und griff nach dem Zwanziger, den sie zwischen die Sitze nach vorn streckte und wedelte.

»Da muss ich Sie leider enttäuschen, das geht aus Datenschutzgründen nicht. Es bleibt Ihnen aber unbenommen, sich die in der Heckscheibe zu erkennende Wagennummer zu notieren und zur Basis Ihrer Beschwerde zu machen.« Er reichte ihr das abgezählte Wechselgeld und ließ es von oben auf ihre flache Hand fallen. Dann schrieb er die Quittung und legte sie darauf. »Und einen schönen Tag noch wünsche ich Ihnen«, meinte er mit vor Ironie triefender Stimme.

Anette Sturm ließ alles in ihre Tasche fallen, stieg wortlos aus und warf beherzt die Tür zu. Dann ging sie auf den hinter der Absperrung stehenden Polizisten zu und fragte nach dem Weg.

»Was wollen Sie denn dort?«, wollte er wissen.

Sie hielt ihm ihren Abgeordnetenausweis unter die Nase. »Das geht Sie rein gar nichts an.«

Der Beamte prüfte kurz das Dokument und wies danach auf einen Polizeitransporter. »Dort bitte nach rechts, nach etwa einhundert Metern sind Sie am Haus.«

Sie bedankte sich knapp und machte sich auf den Weg. Schon an der Kreuzung mit dem Transporter konnte sie den noch immer in der warmen Luft liegenden Brandgeruch riechen. Kurz darauf erkannte sie den Ford Transit einer in Kassel ansässigen TV-Produktionsgesellschaft, mit der sie schon diverse Male zu tun gehabt hatte. Auch Claas Vollmers, der Leiter der vierköpfigen Truppe, war ihr gut bekannt.

»Hallo, Frau Sturm«, wurde sie von ihm begrüßt. »Wie war die Anreise?«

»Sehr gut, vielen Dank.«

»Ich hatte Ihrem Assistenten gesagt, dass wir Sie auch am Bahnhof abholen würden, aber er meinte, dass Sie lieber mit dem Taxi fahren.«

»So, das hat er gemeint?«

Der knapp 30-jährige Mann ihr gegenüber winkte ab. »Ja, aber das macht nichts. Mehr als ein sehr kurzes Vorgespräch brauchen wir nicht, dann können wir auch schon starten.«

»Das sehe ich auch so. Hat mein Assistent Sie informiert, was genau mir vorschwebt?«

»Haarklein. Und das kriegen wir auch hin.«

»Schon Abnehmer für die Geschichte?«

»RTL ganz sicher. Mit der ProSieben und Sat. 1 verhandeln wir noch, aber das sollte auch innerhalb der nächsten Stunde erledigt sein. Dann haben wir das auch in deren Abendnachrichten drin. Mit den Öffentlich-Rechtlichen dürfte es eher nichts werden, aber die näheren Hintergründe dazu brauche ich Ihnen ja nicht zu erklären.«

»Nein, das ist wirklich nicht nötig.«

Diese näheren Hintergründe bestanden hauptsächlich darin, dass die Produktionsgesellschaft sich darauf spezialisiert hatte, möglichst reißerisch aufgemachte Beiträge und Interviews zu liefern. Das war bei den Privatkanälen zwar sehr beliebt, die öffentlich-rechtlichen Anstalten hatten nach anhaltenden Beschwerden jedoch schon seit mehreren Jahren auf diese Art der Berichterstattung verzichtet. Außerdem konnten sie sich jeder Menge eigener Mitarbeiter bedienen und waren nur in sehr seltenen Ausnahmefällen auf externe Produktionsgesellschaften angewiesen. Nachdem die beiden ihr kurzes Vorgespräch abgeschlossen hatten, fanden sie eine für das Interview günstige Position mit dem ausgebrannten Haus im Hintergrund. Der Tontechniker machte noch einen letzten Test und gab dann sein Okay.

»Frau Sturm«, begann der Reporter, »wir stehen hier vor dem Haus in der Kasseler Nordstadt, auf das in der letzten Nacht ein Brandanschlag verübt wurde. Was geht dabei in Ihnen vor?«

»Ich empfinde Ekel und Abscheu vor dem oder den Tätern, anders kann ich es nicht sagen. Natürlich ist in mir eine sehr tiefe Trauer und ich möchte den Hinterbliebenen der bei dem Anschlag getöteten beiden jungen Menschen mein zutiefst empfundenes Beileid aussprechen.«

»Wen sehen Sie in der Verantwortung für diese grausame Tat?«

»Lassen Sie mich zunächst sagen, dass es zu diesem Zeitpunkt viel zu früh ist für Schuldzuweisungen. Das Ziel des Anschlags ist offenbar eine linksradikale Onlinezeitung, so viel dürfte allerdings schon klar sein. Die Macher dieses Hetzwerks haben in den letzten Wochen und Monaten Lügen über Lügen verbreitet und waren sich auch nicht zu schade, rechtschaffene Bürger in die Nähe von rechtsextremistischem Terror zu stellen. Dass so etwas nicht geht, sollte jedem vernünftig denkenden Menschen klar sein.«

»Ihre Antwort irritiert mich. Wollen Sie damit zum Ausdruck bringen, dass Sie für den Anschlag in letzter Konsequenz sogar Verständnis aufbringen?«

»Wollen Sie mich mit Vorsatz falsch verstehen, Herr Vollmers? Natürlich lehne ich, wie jeder Einzelne in meiner Partei, jegliche Form von Gewalt ab. Aber ich möchte auch auf keinen Fall verhehlen, dass die Art und Weise, wie aus dem Haus hinter mir heraus aufs Übelste agitiert wurde, nichts mit Rechtsstaatlichkeit zu tun hat. Wir von der AfD, und ich im Speziellen, haben wiederholt die Frage aufgeworfen, ob unsere Ordnungshüter vielleicht doch auf dem linken Auge eine gewisse Sehschwäche mit sich herumtragen. Es kann nämlich nicht sein, dass sich unbescholtene Bürger, und das möchte ich noch einmal betonen, den Lügen und absolut unbegründeten Vorwürfen dieser Gruppen ausgesetzt sehen müssen. Und ich muss noch einmal auf die mögliche Täterschaft zurückkommen, bei der ich im Augenblick ebenso nichts ausschließen wie vermuten möchte.«

»Sie sind also nicht der Meinung, dass es sich hierbei, wie eigentlich alle Medien unisono vermuten, um ein rechts gerichtetes Attentat handelt?«

»Auch da muss ich Ihnen deutlich widersprechen, Herr Vollmers. Vielleicht ist es doch eher so, dass die Mainstreammedien sich auf diesen Ansatz fokussiert haben. Wirklich neutrale Kanäle benennen auch ganz andere Möglichkeiten. Und es ist natürlich immer die einfachste Lösung, auf irgendwelchen dubiosen rechten Gewalttätern herumzuhacken. Ich sehe diese These, wie gesagt, noch längst nicht bestätigt. Und ich möchte dabei an einige schwere Straftaten erinnern, die einzig und allein verübt wurden, um uns Konservative aus der bürgerlichen Mitte, und damit natürlich auch meine Partei, zu diskreditieren. Bei denen sich am Ende allerdings herausgestellt hat, dass es vorgetäuschte Anschläge waren, die von Linken an Linken verübt wurden, um sie irgendwelchen Fantasierechten in die Schuhe zu schieben. Nein, für mich ist die Täterschaft an diesem, wie ich nochmals betonen möchte, wirklich tragischen und feigen Anschlag noch längst nicht geklärt. Und an Vorverurteilungen habe ich mich, das sollten Sie wissen, noch nie beteiligt.«

»Lassen Sie uns noch einen kurzen Ausblick in die Zukunft werfen, Frau Sturm. Was muss nach Ihrer Meinung die Folge eines solch verheerenden Verbrechens sein?«

»Nun, zunächst sollten wir uns damit beschäftigen, dass Presse nicht in *jeder* Form frei sein darf, dass sie eben nicht *alles* darf. Lügen und Hetze haben in unserer Gesellschaft nicht das Geringste zu suchen, das gilt natürlich auch ganz explizit für das Internet. Wir haben in Wiesbaden im Landtag schon mehrere Gesetzesvorlagen eingebracht, die darauf gezielt haben, diese zutiefst verachtenswerten Auswüchse einzudämmen, sie wurden allesamt von den Altparteien abgeschmettert. Dieser Tag heute könnte ein Wendepunkt, quasi eine Zäsur sein, sich einmal gemeinsam an einen Tisch zu setzen und endlich etwas zum Wohle der Gesellschaft auf den Weg zu bringen. Und natürlich muss viel mehr für unsere Polizei getan werden, speziell für die Frauen und Männer in Uniform, die Tag für Tag ihren Kopf dafür hinhalten, dass es uns in diesem Land so gut geht. Das bezieht sich aber natürlich auch auf die Ausrüstung der Sicherheitsbehörden, hier sehen meine Partei und ich nach dem absolut nicht nachvollziehbaren Sparkurs der letzten Jahre deutlichen Nachholbedarf.«

»Auch was das angeht, haben Sie, wenn ich mich recht erinnere, schon das eine oder andere im Landtag versucht, sind aber immer wieder gescheitert. Woran liegt diese, und man muss es wohl bewusst so nennen, Ignoranz der Landesregierung?«

»Das müssen Sie die Damen und Herren in Wiesbaden fragen, die dort in der Verantwortung stehen. Ich würde sagen, dass die CDU einfach viel zu deutlich von den doch sehr links orientierten Grünen dominiert wird, was sich natürlich auch in der sehr laxen Innenpolitik ausdrückt. Und natürlich darf man nicht vergessen, dass die Anforderungen, die an die hessische Polizei in den Jahren seit 2015 gestellt werden, deutlich angewachsen sind.«

»Wie meinen Sie das?«

»Nun, das ist ganz einfach. Wir, und damit natürlich auch die Sicherheitsorgane, mussten seit dem Jahr 2015 mehrere hunderttausend neue Bürger in Hessen verkraften. Bürger, die sich größtenteils nicht integrieren wollen und die natürlich auch in der jährlichen Straftatenstatistik eine prominente Rolle spielen.«

»Sie beziehen sich hier auf die Flüchtlingskrise?«

»Ja, selbstverständlich. Und bevor mir jetzt irgendjemand gleich wieder mit *fremdenfeindlichen* Ressentiments kommt, empfehle ich ihm oder ihr die Lektüre eben dieser Statistik. Und als Folge steht, unsichtbar darunter, dass immer weniger Polizisten mit immer mehr Straftätern zurechtkommen müssen.« Anette Sturm wandte sich zur Seite und wies mit dem rechten Arm auf die rußgeschwärzte Hausfassade. »Das, was wir hier sehen, ist nach meiner Meinung eine direkte Auswirkung dieser jahrelangen Missstände und der Verharmlosung schwerster, überwiegend erst seit wenigen Jahren in Deutschland lebender Straftäter.«

»Frau Sturm, wir danken Ihnen für diese mutige Stellungnahme.«

Drei Stunden und zwanzig Minuten später stieg Anette Sturm am Wiesbadener Hauptbahnhof überaus zufrieden aus der Bahn. Mehrere private Fernsehsender hatten ihr Interview gebracht, im Internet wurde es tausendfach geteilt und geliked, und die sehr kontroversen Diskussionen darüber nahmen langsam Fahrt auf.

Wolf Herren, dachte sie amüsiert, *du bist und bleibst einfach ein verdammtes Kommunikationsgenie.*

Sie lief zum Taxistand, erkannte, dass der erste Fahrer in der Reihe einen dunklen Teint hatte, und ging mit beschwingten Schritten auf das nächste Taxi zu.

16

Genau in dem Moment, als Anette Sturm in Wiesbaden in das vierte Taxis stieg, verabschiedeten sich Pia Ritter und Thilo Hain voneinander. Die beiden waren seit mehr als 14 Stunden im Dienst gewesen und froh, nach einem letzten kurzen Meeting mit den Kollegen im Präsidium den Arbeitstag beenden zu können.

Bei Andreas Bader sah es dagegen komplett anders aus. Er hatte sich zwei Stunden zuvor zusammen mit Zoller in deren Stammkneipe eingefunden und stand schon gewaltig unter Strom. Alkoholbedingtem Strom. Gegen 22 Uhr hatte auch der letzte Anwesende in der Szenekneipe kapiert, dass »ihr Andy« die Sache in der Gottschalkstraße gedeichselt hatte. Der Alkohol floss in Strömen, und immer wieder wurde ein Lied zu Ehren von Bader angestimmt. Im Verlauf des Abends gratulierte ihm sogar Ellen Pitsch, trotz ihrer gerade einmal 37 Jahre so etwas wie die Grande Dame der Nordhessischen Neonaziszene. Sie hatte bereits dem NSU das Überleben gesichert, indem sie Spenden gesammelt hatte, und war direkt oder als Planerin an mehreren Anschlägen im gesamten Bundesgebiet beteiligt gewesen. Nach einem Autounfall zwei Jahre zuvor, in dessen Folge die Ärzte ihr das rechte Sprunggelenk dauerhaft fixiert hatten, zog die Kettenraucherin das linke Bein nach. Andreas Bader hatte zwar schon das eine oder andere Mal ein paar Worte mit ihr gewechselt, richtig warm geworden waren sich die beiden jedoch nie. Er führte das auf seine nicht wirklich vorhandene Anziehungskraft auf Frauen zurück, hätte jedoch seinen rechten Arm dafür gegeben, mal etwas mehr mit ihr zu erleben als den Austausch von ein paar Worten. Und nun saßen sie schon seit mehr als einer Stunde an der Theke und quatschten.

»Echt großes Kino, Andy«, lallte sie. »Und ich muss einfach noch mal sagen, dass ich dir so einen Knaller nie und nimmer zugetraut hätte. Nie und nimmer!«

»Ich weiß gar nicht, was du meinst«, grinste der Betonbauer. »Eigentlich weiß ich gar nicht, was irgendjemand hier meint.«

»Und das ist gut so. Halt bloß die Schnauze, wenn du hier raus bist. Die Bullen und der VS haben ihre Ohren überall.«

»Beim Verfassungsschutz arbeiten doch nur Idioten«, feixte Bader. »Genau solche Idioten wie die Bullen, die heute bei mir aufgetaucht sind.«

Ellen Pitsch legte Bader die Hand aufs Knie.

»Los, Andy, erzähl mir noch mal, wie ihr die Arschgeigen heute abgekocht habt.«

»Aber das habe ich dir doch schon zweimal erzählt, Ellen.«

»Das ist mir scheißegal. Vielleicht will ich es ja später bei dir zu Hause noch ein bisschen genauer wissen.«

Andreas Bader schluckte trocken. »Äh, klar, warum nicht …«

»Wenn du es willst, machen wir das. Ich will es auf jeden Fall. Nur sollte es nicht gleich jeder hier mitkriegen, wenn du verstehst, was ich meine.«

»Nein, nicht so ganz.«

Die Frau rollte mit den Augen. »Mensch, so blöd bist du doch auch wieder nicht. Ich will zwar mit dir … nach Hause gehen und … noch ein bisschen quatschen, aber das muss ja nicht gleich die Runde machen in der Szene. Verstanden?«

»Ja klar, jetzt schon. Und von mir wird echt niemand erfahren, dass du mit mir noch ein bisschen … quatschen wolltest.«

»Na, dann verstehen wir uns ja«, erwiderte sie leise und schob ihre Hand dabei ein wenig höher. »Und jetzt will ich noch einmal in allen Einzelheiten von dir hören, wie das heute gelaufen ist.«

Als der mittlerweile stark alkoholisierte Mann um 0:15 Uhr seine Haustür hinter sich in ihre angestammte Position schob und das ganze Konstrukt mit ein paar Streifen Gaffatape sicherte, wurde er von ihr mit glasigen Augen beobachtet.

»Diese Scheißbullen«, klagte sie mit Blick auf die herausgebrochene Tür laut. »Denken, sie können sich alles erlauben.«

»Willst du was trinken?«, fragte Bader, nachdem er den Eingang so gut es ging dichtgemacht hatte.

»Nein, ich will ficken«, erwiderte sie ebenso fordernd wie unterkühlt, schob sich ihr T-Shirt hoch, zog es über den Kopf und präsentierte ihm ihre kleinen, festen Brüste.

»Oh verdammt«, murmelte Bader.

In den nächsten 30 Minuten erlebte er den wildesten Ritt seines Lebens. Allerdings war das Ganze nur für Ellen Pitsch final befriedigend, denn so schnell, wie sie gekommen war, so schnell war sie auch eingeschlafen. Bader lag noch eine Weile neben ihr wach, überlegte, ob es sie wohl stören würde, wenn er sich einen runterholen würde, verwarf den Gedanken aber bei der Aussicht, es am Morgen noch schön von ihr besorgt zu bekommen. Mit dieser Erwartung fielen ihm die Augen zu.

Das Nächste, was er wahrnahm, war ein greller, blendender Lichtstrahl.

»He, Ellen, was soll denn das?«, brummte er schlaftrunken. »Mach doch mal die bescheuerte Funzel aus.«

Im gleichen Augenblick hörte er neben sich ein leises Wimmern. Er sah nach rechts und erkannte Ellen Pitsch, die gefesselt und mit einem Klebeband über dem Mund direkt neben ihm lag.

»Na, war der Beischlaf wenigstens schön?«, fragte ihn eine Stimme hinter dem Lichtkegel. »Ihr habt es doch miteinander getrieben, oder nicht?«

In diesem Moment wurde Bader die Situation, in der er sich befand, bewusst. Er wollte sich hochstemmen, doch der Versuch endete am Bettrahmen.

»Verdammt, was soll denn das? Bist du bekloppt, oder was?«

»Das könnte man so sagen, ja.«

Bader rüttelte an seinen Fesseln. Im hellen Licht der Taschenlampe erkannte er, dass er mit Handschellen an den oberen Rahmen seines Bettes gefesselt war.

»Wenn du noch einmal so an dem Bett rüttelst, schieße ich dir die Kniescheibe zu Brei«, sagte die Stimme.

»Am Arsch. Du schießt hier auf gar nichts, du Wichser!«

Es dauerte etwa eine Sekunde, dann wurde es dunkel im Schlafzimmer. Das einzige Geräusch, das zu hören war, kam von Ellen Pitsch. Es war ihr verhaltenes, unterdrücktes Wimmern. Nach etwa 20 Sekunden hatten Baders Augen sich so weit an die Dunkelheit gewöhnt, dass er wieder etwas erkennen konnte. Ein kleiner roter Punkt bewegte sich vom unteren Ende des Bettes über das zerknüllte Betttuch und seine Füße über seine Beine langsam in Richtung seines Kopfes. Bader überlegte fieberhaft, ob er sich dem Befehl des Mannes fügen oder weiter Widerstand leisten sollte. Dann gab es einen sehr leisen dumpfen Knall, und Baders rechtes Ohrläppchen verteilte sich flächendeckend um das kreisrunde Loch auf dem Kissen, das von dem Projektil aus der schallgedämpften Waffe hinterlassen wurde.

»Oh Gott«, brüllte er. »Was soll das denn?«

»Pssst«, kam es von vor dem Bett, und die Lampe wurde wieder angeschaltet. »Wenn du mir zu laut bist, schieße ich nämlich deinen gesamten beschissenen Körper nach und nach zu Brei, so wie dein Ohrläppchen. Hast du mich verstanden?«

Alles, was Andreas Bader in diesem Augenblick verspürte, war überlagert von einer nie gekannten, niemals erlebten, geradezu hysterischen Angst. Er nickte ergeben, begab sich in so etwas wie eine embryonale Haltung und sah dabei nach rechts. Über das Gesicht von Ellen Pitsch liefen dicke Tränen. Es sah so aus, als hätte sie eine schwere Kopfverletzung, denn ihr komplettes Haar war blutgetränkt.

»Was wollen Sie von mir?«, murmelte Bader vorsichtig. »Ich habe kein Geld oder so was, echt nicht.«

»Dass es hier und heute nicht um Geld geht, wirst du im weiteren Verlauf der Nacht garantiert noch kapieren, Andy. Was mich viel mehr interessiert, ist das, was du letzte Nacht so gemacht hast. Wie man hört, sollst du dich ein bisschen in der Gottschalkstraße herumgetrieben haben?«

»Das stimmt nicht, ehrlich. Ich habe mit dieser Sache nicht das Geringste zu tun, ich schwöre.«

»Ich komme gerade von Andy Zoller, der hat mir was ganz anderes erzählt.«

»Aber der lügt doch! Der war doch schon immer ein total verlogener Hund. Ich würde nicht lügen, ganz ehrlich.«

Der Kegel der Lampe fuhr nach rechts und strahlte den Kopf von Ellen Pitsch an.

»Wollen wir mal deine kleine Freundin fragen, Andy? Vielleicht kennt die ja die Wahrheit?«

»Nein, die weiß doch gar nichts.«

Das Schluchzen der Frau verstärkte sich. Ihr geschundener Kopf wippte auf und ab.

»Wenn ich ihre Bewegung richtig deute, weiß sie anscheinend aber doch eine ganze Menge. Vielleicht ist es gar nicht notwendig, ihr eine Kugel ins Knie zu schießen, um etwas von ihr zu erfahren.«

Ellen Pitsch riss die Augen auf, schloss sie wegen der sie blendenden, gleißenden Helligkeit aber ebenso schnell wieder.

»Meimmm«, schrie sie auf, gedämpft von dem Knebel in ihrem Mund. »Hippe micht. Ipf hage allepf.«

»Siehst du. Sie scheint mir eindeutig auskunftsfreudiger zu sein als du.«

»Aber Sie werden doch dieser Schlampe nicht mehr glauben als mir, oder?«

»Wenn es sein muss, werde ich das natürlich.«

»Aber ich kann doch wirklich nichts sagen, weil ich nichts weiß. Das müssen Sie mir einfach glauben.«

»Aber da sind leider noch die Sachen, die Zoller mir erzählt hat. Und er war dabei wirklich sehr überzeugend.«

»Dieser verdammte Scheißkerl. Glauben Sie dem nicht, bitte!«

»Gut. Dann bekommt ihr beiden jetzt so etwas wie eine letzte Chance, mir die Wahrheit zu erzählen. Und ihr könnt euch absolut sicher sein, dass ich die Wahrheit erfahre, wie auch immer. Falls ihr nicht kooperieren solltet, werde ich euch nacheinander sämtliche Gelenke perforieren. Was nichts anderes heißt, als dass ihr in Zukunft weder Arme noch Beine richtig bewegen könnt. Ihr werdet den Rest eures kümmerlichen Lebens als elende Krüppel verbringen. Aber immerhin geht es euch dann besser als Hila Binisao und Paul

Bittenbinder.« Der Mann hinter dem Lichtkegel stand auf, trat auf Bader zu und senkte die Waffe, bis der Schalldämpfer direkt auf dessen Knie lag.

»Viel Zeit bleibt dir nicht mehr, Andy.«

Bader stemmte sich zurück ins Kissen, während der Arm mit der Pistole weiter auf sein Knie zeigte. »Oh Mann, nun hören Sie doch auf mit diesem Scheiß«, jammerte er. »Ich sage Ihnen ja, wie es war.«

»Schön. Fang an.«

»Ja, verdammt noch mal, es stimmt, dass ich den Molli in die Bude geworfen habe. Aber es ist auf jeden Fall so, dass ich gar nicht wusste, dass die beiden da drin sind. Das habe ich echt nicht gewusst, das schwöre ich.«

»Hm. Du hast vorhin auch geschworen, dass du mit der Sache rein gar nichts zu tun hast.«

»Ja klar, aber das war ja kein echter Schwur. Jetzt schwöre ich ganz … anders. Ganz ehrlich.«

»Wir werden sehen. Weiter.«

»Also ich wollte einfach die Bude von denen abfackeln. Die schreiben halt immer so einen linken Scheiß, und da habe ich gedacht, ich …«

»Sprich dich nur aus. Was hast du gedacht?«

»Oh Mann, ich habe halt gedacht, dass ich denen mal einen Denkzettel verpasse. Das war echt alles. Dass da Leute drin waren, habe ich doch wirklich nicht gewusst.«

»Wäre der Molli nicht geflogen, wenn du es gewusst hättest?«

»Nein, natürlich nicht! Ich bin doch kein Mörder.«

»Verzeih mir bitte, wenn ich dir widerspreche, aber das sehe ich eindeutig anders.«

»Aber ich wusste es doch nicht, und wenn man es nicht weiß, dann will man doch auch niemanden ermorden, das ist doch total klar, oder?«

»Mir ist das leider nicht so klar wie dir, Andy. Du hast es meiner Meinung nach billigend in Kauf genommen, dass jemand bei deinem Anschlag draufgeht. Und Zoller hat gemeint, dass du dich auch noch gebrüstet hast damit, die beiden um die Ecke gebracht zu haben. Und wenn ich die momentane Situation richtig einschätze, traue ich seinen Worten mehr als deinen.«

»Ach, das sind doch nur so Sachen, die man sagt, wenn man mit seinen Kumpels zusammen ist. Das habe ich wirklich nicht so gemeint, ganz ehrlich. Es tut mir wirklich leid, dass die beiden dabei … ich meine …«

»Dass die beiden bei deinem Anschlag ihr Leben verloren haben, meinst du? Dass sie gegrillt und geröstet wurden von dem Zeug, das du für deinen Anschlag zusammengebraut hast?«

»Aber das tut mir doch echt leid und ich wollte es auch nicht. Ganz, ganz ehrlich.«

Der Mann, der noch immer sein Gesicht verbarg, hob seine Waffe und setzte sich wieder. »Irgendwie fällt es mir immer noch schwer, dir zu glauben. Sehr schwer, um genau zu sein. Und was, meinst du, sollte jetzt mit dir passieren, Andy? Irgendwelche Ideen, wie das hier weitergeht?«

»Na ja, ich habe ja immerhin alles zugegeben. Reicht Ihnen das denn nicht?«

»Und mit deinem Geständnis sollte die Geschichte nach deiner Meinung erledigt sein?«

Bader rüttelte wütend an den Handschellen. »Jetzt habe ich aber langsam die Faxen dicke! Ich weiß nicht, wie das hier weitergehen soll, weil ich es ja auch nicht angezettelt habe. Sie sind bei mir eingebrochen und haben die Ellen und mich verprügelt und an das verschissene Bett gefesselt.« Er hob den Kopf und betrachtete die kleine Blutlache links neben sich. »Und ins Ohr haben Sie mir auch geschossen.«

Das Licht erlosch, und kurz darauf blendete Bader das rote Licht der Zieleinrichtung auf der Pistole des Mannes.

»Wenn ich jetzt abdrücke, zerplatzt deine Birne in tausend Stücke«, erklärte er dem Neonazi emotionslos. »In tausend wertlose, kümmerliche Stücke.«

Baders lautes Schlucken ging in Ellen Pitschs deutlich lauterem Wimmern unter. Er presste die Lider zusammen und fing an zu zittern. »Bitte, bitte … machen Sie … das nicht. Ich habe Ihnen doch alles gesagt, was Sie wissen wollten. Und wenn Sie wollen, erzähle ich Ihnen noch viel mehr. Ich weiß viel, eigentlich alles, von Combat 18 und Blood and Honour und dem Ganzen. Und ich sage Ihnen wirklich alles. Alles! Nur erschießen Sie mich bitte nicht.«

»Sieht aus, als würdest du ziemlich an deinem beschissenen Leben hängen«, sagte der Mann hinter der Lampe.

»Klar, aber das machen Sie doch garantiert auch.«

»Hila und Paul hingen bestimmt auch sehr an ihrem Leben, was meinst du?«

»Das weiß ich nicht, echt nicht, aber ich … glaube schon.«

»Und trotzdem sind die beiden jetzt tot.«

In diesem Moment fing Andreas Bader an zu weinen. »Wenn Sie wollen, dann stelle ich mich morgen bei den Bullen und erzähle genau, wie es gewesen ist. Ich schwöre, dass ich das mache. Ganz großes Ehrenwort.«

»Ja, das glaube ich, dass du das machen wirst. Aber eine kleine Extrastrafe sollte doch noch drin sein, was meinst du?«

»Wie meinen Sie das denn mit Extrastrafe«, wimmerte Bader. »Was soll ich denn noch alles machen?«

»Du brauchst gar nichts zu tun, Andreas. Ich erledige das für dich.«

»Echt? Um was geht es denn dabei?«

»Lass mich nur machen. Du entspannst dich, und ich kümmere mich um den Rest.«

»Aber Sie lassen mich doch am Leben, oder?«

»Das verspreche ich dir. Allerdings musst du schon deinen Teil dazu beitragen, sonst klappt es nicht.«

»Ich werde alles tun, was Sie von mir verlangen. Und gleich morgen werde ich zur Polizei gehen und mich stellen.«

»Auch das werden wir sehen«, erwiderte der Mann und schaltete die Lampe aus.

17

Das Klingeln an der Wohnungstür ließ Pia Ritter hochschrecken. Dominik neben ihr hatte offenbar nichts davon mitbekommen, denn er schnarchte leise.

»Verdammt«, murmelte die Polizistin, schob die Bettdecke zur Seite und stand auf. An der Tür griff sie zum Hörer der Sprechanlage. »Wenn das ein Klingelstreich ist, werde ich echt unleidlich«, meinte sie genervt.

»Ist es nicht«, antwortete Thilo Hain.

»Oh Mann, Thilo, ich habe extra alle Telefone stumm geschaltet, damit ich mal vernünftig ausschlafen kann. Und dann stehst du mitten in der Nacht vor meiner Tür. Was ist denn passiert?«

»Willst du mich nicht reinlassen? Hier draußen ist es ziemlich dunkel und auch ein bisschen kühl.«

»Nur wenn du mir sagst, was du von mir willst. Und das sollte ein echter Hammer sein, den du auf der Pfanne hast.«

»Andreas Bader liegt im Krankenhaus und kämpft um sein Leben.«

Die Kommissarin hob die Augenbrauen. »Passt«, sagte sie und drückte auf den Türöffner.

Kurz darauf hatte Hain die Wohnungstür erreicht. Pia war in der Zwischenzeit in eine Jeans geschlüpft.

»Schade«, meinte er, »ich dachte, ich könnte mal einen Blick auf deinen süßen Babybauch werfen.«

»Vergiss es.« Sie ging vor ihm her in die Küche und drückte auf eine Taste an der Kaffeemaschine. »Auch einen?«

»Sehr gern.«

»Und bis die Maschine Betriebstemperatur hat, will ich wissen, was passiert ist.«

»Bader liegt, wie gesagt, im Krankenhaus. Er hat viel Blut verloren, und die Geschichte hängt wohl am berühmten seiden Faden. Allerdings sind die Hintergründe echt unappetitlich.«

Pia sah auf ihre Armbanduhr. »4:45 Uhr. Genau die richtige Zeit für eine unappetitliche Geschichte.«

»Warte. Vielleicht siehst du das ja gleich doch ein bisschen anders. Unappetitlich heißt in diesem Fall nämlich wirklich sehr, sehr unappetitlich.«

»Ach, echt?«, fragte sie süffisant und nahm dabei zwei Tassen aus dem Schrank. »Willst du es mir nun erzählen oder doch lieber lassen?«

»Jemand hat ihn richtig übel verstümmelt, soweit ich es verstanden habe. Es gibt wohl eine Zeugin, die alles mit angesehen haben soll, aber die steht so unter Schock, dass mit ihr rein gar nichts anzufangen ist.«

Die Polizistin stellte die Tassen unter den Auslauf des Vollautomaten und drückte eine weitere Taste. Sofort begann im Innern der Maschine die Kaffeeproduktion.

»Und wie wurde er verstümmelt? Hat man ihm den Pillermann abgeschnitten, oder was?«

»Das nicht gerade. Aber wenn ich die Kollegen, die vor Ort sind, richtig verstanden habe, die rechte Hand und den linken Fuß.«

Pia hob den Blick von der Kaffeemaschine und sah ihren Kollegen ungläubig an. »Das ist doch Quatsch, Thilo. Du willst mir einen vom Pferd erzählen.«

»Nein, leider nicht. Aber um uns mit den Details vertraut

zu machen, müssten wir möglichst schnell vor Ort sein. Im Augenblick ist das nämlich eine klare Sache für uns von K11 und keine für den Staatsschutz.«

Sie griff nach den beiden befüllten Tassen, reichte Hain eine davon und holte tief Luft. »Du meinst das ernst, oder? Jemand hat diesem Arsch eine Hand und einen Fuß amputiert?«

»Genau so sieht es aus, ja.«

Sie trank etwas Kaffee. »Heilige Scheiße, kann man da wohl nur sagen.«

»Schön, wie es dir immer wieder gelingt, die Dinge mit ein paar Worten auf den Punkt zu bringen.«

In diesem Moment tauchte Pias Freund in der Tür auf.

»Moin, Domi«, wurde er von Hain begrüßt.

»Hallo, Thilo. Ganz schön früh für einen ersten Kaffee, wenn ihr mich fragt.«

Pia ging auf ihren Freund zu und küsste ihn sanft auf den Mund.

»Leg dich wieder hin. Wir müssen leider los, es gibt Arbeit für uns.«

Dominik Herbst gähnte herzhaft und nickte. »Wenn ihr beiden um diese Zeit losmüsst, hat das vermutlich nichts Gutes zu bedeuten. Ich drücke euch trotzdem die Daumen, dass es nicht gar so gruselig wird.«

»Danke.«

»Gar so gruselig« ließ sich beim Anblick von Andreas Baders Bett nicht bestätigen. Die Wohnung war über und über mit Blut besudelt, auch auf dem Boden des Schlafzimmers schimmerte zwischen den Nummerntafeln und den Markierungspfeilen matt getrocknetes Blut. Die vier vor Ort befindlichen Mitarbeiter der Kriminaltechnik hatten ihren Job offenbar erledigt und zogen sich gerade um.

»Oh, Gott, was für eine Sauerei«, merkte Pia Ritter leise an. »Jetzt glaube ich endgültig, dass er ein paar Gliedmaßen eingebüßt hat.«

Hain wandte sich an die Kollegen der Spurensicherung. »Könnt ihr uns schon was sagen?«

»Viel zu sehen gab und gibt es für uns hier nicht. Wir haben ein paar Fingerabdrücke genommen, uns im Bett über die üblichen eingetrockneten Überreste hergemacht und den Einschusskanal im Kopfkissen analysiert.«

»Hier wurde rumgeballert?«, zeigte der Hauptkommissar sich überrascht.

Der Kollege nickte. »Aber versprich dir nicht zu viel von der Sache. Der Vogel, der das hier veranstaltet hat, war offenbar sehr bemüht um seine Utensilien und hat deshalb auch das Projektil mitgenommen.«

»Trotzdem, irgendwelche Hinweise auf die Knarre?«

Ein Schulterzucken. »Könnte genauso gut eine Kaliber .22 mit Zimmerpatrone gewesen sein wie eine Neun-Millimeter. Über das Loch im Bettrahmen kriegen wir das vermutlich nicht raus, und über das Kopfkissen brauchen wir ja nicht zu reden.«

Pia trat neben den Kollegen und sah ihn fragend an. »Lässt sich vielleicht noch eruieren, worauf geschossen wurde?«

»Wenn du mich so fragst, dann würde ich am ehesten auf ein Ohr tippen. Um das Einschussloch haben wir Gewebereste gefunden, die gut und gerne von einem menschlichen Ohrläppchen stammen könnten.«

»War Bader denn am Ohr verletzt? Oder die Zeugin?«

»Keine Ahnung, wirklich nicht. Als wir hier ankamen, waren die beiden schon nicht mehr vor Ort. Da fragt ihr am besten bei denjenigen nach, die zuerst hier waren.«

Die Oberkommissarin bedankte sich und wandte sich an die uniformierten Kollegen, die in der Küche standen.

»Wie war das denn hier genau?«, wollte sie wissen. »Wer hat angerufen, und wer war zuerst hier?«

Eine junge Polizeimeisterin hob die Hand und wies dann auf einen etwas älteren Kollegen.

»Der Jens und ich waren als Erste hier. Angerufen hatte eine Frau mit Namen …« Sie griff nach ihrem Telefon und wischte ein paarmal über das Display. »Mit Namen Ellen Pitsch. Aus der waren allerdings keine Details herauszukriegen, denn sie stand völlig unter Schock. Der Verletzte lag zu diesem Zeitpunkt auf dem Bett und hat aus den Stümpfen an Arm und Bein geblutet. Direkt nach uns sind dann auch schon die Jungs vom NAW eingetroffen und haben sich an die Erstversorgung gemacht.«

»Und wie muss ich mir das vorstellen?«, hakte Hain nach, der neben Pia getreten war. »Lagen die abgetrennte Hand und der Fuß hier irgendwo rum, oder wie?«

»Nein. Wir haben auf Bitten des Notarztes die komplette Wohnung auf den Kopf gestellt, aber nichts gefunden. Der Doc meinte, die Teile seien so glatt abgetrennt worden, dass man sie, wenn die Zeit dazu reichen würde, eigentlich problemlos wieder an ihn hätte dranflicken können. Aber dazu hätte man sie halt haben müssen, und das war nicht der Fall.«

»Das heißt ja dann, dass der oder die Täter die Gliedmaßen mitgenommen haben müssen.«

Die Streifenpolizistin nickte. »Sieht ganz danach aus, ja.«

»Und wie kam es zu diesen glatten Schnitten? Wurde Bader betäubt, bevor das Drama seinen Lauf nahm?«

»Dazu können wir leider gar nichts sagen, weil die Zeugin nicht ansprechbar war.«

»Wo ist die Frau jetzt?«

»Sie wurde in die psychiatrische Notaufnahme gebracht. Der ging es echt mies, sie hatte sich sogar in die Hose gemacht.

In der Zeit, bis sie weggebracht wurde, hat sie hier nur rumgebrabbelt und gewimmert.«

»Also hat sie sich überhaupt nicht zum Täter geäußert?«

»Nein.«

»Hat der Doc gesagt, wie Baders Chancen stehen?«

»Wohl gar nicht so schlecht, wenn ich ihn richtig verstanden habe. Der Täter hat ihm, bevor er angefangen hat, jeweils ein Tourniquet angelegt und auch dran gelassen, als er fertig war. Das hat dafür gesorgt, dass er nicht komplett ausgeblutet ist, bis die Rettung da war.«

»Aber das würde ja bedeuten«, schüttelte Pia fassungslos den Kopf, »dass er auf jeden Fall sicherstellen wollte, dass Bader nicht abnibbelt. Auf so was Krasses muss man erst mal kommen.«

»Genau das haben wir uns auch gedacht.«

»Was war mit der Frau?«, wollte Hain wissen. »Hatte die noch alles an Bord, was man zum Leben so braucht?«

»Ja, bis auf eine fette Beule am Kopf und eine ziemlich zerknitterte Seele war sie äußerlich unverletzt. Offenbar hatte der Täter ihr mit einem stumpfen Gegenstand gegen den Kopf geschlagen.«

»Habt ihr was davon mitbekommen, ob dieser Bader eine Schussverletzung hatte? Vielleicht irgendwo am Ohr oder so?«

Die Uniformierte verneinte und sah fragend zu ihren Kollegen, die jedoch allesamt den Kopf schüttelten.

»Hm«, machte der Hauptkommissar. »Sonst noch was, das für uns von Bedeutung sein könnte?«

»Dass die Wohnungstür … defekt ist, wusstet ihr ja, und ansonsten haben wir überhaupt nichts gefunden, was sich mit dem oder den Tätern in Verbindung bringen ließe. Das waren echte Profis, die genau wussten, was sie taten, würde ich mal sagen.«

»Ja, so sieht das aus«, stimmte Pia Ritter der uniformierten Kollegin zu und trat auf den Flur. Kurz darauf stand sie in Baders Wohnzimmer und sah sich um. »Was für ein Dreckloch«, fasste sie ihre Eindrücke zusammen. »Aber viel gibt es für uns hier wirklich nicht mehr zu tun.«

»Das Wichtigste wäre im Augenblick ein Gespräch mit der Zeugin, was meinst du?«

»Schon, aber wenn die wirklich so durch war, und das bezweifle ich ganz und gar nicht, dann dürften die Ärzte in der Psychoambulanz sie schon mit Beruhigungsmitteln weggeschossen haben. Und in dem Zustand ist sie halt keine wirkliche Hilfe für uns.«

»Gut. Dann halt erst mal die Basics und im Haus rumfragen. In Ordnung?«

»Du nach oben, ich nach unten.«

»Läuft.«

Gut 20 Minuten später trafen die beiden Kommissare sich wieder vor der Haustür. Entweder hatte wirklich keiner von Baders Nachbarn etwas mitbekommen oder sie erachteten es als vorteilhaft, ihre Wahrnehmungen mit niemandem zu teilen.

»Die haben alle mächtig Angst vor dem Kerl«, mutmaßte Hain, »zumindest kamen mir die drei, mit denen ich gesprochen habe, so vor. Und wenn man sich sein Auftreten und seine Vorstrafenlatte anschaut, dann ist das auch mehr als verständlich.«

Pia zog ein Kaugummi aus der Jackentasche, packte es aus und schob sich den Streifen in den Mund.

»Wahrscheinlich wird sein Drohpotenzial ab jetzt ein wenig kleiner sein, so ohne rechte Hand und linken Fuß«, meinte sie emotionslos.

»Vermutlich, ja«, stimmte Hain ihr zu. »Ich würde trotzdem gern rauskriegen, wo genau sich diese Ellen Pitsch aufhält. Vielleicht ist sie ja doch ansprechbar und kann uns irgendwas zu der Geschichte erzählen.«

»Dann los.«

Es brauchte nur einen Anruf, dann wussten die beiden, dass die Zeugin im Ludwig-Noll-Krankenhaus, einer psychiatrischen Fachklinik im Kasseler Süden, untergebracht worden war. Die Fahrt durch die aufwachende Stadt dauerte gute 15 Minuten, dann standen sie vor dem Klinikeingang. Hain klingelte, und kurz darauf öffnete eine junge Frau in weißer Kleidung die Tür. Der Hauptkommissar stellte sich und seine Kollegin vor und kam danach sofort auf ihr Anliegen.

»Ja, Frau Pitsch wurde im Lauf des Morgens bei uns aufgenommen«, bestätigte die Schwester. »Aber ich befürchte, sie ist aktuell nicht vernehmungsfähig.«

»Vermuten Sie es, oder wissen Sie es?«, fragte Pia so vorsichtig wie möglich nach.

»Ich vermute es.«

»Wie können wir herausfinden, ob Ihre Vermutung richtig ist?«

»Indem Sie kurz warten und ich mich erkundige. In Ordnung?«

Die Oberkommissarin nickte. »Vielen Dank.«

Die Tür schloss sich, und die Frau verschwand in einem der vielen Zimmer des dahinter liegenden Flurs. Es dauerte mehr als zehn Minuten, bis sie wiederauftauchte.

»Es ist zwar erstaunlich, aber Sie haben Glück«, ließ sie die Beamten wissen. »Frau Pitsch bittet sogar darum, mit Ihnen zu sprechen.«

Hain und Ritter tauschten einen erstaunten Blick aus.

»Dann wollen wir keine Zeit verlieren«, meinte der Hauptkommissar erfreut.

Die Frau, die sich ihnen gegenüber als Ellen Pitsch vorstellte, trug einen dicken Kopfverband. Außerdem waren sowohl ihr rechtes wie auch ihr linkes Handgelenk verbunden. Sie trug ein blutverschmiertes, ehemals helles T-Shirt, eine offenbar dem Krankenhaus gehörende, weiße Baumwollhose. Nahezu jeder sichtbare Quadratzentimeter ihrer Haut war mit Tattoos bedeckt. Zumindest bei Zweien davon war klar, dass es sich bei ihnen um verfassungsfeindliche Motive handelte. Sie saß auf einem Holzstuhl in einem Krankenzimmer, in dem sich nur noch ein Bett und ein Kleiderschrank befanden. An den Wänden hingen mehrere bunte, freundlich wirkende Bilder, und es roch nach Desinfektionsmittel.

»Guten Morgen, Frau Pitsch«, erwiderte Hain den matten Gruß der Frau. »Und vielen Dank, dass Sie so bald nach diesem vermutlich überaus erschreckenden Ereignis bereit sind, mit uns zu sprechen.«

»Kein Problem. Ich muss das machen.«

»Was meinen Sie damit, dass Sie das machen müssen?«

»Weil ich nichts mehr will, als dass ihr Bullen dieses Scheißhaus erwischt. Viel lieber würde ich ihn zwar selbst erwischen, aber daran glaube ich leider nicht.«

»Können wir uns auf *Polizisten* einigen, Frau Pitsch?«, fragte Pia kühl. »Wenn jemand Bullen zu uns sagt, bringt das für meinen Kollegen und mich immer gleich so eine … negative Stimmung ins Gespräch. Und immerhin haben Sie ja auch ein Anliegen an uns.«

Die Frau auf dem Bett schnaufte genervt. »Wenn das euer einziges Problem ist, dann von mir aus auch *Polizisten*. Aber das wird an meinem Verhältnis zu euch nicht die Bohne ändern, echt nicht.«

»Gut, damit können wir leben«, gab Hain ihr zu verstehen. »Aber jetzt erzählen Sie uns doch bitte mal, wie sich die Tat nach Ihrer Erinnerung abgespielt hat.«

Ellen Pitsch schluckte und sah Pia Ritter dabei durchdringend an. »Ich will Polizeischutz. Wenn ihr mir keinen

Polizeischutz garantiert, werde ich kein Wort zu der ganzen Scheiße sagen.«

Die beiden Polizisten tauschten einen kurzen Blick aus.

»Warum meinen Sie, dass Sie Polizeischutz brauchen, Frau Pitsch? Wenn der Täter Ihnen etwas hätte antun wollen, wäre das doch im Verlauf der Nacht problemlos möglich gewesen.«

»Dieser Typ, der das mit Andy veranstaltet hat, ist komplett irre, das ist doch klar. Und schon deshalb bin ich mir absolut sicher, dass er mir auch noch was antun wird. Warum, kann ich euch nicht sagen, ich weiß es einfach.«

Pia legte die Stirn in Falten. »Sie wissen vermutlich, dass die Gewährung von umfassendem polizeilichem Schutz nur in äußerst seltenen Fällen gewährt wird. Wir werden uns selbstverständlich für Sie einsetzen, wenn wir der Meinung sind, dass es notwendig ist. Garantieren können wir Ihnen hier und jetzt allerdings gar nichts.«

Die Frau auf dem Stuhl sah hoch und schüttelte dabei den Kopf. »Dann eben nicht. Aber ich bin immerhin die einzige Augenzeugin, vergesst das mal besser nicht.«

»Das ist doch jetzt Kindergarten, Frau Pitsch«, blaffte Hain die Frau ernsthaft genervt an. »Sie bezeichnen uns hier erst ziemlich despektierlich als *Bullen*, um gleich im nächsten Atemzug bei exakt diesen *Bullen* Schutz einzufordern. So richtig konsequent ist das nicht. Und dann kommen Sie uns mit dem Argument, dass Sie die *einzige* Augenzeugin seien. Das wissen wir natürlich, aber ob es reicht, um umfassenden Personenschutz davon abzuleiten, wird und muss sich *nach* Ihrer Aussage herausstellen. Und wenn Sie nicht einsehen wollen, dass wir hier und jetzt kein diesbezügliches Angebot machen können, dann stecken Sie sich Ihre Aussage doch sonst wo hin.«

Ellen Pitsch funkelte den Hauptkommissar mehrere

Sekunden lang an. Man konnte an ihrem Gesichtsausdruck genau erkennen, dass sie ihre Chancen und Möglichkeiten abwog. Schließlich senkte sie den Kopf und nickte. »Gut. Aber ihr sagt mir zu, dass ihr euch für mich einsetzt, wenn ich aussage. Ist das klar?«

»Definitiv, ja«, erwiderte Pia Ritter.

Es entstand eine kurze Pause, während der die Zeugin wohl über das sinnierte, was sie zu erzählen gedachte. Dann wieder ein Nicken. »Der Andy und ich hatten was am Laufen vorher, was genau, geht euch nichts an. Irgendwann sind wir eingeschlafen und …«

»Wie spät war es zu diesem Zeitpunkt ungefähr?«, ging Pia dazwischen, die sich auf dem Mobiltelefon Notizen machte.

»Keine Ahnung. Vielleicht 1 Uhr oder so.«

»Hatten Sie Alkohol getrunken oder illegale Drogen konsumiert?«

»Wir hatten ein bisschen was getrunken, ja, aber was soll denn die blöde Fragerei? Wollt ihr nun wissen, was sich da in der Wohnung abgespielt hat, oder wollt ihr nur dämliche Fragen stellen?«

»Natürlich sind wir daran interessiert zu erfahren, was genau passiert ist, allerdings …«

»Ja, ja, ist ja schon gut«, brummte Ellen Pitsch unzufrieden. »Dann fragt halt, verdammt noch mal, wenn ihr meint, dass es nötig ist.«

»Gut. Wie ging es weiter, nachdem Sie eingeschlafen waren?«

»Irgendwann bin ich aufgewacht, weil sich jemand an mir zu schaffen gemacht hat. Ich dachte natürlich, dass es der Andy ist, aber der lag schnarchend neben mir. Direkt in diesem Moment hat mir jemand ziemlich fest seine Knarre an die Stirn gedrückt, mir ein paar Handschellen gereicht, die ich mir selbst anlegen musste, und mir anschließend einen stinkenden Knebel ins Maul geschoben und ein Tape darüber geklebt.«

»Waren Ihre Arme vor oder hinter dem Rücken gefesselt?«

»Vorne. Ich musste mich vorne fesseln.«

»Wie kam es zu Ihren Verletzungen?«

»Als er mir den Knebel ins Maul geschoben hat, habe ich Angst bekommen zu ersticken und bin hochgeschreckt. Das hat der Arsch wohl in den falschen Hals gekriegt und mir mit seiner Knarre eins übergebraten.«

»Waren Sie bewusstlos?«

»Worauf du einen lassen kannst.«

»Wie lang?«

»Keine Ahnung. Aber ein paar Minuten bestimmt. Als ich wieder zu mir kam, war er gerade dabei, den Andy ans Bett zu fesseln.«

»Auch mit Handschellen?«

»Klar, mit was denn sonst?«

»Was ist dann passiert?«

»Dann ist Andy wach geworden und hat erst mal gedacht, ich würde ihm mit der Lampe in die Fresse leuchten. Der hat gar nicht kapiert, dass da einer im Sessel saß und mit der Knarre auf ihn gezielt hat.«

»Um was für eine Waffe hat es sich gehandelt? Eine Pistole oder einen Revolver?«

»Mann, was weiß denn ich? Auf jeden Fall hatte das Ding einen Schalldämpfer, das weiß ich ganz genau.«

»Woher wissen Sie das so genau? Haben Sie die Waffe gesehen?«

»Nee, das habe ich nicht. Aber als er dem Andy kurz danach das halbe Ohr weggeschossen hat, da habe ich es gehört. Ich weiß, wie eine normale Knarre klingt, und die hatte auf jeden Fall einen Schalldämpfer.«

»Wie kam es dazu, dass der Täter auf Herrn Bader geschossen hat?«

»Na, der Andy wollte sich nicht kleinkriegen lassen. Hat einen dicken Rand gehabt und so. Da hat der Typ das Licht ausgemacht, mit einem Laser auf ihn gezielt und ihm das Ohr abgeschossen.«

»War das der einzige Schuss, den er abgegeben hat?«

Ellen Pitsch zog die Schultern hoch. »Von mehr als dem einen weiß ich zumindest nichts.«

»Wie ging es weiter?«

»Na ja, der Typ hat dauernd auf Andy eingeredet. Wollte krampfhaft, dass der ihm gesteht, dass er das Haus in der Gottschalkstraße abgefackelt hat. Aber das hat er ja nicht, also konnte er es auch nicht gestehen, ist ja klar.«

Pia und Thilo sahen die Frau fassungslos an.

»Der Mann, der Sie gefesselt hat, wollte, dass Herr Bader ein Geständnis ablegt?«

»Ja, genau das wollte dieser Verrückte. Aber Andy hat das nicht gemacht, weil er ja auch das Haus nicht abgefackelt hat.«

»Und dann?«, hakte Hain nach. »Wie ging es dann weiter?«

»Na, der Andy war halt hart wie Stahl. Hat immer wieder gesagt, dass er es nicht war und dass er ihn auch erschießen könnte, aber er würde es trotzdem nicht zugeben, weil es ja nun mal nicht so war. Und irgendwann ist der Typ dann aufgestanden, ist auf ihn zugegangen und hat ihm irgendwelche Scheiße ins Gesicht gesprüht. Der Andy war sofort weg, das ging wie nichts.«

»Bei Ihnen hat der Mann das nicht gemacht?«

»Nein, mich hat er die ganze Zeit über komplett in Ruhe gelassen.«

»Er hat gar nicht mit Ihnen gesprochen?«

»Nur einmal kurz, als er mir die Knarre an den Kopf gehalten hat. Da hat er mir gesagt, dass ich besser nichts Unüberlegtes tun soll, wenn ich die Sonne aufgehen sehen möchte.«

»So hat er das gesagt? Wenn Sie ›die Sonne aufgehen sehen möchten‹?«

»Genau so, ja. Der hat übrigens insgesamt ziemlich geschwollen geredet, der Scheißkerl.«

»Was ist passiert, nachdem Herr Bader von ihm betäubt worden war?«

»Dann ist es erst richtig spooky geworden, das können Sie mir glauben. Ich musste mich aufrecht hinsetzen, durfte aber keinen Mucks machen. Sonst, hat er gesagt, würde er mir beide Kniescheiben zu Brei schießen. Danach ist er kurz um die Ecke und hat ein riesiges Messer geholt. Na ja, das war schon mehr so was wie ein Schwert. Und dann hat er mir seine Taschenlampe in die Hand gedrückt und ich musste ihm leuchten.« Ellen Pitsch stockte. Es sah aus, als würde sie gegen einen heftigen Brechreiz ankämpfen. »Ich hatte ja keine Ahnung, was dieser Irre vorhatte, sonst hätte ich da nie mitgemacht. Und dann …« Wieder brach sie ab.

»Dann …?«, hakte Pia nach.

»Dann hat dieser Wichser sich den Andy so richtig in Position gelegt. Zuerst das Bein, und danach den Arm.«

»Das heißt, er hat die Handschellen, mit denen Herr Bader gefesselt war, abgenommen?«

»Genau. Das ging aber alles so schnell, dass ich echt kaum was davon mitgekriegt habe. Als Nächstes hat er dann so zwei Gummischläuche um Andys rechten Arm und sein linkes Bein gebunden. Zuerst dachte ich, der will einen verdammten Fixer aus ihm machen, doch das war es nicht, was er vorhatte. Aber das ist mir in dem Moment noch nicht so richtig klar gewesen.«

»Das, was Sie beschreiben, ist ein Tourniquet. Man benutzt es bei Operationen oder Unfällen, um dem zwangsläufig einsetzenden Blutverlust entgegenzuwirken.«

»Es ist mir scheißegal, wie das Ding heißt, sogar komplett scheißegal. Wie total bekloppt muss man denn sein, wenn man so etwas wie dieser Irre veranstaltet?«

»Wenn er auf diese Dinger verzichtet hätte«, gab Pia ihr zu bedenken, »wäre Ihr Freund vermutlich verblutet, bevor Sie auch nur den Notruf hätten absetzen können.«

»Ho, ho«, widersprach Ellen Pitsch vehement, »der Andy und ich haben eine Runde zusammen gedreht, aber mein *Freund* ist der auf keinen Fall. Dass das gleich mal klar ist.«

»Das wiederum ist *uns* scheißegal, um Sie hier mal zu zitieren, Frau Pitsch. Wie ging es weiter in der Wohnung?«

»Na ja, der Typ hat sich das Schwert gegriffen, das er in der Zwischenzeit an der Wand abgestellt hatte, es hochgehoben und Andy den Fuß abgehauen. Einfach so. Und direkt danach die Hand. Ich wollte es gar nicht glauben, dass ein Mensch zu so was fähig ist, und es hat auch eine Weile gedauert, bis das richtig in meiner Birne angekommen war. Und dann lag ich einfach nur da und habe gehofft, dass er nicht den gleichen Scheiß mit mir veranstaltet. Ich hatte, ehrlich gesagt, brutale Muffe davor, und habe komplett tote Frau gespielt.«

»Das ging wirklich in einem Rutsch?«, hakte Hain nach. »Der Täter musste nicht einen zweiten Hieb ansetzen, um den Fuß zu … amputieren?«

»Nein, der hat einmal durchgezogen und die Sache war erledigt. Das verdammte Geräusch, als der abgetrennte Fuß auf dem Boden aufgeschlagen ist, werde ich vermutlich mein ganzes Leben lang nicht vergessen.«

»Das ist gut zu verstehen«, meinte Pia. »Wie ging es dann weiter?«

»Das weiß ich, offen gesagt, gar nicht so genau. Meine größte Sorge war halt, dass er mir auch was abhauen würde, also habe ich den Kopf unten gehalten und keinen Mucks von mir gegeben. Natürlich waren da Geräusche zu hören, aber was das genau war, kann ich echt nicht sagen. Und irgendwann war dann komplette Ruhe angesagt. Nur Andys keuchendes Atmen war zu hören, und kurz danach ging auch sein Gejammer los, weil er aufgewacht ist.«

»War Herr Bader komplett bei Bewusstsein und ansprechbar?«

»Ach was, auf keinen Fall. Der war so im Dämmerzustand, hat aber bestimmt schon bestialische Schmerzen gehabt. Als mir klar wurde, dass der Scheißkerl nicht mehr in der Wohnung ist, bin ich aufgestanden und habe mit meinem Telefon die Bull... also die Polizei angerufen. Danach ging alles ganz schnell.«

Es entstand eine kurze Pause. Hain und Ritter sahen Ellen Pitsch an, die allerdings ein wenig abwesend einen imaginären Punkt an der ihr gegenüberliegenden Wand fixierte. Die Polizisten suchten kurz den Blickkontakt.

»Haben Sie das Gesicht des Täters sehen können?«, wollte Pia wissen.

»Nein«, erwiderte Frau Pitsch leise. »Er hat erstens die meiste Zeit mit dieser fies hellen Taschenlampe auf uns geleuchtet und zweitens auch eine Sturmhaube auf dem Kopf gehabt. Das habe ich ganz deutlich gesehen, als ich die Lampe für ihn halten musste.«

»Aber es war definitiv ein Mann?«, hakte die Oberkommissarin nach.

»Worauf du einen lassen kannst, dass das ein Kerl war.«

»Wie groß?«

»Keine Ahnung, echt nicht.«

»Eher groß oder eher klein?«

Ein Zögern bei Ellen Pitsch. »Wohl eher groß. Und fett war der Typ, richtig bullig und fett.«

»Haben Sie das gesehen?«, hakte Hain nach. »Oder leiten Sie das aus seinen Bewegungen oder etwas anderem ab?«

»Klar habe ich das ganz genau gesehen, sonst würde ich es ja nicht sagen. Der Wichser hatte eine richtig ekelige, fette Wampe.«

»Also reden wir von einem recht großen, korpulenten Mann. Wie waren seine Bewegungen? Eher bedacht oder eher ausladend und raumgreifend?«

Ellen Pitsch fasste sich an den Kopf, prüfte, ob ihr Verband noch richtig saß, und schnaubte. »Mann, was wollt ihr denn noch alles wissen? Seine verdammte Blutgruppe vielleicht? Oder wie lang sein Ding ist?«

»Nein, das nicht gerade«, antwortete Pia Ritter der Frau nachsichtig. »Aber wenn ich Sie richtig verstanden habe, liegt auch Ihnen sehr viel daran, dass wir den Täter fassen. Und dabei können Sie uns am besten unterstützen, indem Sie ihn so detailliert wie möglich beschreiben.«

Wieder schnaubte Ellen Pitsch. »Das will ich ja. Aber eure blöden Fragen nerven echt.«

»Also«, hakte Hain nach, »was fällt Ihnen zu dem Täter noch ein? Wonach hat er gerochen, welchen Dialekt hat er gesprochen? Haben Sie vielleicht einen Blick auf seine Hände werfen können?«

Wieder dauerte es eine Weile, bis die Frau antwortete. Es schien, als würde sie die Fragen des Kommissars im Kopf durchgehen. »Also gerochen habe ich nichts von ihm. Und einen Dialekt? Sächsisch oder bayerisch? Nee, der hat mehr hochdeutsch geredet. Und seine beschissenen Hände steckten die ganze Zeit in Handschuhen, sodass ich von denen überhaupt nichts gesehen habe. Und außerdem war ich ja immer noch ein bisschen angesoffen, das habe ich euch doch schon gesagt.« Sie wandte sich ab und fixierte erneut einen Punkt an der Wand. »Und jetzt will ich schlafen. Ich habe eine echt beschissene Nacht hinter mir und bin total fertig. Vielleicht bin ich vorhin so gerade noch mal dem Tod von der Schippe gesprungen, was weiß ich, da habe ich mir eine Mütze Schlaf wohl verdient.«

»Das bestreiten wir nicht, Frau Pitsch. Und wenn Ihnen nichts mehr einfällt, sind wir sowieso fertig mit unserer Befragung.«

»Gut. Mir fällt nämlich absolut nichts mehr ein. Und jetzt tschüss.« Damit sah sie die Beamten auffordernd an.

»Wie Sie möchten«, brummte Hain. »Allerdings kann es durchaus sein, dass wir noch einmal mit ein paar weiteren Fragen auf Sie zurückkommen werden.«

Hain und Ritter nickten ihr zu, drehten sich um und waren schon an der Tür, als Ellen Pitsch doch noch etwas einzufallen schien. »Es wäre schön, wenn ihr mal nach Maik Zoller sehen könntet. Der Irre hat nämlich, als er mit Andy beschäftigt war, seinen Namen erwähnt und behauptet, dass der arme Kerl ebenfalls Besuch von ihm hatte.«

Sowohl Hain als auch Ritter bedachten die Frau mit einem zutiefst missbilligenden Blick.

»Und das fällt Ihnen jetzt ein«, ging der Hauptkommissar die Frau mehr als energisch an, »nach mehr als einer halben Stunde? Sind Sie noch ganz dicht?«

Ellen Pitsch hob gelangweilt den Kopf, schüttelte ihn süffisant grinsend und machte mit der Hand eine wegwerfende Bewegung. »Raus jetzt, ihr Arschlöcher. Und vergesst bloß nicht, mir einen Aufpasser vor die Tür zu setzen. Vielleicht fällt mir, wenn ich mich sicher genug fühle, ja doch noch was ein, das für euch von Bedeutung sein könnte.«

»Wir werden sehen, was wir für Sie tun können, Frau Pitsch.«

18

Die Nachricht vom Angriff auf Andreas Bader verbreitete sich in der gesamten Republik wie ein Lauffeuer. Schon in den 5-Uhr-Nachrichtensendungen sämtlicher Radio- und Fernsehsender war das Ereignis der Aufmacher. Für das Morgenmagazin von ARD und ZDF hatte ein Reporter live vor Baders Wohnhaus Stellung bezogen und schilderte die Ereignisse der Nacht. Es war mal wieder erstaunlich, wie schnell Einzelheiten solcher Taten in die Öffentlichkeit gelangten. Da in dieser Woche das Erste die Sendung live ausstrahlte, bediente sich der Verbund beim Personal des Hessischen Rundfunks, der gleich eine ganze Armada an Mitarbeitern von seinem Standort am oberen Ende der Wilhelmshöher Allee in Bewegung gesetzt hatte. Natürlich waren auch die Vertreter der privaten Medienanstalten vor Ort, und irgendwie grenzte es an ein Wunder, dass es bei dem Trubel, dem Geschubse und dem Run auf die besten Standorte nicht zu Verletzten kam. Natürlich konnte man bereits die ersten O-Töne von Vertretern der einzelnen Parteien vernehmen, allerdings, wie immer eigentlich, zunächst die der sich in den Vordergrund drängenden Hinterbänkler. Auch Wolf Herren war längst mit einem Text für Anette Sturm befasst, allerdings fehlten ihm nach seiner Ansicht noch belastbare Fakten zu der Tat. Er wollte auf keinen Fall, dass seine Auftraggeberin mit einem von ihm verfassten Statement an die Öffentlichkeit ging, das im Lauf des

Tages wieder einkassiert werden musste. So etwas konnte sowohl die Karriere der Politikerin wie auch seine eigene innerhalb von Stunden ruinieren. Also erstellte er mehrere Versionen und wartete, bis sich eine davon über die verifizierten Informationen als die richtige herausstellen würde.

Allerdings war jedem mit der Materie vertrauten Menschen klar, dass auch in den Parteizentralen in Berlin sämtliche Fachkräfte mit dem Aufsehen erregenden Fall beschäftigt waren. Jeder auch nur halbwegs vernunftbegabte Politiker egal welcher Parteizugehörigkeit ließ so viele Mitarbeiter wie möglich in allen Medien nach Stellungnahmen und Veröffentlichungen fahnden, um im richtigen Moment mit dem passenden Statement seine Kompetenz unter Beweis stellen zu können.

Das alles war Pia Ritter und Thilo Hain komplett egal, als sie etwa eine halbe Stunde nach dem Verlassen des Ludwig-Noll-Krankenhauses an der Meldeadresse von Maik Zoller ankamen. Sie hatten bereits telefonisch veranlasst, einen Aufpasser vor Ellen Pitschs Krankenzimmer zu setzen, und sie hatten eine erste kurze Info über deren Aussage an Herbert Schiller weitergereicht.

Bei Zollers Behausung handelte sich um ein kleines, ungepflegt wirkendes Einfamilienhaus im Stadtteil Bettenhausen. Das Grundstück umlief ein Jägerzaun und im Garten hinterm Haus standen Koniferen. Hain klingelte und trat einen Schritt zurück. Als sich nach einer Minute noch nichts getan hatte, legte er erneut den Finger auf den Taster. Kurz darauf wurde die Haustür einen Spalt geöffnet und das verschlafene Gesicht des Hausherrn sichtbar. Sein stark tätowierter Oberkörper war unbekleidet, seine Beine steckten in einer Jogginghose.

»Was wollt ihr denn hier?«, blaffte er die Kommissare an. »Könnt wohl nicht pennen, oder was?«

»Ach, eigentlich ist der Schlaf bei uns ganz zufriedenstellend«, erwiderte Pia Ritter salopp. »Wir wollten uns nur mal erkundigen, wie es bei Ihnen so mit dem Durchschlafen steht.«

»Hä?«, machte Zoller und verengte dabei die Augen zu dünnen Schlitzen, was ihn wohl gefährlich aussehen lassen sollte. »Ihr wollt mich wohl verarschen?«

»Nö. Wir haben allerdings die, zugegeben nicht gesicherte, Information, dass Ihnen jemand heute Nacht einen ungebetenen Besuch abgestattet hat. Ist da was dran?«

Wieder konnte der Mann an der Tür nur mit einem gekrächzten »Hä?« antworten, bevor er sich ungeniert mit der rechten Hand zwischen den Beinen kratzte. »Ich verstehe absolut nur Bahnhof«, fügte er ein wenig genervt hinzu. »Und wenn ihr mir nicht gleich in astreinem Deutsch sagt, was ihr von mir wollt, dann mache ich die Tür hinter mir zu und lege mich wieder ins Bett. Ist das bei euch Hirnis angekommen?«

Sowohl Thilo Hain als auch Pia Ritter fingen an zu grinsen.

»*Hirnis*«, wiederholte der Hauptkommissar die Beleidigung. »Das nenne ich mal einen starken Spruch zu dieser frühen Stunde.« Er winkte ab und trat energisch auf die Tür zu. Zoller hob erschreckt den Kopf und sah den Polizisten mit weit aufgerissenen Augen an. »Aber Ihr großes Maul soll uns jetzt nicht wirklich stören, Herr Zoller. Wir wollen uns eigentlich auch nur davon überzeugen, dass Ihnen im Verlauf der Nacht nichts zugestoßen ist. So wie Ihrem Kumpel Bader, der im Augenblick gesundheitlich wirklich nicht zu beneiden ist.«

Pia baute sich direkt neben ihrem Kollegen auf und fixierte den Mann hinter der Tür. »Aber wie Sie aussehen, haben Sie bis eben gut durchgeschlafen und sind nicht von einem ziemlich gewalttätigen Menschen belästigt worden, oder?«

»Nein … ich …« Zoller schluckte und öffnete dabei die Tür ein wenig weiter. »Wie meint ihr das, dass der Andy gesundheitlich im Augenblick nicht zu beneiden ist?«

Die Oberkommissarin beugte den Oberkörper nach vorn, sodass ihr Kopf und der von Zoller nur noch ein paar Zentimeter voneinander getrennt waren. »Das heißt«, erwiderte sie ebenso leise wie betont sachlich, »dass er vor ein paar Stunden Besuch von einem ziemlich durchgeknallten Typen hatte, der ihm eine Hand und einen Fuß amputiert hat.«

Nun fing Maik Zoller laut zu lachen an. »Scheiße, das könnt ihr euren Großmüttern erzählen.« Er schüttelte heftig den Kopf. »Ihr habt sie ja nicht alle, mir so eine Scheiße aufs Auge drücken zu wollen.«

Pia holte tief Luft, atmete pressend aus und stemmte dabei die Hände in die Hüften. »Haben Sie einen Fernseher, Herr Zoller?«, fragte sie den Mann hinter der Tür.

»Klar habe ich eine Glotze. Warum willst du das wissen?«

»Weil wir jetzt einen Deal machen, ganz einfach. Wollen Sie wissen, wie der Deal aussieht?«

»Von mir aus. Aber versuch nicht wieder, mir so eine Schwuchtelscheiße von amputierten Armen und Beinen zu erzählen.«

»Es geht um Hände und Füße«, mischte Hain sich trocken ein. »Meine Kollegin hat von einer Hand und einem Fuß gesprochen.«

»Mann, leck mich.«

»Also«, fuhr Pia Ritter fort, »Sie gehen jetzt rein, schalten Ihren Fernseher ein und sehen sich irgendeinen Nachrichtenkanal an. Welcher ist komplett egal, es läuft eh auf allen das Gleiche. Mein Kollege und ich warten hier, sagen wir mal fünf Minuten, und dann reden wir weiter. Ist das ein Deal, mit dem Sie leben können?«

Zoller hob den Kopf, nickte und schloss wortlos die Tür hinter sich. Exakt zwei Minuten und 15 Sekunden später tauchte sein kalkweißes Gesicht wieder auf. Diesmal allerdings öffnete er die Haustür komplett und bat die Polizisten mit belegter Stimme in sein muffiges und nach kaltem Rauch riechendes Eigenheim.

»Wer kommt denn auf so einen kranken Scheiß?«, fragte er leise, nachdem alle drei den Raum betreten hatten, in dem er sich vermutlich am meisten aufhielt, wenn er zu Hause war. Im Hintergrund lief ein alter Röhrenfernseher, dessen Lautstärke Zoller am Gerät herunterregelte.

Ritter und Hain sahen sich ein wenig in dem verschlissenen und abgewohnten Raum um, bevor der Hauptkommissar antwortete. »Das wüssten wir auch gern. Bis jetzt allerdings gibt es keine Erkenntnisse diesbezüglich. Aber vielleicht haben Sie ja eine Idee?«

»Ich? Sind Sie noch ganz dicht? Woher sollte ich denn wissen, wer so eine Scheiße abzieht?« Er dachte einen Moment lang nach. »Und wie war das eigentlich vorhin gemeint, ob mir jemand einen Besuch abgestattet hat? Hat das irgendwer behauptet, oder was?«

»Ja«, bestätigte Pia Ritter. »Ellen Pitsch, die als Augenzeugin dabei war, hat uns gegenüber zu Protokoll gegeben, dass der Mann, der Herrn Bader verstümmelt hat, genau das behauptet hat.«

»Die Ellen war *dabei*? Wie kam denn das?«

»Das sollten Sie Frau Pitsch selbst fragen. Für uns ist lediglich von Bedeutung, dass Sie in der vergangenen Nacht von niemandem in irgendeiner Weise behelligt wurden.«

»Nein, mich hat auf jeden Fall niemand *behelligt*.« Wieder zögerte er. »Wie geht es dem Andy eigentlich genau? Die haben ihm doch seine Gräten wieder angenäht oder von mir aus auch angeklebt oder was man da so macht?«

»Das war leider nicht möglich, weil der Täter die Hand und den Fuß aus Herrn Baders Wohnung mitgenommen hat, als er gegangen ist.«

»Das wird ja immer kranker«, kommentierte der Mann mit dem freien Oberkörper die Information. »Verdammt noch mal immer kranker.« Sein Blick suchte den von Pia Ritter. »Hat die Ellen auch was abgekriegt?«, wollte er wissen.

»Immerhin hat sie noch ihre beiden Hände und ihre beiden Füße. Der Rest ihrer körperlichen Verletzungen ist in einem Monat vermutlich komplett verheilt.«

»Na, du machst mir ja Spaß, verdammt noch mal«, blaffte Zoller sie an. »Hast du überhaupt kein Mitleid mit jemandem, dem man eine Hand und einen Fuß abgeschnitten hat?«

»Doch, auf jeden Fall«, erwiderte die Oberkommissarin. »Aber ich habe natürlich auch Mitleid mit zwei komplett unschuldigen, eigentlich auch komplett unbeteiligten jungen Menschen, die in einem Haus verbrennen mussten, weil sie sich erdreistet hatten, Lügen als das zu bezeichnen, was sie sind, nämlich Lügen. Die beiden würden sicher jederzeit mit Herrn Bader tauschen, wenn das für sie möglich wäre, was leider nicht der Fall ist.«

»He, he, jetzt kommen Sie mir doch nicht schon wieder mit dieser Bimbotussi und ihrem …« Er brach ab, weil Pia ausgeholt und ihm mit der flachen Hand eine Backpfeife verpasst hatte.

»Und wenn du kleines Arschloch«, zischte die Kommissarin ihn mit zu einem weiteren Schlag erhobenem Arm an, »in meiner Gegenwart noch einmal etwas in der Art sagst wie gerade eben, dann wirst du mich mal richtig wütend erleben, und das willst du wirklich nicht. Haben wir uns verstanden?«

»Du verdammte Fotze«, murmelte Zoller. »Das kriegst du wieder, du Stück Scheiße, darauf kannst du einen lassen.«

»Wollen wir es nicht lieber gleich hier austragen?«, fragte

sie ihn aggressiv und mit gedämpfter Stimme. »Mir wäre danach.«

»Lass sein, Pia«, forderte Hain seine Kollegin leise auf. »Das bringt doch nichts.«

»Stimmt. Aber es würde einfach guttun, davon bin ich überzeugt.«

»Da will ich dir gar nicht mal widersprechen, aber wir gehen jetzt trotzdem. In Ordnung?«

Pia sah zu ihrem Kollegen und dann noch einmal zu Zoller. »Lauf mir besser nicht mehr über den Weg, du Schmeißfliege, sonst überlege ich es mir garantiert anders.«

»Scheiß Bullenfotze.«

Hain hob die Augenbrauen, bedachte den Neonazi mit einem warnenden Blick und schob dann seine Kollegin in den Flur und kurz darauf aus dem Haus.

»Sorry, Thilo, aber das ging in diesem speziellen Fall nicht anders«, sagte sie mit gesenktem Kopf, als die beiden wieder im Mazda saßen. »Wenn er nicht diesen Scheiß über Hila …«

»Lass stecken, Pia«, unterbrach Hain seine Kollegin. »Dein Verhalten war zwar absolut nicht professionell, aber dafür menschlich zutiefst verständlich. Wenn du ihm nicht eine verpasst hättest, hätte ich es gemacht. Also wäre ich dann jetzt derjenige, der sich von dir unprofessionelles Verhalten vorwerfen lassen müsste, und damit können wir beide vermutlich sehr gut leben.« Er sah auf die Uhr. »Wie auch immer. Ich rufe jetzt Sascha an und bringe ihn auf unseren Stand, danach Herbert, der vermutlich schon auf heißen Kohlen sitzt, und danach will ich noch eine Runde schlafen.«

»Gute Idee, da mache ich mit.«

»Carla wird begeistert sein, obwohl wir nur ein 1,40-Meter-Bett haben.«

»Das hättest du wohl gern. Aber das kannst du vergessen. Ich will einfach nur nach Hause und den Rest des verpassten Schlafes nachholen. Bringst du mich, oder soll ich mir ein Taxi nehmen?«

»Klar bringe ich …« Hain nahm sein Telefon in die Hand, das in diesem Moment anfing zu klingeln. Ein Blick auf das Display sagte ihm, dass es sich um eine ihm nicht bekannte Nummer aus dem Präsidium handelte. »Ja, Hain«, meldete er sich.

18.1

10:05 Uhr, Konrad-Adenauer-Haus, Berlin
Parteizentrale der CDU

»Wo steckt denn der Paul?«, wollte ein junger Mann von einer älteren Frau wissen. Der Fragende steckte sein Telefon in die Jacketttasche seines zerknitterten Anzugs.

»Ich habe nicht die geringste Ahnung«, erwiderte sie gähnend. »Ich weiß nur, dass ich endlich mal eine Stunde schlafen muss. Was willst du denn von ihm?«

»Wir müssen endlich die Parteilinie in dieser verdammten Sache absprechen. Die Angela hat mich gerade angerufen und war fuchsteufelswild, weil sie schon seit einer Stunde auf einen Anruf von ihm wartet.«

»Tja«, feixte die Frau. »Das hat man von seinem Job als persönlicher Referent. Da brennt die Luft an Tagen wie diesen nun mal.«

»Danke, und überaus hilfreich von dir, Christa. Nur weil du den Job damals nicht bekommen hast, musst du jetzt nicht …« Er brach ab, weil sein Telefon sich meldete. »Na endlich, Paul«, sagte er, als er den Anruf ein wenig atemlos entgegennahm. »Gerade hat mich die Frau …«

»Ich weiß, sie hat es gerade auch bei Annegret versucht, mit der ich bis eben im Gespräch war. Es ist halt blöd, wenn die Verteidigungsministerin an einem Tag wie diesem beim

NATO-Gipfel in Washington ist. Aber wir konnten uns gut über alles verständigen.«

»Das ist hervorragend. Steht die Parteilinie?«

»Klar steht die. Wir werden, wie schon gestern auch, in allen Statements darauf hinweisen, wie bestürzt und zutiefst betroffen wir von den ganzen Ereignissen in Kassel sind. Allerdings müssen wir auch sehen, dass wir nicht in irgendwelche Diskussionen über die Auswüchse rechter wie auch linker Gewalt hineingezogen werden. Wir werden darauf hinweisen, dass wir die Partei der Sicherheit und des Schutzes der Bürger sind. Und wenn irgendein Medienheini meint, er müsse auf die Unterbesetzung bei den Polizeibehörden hinweisen, werden wir dagegen argumentieren mit der Ankündigung, in den nächsten zwei Jahren mehr als 20.000 neue Stellen bei den Polizeibehörden in den Ländern zu schaffen. Das sollte zunächst mal reichen.«

»Das sehe ich auch so. Aber ich höre den ganzen Morgen schon, dass die Leute es wirklich nicht gut finden, dass die BK sich immer noch nicht zu dem Brandanschlag von vorletzter Nacht öffentlich geäußert hat.«

»Ja, das höre ich natürlich auch. Sie meint aber, dass es sich dabei um eine Sache der Partei handelt. Im Moment wird sie sich zurückhalten und nicht öffentlich dazu äußern.«

»Gut. Dann weiß ich jetzt immerhin, wo ich dran bin.«

»Ja. Bei allem, was wir tun und lassen, muss die Partei gut aussehen und dastehen, das ist das Wichtigste. Und so blöd das in Kassel jetzt auch alles für die armen Leute da läuft, liegt natürlich auch eine riesengroße Chance zur Profilierung für uns darin, die wir uns nicht entgehen lassen dürfen.«

*

10:10 Uhr, Willy-Brandt-Haus, Berlin
Parteizentrale der SPD

Göran Tamer schlug die Tür ein wenig zu kraftvoll hinter sich zu und ließ sich auf seinen Drehstuhl hinter dem Schreibtisch fallen.

»Ausgerechnet jetzt muss der Lars im Flieger sitzen. Das ist doch alles zum Kotzen.«

Der etwa gleichaltrige Mann, der sich einen der beiden Stühle vor dem Tisch zurechtrückte, hob beschwichtigend die Hände. »He, nun beruhig dich mal, wir kriegen das schon hin. Wenn wir das jetzt richtig gut stemmen, stehen uns am Ende vielleicht ganz neue Chancen und Möglichkeiten offen.«

»Du hast gut reden, Kevin. Wenn wir das nämlich nicht richtig gut stemmen, sind wir so was von am Arsch, das glaubst du gar nicht.«

»Nein, nein, das klappt, verlass dich auf mich. Ich habe gleich einen Termin bei Phoenix und direkt im Anschluss will der Deutschlandfunk ein Interview mit mir machen. Wenn das gelaufen ist, wird man vermutlich über nichts anderes mehr sprechen als über meine Interviews.«

Tamer wurde ein wenig bleich. »Was hast du vor, Junge? Mach bloß keinen Scheiß, solang der Lars noch in der Luft ist und wir uns nicht mit ihm besprechen können.«

»Ich mache keinen Scheiß, versprochen. Aber wir müssen als Partei in dieser Situation nun mal ein paar Pflöcke in die Erde rammen, das würde der Lars ganz sicher auch nicht anders sehen. Die Kunst an einem Tag wie heute ist nämlich, möglichst betroffen zu wirken und gleichzeitig das Maximale für die eigenen Interessen herauszuholen. Für die Partei, klar, die ist wichtig, aber natürlich muss auch für mich ganz persönlich was dabei herausspringen.« Er sah über den Tisch und in das immer noch skeptische Gesicht seines Gesprächspartners. »Und für dich auch, ist ja klar.«

*

10:12 Uhr, Platz vor dem Neuen Tor 1, Berlin Bundesgeschäftsstelle Bündnis 90 / Die Grünen

Gesprächspartner 1: »Ich kann mir nicht helfen, aber mir fällt es verdammt schwer, so etwas wie Empathie für dieses Arschloch zu empfinden, auch wenn man ihm die Füße abgehackt hat.«

Gesprächspartner 2: »Geht mir genauso. Aber es war eine Hand und ein Fuß, nicht seine beiden Füße.«

Gesprächspartner 1: »Wieso eine Hand und ein Fuß? In meinem Memo stand, dass man ihm seine beiden Füße abgehackt hat.«

Gesprächspartner 2: »Nein, nein, das stimmt nicht. Es waren eine Hand und ein Fuß, glaub mir.«

Gesprächspartner 1: »Von mir aus, dann eben eine Hand und einen Fuß, das ist mir letztlich auch völlig egal. Ich würde das zwar niemals öffentlich zugeben, aber insgeheim denke ich, dass es diesem Kerl eindeutig recht geschieht. Wenn man sich anschaut, was der alles auf dem Kerbholz hat, dann …«

Gesprächspartner 2: »Trotzdem müssen wir unbedingt jemanden da hinschicken, der sich mit ein paar Worten an die Öffentlichkeit wendet. Ich denke, das sollte jemand aus Hessen übernehmen, am besten irgendwer, der aus der Region kommt. Die Priska und der Tarek sind ohnehin raus, mit denen habe ich schon telefoniert. Die beiden stecken bis zur Halskrause in Arbeit, außerdem sind die Leute da oben, auch unsere eigenen übrigens, wegen der Untreuesache am Flughafen Kassel nicht gut auf sie zu sprechen. Zumindest betrifft das den Tarek. Und Priska tut sich ohnehin schon immer schwer mit dem besonderen Charme der Menschen da oben in Hessisch-Sibirien.«

Gesprächspartner 2: »Das stimmt allerdings. Also überlassen wir das den Hessen. Allerdings sollten wir nicht vergessen, dass dort im nächsten Frühjahr Kommunalwahlen anstehen. Und wir müssen auch hier von Berlin aus zumindest ein Kommuniqué herausgeben, in dem wir die beiden Anschläge verurteilen, uns allerdings deutlich mehr auf den Brandanschlag beziehen als auf die Sache mit dem Nazi. Das würde unsere Basis und damit auch unsere Wählerschaft nämlich absolut nicht gutheißen, wenn wir es gleichwertig behandeln würden.«

Gesprächspartner 1: »Wie auch immer, darum solltest du dich kümmern, Anna. Ich vertraue dir da hundertprozentig. Und wenn ich ein bisschen überlege, dann ist es eigentlich wie immer: In jedem Mist, den wir so erleben und aushalten müssen, steckt immer auch eine kleinere, oder wie in diesem Fall auch größere, Chance, davon und daran zu profitieren.«

Gesprächspartner 2: »Wenn man dir so zuhört, klingt das schon verdammt zynisch, mein lieber Robby. Aber leider hast du damit nun einmal völlig recht.«

*

10:18 Uhr, Schillstraße 9, Berlin
Bundesgeschäftsstelle der AfD

»Ich will jeden verdammten Blogger in die Tasten hauen sehen, hören und von mir aus auch riechen, der ein Gehirn zwischen seinen Ohren hat«, blaffte der Ehrenvorsitzende der Partei die ihm im schwarzen Kostüm gegenüberstehende stellvertretende Bundessprecherin an. »Es kann doch nicht sein, dass Menschen, gute Menschen, einfach so von irgendwelchen irren, linken Spinnern verstümmelt werden.«

»Über die Täterschaft«, erwiderte die Frau devot, »gibt es zwar noch keine offiziellen Verlautbarungen, aber unsere Leute bei der Polizei vor Ort haben uns gesteckt, dass es sich mit nahezu hundertprozentiger Sicherheit um das Werk eines linken Spinners handelt. Und ich bin komplett bei dir, dass wir jede Stimme nutzen müssen, die wir auftreiben können. Leider können wir im Augenblick die Sache finanziell nicht unterstützen, weil wir wegen der Rückzahlung an die Bundestagsverwaltung über alle Maße klamm sind.«

»Dann nehmt von mir aus einen Kredit auf, verdammt noch mal. So eine Chance kommt vielleicht einmal in hundert Jahren, die dürfen wir nicht an ein paar Euro scheitern lassen.«

»Wir haben schon alle Kanäle angezapft wegen eines Kredits, aber das gestaltet sich derzeit schwierig. Der Klaus-Günther ist, was das angeht, sehr kompetent, aber auch ihm fällt es derzeit schwer, Geld aufzutreiben.«

Der Ehrenvorsitzende verzog das Gesicht. »Klaus-G. ist ein Kretin. Er war immer einer, ist einer und wird immer einer sein. Wenn es nach mir gegangen wäre, hätte der in der Partei nie ein Bein auf den Boden bekommen. Aber …« Er brach ab.

»Nun reg dich nicht auf, Alex. Du weißt doch genau, was dein Arzt zu so etwas sagt. Und mach dir keine Sorgen, wir werden die Sache in Kassel größtmöglich und höchstmöglich für uns ausschlachten, das verspreche ich dir. Und wenn ich selbst der Partei einen Kredit gebe, denn was den Profit angeht, der aus der Sache zu schlagen ist, bin ich ganz bei dir.«

»Gut. Und vergesst bloß nicht, diese verbrannte … Farbige im gleichen Atemzug in ein möglichst schlechtes Licht zu rücken. Verstanden?«

Die stellvertretende Bundessprecherin winkte grinsend ab. »Der dazu passende Shitstorm läuft schon seit gestern Morgen, da mach dir keine Sorgen. Dafür habe ich höchstpersönlich die Verantwortung übernommen.«

Der alte Mann holte tief Luft. »Ach ja, wo wir gerade von Verantwortung sprechen, das hätte ich beinahe vergessen. Schau doch mal, ob du nicht diese nassforsche, mediengeile Dame aus Wiesbaden stoppen kannst. Ihr Name ist mir … gerade entfallen, aber du weißt garantiert, von wem ich spreche.«

»Klar weiß ich das, und mir geht ihr Vorpreschen auch auf die Nerven. Ich habe ein paar Kollegen vom Flügel schon Bescheid gesagt, dass sie ihr ein bisschen auf die Füße treten sollen, was die überaus gern machen, weil sie sich auch schon seit Längerem über die Dame aufregen. Wenn du mich fragst, hat die ihre besten Zeiten bereits hinter sich.«

»Ja, aber ich bin mir nicht sicher, ob das reichen wird.« Er dachte einen Moment nach. »Gab es da nicht einen kleinen Fehlbetrag im hessischen Landesverband? Es ging zwar nicht um große Summen, wenn ich mich recht erinnere, aber da war etwas, oder?«

Die Frau im Kostüm sah ihn irritiert an. »Ja, natürlich war da *etwas*, Alex. Allerdings nicht mehr oder weniger als in den anderen Landesverbänden auch. Mal Zehntausend hoch oder runter, meine Güte, hier in Berlin laufen da doch wirklich ganz andere Sachen. Und die Frage ist doch, ob wir das in der jetzigen Situation wirklich ausschlachten sollten? Wenn wir die Sturm direkt damit in Verbindung bringen, ist sie ein für alle Male weg vom Fenster, und das kann doch unmöglich im Interesse der Partei sein. In Hessen läuft es nämlich gerade richtig gut, und das haben wir in nicht unerheblichem Maß ihr zu verdanken.«

»Ich weiß, wie es in Hessen läuft«, polterte der Ehrenvorsitzende. »Aber ich gestatte nicht, dass sich jemand solchermaßen auf Kosten der Gesamtpartei zu profilieren versucht. Und bei dieser Dame ist das definitiv der Fall.«

Die stellvertretende Bundessprecherin holte tief Luft, trat dabei von einem Bein auf das andere und wog währenddessen ihre folgenden Worte augenscheinlich gut ab. »Es kann aber nicht sein, dass dein jetziges Votum mit eurer … Meinungsverschiedenheit während des letzten Bundesparteitags zusammenhängt? Diesem *Ereignis* an der Tür ihres Hotelzimmers? Und dass es dir dabei womöglich mehr um deine persönliche Rache geht?«

Der alte Mann riss die Augen auf, seine Lippen verengten sich zu Schlitzen und sein gesamter Körper fing an zu zittern. »Was fällt dir ein?«, zischte er. »Und wie kommst du überhaupt auf diese Unverschämtheit?«

»Beruhig dich, Alex, von mir wird niemand etwas erfahren. Aber in unserer Partei bleibt nun einmal ganz wenig bis gar nichts unausgesprochen, und so ist es auch bei diesem Ereignis. Wobei ich dich wirklich gut verstehen kann, immerhin ist die Sturm eine sehr attraktive Frau.«

»Wer hat dir davon erzählt?«, blaffte er sie an.

»Das weiß ich nicht mehr, und es tut eigentlich auch gar nichts zur Sache. Manch einer in der Partei weiß halt davon, und dabei sollten wir es jetzt auch bewenden lassen. Ich möchte einfach nur vermeiden, dass du ein wirkliches politisches Talent wegen privater Rachegelüste den Löwen zum Fraß vorwirfst.«

Die beiden sahen sich eine Weile schweigend an.

»Ich bin sicher, dass alles, was du über diesen Vorfall gehört hast, erstunken und erlogen ist. Und trotzdem werde ich ihn nicht weiter mit dir diskutieren. Und alles, was mit dieser Frau zusammenhängt, geschieht, weil sie mit ihrem Verhalten der Partei und dem gesamten Bundesvorstand dauerhaft Schaden zugefügt hat und zufügt. Und jetzt mach dich an die Arbeit und sieh zu, dass dieser Finanzskandal im hessischen Landesverband aufgeklärt und besagte Dame vollumfänglich dafür verantwortlich gemacht wird.«

19

»Hallo Thilo, hier ist Hieronymus.«

»Wer ist da?«

»Hieronymus. Hieronymus Winkler. Pia und du, ihr wart …«

»Mensch, klar, Hieronymus. Ich habe gerade auf dem Schlauch gestanden, tut mir leid.«

»Aber das macht doch nichts, Junge. Was macht ihr denn gerade?«

»Also in diesem Augenblick hatten wir gerade besprochen, dass wir uns in unsere jeweiligen Betten begeben und den verpassten Schlaf der vergangenen Nacht nachholen. Wir kommen nämlich …«

»Ich weiß, wo ihr herkommt«, unterbrach Winkler den Hauptkommissar. »Und ich würde zehn Prozent meiner bescheidenen Pension dafür geben, ein paar Worte mit euch darüber wechseln zu dürfen.«

»Du meinst, du bist neugierig darauf zu erfahren, was sich in Baders Behausung genau abgespielt hat?«

»Das trifft den Nagel auf den Kopf. Meinst du, ihr oder einer von euch könnte sich dazu aufraffen, mir einen Besuch abzustatten, bevor ihr in der Falle verschwindet?«

»Warte mal bitte, Hieronymus.«

Hain besprach sich kurz mit Pia.

»Wir sind beide in spätestens einer halben Stunde bei dir,

weil wir vorher noch kurz bei unserem Boss vorbeiwollen. Passt das?«

»Und ob das passt. Ich setze schon mal frischen Kaffee auf, was meinst du?«

Der Hauptkommissar fing an zu lachen. »Na, wenn das nicht der ultimative Anreiz ist.«

Den Besuch bei Herbert Schiller hätten sich die beiden sparen können, der Kriminalrat war nämlich in einer Besprechung. Ein paar Minuten später standen sie deshalb vor Hieronymus Winklers Büro.

»Nur herein, nur herein«, forderte er. Winkler saß mit dem Rücken zu ihnen im Rollstuhl, während er drei auf seinem Schreibtisch stehende Tassen mit herrlich duftendem Kaffee befüllte. Etwa 15 Minuten später hatte jeder seinen zweiten Becher geleert, und Winkler war über alles informiert, was in der Nacht bei Bader passiert war, was Ellen Pitsch dazu zu sagen gehabt hatte und wie ihr Besuch bei Maik Zoller verlaufen war.

»Ihr vertraut den Worten dieser Frau doch hoffentlich nicht?«, wollte Winkler schließlich von seinen beiden Besuchern wissen. »Zumindest würde ich euch das nicht raten.«

»Warum? Warum sollten wir ihr misstrauen?«

»Weil sie so ziemlich die falscheste Schlange ist, die über diesen Erdball kriecht. Ihr kennt sie nicht, aber ich habe sie schon seit mehr als 15 Jahren auf dem Schirm. Die hat, auch wenn ich das nicht beweisen kann, garantiert den NSU unterstützt und auch darüber hinaus noch jede Menge Dreck am Stecken. Wie oft die schon festgenommen wurde, kann ich längst nicht mehr zählen, aber irgendwie hat sie es immer verstanden, sich bei dem, was sie veranstaltet, letztlich nicht erwischen zu lassen. Und dazu gehören einige wirklich üble Sachen.«

»Selbst die konntet ihr ihr nie nachweisen?«, fragte Pia.

Winkler schüttelte den Kopf. »Bis auf ein paar Verurteilungen wegen kleinerer Delikte ist sie wirklich sauber. Sie ist halt clever, viel cleverer als die meisten ihrer rechten Mitstreiter.«

»Hast du irgendeine Idee«, kam Hain auf Baders Verstümmelungen zurück, »wem so etwas zuzutrauen sein könnte? Immerhin geht man ja nicht mal eben so aus dem Haus und haut einem Kerl eine Hand und einen Fuß ab. So etwas braucht doch wohl schon etwas Planung.«

»Und eine gehörige Portion Wut gehört ebenfalls dazu, würde ich sagen«, ergänzte Pia.

»Und vielleicht sogar«, murmelte Winkler, »ein paar Kenntnisse im Bereich der Medizin. Wenn ich euch richtig verstanden habe, waren die betroffenen Extremitäten mit Tourniquets abgebunden, um ein Ausbluten zu verhindern. Also haben wir es mit jemandem zu tun, der auf diesem Gebiet zumindest rudimentäre Kenntnisse haben muss. Ich jedenfalls weiß nicht, wie diese Dinger funktionieren.«

»Das glaube ich dir. Allerdings wissen ziemlich viele Leute über die Wirkungsweise von Tourniquets Bescheid, auch von unseren Leuten übrigens.«

»Tatsächlich?«, zeigte der Mann im Rollstuhl sich ein wenig beeindruckt. »Was haben Polizisten damit zu tun?«

»Ihr Einsatz ist mittlerweile bei uns in der Erste-Hilfe-Ausbildung Thema. Das war, als du angefangen hast, wohl noch nicht der Fall.«

»Stimmt.«

»Ich denke«, meinte Pia mit Blick auf Winkler, »dass uns das Tourniquet nicht wirklich weiterbringt. Mich würde viel mehr interessieren, warum du meinst, dass die Pitsch uns angelogen hat. Ich sehe nicht, wo ihr Vorteil dabei liegen sollte.«

Der alte Kripobeamte dachte eine Weile nach. »Vielleicht hat sie ihm selbst die Verletzungen beigebracht, was ich aber nicht glaube. Möglicherweise handelt es sich auch um einen Racheakt, weil er sich irgendwo unbeliebt gemacht hat, an dem sie beteiligt gewesen ist. Immerhin hat sie vorher mit ihm einvernehmlichen Geschlechtsverkehr gehabt, was bei mir ein zutiefst verstörendes Kopfkino auslöst. Irgendwie kam sie mir immer asexuell vor.«

»Auch Nazis haben offenbar Bedürfnisse«, gab Pia zu bedenken.

»Ja, vermutlich. Aber die Pitsch und der Bader, das passt für mich mehr oder weniger gar nicht zusammen. Die spielen in komplett unterschiedlichen Ligen, wenn ihr mich fragt.«

»Aber ihre Verletzungen sind echt, das steht außer Frage. Und dass sich jemand mit so viel Wucht selbst auf die Birne hauen lässt, um seine Beteiligung an der Sache zu kaschieren, kann ich mir nur ganz schwer vorstellen.«

»Wenn ihr weiter mit diesen Leuten zu tun habt, werdet ihr lernen müssen, euch Dinge vorzustellen, die euch heute noch komplett abwegig erscheinen. Glaubt es oder lasst es, aber so wird es sein.«

Pia und Thilo tauschten einen kurzen Blick aus.

»Gehen wir mal davon aus«, nahm der Hauptkommissar nach einer kleinen Unterbrechung den Faden wieder auf, »dass sie wirklich nur zur falschen Zeit am falschen Ort war. Wem würdest du so eine Nummer dann zutrauen?«

Jetzt war es an Winkler, sich eine Weile in seine Gedanken zurückzuziehen.

»Ich habe mir schon immer gedacht«, erwiderte er kurz darauf, »dass es irgendwann mal jemandem zu viel wird mit diesen Leuten. Dass irgendwann mal einer auf Charles Bronson und ›Ein Mann sieht rot‹ machen würde. Vielleicht ist jetzt einfach dieser Tag gekommen.«

»Du meinst diesen Film aus den 70ern, in dem ein durchgeknallter Irrer Selbstjustiz verübt und sich daran macht, in New York den Kriminellen …« Pia Ritter brach ab, weil es an der Tür geklopft hatte.

»Ja, bitte«, brummte Winkler missmutig.

Die Tür wurde aufgeschoben, und das Gesicht eines etwa 40-jährigen Mannes tauchte auf. Er betrat das Zimmer und nickte Winkler zu, dessen Gesichtsausdruck sich sofort änderte.

»Hallo, Christopher, das ist aber eine schöne Überraschung. Komm, nimm dir den Stuhl da drüben an der Wand und setz dich zu uns.«

»Ich will aber nicht stören, Hieronymus. Außerdem habe ich ohnehin nur ganz kurz Zeit und wollte dir eigentlich nur mal schnell Guten Tag sagen.«

Wieder tauschten Hain und Ritter einen kurzen, klärenden Blick aus und begrüßten danach den Besucher, der sich als Christopher Vogel vorstellte und den angebotenen Stuhl an die kurze Seite des Schreibtischs stellte.

»Mit dem Christopher«, erklärte Winkler ihnen, während dieser sich setzte, »arbeite ich schon seit ewigen Zeiten zusammen. Er ist beim MBT, und wir unterstützen uns gegenseitig, wo wir können. Und wir sind in dieser Zeit wirklich Freunde geworden.«

»MBT?«, hakte Hain nach. »Was bedeutet das?«

»Das ist die Abkürzung für Mobiles Beratungsteam. Im Ganzen heißt es Mobiles Beratungsteam gegen Rassismus und Rechtsextremismus für demokratische Kultur in Hessen e. V. Aber diejenigen, die mit uns zu tun haben, kennen uns meistens unter der Abkürzung MBT.«

»Ich … äh … gehöre leider nicht zu denen«, gestand Pia freimütig ein.

»Ja, das ist so was wie unser Schicksal. Wir hätten es natürlich gern, dass das, was wir tun, und unsere Leistungen ein wenig bekannter wären, aber das lässt sich nun einmal nicht übers Knie brechen.«

»Christoph und seine Truppe leisten wirklich viel. In der Prävention, in der Aufklärung, in der Information. Und natürlich kümmern sie sich um die Opfer rechter Gewalt und rechter Übergriffe.«

»Aha«, machte Pia sichtlich beeindruckt.

»Und du bist gerade heute ein so gern gesehener Gast, Sigi«, ließ Winkler seinen Freund wissen, »weil diese beiden Kollegen von mir an der Sache mit Bader dran sind. Du hast doch garantiert schon davon gehört, oder?«

Vogel nickte. »Es ist quasi unmöglich, diese Sache zu überhören.«

»Und? Was meinst du? Eine Abrechnung unter Kollegen?«

Der Mann vom MBT überlegte eine Weile und schüttelte dann den Kopf. »Das sehe ich nicht so. Eher hat sich jemand gefunden, der diesen Leuten mal so etwas wie Paroli bieten will, der ihnen mal den Spiegel vorhält, den Spiegel der Gewalt. Natürlich darf man solche Methoden weder auf der einen noch auf der anderen Seite akzeptieren, aber genau darum, um nackte, blanke Gewalt, geht es dabei meiner Meinung nach.«

»Das würde aber auch bedeuten, dass es womöglich nicht bei diesem einen Fall bleibt?«

»Genau. Ich gehe fest davon aus, dass es zu weiteren Gewaltexzessen kommen wird.«

Hain sah den Mann durchdringend an. »Eine andere Idee dazu haben Sie wirklich nicht?«

Christopher Vogel holte tief Luft. »So leid es mir tut, nein. Und dass ich vermute, dass dieses Ereignis erst der Beginn einer noch viel weiterführenden Eskalation ist, möchte ich gerade heute lieber für mich behalten.«

»Was macht Sie so dermaßen skeptisch?«

Wieder ließ sich Vogel eine Weile Zeit, bevor er antwortete. »Meine Skepsis rührt von meinem Wissen über die Gefährlichkeit der rechten Szene. Sehen Sie, wir vergessen oder verdrängen im Angesicht dessen, was Bader widerfahren ist, schon heute, dass keine 24 Stunden zuvor zwei junge Menschen Opfer rechter Gewalt geworden sind. Klar ging gestern ein Aufschrei durch die Bevölkerung, aber in den Foren, in denen ich mitlese, war die *Begeisterung* darüber unendlich viel größer. Ich will Ihnen gegenüber jetzt gar nicht die ganzen Ausdrücke wiederholen, mit denen die arme Frau dort belegt wurde, das würde Ihnen nämlich vermutlich den Tag verderben.«

»Vorstellen können wir es uns trotzdem«, bemerkte Hain leise.

»Mit dem Tod Walter Lübckes letztes Jahr«, fuhr Vogel fort, »ist vielen Menschen erst mal wieder klar geworden, wie gefährlich die rechte Szene ist. Der gesellschaftliche Diskurs ist deutlich zugespitzter geworden, natürlich auch deshalb, weil die extreme Rechte den Anspruch hat, das auszuführen, was die schweigende Mehrheit angeblich denkt. Und weil, wie Umfragen zeigen, fast die Hälfte der Bevölkerung einzelnen menschenfeindlichen Aussagen zustimmt, weil sie die Taten klammheimlich beklatschen, werden Rechte in Zukunft vermutlich noch öfter zur Waffe greifen.«

»Gilt das verstärkt auch für uns hier in Kassel?«, wollte Pia Ritter wissen. »Ich lese ja immer wieder, dass Kassel eine Hochburg der Neonazis sein soll.«

»Nein, das stimmt so glücklicherweise nicht. Es gibt, wie vielfach in ganz Deutschland, ein paar Kneipen, in denen sich Rechtsextreme ganz offen zeigen, ohne auf Widerspruch zu stoßen, aber die Aussage, Kassel sei eine Hochburg, halte ich für eine populistische These.« Er trank einen Schluck Kaffee, den ihm Winkler zwischenzeitlich bereitgestellt hatte. »Für Dortmund würde ich so eine Aussage übrigens längst nicht mehr treffen. Dort gibt es mit Dorstfeld ein ganzes Viertel, das die Nazis komplett für sich beanspruchen, von dem sie sagen, es sei ›ihr Kiez‹. Und im Osten Deutschlands würden mir ein paar Orte einfallen, an denen man sich mit dunkler Hautfarbe oder bunten Haaren lieber nicht blicken lassen sollte.«

Er sah auf seine Armbanduhr, leerte seine Tasse, stand auf und nickte in die Runde. »Und so leid es mir tut, ich muss jetzt wirklich zu meinem nächsten Termin aufbrechen. Aber Hieronymus hat meine Kontaktdaten. Falls Sie also noch Fragen haben, können Sie mich gern anrufen oder mir eine Mail schreiben.«

»Danke für das Angebot«, erwiderte Hain und reichte Vogel die Hand. Kurz darauf waren die Polizisten wieder unter sich.

»Der hat bestimmt auch keinen leichten Job«, vermutete Pia.

»Worauf du dich verlassen kannst. Und vergiss nicht die immer latent vorhandene Angst, die sich wie ein roter Faden durch sein Leben zieht. Und dennoch würde er niemals etwas anderes machen wollen, weil er, genau wie ich übrigens, seine Arbeit als äußerst wichtig ansieht.«

»Ja, das glaube ich definitiv auch«, stimmte die Oberkommissarin zu.

»Ich würde trotzdem gern noch mal auf die rechte Szene zurückkommen«, sagte Hain. »Als Kripomann fällt es mir wirklich schwer zu glauben, dass es sich bei der Aktion gegen Andreas Bader mit absoluter Sicherheit nicht um einen wie auch immer gearteten Racheakt gehandelt haben könnte.«

Winkler lachte laut auf. »Wenn du absolute Sicherheit willst, Thilo, wärst du vielleicht besser nicht Polizist geworden. Aber mal im Ernst, ich kann natürlich auch nicht mit absoluter Sicherheit sagen, dass Bader nicht von einem seiner Kumpels so zugerichtet wurde. Aber meine Intuition und der gesunde Menschenverstand sprechen nun mal dagegen.«

»Und was genau verbirgt sich hinter diesem gesunden Menschenverstand? Hinter dieser Intuition? Mir hat in einem Seminar mal einer erklärt, dass gerade diese beiden Begriffe nichts anderes und nichts mehr seien als unsere Erfahrungen, auf die wir dabei zurückgreifen.«

»Und das trifft es zu 100 Prozent. Ich stütze mich bei meiner Expertise voll und ganz auf meine Erfahrungen.«

»Und die wären in diesem speziellen, doch vermutlich einmaligen Fall?«

Winkler legte die Stirn in Falten und stöhnte kurz auf. »Gut, Thilo, machen wir einen kleinen Ausflug in die Tiefen des Rechtsextremismus von Kassel. Dieser steht eigentlich exemplarisch für die gesamte Republik. Wie ich euch bei eurem letzten Besuch schon erklärt habe, ist der Großteil der unteren Kaste innerhalb der Rechtsextremen intellektuell eher schlicht gestrickt. Deshalb ist es ihnen im Verlauf ihres Lebens auch nicht gelungen, sich für irgendwelche anspruchsvolleren Jobs zu qualifizieren, was natürlich gern mal zu einer gewissen Unzufriedenheit führt. Diese Unzufriedenheit manifestiert sich in häufigen Arbeitsplatzwechseln, auch gern mal unterbrochen von Zeiten der Erwerbslosigkeit, in denen die viele Freizeit irgendwie gefüllt werden muss. Oft kommt der verstärkte Genuss von Alkohol hinzu, und schon sind wir in einem Milieu gelandet, in dem rechte Ideen reichhaltig blühen. Weil es natürlich leicht ist, auf die da oben zu schimpfen, wenn ich mein eigenes Leben nicht auf die Reihe bekomme. Und von diesem Punkt aus ist es wirklich nicht mehr schwer, sich mit den komplett falschen Leuten zu umgeben, was sich für die Betroffenen aber gar nicht so darstellt, weil die Szene natürlich auch so etwas wie Geborgenheit bieten, wie Heimat sein kann.« Hieronymus Winkler brach ab, goss sich ein Glas Wasser ein und trank es zur Hälfte aus. »Und Heimat«, fuhr er fort, »ist das, was viele dieser Menschen vorher noch nicht erlebt haben, etwa wenn sie aus zerrütteten Elternhäusern stammen. Es gibt Untersuchungen, die sich genau mit diesem Themenkomplex beschäftigen und die auch in Bezug auf die von diesen Menschen ausgehende Gewaltbereitschaft absolut eindeutig sind. Sie besagen nämlich, dass Menschen, die in ihrer Kindheit und Jugend Gewalt erlebt haben, also selbst Opfer von Gewalt wurden, im späteren Leben oftmals Gewalt als Mittel zur Durchsetzung ihrer Ziele einsetzen. Und meist ist diese Gewalt das *einzige* Mittel, das ihnen zur Verfügung steht, weil niemand jemals mit ihnen die vielfältigen anderen Möglichkeiten im Umgang mit anderen trainiert hat. Also, hier kommen mehrere Faktoren zum Tragen, wobei das bei diesem Täterkreis immer wieder festzustellende mangelnde Bildungsniveau die vorrangige Komponente darstellt.«

»Deine kurze Lektion lässt nicht gerade auf bessere Zeiten hoffen«, bemerkte Pia betreten.

»Nein, das wird in Zukunft eher noch deutlich schlimmer; auch natürlich, weil Politik und Strafverfolgungsbehörden bisher auf dem rechten Auge relativ blind gewesen sind. Aber auch da hat der Mord an meinem Freund Walter glücklicherweise für ein gewisses Umdenken gesorgt.« Winkler trank nun sein Glas leer.

»Diese kurze Lektion verdeutlicht euch aber hoffentlich auch, dass es eigentlich unmöglich ist, bei dem Anschlag auf Bader von einem Racheakt im Milieu auszugehen. In der rechten Szene gibt es zwar solche, die so etwas hinbekommen würden, aber die hätten viel zu viel zu verlieren. Schon allein aus diesem Grund würden sie es nicht machen. Und die, die sich mit Chargen wie Andreas Bader abgeben, verfügen keinesfalls über eine entsprechende Qualifikation. Die würden mit dem Baseballschläger oder der Eisenstange kommen, was sicher nicht weniger schmerzhaft wäre, aber ein wenig martialischer aussehen würde. Und wenn es hart auf hart kommt, sind diese Leute auch dazu bereit, ihre Schusswaffen zu benutzen, was nichts anderes heißt, als dass Bader einfach eine Kugel zwischen die Augen verpasst bekommen hätte. Und dabei hätte sich garantiert niemand die Mühe gemacht, ihm ein Tourniquet anzulegen.«

»Was deine These zu Ellen Pitsch«, kam Pia Ritter noch einmal auf ihren Besuch bei der Frau im Krankenhaus zurück, »für mich auf jeden Fall stützt, ist die Tatsache, dass sie in Bezug auf diesen Maik Zoller offenbar lügt. Sie sagte uns gegenüber ja, dass der Täter nach seiner Aussage Zoller ebenfalls in irgendeiner Form behelligt hätte, was der jedoch kategorisch abstreitet. Und irgendwelche Verletzungen oder fehlende Gliedmaßen haben wir bei ihm auch nicht entdecken können.«

»Meinst du damit, dass Zoller selbst etwas mit den Verstümmelungen zu tun haben könnte?«

»Nein, auf keinen Fall. Der war echt überrascht, als wir ihn mit der Sache konfrontiert haben.« Sie wandte sich an ihren Kollegen. »Oder wie siehst du das, Thilo?«

»Nein, da bin ich ganz bei dir. Der Zoller war komplett überrumpelt von den Ereignissen. Natürlich darf man niemals ein mögliches schauspielerisches Talent außer Acht lassen, aber das würde ich in seinem Fall komplett verneinen. Dazu fehlt ihm einfach die kognitive Kompetenz.«

»Schön ausgedrückt«, bemerkte Hieronymus Winkler. »Seid aber trotzdem auf der Hut, diese Leute verfügen über jede Menge krimineller Energie und sind viel gerissener, als man sich das vorstellen kann.« Gerade, als er seinen Vortrag fortsetzen wollte, klopfte es erneut an der Tür. »Wir könnten uns tot stellen«, flüsterte er schelmisch grinsend, winkte dann jedoch ab und ließ ein lautes »Ja, bitte« vernehmen. Die Tür wurde geöffnet und eine junge Frau sah herein.

»Oh, ich will nicht stören«, sagte sie und hob den linken Arm zum Gruß. »Ruf mich einfach an, wenn du einen Moment Zeit hast, ja?«

»Nein, nein, Almut, komm ruhig rein und setz dich. Für dich habe ich immer *einen* Moment Zeit.«

Sie folgte seiner Aufforderung und ließ sich auf dem Stuhl nieder, auf dem zuvor Christoper Vogel gesessen hatte.

»Da habt ihr beiden ja richtig Glück«, meinte der alte Polizist in Richtung von Ritter und Hain, »und lernt gleich die Nächste aus dem Kreis derjenigen kennen, mit denen ich am liebsten zusammenarbeite.« Er wies auf die junge Frau. »Das hier ist nämlich die Almut Zacharias. Sie ist wirklich eine ausgezeichnete Psychologin und hat mir schon oft beratend zur Seite gestanden.«

»Hallo«, begrüßten Hain und Ritter die Frau.

»Sie sind aber keine von uns, oder?«, wollte der Hauptkommissar danach wissen.

»Nein«, lachte sie auf, »ich bin keine von *Ihnen*. Ich habe eine Juniorprofessur an der Uni Heidelberg und außerdem eine psychologische Praxis hier in Kassel.«

»Klingt stressig«, meinte Pia mit viel Hochachtung in der Stimme.

»Ja, es ist nicht immer einfach. Aber es ist genau das, was ich immer machen wollte, also freue ich mich, dass es so ist.«

»Und außerdem tauscht Almut sich liebend gern mit mir aus, wenn es darum geht, böse Kriminaltaten mit noch böseren Kriminellen zu verknüpfen. Ihre Expertise in dieser Beziehung hat mir schon des Öfteren sehr gute Dienste geleistet.«

»Das ist aber eine bemerkenswerte Koalition«, meinte Pia. »Die junge Psychologin und der altgediente Kripomann.«

Almut Zacharias lachte erneut auf. »Ja, das finde ich auch. Und es wäre ganz sicher nicht dazu gekommen, wenn Hieronymus nicht auch gleichzeitig noch mein Patenonkel wäre.«

»Ach so, das erklärt natürlich einiges.«

»Ja, nicht wahr.«

»Das heißt aber«, wandte Hain ein, »dass Sie sich schon mit der Psychologie von Straftätern beschäftigen? Das verstehe ich doch richtig, oder?«

»Ja, genau. Allerdings ist das ein Gebiet, mit dem ich mich erst auf Anregung von Hieronymus intensiver beschäftige. Wobei ich sagen muss, dass es schon ein sehr spannendes Betätigungsfeld ist. Mein Standardberufsbild beschäftigt sich nicht mit Straftätern, sondern ist ganz klar die allgemeine Psychologie.«

»Also beraten Sie Ihren Patenonkel eher als Pro-bono-Kandidaten?«

»Das trifft es wohl am besten, ja. Allerdings hat er mir auch Pro-bono das komplette Studium finanziert, was mich wohl in die Lage bringt, ihm ein bisschen davon zurückgeben zu wollen.«

»Schön gesagt, Almut.«

»Haben Sie von der Sache letzte Nacht gehört?«, wollte Pia wissen.

»Natürlich habe ich davon gehört. Man kann unmöglich ein Radio oder einen Fernseher einschalten, ohne damit konfrontiert zu werden.«

»Darf ich Sie nach Ihrer Einschätzung fragen, falls Sie überhaupt etwas dazu sagen möchten.«

»Hm«, machte die Psychologin. »Das ist nicht leicht, weil ich, bis auf die Berichte aus den Medien, noch gar nichts Genaueres über die Tat weiß.«

»Lassen Sie uns das wissen, was sich hinter ›ist nicht leicht‹ verbirgt.«

Almut Zacharias dachte eine Weile nach, bevor sie auf die Frage antwortete. »Nach meiner Einschätzung geht es vordergründig um Rache, aber die Tat allein darauf zu reduzieren, wird ihr meiner Meinung nach auch nicht gerecht. Es geht dabei auch um Macht und Machtausübung. Dem Täter dürfte auf jeden Fall daran gelegen sein, der Welt zu beweisen, dass er zu dieser wahrlich unmenschlichen Tat überhaupt in der Lage ist.«

»Also reden wir hier von einem sehr von sich überzeugten, selbstbewussten Menschen?«

»Das ist nicht gesagt. Viele Narzissten, und in diese Gruppe würde ich den Täter einordnen, haben eigentlich ein sehr schwach ausgeprägtes Selbstbewusstsein, das sie mit ihren Worten und Taten zu überdecken versuchen. Kein Mensch zum Beispiel würde auf den Gedanken kommen, dass der derzeitige Präsident der Vereinigten Staaten ein total verkümmertes Selbstwertgefühl und ein sehr schwach ausgeprägtes Selbstbewusstsein hat, aber nach Meinung vieler Psychologen und Psychiater ist es wohl so. Er überdeckt es einfach durch eine große Klappe und diesen Habitus, dass er sich vor nichts und niemandem fürchtet. Dass es wirkt, kann man daran erkennen, dass er vermutlich sogar im Amt bestätigt werden wird.«

»Ist der Täter«, wollte Hain wissen, »ein ehemaliger Rechter? Ein Aussteiger vielleicht?«

»Das ist durchaus denkbar, wobei ich aber darauf hinweisen möchte, dass die meisten Aussteiger sich in die Obhut von Profis begeben haben, allein schon, um die Erfahrungen innerhalb der rechten Netzwerke aufzuarbeiten.«

»Sie meinen damit psychologische Unterstützung?«

»Das meine ich, ja.« Wieder überlegte die Psychologin

eine Weile. »Und was man auf keinen Fall unterschätzen darf, ist diese unbändige Wut, die ein Mensch, der so etwas tut, mit sich herumträgt. Irgendeine Form von sehr schwerer mentaler Verletzung und die sich daraus ableitende, nicht zu beschreibende Wut sind seine Triebfedern.«

»Arbeitet er allein?«

»Ja, auch davon bin ich überzeugt. So jemand will den Triumph auf keinen Fall mit irgendjemandem teilen. Er hält sich für einen großen Macher und braucht qua diesen Anspruch einfach niemanden um sich herum. Natürlich gibt es Helfer für ihn, vielleicht auch so etwas wie nützliche Idioten, aber vielleicht wissen die gar nicht mal, wobei sie ihn eigentlich unterstützen.«

»Seht ihr«, frohlockte Hieronymus Winkler, »was habe ich euch gesagt. Sie ist einfach klasse, oder?«

Ritter und Hain nickten, Almut Zacharias winkte ein wenig beschämt ab.

»Wenn die Almut sich in einen Straftäter hineinversetzt, dann kommt dabei immer …« Er brach ab, weil sein Telefon sich mit dem Anfangsthema von Beethovens fünfter Symphonie meldete. »Oh, das ist was Wichtiges«, ließ er seine Besucher wissen und griff nach dem auf dem Tisch liegenden Gerät und warf einen kurzen Blick auf das Display. »Was …?«, murmelte er dann ungläubig. »Das gibt's doch gar nicht.«

»Was ist denn los?«, wollte Hain wissen.

Der Mann im Rollstuhl griff zunächst nach einer Fernbedienung und schaltete den hinter Ritter und Hain an der Wand angebrachten Fernseher ein. Dann widmete er sich seiner Computertastatur. »Unser Freund Bader hat anscheinend doch die Tat in der Gottschalkstraße gestanden«, brummte er, nachdem er ein paar Sekunden lang auf den Monitor gestarrt hatte.

Nun drehten sich die beiden Mordermittler um und sahen es auf dem Laufband des Senders NTV.

»Tonaufnahme im Fall des Brandanschlags von Kassel im Internet aufgetaucht. Andreas B., polizeibekannter Neonazi aus Kassel und vergangene Nacht selbst das Opfer eines blutigen Anschlags geworden, gesteht demzufolge die Tat. Nach einer ersten Einschätzung unseres Rechtsextremismusexperten Frank Pistor kann das Material als echt angesehen werden.«

Ein paar Minuten später standen die beiden Kommissare vor Winklers Büro.

»Scheiße«, murmelte Thilo, griff zu seinem Telefon und suchte die Nummer der Klinik heraus, in der Ellen Pitsch sich aufhielt.

»Das Ludwig-Noll-Krankenhaus in Kassel, guten Tag«, meldete sich kurz darauf eine Frauenstimme.

»Hauptkommissar Thilo Hain, Kripo Kassel. Ich würde gern mit Ihrer Patientin Ellen Pitsch sprechen.«

»Einen Augenblick bitte, ich stelle Sie auf die Station durch.«

Es dauerte etwa 20 Sekunden, bis sich eine weitere Frau meldete. Hain wiederholte sein Anliegen.

»Das tut mir leid, Herr Kommissar, aber Frau Pitsch hat vor etwa einer Stunde unser Krankenhaus auf eigenen Wunsch verlassen.«

»Was?«

»Ja. Sie hatte ein wenig geschlafen und uns dann gebeten, gehen zu dürfen. Wir haben sie natürlich auf die möglichen Risiken hingewiesen, konnten sie dadurch allerdings nicht daran hindern, ihren Wunsch in die Tat umzusetzen.«

»War denn keiner von unseren Beamten vor Ort? Wir hatten veranlasst, dass Frau Pitsch jemand vor die Tür gesetzt bekommt.«

»Nein, da war kein Polizist, soviel ich weiß.«

Hain hätte losbrüllen können vor Wut und Enttäuschung. »Kein Problem. Hat sie vielleicht irgendetwas dazu gesagt, wo sie hinwill?«

»Nein. Sie war … eher schwer zugänglich. Einzelheiten darf ich Ihnen aber wegen der Schweigepflicht nicht mitteilen.«

»Ja klar, das verstehe ich. Vielen Dank trotzdem.«

»Gern.«

Der Kommissar steckte das Telefon zurück in die Sakkotasche und schnaufte dabei schwer durch. »Das mit dem noch ein bisschen schlafen dürfte sich soeben erledigt haben.«

20

Maik Zoller bebte noch immer vor Wut. Er glaubte, noch nie in seinem Leben so gedemütigt worden zu sein wie vor knapp zwei Stunden von dieser verdammten Polizistin. Sie und ihr Kollege hatten noch nicht einmal richtig sein Haus verlassen, als er in seinem Kopf schon die ersten Rachepläne durchgegangen war. Heilige Scheiße, was würde er es dieser Schlampe besorgen!

Allerdings war Zoller zeit seines Lebens nie ein sehr geduldiger Mensch gewesen. Was nichts anderes zu bedeuten hatte, als dass er möglichst schnell seine Rache brauchte. Er wollte diese Ritter nicht erst lange beobachten, er wäre am liebsten direkt zu ihr ins Revier gefahren und hätte mit der Baseballkeule auf ihr herumgeprügelt. Deshalb stand er jetzt schwitzend an der Haltestelle am Friedrichsplatz und wartete auf die Straßenbahn.

25 Minuten später stand er vor einem Mehrfamilienhaus im Stadtteil Harleshausen und drückte auf die mit »Thomsen« beschriftete Klingel.

»Ja bitte?«, ertönte kurz darauf die Stimme eines offenbar jüngeren Mannes.

»Ich bin's, Maik. Mach auf.«

Es entstand eine längere Stille.

»Maik? Was willst du denn von mir?«

»Jetzt gerade will ich«, erwiderte Zoller aggressiv, »dass du mich in deine verdammte Bude lässt. Verstanden?«

»Ich bin nicht allein, Maik. Außerdem hast du mir in die Hand versprochen, dass du mich in Ruhe lassen würdest.«

»Ja, da habe ich mich wohl versprochen. Und jetzt mach die scheiß Tür auf, sonst bin ich in einer Minute auf dem Weg zu deinem Arbeitgeber.«

Wieder eine längere Pause, dann wurde der Türöffner betätigt. Zoller schob die Tür auf, trat in den gepflegten Flur, hastete die Treppe hinauf und ging schließlich auf den etwa 28-jährigen Mann zu, der ihn in der Tür erwartete und schnell in den Flur der Wohnung zog.

»Ich habe ganz wenig Zeit. Also fass dich lieber so kurz wie möglich.«

»He, so kenne ich dich ja gar nicht, Erik. Ein bisschen mehr Freude über meinen Besuch wäre schon angebracht, finde ich. Immerhin haben wir uns ein paar schöne Jahre nicht gesehen.«

»Das waren die besten meines Lebens«, erwiderte der in Jeans und T-Shirt steckende Hausherr.

»Erik«, kam es aus einem der an den Flur angrenzenden Räume, »wer ist es denn?«

»Schon gut, Jessie. Ist nur ein alter Kumpel, der sich verlaufen hat.«

»Vergiss bitte nicht, dass wir in einer halben Stunde den Termin beim Juwelier haben.«

»Oho«, feixte Zoller. »Der Herr hat Damenbesuch. Und wie es scheint, ist es was Ernstes.«

Erik Thomsen schluckte. »Nein, er geht gleich wieder, dann fahren wir los.« Damit schob er Zoller in den Hausflur und zog die Tür hinter sich ins Schloss. »Wenn du mir wieder mit den alten Sachen drohen willst, dann vergiss lieber nicht, dass ich auch eine ganze Menge über dich weiß, Maik. Ich dachte wirklich, dass wir das hinter uns gelassen hätten.«

»Haben wir auch, Erik, haben wir ja auch. Ich will wirklich nur eine kleine Info von dir, dann gehen wir endgültig getrennte Wege.«

»Ich habe keine Infos für dich, das weißt du. Also war dein Besuch leider vertane Liebesmüh.«

»Doch, doch, diese Info wirst du mir geben, da bin ich mir sicher. Es ist wirklich nichts Wichtiges, versprochen.«

»Es ist mir egal, was es ist, ich kann und will nämlich nichts für dich tun. Geht das nicht in deinen Schädel, oder was?«

»Oh doch, das geht schon in meinen Schädel, Erik. Ich könnte es übrigens ziemlich genau neben die Sache von damals packen, von der du garantiert nicht willst, dass irgendjemand davon erfährt. Ist doch so, oder?«

Thomsen trat ganz dicht an seinen Besucher heran und funkelte ihn feindselig an. »Du bist genauso dran wie ich, Maik, wenn du mich hinhängst. Du hast damals genauso zugeschlagen wie ich, und du bist genauso stiften gegangen wie ich. Wenn ich für diese alte Geschichte zur Rechenschaft gezogen werde, betrifft dich das ganz genauso. Außerdem vergisst du komplett, dass alles von damals längst verjährt ist.«

»Ja klar, da hast du recht. Aber ich habe, im Gegensatz zu dir, nicht die Bohne mehr zu verlieren. Du hast es immerhin schon zum Oberkommissar gebracht bei deiner Trachtentruppe, und denen ist es ganz sicher scheißegal, ob etwas verjährt ist oder nicht. Du hast Dreck am Stecken, sogar ziemlich übel stinkenden Dreck, und deshalb wirst du mir diesen letzten Gefallen auch tun.«

»Genau das hast du auch beim letzten Mal gesagt, und trotzdem stehst du heute wieder vor meiner Tür. Ich werde dir nicht mehr helfen und dir auch keinen Gefallen mehr tun, Maik, das ist endgültig vorbei.«

Zoller hob den Kopf und grinste den deutlich größeren Thomsen an. »Gut, wie du willst. Dann gehe ich jetzt von hier aus direkt zur Staatsanwaltschaft und erstatte Selbstanzeige wegen Körperverletzung mit Todesfolge. Und leider werde ich auch meinen Kumpel von damals verraten, genau so, wie sich das gehört und es deine Leute ja immer wollen. Und wer weiß, vielleicht bleibt es ja nicht bei der Körperverletzung mit Todesfolge. Vielleicht findet der Staatsanwalt ja, dass es Totschlag war? Und dann reden wir von einer Verjährung von 20 Jahren. Und vom Totschlag zum Mord ist es auch nicht mehr weit, vergiss das nicht.«

Damit drehte er sich um und ging pfeifend Richtung Treppe. Kurz bevor er sie erreicht hatte, hörte er von hinten Thomsens Stimme.

»Warte, Maik. Vielleicht … kann ich dir ja doch noch diesen … diesen letzten Gefallen tun.«

21

»Dass die Kollegen es nicht geschafft oder einfach nur verballert haben, jemand vor Ellen Pitschs Tür zu setzen, macht mich echt gallig«, bellte Hain, während er und seine Kollegin auf den Mazda zugingen. »Wir hatten explizit darauf gedrängt, oder siehst du das anders?«

»Das kann man nicht anders sehen, Thilo. Aber du weißt genauso gut wie ich, dass es bei denen manchmal, speziell während der Übergabezeiten zu den Schichtwechseln, drunter und drüber gehen kann. Also sei aufgebracht, aber denk auch daran, dass niemand perfekt ist.«

»Es geht hier nicht um Perfektion, Pia, es geht um eine Zeugin, die uns glatt ins Gesicht gelogen hat.«

»Meinst du, sie ist in Gefahr?«

»Was weiß ich? Und wenn, dann hätte sie sich das selbst zuzuschreiben.«

»Das ist schon verdammt zynisch, findest du nicht?«

»Zynisch finde ich, in so einer Situation von ihr angelogen zu werden. Das geht mir echt auf die Nerven.«

»Vielleicht hatte sie einfach die Hosen gestrichen voll, das wäre immerhin eine Erklärung für ihr Verhalten.«

»Dann hätte sie halt mit uns reden sollen, ich meine ernsthaft. Und nicht uns das Blaue vom Himmel herunterlügen.«

»Du bist echt richtig sauer auf sie.«

»Worauf du wetten kannst.«

Den Rest des Weges zum Mazda legten sie schweigend und jeder seinen Gedanken nachhängend zurück.

»Was wäre, wenn hinter dem Anschlag auf Bader einer von uns stecken würde?«, wollte Pia Ritter von ihrem Kollegen wissen, während sie vom Hof des Präsidiums rollten. »Ein Polizist, meine ich.«

»Wie kommst du denn auf diese schmale Schiene?«, fragte Hain zurück.

»Na ja, wenn ich mir das, was wir bis jetzt wissen, durch den Kopf gehen lasse, dann muss es auf jeden Fall jemand sein, der über viel mehr Informationen verfügt als ein Normalsterblicher. Wo Bader wohnt, wie man ein Tourniquet anlegt, und außerdem denke ich fast pausenlos darüber nach, was die Pitsch zu dem gesagt hat, wie Bader sein Ohrläppchen verloren hat. So eine Laserzieleinrichtung und dazu noch einen Schalldämpfer hat nicht jeder einfach mal so zu Hause rumliegen, Thilo. Ich jedenfalls nicht.«

Der Hauptkommissar dachte eine Weile nach. »Auf jeden Fall hat der eine oder andere Kollege diese Dinge im Schrank liegen, das bestreite ich ja gar nicht, aber so etwas kannst du dir praktisch bei jedem Waffenversand im Internet bestellen.«

»Unter Vorlage der Waffenbesitzkarte.«

»Klar, unter Vorlage der Waffenbesitzkarte. Also werden wir, wenn es uns gelungen ist, Ellen Pitsch zu finden, veranlassen, dass jeder Kauf einer solchen Zieleinrichtung und der eines Schalldämpfers innerhalb der sagen wir mal letzten drei Jahre überprüft wird. In Ordnung?«

»In Ordnung. Allerdings werde ich versuchen, unseren Boss auf die Sache anzusetzen. Das ist so wichtig, dass wir dabei keine Zeit verlieren sollten.«

»Wie du meinst.«

Noch bevor die beiden die kurze Strecke zum Holländischen Platz, wo Ellen Pitsch gemeldet war, zurückgelegt hatten, hatten sie Herbert Schiller über die letzten Ereignisse informiert. Allerdings war es ihm nicht möglich, sich um die Sache mit der Laserzieleinrichtung und dem Schalldämpfer zu kümmern, denn er hetzte von einer Besprechung zur nächsten.

»Immerhin, einen Versuch war es wert«, lobte Hain seine Kollegin ein wenig zu überschwänglich.

»Danke, du Arsch«, erwiderte sie zuckersüß.

Das Haus, in dem Ellen Pitsch lebte, hatte in den letzten Jahren traurige Berühmtheit erlangt. Erbaut als Anlage mit Studentenbuden in den 70er-Jahren direkt an einer der belebtesten Kreuzungen der Stadt, war es mit der Zeit immer mehr zu einer Wohnburg für sozial Gestrauchelte geworden. Die ersten Erosionserscheinungen hatten sich bereits mit dem Zerfall der Sowjetunion und den damit einhergehenden Reisefreiheiten der dadurch entstandenen Staaten gezeigt, und schließlich war die riesige Wohnanlage nur noch an Menschen zu vermieten, denen es egal war, wie und wo sie wohnten.

»Wie kann man es nur in so einer Müllhalde aushalten«, bemerkte Pia staunend. Im Hausflur mussten sie immer wieder Müllsäcken ausweichen und über ausrangierte Elektrogeräte steigen, um schließlich an einer bunt bemalten Tür anzukommen, neben der mit Filzstift jemand »E. P.« gemalt hatte.

Hain klopfte, trat zurück und verschränkte die Hände hinter dem Rücken, in unmittelbarer Nähe zu seiner Dienstwaffe. »Man kann ja nie wissen«, raunte er Pia auf deren erstaunten Blick hin zu.

»Aber auch übertreiben.«

Als sich nach einer knappen halben Minute nichts getan hatte, klopfte der Polizist erneut. »Frau Pitsch, hier sind die Kommissare Ritter und Hain«, setzte er laut hinzu. »Wir haben Sie heute Morgen im Krankenhaus besucht und sind ein wenig besorgt um Sie.«

Wieder Augenblicke des Wartens, doch die Beamten vernahmen keine Reaktion.

»Und jetzt?«, wollte Hain von seiner Kollegin wissen.

»Jetzt müssen wir uns entscheiden, wie groß unsere Besorgnis um sie ist. Davon hängt ab, ob wir uns Zutritt zu der Bude verschaffen oder nicht.«

Bevor sie diese Fragestellung klären konnten, wurde zwei Türen weiter ein hochroter Kopf sichtbar, der halslos auf einem sehr voluminösen Brustkorb thronte. Dieser wiederum wirkte wegen der vielen Tätowierungen wie eine mehr oder weniger künstlerisch gestaltete Leinwand.

»Wenn ihr noch einmal so hier rumbrüllt, haue ich euch die Fresse voll! Und jetzt haut ab, ihr Spacken.«

»Entschuldigung«, flötete Pia devot. »Aber wir suchen Ihre Nachbarin, Frau Pitsch.«

»Was weiß ich, wer hier alles wohnt? Verpisst euch, wenn ihr keinen Ärger kriegen wollt.«

Thilo Hain, der bisher mit dem Rücken zu dem Mann gestanden hatte, drehte sich langsam um und ging auf ihn zu.

»He, Thilo, vergiss bloß nicht, dass du immer noch auf Bewährung draußen bist«, rief Pia ihm grinsend hinterher. »Und dass der Richter bei der letzten Verhandlung zu dir gesagt hat, dass du beim nächsten Vorfall für lange Zeit hinter Gittern landen wirst, weil er deine Visage nicht so oft sehen will.« Dann wandte sie sich an den Schreihals. »Und Ihnen muss ich leider sagen, dass der gute Thilo eine echte Macke hat und schon einige Psychofuzzis an ihm verzweifelt sind. Die konnten alle an seiner latent aggressiven Impulskontrollstörung nichts machen und haben ihn letztlich nur noch als tickende Zeitbombe bezeichnet, die eigentlich auf Dauer weggesperrt gehört.«

Hain hob den rechten Arm und winkte ab. »Ja, ja, schon klar, mach mich anderen gegenüber wieder einfach nur schlecht. Aber ich hoffe, dass die vielen Anti-Aggressionstrainings endlich Wirkung zeigen. Ich hab kein Lust, ständig ins Krankenhaus fahren zu müssen, um mich bei meinen Gesprächspartnern zu entschuldigen. Und jetzt lass mich einfach ein paar Worte mit diesem freundlichen, netten und aufgeschlossenen Herrn wechseln.« Hain hatte Pitschs Nachbarn beinahe erreicht, als dieser rasch in der Tür verschwand und sie hinter sich zuwarf.

»Na also, geht doch«, brummte Hain, drehte sich um und wandte sich wieder seiner Kollegin zu. »Und, wie geht es bei uns beiden weiter?«

»Sehr besorgt geht es bei uns beiden weiter«, antwortete sie. »Eigentlich sogar überaus besorgt.«

»Dann los«, brummte ihr Kollege und griff nach seinem Lockpicking-Besteck. 20 Sekunden später schwang die Wohnungstür quietschend auf.

»Hallo, Frau Pitsch. Wir betreten zur Gefahrenabwehr jetzt Ihre Wohnung.«

Keine Reaktion.

Die beiden Ermittler zogen ihre Dienstwaffen und drangen langsam weiter in den Flur vor. Von dort gingen zwei Türen ab. Hinter der ersten befand sich ein kleines Bad, die andere führte zum einzigen Wohnraum, an den sich eine kleine Kochnische anschloss.

»Spartanisch, aber sauber, und irgendwie sogar gepflegt«, fiel Pia zu dem kleinen Appartement ein. »Das stand gar nicht zu erwarten, wenn man sich die Zustände vor der Wohnungstür in Erinnerung ruft.«

»Ja, schon irgendwie merkwürdig. Wie ein steriler Rückzugsraum in einer echt dreckigen Welt.«

Sie sahen sich routinemäßig um, konnten allerdings keine Hinweise darauf finden, wann Ellen Pitsch sich hier zuletzt aufgehalten hatte.

»Lass uns abhauen, Thilo. Wenn sie jetzt hier auftaucht, gibt es garantiert einen Höllenärger.«

Der Hauptkommissar nickte. »Ich würde natürlich gern die gesamte Bude richtig auf den Kopf stellen, genau wie du vermutlich auch, aber du hast recht. Fordern wir unser Glück lieber nicht heraus.«

Damit verließen sie die Wohnung. Hain schloss die Tür hinter ihnen ab und letztlich waren sie froh, als sie wieder auf der Straße standen.

»Ich könnte auf der Stelle einschlafen«, murmelte Pia Ritter gähnend.

»Ja, da wäre ich sofort dabei. Klappt aber leider …« Das Klingeln seines Telefons unterbrach ihn. »Ja, Hain.«

»Hallo, Thilo, hier ist Sascha. Was macht ihr gerade?«

»Wir sind auf der Suche nach Ellen Pitsch. Sie hat sich selbst aus dem Krankenhaus entlassen.«

»Ich weiß. Und sie wird als Zeugin immer interessanter, weil Bader die Tat mit allen zur Verfügung stehenden Argumenten abstreitet.«

»Echt? Das hätte ich nicht erwartet, bei dem veröffentlichten Tondokument mit seinem Geständnis drauf.«

»Wir alle auch nicht. Wann könnt ihr im Präsidium sein?«

»In zehn Minuten, wenn es sein muss.«

»Gut, dann kommt am besten gleich hierher. Es gibt in etwa einer Stunde eine Pressekonferenz, und ich würde vorher gern von euch detailliert über eure Erkenntnisse informiert werden, was die Aussage der Pitsch betrifft.«

»Klar, wir machen uns sofort los.«

22

Erik Thomsen war das, was man einen jungen Mann aus gutem Haus nennen konnte. Der Vater Oberstudiendirektor und Rektor eines Gymnasiums, die Mutter Elektroingenieurin und Teamleiterin in einem Unternehmen der Fotovoltaikbranche. Allerdings war Erik nur bis zum Eintritt in die Pubertät ein problemloses Kind gewesen. Mit Beginn dieses Lebensabschnitts hatten seine Eltern quasi die Hölle auf Erden erlebt. Der angepasste und stets ruhige, auch immer ein wenig sensibel wirkende Junge war praktisch über Nacht ein mehr oder weniger gefährliches Monster geworden, das kaum noch zu kontrollieren war. Begonnen hatte die Wandlung mit Eriks Begeisterung für Eishockey. Zwar war er schon einige Jahre ein großer Fan der Huskies und natürlich auch Dauerkarteninhaber, doch eines Abends war er angetrunken von einem Spiel nach Hause gekommen. Die Eltern hatten sich nicht viel dabei gedacht und es auf die nun schon sieben Spiele anhaltende Siegesserie des Klubs geschoben. Allerdings lag die Wurzel des Übels tiefer. Erik kam nun regelmäßig angetrunken oder manchmal auch komplett betrunken von den Spielen nach Hause. Als er nach einer Auswärtsfahrt nicht nur sternhagelvoll, sondern auch noch mit einem ziemlich übel zugerichteten Gesicht zu Hause auftauchte, wurde es Zeit für ein klärendes Gespräch. Das jedoch eskalierte auf eine Weise, wie Vater und Mutter Thomsen es nie für möglich gehalten hätten. Und von diesem Moment an war nichts mehr wie vorher im trauten Heim. Erik ließ sich nichts mehr von seinen Eltern sagen. Der 16-Jährige kam nächtelang nicht nach Hause und fiel zu allem Übel durch Diebstähle innerhalb der Familie auf. Er beklaute seine Großeltern und zwei Tanten, und die Stereoanlage seiner kleinen Schwester mussten die Eltern von einem Trödler zurückkaufen. Seine schulischen Leistungen waren unterirdisch, dadurch verursacht, dass er praktisch nicht mehr in der Schule anzutreffen war. Irgendwann, nachdem er mit vollständig rasiertem Schädel und Springerstiefeln zu Hause aufgetaucht war, wurde es dem Vater zu viel und er verpasste Erik eine Ohrfeige. Den Sohn machte das so rasend, dass er seinen Vater nahezu krankenhausreif schlug. Danach ließ er sich mehrere Wochen nicht blicken. Sieben Monate der Stille und der Sprachlosigkeit später tauchte er eines Morgens betrunken, stinkend und verwahrlost, aber komplett verändert an der Haustür auf und bat seine Eltern um Verzeihung für all das, was er ihnen im Verlauf der letzten eineinhalb Jahre angetan hatte. Es war, als hätte er eine niemals mehr zu erwartende Metamorphose durchgemacht und den Prozess komplett geläutert abgeschlossen. Von diesem Abend an ging er wieder jeden Tag zur Schule, wiederholte brav eine Jahrgangsstufe und baute ein halbwegs ordentliches Abitur. Anschließend begann er nach erfolgreich absolvierter Aufnahmeprüfung eine Ausbildung bei der Hessischen Polizei. Mittlerweile hatte er es bis zum Oberkommissar gebracht. Seine Kollegen mochten ihn, vertrauten auf sein Wort und lobten seinen klaren Verstand. Allerdings gab es da diesen einen Vorfall, an den Erik Thomsen nun von Maik Zoller erinnert worden war. Schmerzlich erinnert worden war.

Irgendwann im Winter 2010/2011 hatten sich fünf Jugendliche am Friedrichsplatz getroffen, dem damaligen Versammlungsort der Trinkerszene. Der obere Teil des Platzes war damals so etwas wie Eriks Wohnzimmer geworden, denn dort traf er seine Freunde, dort gab es immer etwas zu trinken und dort konnte man dem angepassten, vorbeischlendernden Establishment den ausgestreckten Mittelfinger zeigen, was die Gruppe exzessiv betrieb. Sie waren damals die Jüngsten gewesen, und nicht jeder der Etablierten konnte sich für sie erwärmen, was ihnen jedoch völlig egal war. Sie trugen Springerstiefel, hatten rasierte Köpfe, grölten gern rechte Parolen und sonnten sich in dem Gefühl der Macht, das ihnen die Zugehörigkeit zur Gruppe verschaffte. Geld und Alkohol beschafften sie sich durch Diebstähle, und in nahezu allen Geschäften rund um den Friedrichsplatz genossen sie Hausverbot. Geschlafen wurde reihum bei dem, der gerade eine Wohnung hatte, oder im Sommer auch mal am See oder an der Fulda. Jetzt aber war tiefster Winter, und die Gruppe hatte schon drei Nächte ohne Dach über dem Kopf hinter sich bringen müssen. Es gab im Stadtzentrum mehrere Orte, die warm genug waren zum Übernachten, doch das wussten auch die sogenannten Berber, die Nichtsesshaften. Und an einem dieser Orte war es zu der verhängnisvollen Situation gekommen, die Erik Thomsens Leben den erneuten Richtungswechsel gegeben hatte.

Er und Maik Zoller, den er über die Hooliganszene eines Kasseler Fußballvereins kennengelernt hatte, wollten es sich, betrunken, müde, aber dennoch aufgekratzt, hinter einem Geschäftshaus gemütlich machen. Erik und Maik, das hatte vom ersten Moment an gepasst. Jeder der beiden glaubte vermutlich, den nie gehabten Bruder gefunden zu haben, zumindest aber waren sie Brüder im Geiste gewesen. Sie teilten sich den Tabak, den Alkohol, die Schlafplätze und wenn sich ein Mädchen mit ihnen abgegeben hätte, hätten sie vermutlich auch das miteinander geteilt. Aber welche halbwegs gescheite junge Frau hätte schon etwas mit diesen stinkenden, wohnsitzlosen und ständig betrunkenen Jungs zu tun haben wollen? Nun standen die beiden allerdings vor einem Problem, denn der von ihnen anvisierte Schlafplatz war von einem Berber belegt. Es kam, wie es kommen musste. Ein Wort ergab das andere, und irgendwann fingen die beiden Glatzköpfe an, auf den Berber einzutreten. Der allerdings wehrte sich nach Kräften, und so entstand ein zunächst zäher Kampf, der allerdings von Zoller und Thomsen von Sekunde zu Sekunde brutaler geführt wurde. Und irgendwann brach mit einem fiesen Geräusch ein Knochen im Gesicht des Mannes und er ging im gleichen Sekundenbruchteil zu Boden. Sowohl Thomsen als auch Zoller traten nach Leibeskräften auf ihr bewusstloses Opfer ein und ließen erst von ihm ab, als aus seinem Hals Blut schoss.

Den Rest der Nacht liefen sie durch die Stadt, tranken weiter und trennten sich im Morgengrauen mit dem gegenseitigen Versprechen, niemals und mit niemandem über die Sache zu sprechen.

Das hatte mehr schlecht als recht geklappt, denn Maik Zoller hatte ihn im Verlauf der Jahre insgesamt dreimal mit seinem Wissen mehr oder weniger erpresst. Zweimal war er ihn um Geld angegangen, beim letzten Mal wollte er Informationen zum Stand von Ermittlungen gegen sich. Und nun das ebenso unerfreuliche wie auch unfreundliche vierte Auftauchen seines ehemaligen Freundes.

Eigentlich keine große Sache, die er von mir will, dachte Erik Thomsen. Und doch war ihm höchst unwohl, als er einen neutralen Dienstrechner hochfuhr und sich einloggte. Sein Unwohlsein war der Tatsache geschuldet, dass sämtliche Anfragen beim Einwohnermeldeamt durch die Polizeibehörden aufgezeichnet wurden, was nichts anderes hieß, als dass seine Spur im Normalfall zurückzuverfolgen gewesen wäre. Dieser Normalfall würde jedoch nicht eintreten, denn Thomsen hatte irgendwann mehr zufällig als vorsätzlich einer Kollegin dabei zugesehen, wie die sich mit dem Namen ihrer Katze anmeldete. Und da das Haustier der Frau, die längst in einem Revier in Südhessen Dienst schob, offenbar noch immer lebte und ihr als Passwort diente, hatte er sich im Verlauf der letzten Jahre immer mal wieder unter ihrem Namen im System angemeldet. Er hatte dabei stets darauf geachtet, nicht seinen Rechner zu benutzen. Wahrscheinlich war deshalb sein Handeln nie jemandem aufgefallen.

»Pia Ritter« und »Kassel«, gab er in die Suchmaske ein. Sofort tauchten mehrere Datensätze auf. Die eine Frau allerdings war über 50, die nächste knapp 20. Die dritte Person mit dem Namen Pia Ritter war 33 Jahre alt, unverheiratet, und schon seit mehr als zehn Jahren an der gleichen Adresse in Kassel gemeldet. Mit ein paar schnellen Klicks surfte er zu dem zugehörigen Passbild.

Stimmt, die habe ich schon mal bei uns gesehen. Nicht schlecht, das Gesicht.

Er war sich sicher, dass sie früher als Streifenpolizistin in Kassel gearbeitet hatte, ihr Wechsel zu den Kollegen der Abteilung »K« war allerdings an ihm vorbeigegangen. Er dachte nicht weiter über die Einzelheiten nach und drückte erneut auf eine Taste.

»Pia Ritter, Donauweg 44, 34133 Kassel« stand auf dem Ausdruck, den er kurz danach aus dem Drucker nahm.

23

»Der Täter hat die wie auch immer zustande gekommene Aussage von Bader aufgenommen und sie im Verlauf der Nacht online gestellt«, erklärte Sascha Brinkmann den anwesenden Kollegen. Es waren genau dieselben wie am Vortag. »Trotzdem hat Bader uns gegenüber die Tat rotzfrech abgestritten. Wobei man natürlich auch nicht vergessen darf, dass der Kerl wirklich komplett im Arsch ist.« Der Leiter der Staatsschutzabteilung im PP Kassel trank einen Schluck Wasser, bevor er weitersprach. »Ihm ist bewusst, dass er für den Rest seines Lebens ein Krüppel bleiben wird und selbst auf Krücken nur schwerlich wird gehen können. Und im Knast hast du es als Krüppel schwer, wenn es hart auf hart kommt. Außerdem hatte ich irgendwie das Gefühl, dass er sich in unserer Obhut im Moment deutlich besser aufgehoben fühlt als in der Gegenwart seiner Kumpels.«

»Könnte das ein Hinweis darauf sein, dass er den Schwertkämpfer erkannt hat?«, wollte Simon Hertz wissen.

Brinkmann schüttelte den Kopf. »Nein, das glaube ich nicht. Wenn der wüsste, wer ihm das angetan hat, würde er ihn sofort hinhängen.«

In diesem Moment wurde die Tür zum Besprechungsraum geöffnet und Tobias Rüther betrat den Raum.

»Hallo, Tobi, schon was rausgekommen bei deiner Recherche?«, wollte Brinkmann wissen, nachdem der Techniker sich gesetzt hatte.

»Und ob«, gab der zurück. »Und zwar etwas, das deutlich besser ist als jedes Geständnis, das Bader sowieso irgendwann widerrufen würde.«

Alle im Raum mussten unwillkürlich an das zeitnah erfolgte und kurz darauf widerrufene Geständnis im Fall Lübcke denken.

»Echt? Und was ist es?«

»Er hat die Tat gefilmt.«

»Wie, gefilmt?«

»Er trug eine kleine Bodycam am Körper, vermutlich vor der Brust. Und hat den ganzen Vorgang komplett aufgenommen. Und dann hat er die ganze Aufnahme auf sein Laptop gezogen, der Idiot.«

»Und das hast du einfach so gefunden? War das Ding denn nicht irgendwie gesichert oder verschlüsselt?«

»Doch, klar. Aber wenn du den Namen des größten Feldherrn aller Zeiten inklusive seines Geburtsdatums als Passwort benutzt, kannst du es auch gleich lassen, irgendwas zum Schutz der Hardware zu unternehmen.«

»Können wir es sehen?«, wollte der Leiter der Staatsschutzabteilung wissen.

»Klar. Ich habe den Film schon auf mein Laptop gezogen.«

Zehn Minuten später hatten die Kripoleute sich den kurzen Film zweimal angesehen.

»Ich bin ganz bei dir, Tobias, der Typ ist wirklich ein Vollidiot. Bis jetzt hätte er sich vermutlich noch auf die Bedrohung durch den Attentäter herausreden können, was sein Geständnis angeht, aber nach diesem Fauxpas ist das leider nicht mehr möglich. Und ich hätte gern so schnell wie möglich eine Kopie davon.« Er wandte sich an Pia Ritter und Thilo Hain, nachdem der Techniker zustimmend genickt hatte. »Bevor Simon und ich gleich noch mal zu Bader ins Krankenhaus fahren, um ihm den Haftbefehl zu präsentieren, den wir uns auf dem Weg besorgen, lasst uns doch mal gerade wissen, was die Pitsch genau ausgesagt hat.«

Ritter und Hain stimmten sich durch einen kurzen Blickkontakt ab, dann war klar, dass die Oberkommissarin das übernehmen würde.

»Zunächst muss ich auch bei ihr sagen, dass sie ziemlich durch war wegen dieser Sache, was aber auch zu verstehen sein dürfte. Und dass die Sache mit dem Kollegen, den wir ihr vor die Tür setzen wollten, nicht geklappt hat, ist wirklich scheiße. Aber sie hat auf jeden Fall behauptet, dass Bader dem Täter gegenüber nichts gestanden hätte.« Sie zog ihr Mobiltelefon aus der Tasche und öffnete eine Datei. »Sie hat gesagt, Bader sei hart wie Stahl gewesen und hätte nichts gestanden, weil er ja auch nichts zu gestehen gehabt habe. Weil er das eben nicht gewesen sei in der Gottschalkstraße. Weiterhin hat sie uns die Verstümmelungen so geschildert, dass der Täter Baders Gliedmaßen mit jeweils einem einzigen Hieb abgetrennt habe. Es muss sich also, wenn das stimmt, um ein wirklich scharfes Schwert oder etwas in der Art gehandelt haben.« Sie tippte erneut auf ihrem Telefon herum. »Gibt es so scharfe Schwerter überhaupt?«, fragte sie dann in die Runde.

»Davon kannst du ausgehen, Pia«, antwortete ihre Kollegin Britta Ley. »Wir haben mal die Bude eines Reichsbürgers ausgehoben, ist schon ein paar Jahre her, der hatte so ein Schwert. Das war so scharf, dass sich bei der anschließenden Verhandlung der Vorsitzende Richter nur beim Hochheben dieses Dings so geschnitten hat, dass er eine Woche krankgeschrieben war.«

»Herrje, Britta«, erwiderte Pia konsterniert, »in was für einer kranken Welt leben wir eigentlich?«

»In einer verdammt kranken.«

»Wie auch immer, die Pitsch hatte komplett Panik, dass

der Täter sich auch sie noch einmal vornehmen würde, was sie uns gegenüber genau so formuliert hat. Deshalb wollte sie ja auch Personenschutz.«

»Und was auf jeden Fall noch wichtig ist«, mischte Hain sich ein, »ist die Tatsache, dass nach ihrer Aussage der Täter mit einer schallgedämpften Waffe auf Bader geschossen haben soll. Da sollten wir auf jeden Fall noch mal genauer hinsehen, weil so ein Schalldämpfer ja nicht auf den Bäumen wächst. Vielleicht kriegen wir über die einschlägigen Waffenhändler einen Hinweis auf unseren Täter.«

»Das ist ein wichtiger Hinweis, stimmt. Bader hat uns gegenüber nichts von einem Schalldämpfer erwähnt.«

»Aber dass der Täter ihm das rechte Ohr mithilfe einer Laserzieleinrichtung weggeballert hat schon, oder?«

»Klar, seine gesamte rechte Kopfhälfte ist verbunden, und er hört deswegen im Augenblick auch nur auf dem linken Ohr.«

»Also sollten wir uns nach Pias und meiner Meinung verstärkt um diese beiden Utensilien kümmern. Und wir sollten auch das Schwert nicht aus den Augen verlieren.«

»Gut, das übernehmt am besten ihr beide«, bestimmte Brinkmann.

»Das wird aber happig, wenn wir uns gleichzeitig noch um die Pitsch kümmern sollen«, meinte Pia gähnend.

»Nein, die Suche nach der werden wir anders organisieren. Ihr bleibt an den von euch angesprochenen Utensilien dran.« Er sah auf einen Block vor sich. »Gibt es sonst noch etwas über die Aussage der Pitsch zu berichten?«

Pia griff erneut nach ihrem Telefon, und kurz darauf war die kleine Gruppe über die kompletten Einlassungen der Frau unterrichtet.

Brinkmann verteilte die Suche nach Ellen Pitsch und die weiteren zu erledigenden Aufgaben an die anwesenden Kollegen und stand schließlich auf. »Gut, dann werden Simon und ich jetzt zuerst bei den Kollegen aus Wiesbaden vorbeigehen und sie über die neuesten Erkenntnisse unterrichten. Und wenn sie nichts dagegen haben, werden wir direkt im Anschluss Bader erneut unsere Aufwartung machen.«

»Meinst du wirklich«, wollte Sergej Kowalow grinsend wissen, »die lassen sich diesen Triumph von ein paar Landeiern aus Kassel streitig machen, wenn sie der geifernden Öffentlichkeit nach so kurzer Zeit selbst einen Täter präsentieren können?«

Brinkmann verzog säuerlich das Gesicht. »Na, da hoffe ich doch mal, dass die Kollegen die Lorbeeren denen überlassen, die sie auch verdient haben.«

24

Anette Sturm betrachtete mit großen Augen die dritte Seite der Onlineausgabe der »Washington Post«. Dort wurde tatsächlich über die Ereignisse in Kassel berichtet. Zunächst natürlich über den Brandanschlag und die beiden Toten, nun jedoch auch über das Attentat auf Andreas Bader. Das Englisch der Politikerin war gut genug, um zu verstehen, dass die den Artikel verantwortende Journalistin ihrer Partei, der AfD, eine erhebliche Mitschuld am Wiedererstarken der extremen Rechten in Deutschland und damit indirekt auch an dem Brandanschlag gab. Und ganz klar und noch dazu wörtlich war dem Beitrag in Bezug auf das Schicksal Baders zu entnehmen, dass den Rechtsextremen nun die gleiche Medizin verabreicht wurde, die sie jahrelang selbst verabreicht hatten. Sie hätte kotzen können bei diesen Worten, und es dauerte nicht einmal fünf Minuten, bis sie ihren kompletten Amazon-Prime-Account gekündigt hatte.

»Soll dieser verschissene Bezos doch sehen, wie weit er es bringt mit diesen linken Hetzparolen«, brummte sie gallig. Allerdings wurde ihr auch beim Studium der in London erscheinenden »Times« nicht besser, denn sogar dieses eher konservativ ausgerichtete Blatt ließ keinen anderen Tenor vernehmen. Auch die gesamte deutsche Medienlandschaft hatte längst über den dringend tatverdächtigen Andreas B.

berichtet, und auch hier waren immer wieder Bezüge zu ihrer Partei und der Sprache, die sie benutzte und politisch salonfähig gemacht hatte, zu finden gewesen.

»Verdammte linke Schmierenblätter«, stieß sie wütend aus.

Insgeheim hatte die Vorsitzende der hessischen AfD natürlich gehofft, dass die Medien etwas über sie und ihren Auftritt vor dem ausgebrannten Haus in Kassel bringen würden, doch bis auf ein paar rechte Blogger hatte niemand wirklich Notiz davon genommen. Gut, eine Erwähnung in der »Post« oder der »Times« waren jetzt nicht wirklich zu erwarten gewesen, aber so gar nichts? Schnaubend griff sie zum Telefon und wählte.

»Ja, Anette, was gibt es?«, meldete sich Wolf Herren nach dem zweiten Klingeln freundlich.

»Ich muss mit dir reden«, blaffte sie ihn an. »Meine ganzen Aktionen verpuffen im Nichts, und irgendwie beschleicht mich so langsam der Verdacht, dass du dein altes Gespür für die Bedürfnisse der Leute auf der Straße, der kleinen Leute, verloren hast.«

»Wirklich? Das täte mir leid, wenn das so wäre. Und es tut mir natürlich noch mehr leid, dass dich der Verdacht beschleicht, dass es so sein könnte.«

»Hör auf, so blasiert daherzureden, Wolf. Das hat bei mir noch nie Wirkung gezeigt.«

»Auch das tut mir aufrichtig leid, Anette. Und wo wir schon mal dabei sind, ich wollte dich ohnehin heute noch anrufen.«

»Wirklich? Hast du dir etwas überlegt, das mich wieder in die erste Reihe schiebt? Ich brauche nämlich nicht mehr oder weniger als die perfekte Rede, mit der ich sowohl bei den Betroffenen der einen wie der anderen Seite punkten kann. Ich brauche etwas, das quasi einmalig ist, das mich bundesweit in der Partei und natürlich auch bei den Wählern in einem völlig anderen Licht erscheinen lässt.«

»Genau so etwas habe ich längst ausgearbeitet, liebe Anette. Und diesmal habe ich mich wirklich selbst übertroffen.«

»Das ist doch mal eine gute Nachricht, Wolf. Also, lass hören.«

»Vielleicht ist es besser, wenn ich dir den Text zunächst mal unkommentiert zukommen lasse. Du kannst mich ja, wenn du ihn gelesen hast, wieder anrufen.«

Anette Sturm zögerte. »Wie meinst du das, *unkommentiert?* Es ist doch ein Text von dir, oder verstehe ich da etwas falsch?«

»Nein, nein«, wiegelte der Politikberater ab. »Der Text ist definitiv von mir, und er wird dich sicher ganz weit nach vorn bringen in den Schlagzeilen.«

»Na, da bin ich ja mal gespannt. Mail ihn mir zu, ich melde mich gleich wieder bei dir.« Sie wollte auflegen, vorher schoss ihr jedoch noch ein Gedanke durch den Kopf. »Woher hast du gewusst, dass ich dich gerade jetzt so dringend brauche, Wolf, dass du ohne meinen expliziten Auftrag für mich einen Text fabriziert hast?«

»Wir waren doch schon immer Geschwister im Geiste, Anette. Und der große Bruder muss sich um die kleine Schwester kümmern, gerade wenn es bei ihr mal nicht so läuft.«

»Es ist wirklich fantastisch, einen großen Bruder wie dich zu haben, Wolf. Bis gleich also.« Damit beendete sie das Gespräch und fixierte den Monitor ihres Laptops. Es dauerte etwa eine Minute, dann traf die neue Nachricht ein. Doch bereits die Betreffzeile ließ sie stutzen.

»Mit herzlichem Dank für die gute Zusammenarbeit« stand dort. Der Text der Mail war kurz und eindeutig.

»Nimm es nicht persönlich, aber du bist seit heute sowohl innerhalb deiner Partei wie auch der gesamten politischen Landschaft toxisch.
Ein schönes Leben noch. Wolf.«

Nun schnappte die Frau hektisch und stakkatoartig nach Luft. Mit fliegenden Fingern öffnete sie den Mailanhang und begann zu lesen:

»PM des Bundesvorstandes der ALTERNATIVE FÜR DEUTSCHLAND
Mit größter Überraschung und Besorgnis hat der Bundesvorstand der ALTERNATIVE FÜR DEUTSCHLAND heute das Ergebnis einer unabhängigen Prüfung zur Mittelverwendung innerhalb des hessischen Landesverbandes zur Kenntnis nehmen müssen. Diese Prüfung hat ergeben, dass aus dem Landesverband, seit der Wahl der aktuellen Vorsitzenden Anette Sturm, mehrere zehntausend Euro auf unbekannte Konten abgeflossen sind. Die Prüfer gehen davon aus, dass diese Gelder mit an Sicherheit grenzender Wahrscheinlichkeit auf verschiedene private Konten der Vorsitzenden transferiert wurden. Aus diesem Grund hat der Bundesvorstand der ALTERNATIVE FÜR DEUTSCHLAND Strafantrag bei der Staatsanwaltschaft Wiesbaden gestellt.
Frau Sturm ist mit sofortiger Wirkung von allen Parteiämtern suspendiert worden, ein Parteiausschlussverfahren wird zwangsläufig folgen. Die gesamte Partei ist schockiert über die Vorgänge innerhalb des hessischen Landesverbandes.
Selbstverständlich respektiert die ALTERNATIVE FÜR DEUTSCHLAND den Rechtsgrundsatz der

Unschuldsvermutung, jedoch erscheinen die Verfehlungen von Frau Sturm als so gravierend und als so evident, dass ein wie auch immer geartetes Zögern in diesem Fall weder anzeigt noch der Partei zuzumuten wäre.

ALTERNATIVE FÜR DEUTSCHLAND
Der Bundesvorstand«

Während des Lesens hatten sich am ganzen Körper von Anette Sturm rote Flecken gebildet. Sie bekam kaum Luft, sah Sterne, und am liebsten wäre sie auf der Stelle nach Berlin gefahren, um diese ganze heuchlerische Mischpoke zur Rede zu stellen. Natürlich wusste die Frau, dass es sich nahezu ausschließlich um eine Schmutzkampagne handelte, weil sie sich, zumindest finanziell, im Vergleich mit anderen in der Partei relativ wenig zuschulden hatte kommen lassen. Doch wenn man mit Dreck beworfen wurde, blieb immer irgendetwas hängen. Offenbar war die Pressemitteilung mittlerweile herausgegeben worden, denn ihr Mailprogramm vermeldete im Sekundentakt den Eingang neuer Nachrichten. Sie sah kurz darüber, es waren Anfragen von allen relevanten Nachrichtenmagazinen, Onlinemedien und vielen Fernsehstationen.

Wolf hat nicht übertrieben, dachte sie verbittert, *diese Scheiße bringt mich ganz nach vorn in den Schlagzeilen.*

Die mit einem Schlag ehemalige Politikerin überlegte einen Moment, ob sie das Gespräch mit dem Bundesvorstand oder einzelnen Personen davon suchen sollte, doch diesen Gedanken verwarf sie ebenso schnell, wie er gekommen war. Der Einzige, mit dem sie jemals so etwas wie engeren Kontakt gehabt hatte, war der jüngst gewählte, neue Mann an der Spitze. Aber sie war sich absolut sicher, dass die Altvorderen, die, die immer noch im Hintergrund das Sagen hatten, ihm von jedem Gespräch mit ihr abgeraten hatten. Müde drückte sie auf die Taste der Wahlwiederholung.

»Ja, Anette?«

»Gute PM, da gibt es nichts«, erwiderte sie sarkastisch.

»Danke. Findest du dich wieder in dem, was ich geschrieben habe?«

»Du weißt, dass nicht ein Wort von dem wahr ist, was da geschrieben steht?«

»Nur für den Fall, dass bei dir ein Band laufen sollte, sage ich mal, dass mich das nicht im Geringsten interessiert. Der Bundesvorstand hat mich um eine PM gebeten und mir die dazu passenden Fakten geliefert. Ich habe das Ganze nur in eine schöne Form gegossen.«

»Ja, ich weiß, Wolf. Du bist nur der Brandbeschleuniger, auf dessen Qualitäten sich die anderen, also deine Auftraggeber, immer verlassen können.«

»Die *anderen*, Anette, diese Auftraggeber, das warst über lange Zeit auch du.«

»Stimmt.«

»Was wirst du jetzt machen? Planst du eine Verteidigungskampagne?«

Anette Sturm lachte verächtlich. »Bist du verrückt? Ich zumindest bin es nicht. Ich bin mir ganz im Gegenteil sicher, dass in diesem Moment irgendeine Agentur damit beschäftigt ist, die Beweise für mein Fehlverhalten zu konstruieren. Und wenn es normal läuft, wird das alles über dein Büro koordiniert. Oder irre ich mich diesmal, Wolf?«

»Ich mag das nicht kommentieren, weil du weißt, wie es läuft. Du hast selbst einige deiner Konkurrenten auf nicht sehr geschmeidige Weise entsorgt, vergiss das nicht. Und für den Fall, dass du dir überlegen solltest, doch noch etwas gegen deine ehemalige Partei zu unternehmen, kann ich dich nur warnen. Die haben so viel Material über dich beisammen, dass sie dich ein Dutzend Mal vernichten können, sowohl politisch wie auch privat.«

»Klar, das glaube ich. Was ich nicht ganz verstehe, ist das Warum. Was zum Teufel habe ich denen getan?«

Nun lachte Wolf Herren laut auf. »Es erstaunt mich, dass jemand mit deinem politischen Instinkt, deinem Gespür für Stimmungen, diese Frage stellt, Anette. Aber du hast dich einfach zu weit aus dem Fenster gelehnt, hast dich profiliert auf Kosten der Berliner. Das mögen die halt nicht.«

»Ich habe *ein* verdammtes Interview gegeben, Wolf!«

»Vielleicht war es ja ein verdammtes, nicht mit denen abgesprochenes Interview zu viel? Und dass es viele, deutlich zu viele davon gab, wirst auch du nicht bestreiten, oder?«

»Nein, das will ich wirklich nicht. Aber du hast recht, vielleicht war ich einfach zu dicht an ihnen dran, bin ihnen am Ende gar gefährlich geworden.«

»Möglicherweise, ja. Mein ungefragter Tipp an dich wäre jetzt, erst einmal mit keinem Medienvertreter zu sprechen. Nimm dir einen guten Anwalt, lass den für dich reden und halt dich aus der Öffentlichkeit heraus. Du musst nicht hungern, du bist gut ausgebildet und du wirst auch in Zukunft keine Not leiden, wenn du es halbwegs geschickt anstellst. Mach es wie der Guttenberg, geh für eine Weile ins Ausland, bis sich die Wogen hier geglättet haben. Und irgendwann wird sich dann vielleicht eine neue Chance für dich auftun.«

»Wolf?«, sprach Anette Sturm nach einer Weile des Schweigens in das Telefon.

»Ja, Anette?«

»Du bist das größte Dreckschwein, das mir jemals im Leben begegnet ist.«

»Da bin ich mir nicht sicher. Aber ich nehme es mal als Kompliment, Anette. Leb wohl.«

25

»Ich bin mehr als froh, dass wir uns nicht mehr mit der Suche nach der Pitsch beschäftigen müssen«, erklärte Pia Ritter ihrem Kollegen, legte die Beine auf dem Schreibtisch ab und gähnte erneut herzhaft. »Und ich befürchte, dass das Alter mir mittlerweile ernsthaft zusetzt.«

»Dir?«, lachte Hain auf. »Das ist nicht wirklich ernst gemeint, oder?«

»Doch, Thilo, ganz ernst. Wenn ich daran denke, wie lange ich früher komplett ohne Schlaf ausgekommen bin, das war der Wahnsinn. Ich konnte mich nächtelang in den abartigsten Klubs herumtreiben und bin nicht einmal zu spät zur Schicht erschienen. Gut, manchmal bin ich im Streifenwagen eingepennt, aber das ging damals noch ohne Probleme. Heutzutage kriegt man dafür vermutlich von seinem Partner mächtig den Arsch versohlt.«

»Aber was soll ich denn da sagen? Ich bin ja nun ein paar Jahre älter als du, habe immerhin zwei Kinder in die Welt gesetzt, was den Schlaf immens stört, und bin trotzdem noch bereit, jede Nacht durchzumachen.« Hain musste über seine Prahlerei lachen.

»Ich komme darauf zurück, wenn ich mal wieder Lust habe, mir eine Nacht um die Ohren zu schlagen«, erwiderte Pia. »Aber jammer mich bloß nicht voll, wenn du nicht mithalten kannst.«

»Das werden wir sehen, wenn es so weit ist. Aber in den

nächsten Monaten darfst du dir das sowieso alles von der Backe streichen, weil du nun mal in freudiger Erwartung bist.« Er hob den Kopf und sah sie mit deutlich ernsterem Gesichtsausdruck an. »Wie geht es dir eigentlich so im Allgemeinen? Ist dir schon schlecht, und bist du noch übler gelaunt als sonst?«

»Schlecht ist mir manchmal, das schon, aber ob ich noch übler gelaunt bin als sonst, müsstest eigentlich du mir beantworten. Dominik scheint jedenfalls bisher nichts aufgefallen zu sein.«

Hain tat, als würde er überlegen. »Nein, bisher verstellst du dich noch einigermaßen zufriedenstellend. Wollen wir hoffen, dass es so bleibt.«

Die nächste Stunde arbeiteten die beiden ihre jeweiligen Aufgabenbereiche ab. Pia erstellte eine Liste wegen der Anfragen an die Waffenhändler, während Thilo sich um alle relevanten Informationen in Bezug auf das Schwert kümmerte. Gerade, als beide meinten, für den Tag genug gearbeitet zu haben und in den Feierabend gehen zu können, klingelte das Telefon auf dem Tisch.

»Ja, Ritter«, meldete sich die Oberkommissarin.

»Hallo, Pia, hier ist Marc. Marc Teuchert.«

»Hi, Marc. Von dir habe ich ja ewig nichts gehört.«

»Ja, das stimmt. Aber so ist das nun mal, wenn man seine ehemalige Lieblingskollegin an die Abteilung K verliert.«

Marc Teuchert und Pia hatten zusammen die Polizeischulbank gedrückt und auch eine Weile im selben Revier Dienst geschoben. Und tatsächlich hatten sie sich, seit die Oberkommissarin zur Abteilung K, also der Kriminalpolizei, gewechselt war, komplett aus den Augen verloren.

»Danke für die Blumen, Marc, aber so ist das Leben nun mal. Und ich glaube, dass auch dein Anruf jetzt nicht nur wegen der guten alten Zeiten erfolgt, oder?«

»Nein, leider nicht. Wir haben gerade gemeldet gekriegt, dass die fehlenden Körperteile von diesem Typen aufgetaucht sind, der letzte Nacht verstümmelt wurde.«

Pia Ritter schaltete auf Lautsprecher und gab ihrem Kollegen auf der anderen Seite des Schreibtischs zu verstehen, dass sich der Anruf an sie beide richtete.

»Bist du jetzt in der Zentrale?«

»Jep.«

»Und wer hat den Fund gemeldet?«

»Eine Streife, die zufällig gerade am Ort des Geschehens vorbeigekommen ist. Die Spurensicherung ist schon verständigt, und ihr solltet euch auch möglichst bald in Bewegung setzten, würde ich empfehlen.«

»Gut. Wo müssen wir hin?«

»Ins ›Vaterland‹.«

»Ach du Scheiße.

»Stimmt.«

Das Bierlokal »Vaterland« in der Kasseler Innenstadt gab es schon seit mehr als 100 Jahren. Zunächst als reine Speisegaststätte gegründet, waren den Betreibern mit der Zeit die Kunden abhandengekommen. So ging das Etablissement im Lauf der Jahre durch viele Hände und wäre irgendwann ein Fall für die Geschichtsbücher gewesen, wenn nicht ein findiger Geschäftsmann mit eindeutig rechter Gesinnung auf die Idee gekommen wäre, aus dem heruntergekommenen Laden einen Treffpunkt für die rechte Szene zu machen. Natürlich war es immer wieder zu Polizeieinsätzen, Beschwerden und auch mehreren Schließungsverfügungen gekommen, doch der Betreiber hatte es immer wieder verstanden, als Sieger aus den diversen Rechtsstreitigkeiten hervorzugehen.

»Ja, ich beneide dich gerade nicht wirklich«, bemerkte Teuchert, bevor er das Gespräch mit dem Versprechen beendete, sich demnächst auch einfach mal so bei Pia zu melden.

Die Szenerie, die sich den beiden Kripobeamten vor dem »Vaterland« bot, hatte etwas Bedrohliches. Etwa 50 zumeist glatzköpfige, bis auf wenige Ausnahmen nahezu komplett tätowierte, überaus aggressiv wirkende Männer aller Altersgruppen standen vielleicht 20, höchstens 30 Uniformierten gegenüber, die den Eingang absperrten, und pöbelten sie lautstark an. Viele von ihnen trugen Shirts mit Hinweisen auf Combat 18, der im Winter vom Bundesinnenminister verbotenen neonazistischen, rassistischen und fremdenfeindlichen Gruppierung. Einer davon war Maik Zoller, der den beiden Kripobeamten im Vorübergehen sein nicht wirklich makelloses Gebiss zeigte.

»Scheiß Bullenfotze!«, zischte er Pia hinterher. »Wir sehen uns noch, verlass dich drauf!«

Pia, die vor ihrem Kollegen herging, wollte sich umdrehen, doch Hain schob sie einfach weiter. »Nicht jetzt, Pia. Das würde nicht gut ausgehen, glaub mir.«

»Ich will mir das aber nicht gefallen lassen von diesem Wichser«, zischte sie ihm zu.

»Das wirst du aber, weil du sonst nicht nur Ärger mit diesem Mob hier bekommst. Verstanden?«

Sie nickte, ging wortlos grüßend an den Uniformierten vorbei und stand kurz darauf im Schankraum der Kneipe. Hinter der Theke lehnte ein Mann an einer Anrichte und fixierte grußlos die beiden Besucher, die sich kurz vorstellten.

»Das wurde aber auch Zeit, dass die Staatsmacht sich blicken lässt«, brummte er. »Wenn ihr es schon nicht schafft, unbescholtene und überaus ehrbare Mitglieder der deutschen Volksgenossenschaft vor irgendwelchen linken Spinnern zu beschützen.«

»Ich hatte immer den Eindruck«, erwiderte Hain kühl, »dass die *überaus ehrbaren Mitglieder der deutschen Volks-*

genossenschaft es gar nicht darauf anlegen, von der Staatsmacht beschützt zu werden.«

»Wollen sie auch nicht. Aber …«

»Lassen Sie es gut sein«, ging Pia dazwischen. »Warum haben Sie nach uns gerufen?«

Sein Blick richtete sich auf die beiden mittleren der fünf Stahlhelme, die als Befestigung für die Zapfhähne dienten. Auf dem rechten davon stand ein bläulich schimmernder menschlicher Fuß, auf dem links daneben lag eine Hand. In dem blutverkrusteten Fuß, direkt in der Schnittkante, steckten eine kleine Deutschlandfahne an einem Zahnstocher und ein Stück bedrucktes Papier, so, wie man sie aus diversen Burgerläden kennt. Auch in der Hand, etwa in Höhe des Kahnbeins, steckte ein Zahnstocher mit einem Fähnchen daran, die passende Nationalität konnten jedoch weder Ritter noch Hain zuordnen.

»Das stand hier so, als Sie reingekommen sind?«, wollte der Hauptkommissar von dem Mann hinter der Theke wissen.

»Klar. Oder meinen Sie, ich hätte das hier so aufgebaut?«

»Was weiß ich? Vielleicht sind Sie ja ein Gastwirt mit Humor?«

»Vielleicht bist du ja einfach nur ein Arschloch?«

»Kann schon sein. Auf jeden Fall möchte ich von Ihnen mit *Sie* Arschloch angesprochen werden. So viel Stil muss schon sein.«

»Leck mich.«

»Er kapiert es nicht«, raunte Hain seiner Kollegin zu, während es vor der Tür lauter wurde. Eine ihrer uniformierten Kolleginnen versuchte kurz darauf per Lautsprecherdurchsage, eine Eskalation zu verhindern.

»Und jetzt packt den Krempel ein und verpisst euch aus meinem Laden. Ich habe heute eine Veranstaltung und keinen Bock, wegen dieser Scheiße meinen Umsatz zu verlieren.« Er griff nach einer Zigarettenschachtel, zog eine heraus und zündete sie an. »Auch wenn das natürlich ein scheißtrauriger Anlass ist, klar«, schickte er schnell hinterher.

»Wann sind Sie hier im Lokal angekommen und haben das Arrangement auf Ihren … Zapfhähnen gesehen, Herr …?«, wollte Pia wissen.

»Mein Name ist Schneid. Für Sie Herr Schneid, wenn ich bitten darf.«

»Klar. Also, wann haben Sie es bemerkt?«

Herr Schneid sah auf seine Armbanduhr. »Ich bin vor gut einer halben Stunde hier angekommen, weil ich, wie immer, um 18 Uhr aufsperren wollte. Zunächst habe ich die Fenster geöffnet und draußen die Markise ausgefahren. Als ich dann wieder reingekommen bin, habe ich es gesehen. Als ich schon mit dem Telefon in der Hand vor der Tür stand, um bei euch anzurufen, ist eines eurer Autos draußen vorbeigefahren. Vermutlich, um zu sehen, ob die Nachricht mittlerweile bei mir angekommen ist.«

»Wie meinen Sie das, ob die Nachricht mittlerweile bei Ihnen angekommen ist?«

Der Mann hinter der Theke fing feist zu grinsen an. »Ihr könnt mir doch nicht erzählen, dass ihr mit der Sache nichts zu tun habt.«

Hain sah zu Ritter, zu dem Wirt, wieder zu seiner Kollegin und zuckte schließlich mit den Schultern. »Ich war's nicht, ehrlich. Und meine Kollegin auch nicht, für die verbürge ich mich.«

»Na klar waren das irgendwelche Bullen, logo. Vielleicht nicht gerade ihr, aber ganz sicher jemand von eurem Haufen. Letzte Nacht diese Verstümmelung, und heute bei einem Wirt, der nicht so spurt, wie die Staatsmacht sich das wünscht, einfach die Reste auf die Theke gelegt. Wer macht denn sonst so eine Scheiße?«

»Keine Ahnung, ehrlich nicht. Aber Ihre These, dass die Polizei dahintersteckt, finde ich schon ziemlich steil.«

»Wer hat alles einen Schlüssel zu Ihrer Gaststätte?«, wollte Pia mit dem Telefon in der Hand wissen, trat dabei auf die Stahlhelme zu und machte ein paar Fotos.

»Nur meine Putzfrau und ich, sonst niemand.«

»War die Putzfrau heute hier?«

»Klar, heute Vormittag. Da war hier aber noch alles in Ordnung, ich habe schon mit ihr telefoniert.«

»Sehr löblich, wie Sie uns die Arbeit abnehmen.«

»Fick dich.«

»Gibt es«, fragte die Oberkommissarin ungerührt weiter, »irgendwelche Einbruchsspuren?«

»Nicht die Bohne. Deswegen weiß ich ja, dass euer Verein dahintersteckt.«

»Danke für das Kompliment, aber wir sind beileibe nicht die Einzigen, die kommen und gehen können, ohne irgendwelche Spuren zu hinterlassen.«

»Siehst du! Damit hast du es selbst zugegeben, dass es einer aus eurem Verein war.«

»Ich habe gar nichts zugegeben, Herr Scheid.«

»Schneid! Ich heiße Schneid!«

»Von mir aus. Ihre Veranstaltung für heute Abend können Sie allerdings absagen, denn bis die Spurensicherung hier durch ist, sollte es Mitternacht sein. Und im Anschluss müssen natürlich auch noch die Gaststättenaufsicht und das Gesundheitsamt ihr Okay geben. Immerhin liegen da ein paar abgetrennte Körperteile auf Ihrer Zapfanlage.«

Schneid lief puterrot an. »Das sind nicht einfach abgetrennte Körperteile, du blöde Bullenschlampe«, schrie er Pia Ritter an, »das sind die Körperteile eines Freundes und eines guten, aufrechten deutschen Volksgenossen. Und wenn du noch einmal …«

»Ganz schön laut hier«, tönte es vom Eingang der Kneipe, was den Mann hinter der Theke verstummen ließ.

Die beiden Polizisten wandten sich um und sahen in das fröhlich grinsende Gesicht von Hieronymus Winkler. Hinter ihm standen zwei Uniformierte, die ihm vermutlich dabei geholfen hatten, die Treppenstufen mit seinem Rollstuhl zu überwinden.

Winkler drehte kurz den Kopf und dankte den beiden.

»Und wenn ich das Wort Volksgenosse höre«, wandte er sich an Schneid, »dann weiß ich doch gleich, wo ich gelandet bin.«

»Der Krüppel«, feixte der Wirt und lachte dabei hämisch. »Hast dich lange nicht sehen lassen, Winkler. Na ja, bist halt nicht mehr so gut zu Fuß. Ich habe wirklich gedacht, an dir würden sich schon längst die Würmer die Zähne ausbeißen.«

»Nö, so weit ist es noch nicht, Hajo. Und außerdem denke ich, dass du und deine Kumpels da draußen doch garantiert eine große Feier anlässlich meines Todes arrangieren würden, oder?«

»Da bildest du dir aber ein bisschen viel ein, Bulle. Wir würden uns eher am Tag nach deiner Beerdigung auf dem Friedhof verabreden und auf dein Grab pissen.«

»Auch eine nette Perspektive«, gab Winkler, immer noch gut gelaunt, zurück. »Eine Ansammlung von klitzekleinen Schwänzen, die versuchen, mit den großen Hunden pissen zu gehen. Und ich bin leider zu tot, um mich daran vergnügen zu können.«

Schneid holte tief Luft, erwiderte jedoch nichts.

»Und jetzt«, fuhr Winkler in Richtung seiner beiden Kripokollegen fort, »würde ich gern einen Blick auf die Überreste von Baders Astralkörper werfen.«

Hain nickte, ging auf ihn zu und schob den Rollstuhl in Richtung Thekeneingang. Dort hatte sich allerdings Schneid aufgebaut und versperrte den Zugang. Winkler sah hoch und schüttelte dabei nachsichtig den Kopf.

»Hajo, Hajo, das wird noch ein böses Ende nehmen mit dir. Du bist einfach ein unbelehrbarer Dickschädel.«

»Und du bist ein Feind des Volkes. Und eine Schande für jeden aufrechten Deutschen.«

»Schön, ist angekommen. Und jetzt lass uns durch.«

»Nur über meine Leiche wirst du dich hinter meiner Theke herumdrücken.«

Nun hob auch Hain, der bis zu diesem Moment den Blick auf Winklers Nacken gerichtet hatte, den Kopf und öffnete sein Jackett. »Laden Sie uns besser nicht ein, Herr Schneid. Das könnte furchtbar ins Auge gehen.« Der Hauptkommissar hatte die Worte ebenso kühl wie komplett emotionslos ausgesprochen, was offenbar Wirkung zeigte bei dem Wirt, denn er trat nach einem Moment des Zögerns zurück.

Hain schob den Rollstuhl bis zur Mitte des Thekentrakts und blickte ausschließlich Schneid an, während Winkler das kleine Ensemble menschlicher Überreste in Augenschein nahm.

»Wisst ihr, zu welchem Land die Flagge da oben auf der Hand gehört?«, fragte er in Richtung seiner Kollegen, ohne den Kopf dabei zu senken.

Sowohl Ritter als auch Hain schüttelten den Kopf.

»Das ist die Flagge von Somalia, dem Geburtsland von Hila Binisao. Immerhin scheint unser Täter über so etwas wie Resthumor zu verfügen.« Er bewegte den Rollstuhl langsam rückwärts, bis er wieder im Gastraum angekommen war. »Und über so etwas wie Restanstand«, setzte er leise hinzu.

»Diesen bekloppten Spruch kannst du spätestens in zwei Stunden im Internet nachlesen«, drohte Schneid hämisch.

»Vielleicht sogar mit deiner ganz persönlichen Wohnadresse.«

»Tolle Wurst«, erwiderte Winkler, winkte dabei mit dem rechten Arm ab und schob sich weiter Richtung Ausgang. »Jeder von euch Brüdern weiß doch längst, wo ich zu Hause bin. Und garantiert hat sich jeder von euch schon mehr als einmal überlegt, wie das wäre, wenn er mir eine Kugel in den Kopf schießen würde. Aber irgendwie habt ihr anscheinend alle Muffe vor einem alten, hässlichen Krüppel.«

»Sollen wir dir beim Rausfahren helfen, Hieronymus?«, fragte Pia den Kollegen, und jeder im Raum wusste, dass es ihr einzig darum ging, dass Winkler den Wirt nicht noch mehr reizte.

»Ja, verpiss dich«, brüllte Schneid durch die Kneipe. »Und nimm deine unfähigen Bullenkollegen gleich mit.«

In diesem Moment trat Pia auf Schneid zu, beugte sich über die Theke und kam ihm mit ihrem Gesicht möglichst nah. »Sie wissen schon, dass wir Sie für diese Beleidigungen gleich einkassieren können, und darauf legen Sie es ja auch an. Aber sosehr Sie sich auch bemühen, wir werden einfach über jede noch so nette Bemerkung von Ihnen total nonchalant hinwegsehen. Und das, da sind wir uns absolut sicher, macht Sie nur noch viel, viel wütender, Herr Schneid. Und Ihre Kumpels da draußen kriegen ums Verrecken nicht den von der Staatsmacht abgeführten Märtyrer in Handschellen geboten, den Sie ihnen so verdammt gern präsentieren würden.«

Wie auf Kommando betraten im gleichen Moment drei Kolleginnen von der Kriminaltechnik die Kneipe und nickten in die Runde.

»Der Typ dahinten«, meinte eine der in weißen Tyvekanzügen steckenden Frauen, »muss hier raus.«

»Klar muss der hier raus«, rief Winkler laut. »Und lasst euch bloß nichts gefallen von dem, das ist nämlich ein echter Maulheld.«

»Hieronymus, es reicht«, murmelte Pia Ritter, während sie den Rollstuhl beschleunigte und auf den Ausgang zuhielt.

»Ich hätte beim besten Willen nicht erwartet, dass du ein solch provokantes Grinsgesicht sein kannst«, ließ Hain den Kollegen wissen, als sie an dessen Auto angekommen waren. »Warum machst du das?«

Winkler, der sich bereit machte, seinen Körper auf den Fahrersitz zu wuchten, hielt inne und sah dem Kommissar tief in die Augen. »Ich hatte, seit diese Dreckschweine meinen Freund Walter erschossen haben, noch keine Gelegenheit dazu. Und heute war eben der Moment. Den wollte ich mir nicht entgehen lassen. Schneid wird allen erzählen, was für ein mieses Schwein ich bin, und mit diesem höchst vergnüglichen Gedanken werde ich heute Nacht einschlafen.«

»Und du hast wirklich überhaupt keinen Schiss, dass sie irgendwann auch vor deiner Tür stehen?«

»Doch, klar habe ich die. Aber die hätte ich auch, wenn ich den Schwanz einziehen und mich verstecken würde. Also sage ich mir, dass ich wenigstens, falls es so weit kommen sollte, noch ein bisschen Spaß haben möchte. Und außerdem …« Er saß bereits auf dem Fahrersitz und begann nun, den Rollstuhl zusammenzuklappen. »Und außerdem hat ein Mensch mit meinen ganzen Zipperlein wirklich keine besonders hohe Lebenserwartung. Also, bevor ich mir selbst die Lichter ausknipsen muss, lasse ich es lieber einen von denen machen, dann kommt wenigstens der von der Straße und kann seine bekloppten Parolen nicht mehr skandieren.«

»Auch eine Art zu denken«, fasste Pia ihr schlagartig aufkeimendes Entsetzen zusammen. »Meine wäre es aber nicht.«

»Du hast ja auch, liebste Pia, nicht seit so vielen Jahren wie ich mit MS zu kämpfen. Und glaub mir, an manchen Tagen ist es mir schon jetzt deutlich zu viel. Und damit meine ich eindeutig zu viel zu leben. Ich habe wirklich keine Angst vor dem Tod, und wenn er durch die Hand eines dieser Mistkerle über mich kommen sollte, dann ist das eben so. Wir können nicht alle Helden sein, ganz gewiss nicht, aber wenn jeder von uns nur aus Angst vor möglichen Repressalien dieser Bande die Straße, die Haltung und auch die Meinungshoheit überlässt, haben sie schon jetzt gewonnen. Und dass die gewinnen, das will ich einfach nicht.«

Sowohl Pia als auch Thilo nickten zustimmend.

»Und du kannst«, wollte die Kommissarin wissen, »trotz deiner Krankheit immer noch selbst Auto fahren?«

»Klar, die Freiheit nehme ich mir«, grinste Winkler schelmisch. »Nein, im Ernst, an Tagen wie heute, wenn es mir so halbwegs gut geht, funktioniert das noch. Aber es gibt auch Tage, an denen es nicht mehr klappen will. Aber so ist das Leben, was soll ich sonst dazu sagen.« Damit hatte er seinen Rollstuhl so weit vorbereitet, dass er ihn über seine Oberschenkel auf den Beifahrersitz hieven konnte. Winkler nickte Ritter und Hain zu und zog die Tür ins Schloss.

Die beiden Kommissare winkten ihm hinterher und gingen zurück Richtung Kneipe. Dort standen sich mittlerweile mehr als 100 Parolen skandierende Rechte und nun etwa 70, vielleicht 80 Uniformierte gegenüber. Die einen drängten immer wieder nach vorn, um sich Zugang zur Kneipe zu verschaffen, was die in mehreren Reihen stehenden Polizisten allerdings zu verhindern wussten. Der Wirt hatte sich, ausgerüstet mit einer Bierflasche wie die meisten seiner Mitstreiter, in die vorderste Reihe der Demonstranten begeben und gab so etwas wie den Chefagitator.

Hain und Ritter betraten wieder den Schankraum, wo die Frauen der Spurensicherung ihre Arbeit aufgenommen hatten.

»Meint ihr«, wollte Pia mit Blick auf die Extremitäten über den Zapfhähnen wissen, »dass hier eingebrochen wurde, um dieses geradezu künstlerisch anmutende Ensemble so zu drapieren?«

Die Jüngste der drei erhob sich aus der Hocke und zuckte mit den Schultern. »Das haben wir uns ehrlich gesagt auch schon gefragt, wollten uns aber erst mal dem Raum hier widmen. Ihr könnt euch gern Handschuhe überziehen und nach Spuren an den Schlössern sehen.«

»Das machen wir.«

Ein paar Minuten später war klar, dass sich niemand mit Gewalt Zutritt zu der Kneipe verschafft hatte. Die beiden Kripobeamten hatten jeden der insgesamt drei Zugänge auf Einbruchsspuren hin untersucht, aber nichts Verwertbares entdeckt.

»Wenn ich es gewesen wäre, würde man genau zum gleichen Ergebnis kommen«, meinte Hain. »Sämtliche Schlösser sind für jemanden, der sich ein klein wenig mit Lockpicking auskennt, geradezu eine Einladung.«

»Warst du es denn?«

Der Hauptkommissar sah seine Kollegin mit großen Augen an. »Nein, ich war es nicht. Obwohl ich die Geschichte rein vom Humorfaktor vermutlich genauso gemacht hätte. Aber ich habe ja nicht einmal ein gescheites Taschenmesser, geschweige denn ein rasiermesserscharfes Schwert, mit dem man mal eben ein paar Gliedmaßen abtrennen kann.«

»Gut so.«

»Ja. Also müssen wir davon ausgehen, dass es entweder jemand mit diesen Kenntnissen oder der Herr Wirt selbst gewesen ist.«

»Oder seine Putzfrau.«

»Ja. Der müssen wir auf jeden Fall noch auf den Zahn fühlen.«

Sie wandten sich an die drei Frauen, die sich mittlerweile hinter der Theke aufhielten.

»Braucht ihr uns noch?«

»Wofür sollten wir euch brauchen?«

»War ja nur eine Frage. Wir hören von euch, ja?«

»Auf jeden Fall. Aber macht euch keine großen Hoffnungen, hier gibt es nämlich, bis auf Hand und Fuß natürlich, für uns nicht viel zu sehen. Es gibt zwar jede Menge Spuren, aber die bestehen in der Hauptsache aus dem Dreck, der hier überall rumliegt. Eine echte Schmuddelbude ist das nämlich hier.«

Ritter und Hain verabschiedeten sich und machten sich auf den Weg zum Ausgang. Draußen war es mittlerweile etwas ruhiger geworden, weil nun deutlich mehr Polizeikräfte vor Ort waren und den Mob unter Kontrolle hatten.

»Was meinst du, ist jetzt endgültig die Zeit für den wohlverdienten Feierabend gekommen?«, fragte Pia grinsend.

»Das meine ich auf jeden Fall. Soll ich dich bringen?«

»Nein, ich will auf jeden Fall noch ein paar Schritte gehen. Und den Rest fahre ich öffentlich.«

»Wie du willst. Mach's gut, und schon dich und deinen Nachwuchs möglichst für ein paar Stunden.«

»Ja, mach's …« Pia Ritter brach ab und fixierte einen Punkt inmitten der Meute der Gaffer, die, ein paar Meter von den Pöblern vor der Kneipe entfernt, das Geschehen vor der Kneipe beobachteten.

»Was ist?«, wollte Hain wissen. »Was hast du?«

»Da drüben steht der Kollege von der Technik, der uns die verschiedenen Videos vorgeführt hat. Ich habe seinen Namen vergessen.«

Hain versuchte, ihrem Blick zu folgen. »Der Thüringer? Tobias, glaube ich, heißt der.«

»Stimmt, Tobias. Tobias Rüther. Siehst du ihn?«

»Nein.«

»Ungefähr auf zwei Uhr. Er trägt ein gelbes T-Shirt und eine blaue Basecap.«

»Ja, jetzt habe ich ihn. Meine Hochachtung, dass du ihn in dieser Menge ausmachen konntest.«

»Danke. Aber die Frage ist doch eher, was er dort macht. Warum kommt er nicht näher, immerhin ist er doch einer von uns?«

»Vielleicht ist er einfach nur neugierig. Komm, lass uns abhauen, ich will ins Bett.«

Pia Ritter stierte weiterhin auf Rüther, ohne sich auch nur einen Millimeter zu bewegen.

»Nein, geh einfach schon los. Ich will dem guten Tobias noch ein bisschen beim Spannen zuschauen.«

»Aber du glaubst doch nicht ernsthaft, dass dieser Typ irgendetwas vor uns zu verbergen hat und deshalb von dort drüben aus das Geschehen verfolgt?«

In diesem Moment senkte Tobias Rüther den Kopf für ein paar Sekunden und nahm anschließend sein Mobiltelefon ans Ohr. Offenbar rief er jemanden an.

»Komm, Pia, mach jetzt wegen dieses komischen Typen kein Fass auf. Das ist ein totaler Nerd, der vielleicht gerade seinen Nerdkumpels verklickert, was für ein toller Nerdbulle er doch ist.«

»Kann schon sein. Aber für mich verhält er sich extrem merkwürdig.« Sie klopfte ihrem Kollegen auf die Schulter und wollte die Treppe hinabsteigen, als Rüther sie offenbar bemerkt hatte. Er senkte hastig den Arm mit dem Telefon, drehte sich um und versuchte, sich aus der eng stehenden Menge zu befreien. Pia sprang, mehrere Stufen auf einmal nehmend, die Treppe hinunter, bog nach links ab, um den schlagartig wieder lauter werdenden Mob zu umkurven, und hatte kurz darauf den wenig belagerten Bürgersteig hinter der Parkreihe erreicht. Im Laufschritt nahm sie wahr, dass Rüther die Richtung gewechselt hatte und sich damit von ihr entfernte.

Scheiße!

Mit vollem Tempo bewegte sie sich nun um die Gaffer herum und hatte ihn kurz darauf wieder im Blick. Er war etwa 200 Meter entfernt und in ein lockeres Joggen verfallen. Mit ein wenig Misstrauen hätte man sein Verhalten auch als Flucht vor seiner Kollegin ansehen können.

Die Polizistin vermutete, dass Rüther in Richtung Obere Königsstraße unterwegs war, um in der Unübersichtlichkeit der Fußgängerzone unterzutauchen. Seine Geschwindigkeit hatte sich nicht verändert, sodass Pia nun ein paar Meter aufgeholt hatte.

»Na, jetzt aber nicht schlappgemacht«, hörte sie Hains keuchende Stimme von hinten. »Sonst geht er dir noch durch die Lappen.«

»Arschloch«, brummte sie laut genug, dass er es hören konnte, ohne sich dabei umzudrehen. Und gleichzeitig erfreute es sie ungemein, dass ihr Kollege sich dazu aufgerafft hatte, sie zu unterstützen.

»Wenn er vor uns in der Fußgängerzone ankommt, haben wir verloren«, schnaufte Hain.

»Ja, das stimmt. Aber wir wollen ja nicht gleich eine Großfahndung nach ihm einleiten, oder was meinst du?«

»Sehe ich genauso.«

Etwa 90 Sekunden später hatten sie ihn tatsächlich aus den Augen verloren. Die beiden stellten sich zwar noch auf einen der Betonklötze, die zur Terrorabwehr am Eingang zur Fußgängerzone aufgestellt worden waren, hatten jedoch im Gewusel der vielen Passanten keine Chance.

»Verdammt«, murmelte Pia Ritter.

»Und du bist dir absolut sicher, dass er es war?«, wollte Hain wissen, nachdem er wieder etwas besser Luft bekam.

»Definitiv. Und weil ich davon ausgehe, dass ich damit recht habe, verstehe ich seine Reaktion überhaupt nicht. Der ist doch ganz augenscheinlich vor uns abgehauen, darüber kann es doch keine zwei Meinungen geben.«

»Da stimme ich dir uneingeschränkt zu, Pia. Allerdings habe ich ihn nicht so deutlich erkannt wie du. Vor Gericht würde ich mich auf jeden Fall davor hüten zu beschwören, dass ich mir dessen zu 100 Prozent sicher bin.«

»Dann verlass dich halt auf mich; er war es!«

Der Hauptkommissar stieg von der Betonbarrikade und lehnte sich, noch immer schwer atmend, mit dem Hintern daran. »Und was willst du jetzt unternehmen? Allein die Tatsache, dass er sich aus dem Staub gemacht hat, berechtigt uns nach meiner Meinung zu überhaupt nichts, weil es dafür Hunderte von Gründen geben könnte.«

Pia sah ihren Kollegen gallig an. »Zum Beispiel?«

Hain zögerte. »Mensch, Pia, ich finde sein Verhalten, wenn er es denn wirklich gewesen ist, auch seltsam, aber was sollen wir deiner Meinung nach gegen ihn unternehmen?«

»Zumindest könnten wir ihn mal fragen, was das sollte. Was hältst du von dieser eigentlich recht einfach umzusetzenden Idee?«

»Nicht wirklich viel, aber wenn es dir so wichtig ist, dann von mir aus. Finden wir heraus, wo er wohnt, fahren wir hin, sehen, ob er zu Hause ist, und fühlen wir ihm auf den Zahn.«

»Vielleicht«, gab Pia ebenso grinsend wie auch erleichtert zurück, »wird aus unserem Dienstverhältnis irgendwann doch noch so etwas wie eine großartige Freundschaft, Herr Kollege Hain.«

Pia brauchte etwa fünf Minuten, dann hatte sie über das Präsidium die Telefonnummer und die Privatadresse von Tobias Rüther herausgefunden. Ihr Anruf landete direkt auf seiner Mobilbox, also legte sie auf.

»Jetzt bleibt uns gar nichts anderes übrig, als es bei ihm zu Hause zu versuchen.«

»Ja. Während er vermutlich in irgendeinem Biergarten sitzt und ein kühles, wohlschmeckendes Bier zischt.«

26

Ellen Pitschs Kopf dröhnte. Sie wäre am liebsten auf der Stelle eingeschlafen, doch noch mehr als die bleierne Müdigkeit pochte die Panik in ihrem Hirn. Mit unsicherem Schritt überquerte sie die Kreuzung am Stern und ging langsam Richtung Holländischer Platz. Ihre Gedanken kreisten noch immer wie wild um die Situation von vergangener Nacht, und mit jeder Minute wurde ihr mehr bewusst, dass sie diese nur mithilfe von unvorstellbar großem Glück überlebt hatte. Immer und immer wieder hörte sie die Geräusche der beiden Schnitte, mit denen sich Andy Bader für immer von ein paar Körperteilen hatte verabschieden müssen. Sie war nur noch 100 Meter von ihrer Wohnung entfernt, freute sich auf die Dusche, um die von ihr ausgehende Melange aus Schweiß, aufgrund der hohen Temperaturen und des Sexes von letzter Nacht, endlich loszuwerden.

Scheiße, wo bin ich da nur reingeraten?

Natürlich hatte sie versucht, die Jungs vom Combat zu erreichen, aber komischerweise wollte keiner mit ihr etwas zu tun haben. Einer hatte ihr zumindest in kurzen Worten erklärt, dass natürlich noch überhaupt nicht ausgemacht war, ob sie in der Sache irgendwie mit drinstecken würde.

»Was redest du denn für einen Bullshit«, hatte sie ins Telefon gebrüllt. »Ich bin dem Tod gerade so noch mal von der Schippe gesprungen, und du hast nichts Besseres zu tun, als mich zu verdächtigen?«

Damit war das Gespräch beendet gewesen, weil der Mann am anderen Ende aufgelegt hatte. Ellen Pitsch hätte losweinen können vor Wut und vor Angst und auch aus Hilflosigkeit.

Die Frau mit dem noch immer verbundenen Kopf wechselte erneut die Straßenseite, drückte sich in eine Nische neben einer Dönerbude und beobachtete einige Minuten das Haus, in dem sie wohnte. Es kamen ein paar Leute heraus, die sie nicht kannte, und es betraten welche die heruntergekommene Wohnanlage, die sie zuvor genauso wenig gesehen hatte. Aber so, wie die aussahen, waren es keine Bullen.

Ich muss unter die Dusche, verdammt noch mal, ging ihr zum wiederholten Mal durch den Kopf.

Mit energischen Schritten verließ sie ihre Nische und hielt direkt auf die verkratzte, bunt beschmierte Haustür zu, in deren Zentrum sich eine verbeulte, gesplitterte Drahtglasscheibe befand. Kurz darauf stand sie vor ihrer Wohnungstür und hielt für einige Sekunden ängstlich das rechte Ohr an das Holz, doch auf der anderen Seite war nichts zu hören. Dann noch ein Blick auf das Schloss, das einen unangetasteten Eindruck machte, aufgeschlossen, in die Wohnung geschlüpft und sofort hinter ihr wieder abgeschlossen. Mit zitternden Fingern sank Ellen Pitsch auf die Knie und fing leise an zu weinen.

15 Minuten später, als sie sich wieder einigermaßen gefangen hatte, stand sie unter der Dusche und genoss den warmen, reinigenden Wasserstrahl. Nachdem sie ihren Intimbereich zum dritten Mal gewaschen hatte und sich trotzdem immer noch dreckig vorkam, drehte sie das Wasser ab und griff sich ein Handtuch. Irgendwie hatte sie das Gefühl, dass ihrem Ekel gegenüber sich selbst mit Wasser nicht beizukommen sein würde, und freute sich deshalb auf den im Kühlschrank gelagerten Wodka. Mit dem Handtuch trock-

nete sie ihre Haare etwas und föhnte sie anschließend. Dann hängte sie das Handtuch zurück und ging zur Kochnische.

Drei randvolle Gläser Wodka später lief in ihrem Organismus so etwas wie ein wohltuender, entspannender Auftauprozess ab. Ellen Pitsch fühlte sich nicht mehr schmutzig oder abstoßend, ganz im Gegenteil. Und mit dem Einsetzen der Alkoholwirkung legte sich auch Schritt für Schritt das nervige Gefühl, in der Nacht zuvor einen Krüppel gefickt zu haben. Klar war er, als er in ihr drinsteckte, noch kein echter Krüppel gewesen, aber irgendwie schaffte sie es nicht, das eine vom anderen zu trennen. Es war ihr tatsächlich den ganzen Tag so vorgekommen, als ob sie einen Kerl mit einer Hand und einem Fuß zu wenig durchgeritten hatte.

Ekelhaft, der Gedanke. Komplett ekelhaft.

Dann allerdings war der Alkohol bis in die letzten Windungen ihres Gehirns vorgedrungen. Sie stand auf, griff nach der fast komplett geleerten Wodkaflasche und torkelte langsam Richtung Bett.

Schlafen. Geil.

Das Nächste, was Ellen wahrnahm, war eine Szene, die sie irgendwo schon einmal gesehen hatte. Oder erlebt. Das konnte sie nicht so richtig voneinander abgrenzen. Auf jeden Fall misslang ihr der Versuch, einen lauten, gellenden Schrei abzusetzen. Sie schluckte, verschluckte sich, hustete und tat das alles mit weit aufgerissenen, schreckgeweiteten Augen.

»Hallo, Ellen«, sagte der Mann mit der Pistole in der Hand, der vor ihrem Bett auf dem einzigen Stuhl in ihrer Wohnung saß. Die Tatsache, dass er nicht vermummt war und ihr sein Gesicht und sein damit verbundenes hämisches Grinsen so offen zeigte, ließ Ellen Pitsch erschaudern.

27

»T. Rüther« und »I. Bruch« stand auf der Klingel, auf die Pia Ritter mehrmals drückte. Es dauerte eine Weile, dann erklang die Stimme einer jungen Frau aus der Sprechanlage.

»Ja, bitte?«

»Hi, guten Tag. Wir sind Kollegen von Tobias und würden gern kurz mit ihm sprechen.«

»Klar, kleinen Moment. Kommen Sie doch schon mal rauf.«

»Danke.«

»Tobi«, rief die Frau dann offenbar in die Wohnung, während sie den Summer drückte, »kommst du mal bitte zur Tür, hier sind Kollegen von dir, die dich sprechen wollen.«

Tobias Rüther stand schon in der Tür, als Ritter und Hain den zweiten Stock erreicht hatten.

»Hallo, Tobias«, begrüßte die Oberkommissarin den Kriminaltechniker. »Na, wieder alles im Lot mit der Luftzufuhr?«

Der sah seine beiden Besucher fragend an. »Ich … Ich verstehe nicht ganz. Was ist mit meiner Luft?«

»Na, wie du vorhin vor uns abgedampft bist, das hat dich doch hoffentlich ein bisschen angestrengt.«

»Moment«, schüttelte der in kurzer Hose und T-Shirt in der Tür stehende junge Mann den Kopf. »Von was redest du eigentlich?«

Pia trat auf ihn zu und kam dabei mit ihrem Gesicht seinem Gesicht ein wenig zu nah. »Du warst vorhin am ›Vaterland‹ und hast dich da wohl ein wenig umgesehen. Und als du bemerkt hast, dass wir dich entdeckt haben, bist du abgehauen. Das kannst du schon machen, klar, aber irgendwie wirkt das bei einem Bullen wie dir schon ein bisschen merkwürdig, oder was meinst du?«

»Nun mal ganz langsam, Kollegen«, erklärte Rüther selbstbewusst, hob den Arm und sah auf seine Uhr. »Ich bin seit knapp anderthalb Stunden hier zu Hause und war auch vorher nicht am ›Vaterland‹. Wen immer ihr da gesehen habt, ich war es auf jeden Fall nicht.«

»Deine Frau war die gesamte Zeit hier an deiner Seite und kann das bezeugen?«, wollte Hain wissen.

»Sie ist meine Freundin. Aber klar kann sie bestätigen, dass ich die ganze Zeit hier war, wenn es notwendig sein sollte.«

»Sagen wir mal, dass es notwendig ist«, meinte Pia trocken.

Rüther wandte sich um. »Ines, kommst du mal bitte?«

Es dauerte ein paar Sekunden, dann tauchte eine junge Frau im Flur auf.

»Ja, was gibt es denn?«

»Meine Kollegen haben eine Frage an dich.«

Sie lief rot an. »An mich? Bin ich zu schnell gefahren, oder was ist los?«

»Nein, es geht um mich. Sie wollen von dir wissen, ob ich in den letzten eineinhalb Stunden die Wohnung verlassen habe.«

»Was soll das denn jetzt? Wir sind doch beide, seit du von der Arbeit gekommen bist, hier gewesen.«

Sie sah ihn an. »Warum wollen sie das denn wissen, Tobi?«

»Keine Ahnung. Wahrscheinlich eine Verwechslung.«

»Sie bestätigen also«, hakte Pia nach, »dass keiner von Ihnen beiden in den letzten 90 Minuten die Wohnung verlassen hat, Frau …?«

»Bruch. Ines Bruch.«

»Ja, Frau Bruch, das können Sie also bestätigen?«

»Aber klar kann ich das. Tobi und ich waren hier und haben etwas vorbereitet für den Geburtstag meiner Mutter. Sie feiert übernächste Woche ihren 50. Geburtstag.«

»Schön. Und was haben Sie vorbereitet?«

Ines Bruch stöhnte genervt auf und blickte von Ritter zu Hain und wieder zurück. »Mann, was soll das denn? Wir haben ein Fotobuch erstellt. Ein völlig normales Fotobuch, das wir ihr zum Geburtstag schenken wollen.«

Es entstand eine längere Pause.

»Wenn damit alles geklärt wäre«, erklärte Tobias Rüther seinen Kollegen ein wenig zu lässig, »würde ich gern wieder reingehen und die Arbeit am Fotobuch zu Ende bringen. Ich bin nämlich nicht so der Geduldige, was das angeht, und hätte es gern erledigt.«

»Selbstverständlich«, erwiderte Hain. »Und entschuldige bitte unser plumpes Auftauchen, es war wohl wirklich eine Verwechslung.«

»Ja, sorry auch von meiner Seite«, schob Pia Ritter angesäuert hinterher und ging mit schnellen Schritten davon.

»Bis dann also, mach's gut«, murmelte Hain und folgte ihr.

»Das können die zwei ihrer bald 50-jährigen Mutter erzählen, dass der die ganze Zeit die verdammte Wohnung nicht verlassen hat«, fluchte Pia auf dem Weg zum Mazda. »Der war das, da bin ich mir aber so was von hundertprozentig sicher.«

»Und wenn du dich vielleicht doch …?«, versuchte ihr Kollege den Hauch eines Zweifels anzudeuten. Ein kurzer, kalter Blick von Pia ließ ihn jedoch verstummen. »Aber das ergibt doch überhaupt keinen Sinn«, versuchte er es aus einer anderen Richtung. »Warum um alles in der Welt sollte der Kerl vor uns abhauen? Sag mir *einen* vernünftigen Grund, und ich höre sofort auf zu jammern.«

»Ich weiß keinen«, blaffte sie ihn an und ließ sich auf den Beifahrersitz fallen. »Ich weiß keinen, genauso wenig wie du einen weißt. Und offen gesagt, ist es mir gerade auch scheißegal. Bring mich nach Hause, ich will unter die Dusche und anschließend ohne jeglichen Umweg ins Bett. Und wenn sich irgendjemand vor morgen früh um, sagen wir mal, halb neun bei mir meldet oder blicken lässt, knalle ich ihn mit meiner Kanone über den Haufen. Und das ohne jegliche Skrupel.«

Hain startete den Motor, wendete und beschleunigte. »Und wenn du im Verlauf der Nacht die Eingebung kriegen solltest, dass es vielleicht doch jemand anders und nicht Rüther war, den du gesehen hast, behalt es auf jeden Fall bis morgen für dich. Ich will nämlich ebenfalls endlich mal wieder eine ungestörte Nacht genießen.«

»Ich werde dich genauso wenig stören, wie ich es mir anders überlegen werde. Er war es, und basta.« Sie zog die Beine an und legte das Kinn auf die Knie. »Und wenn ich mir seine Reaktion auf unseren Vorhalt so ansehe, dann werde ich mir nur noch sicherer. Der wollte ja noch nicht einmal wissen, warum wir ihn damit konfrontiert haben. Das war dem komplett wumpe.«

»Da ist was dran, klar. Aber bei mir überwiegen trotzdem die Zweifel. Immerhin ist er auch ein Kollege.«

»Ein Kollege«, brummte Pia genervt, »der vor uns abhaut und sich dann von seiner Kleinen ein Alibi stricken lässt.«

Sie wartete, bis der Mazda vor einer roten Ampel zum Stehen gekommen war, öffnete die Tür und kletterte hinaus.

»Den Rest gehe ich lieber zu Fuß, sonst eskaliert unsere Diskussion am Ende noch, und das mag ich gerade nicht. Bis morgen.«

Nach der Dusche servierte Dominik ihr ein paar selbst zubereitete Ravioli mit Butter und Salbei. Und bevor das letzte Stück der verführerisch leckeren Pasta nur im Ansatz verdaut war, lag sie mit ihrer heiß geliebten Schlafmaske auf dem Bett und schnarchte. Ihr Freund kümmerte sich um den Abwasch, schaute im Anschluss noch eine Stunde fern und kroch schließlich kurz nach Einbruch der Dunkelheit zu ihr ins Bett.

Das erhoffte Durchschlafen blieb für Pia Ritter aus, denn um 4:20 meldete sich ihr Telefon.

»Verdammt«, murmelte sie schlaftrunken und hätte den Anruf am liebsten abgewiesen, doch das bekam sie nicht übers Herz. »Wer immer das ist, soll mir einfach nur kurz die Höhe meines Lottogewinns durchsagen und dann auflegen.«

»Du hast doch noch nie Lotto gespielt, Pia.«

Sie kannte die Männerstimme, konnte sie allerdings nicht zuordnen. »Dann hätten wir das ja auch geklärt. Sonst noch was?«

»Ja, leider.« Langsam konnte sie den Anrufer zuordnen. »Lemmi, bist du das?«

»Gut erkannt. So verpennt hatte ich dich allerdings noch nie am Rohr.«

»Was eindeutig damit zusammenhängt, dass ich noch nie in meinem gesamten Leben so müde gewesen bin. Reicht das, um mich noch ein bisschen schlafen zu lassen?«

»Ich fürchte, nein. Wir haben eine Frauenleiche.«

Pia saß mit einem Schlag kerzengerade im Bett. Sie hatte sich so kraftvoll aufgesetzt, dass Dominik sie mit großen Augen anstarrte.

»Schlaf bitte einfach weiter, ich muss dich aber mal wieder allein lassen«, flüsterte sie ihm sanft ins Ohr, stieg aus dem Bett und stand kurz darauf in der Küche.

»Du hast jetzt aber nicht mich gemeint, oder?«, fragte Jürgen Lehmann, der Kollege vom Kriminaldauerdienst, am anderen Ende der Telefonleitung.

»Nein, Lemmi, das galt nicht dir. Und jetzt erzähl mir von der Frauenleiche.«

»Zunächst mal, es ist keine Unbekannte für uns.«

Pia schluckte. »Sag jetzt bitte nicht, dass es sich um Ellen Pitsch handelt.«

»Ich war mir sicher, dass du es sofort schnallen würdest. Und du hast leider recht.«

»Scheiße.«

»Wo bist du? Bei ihr in der Wohnung?«

»Nein. Der Auffindeort ist in der Aue.«

»In der Aue? Im Wasser?«

»Nein.«

»Mensch, Lemmi, nun lass dir doch nicht jede Info aus deiner behaarten Nase ziehen. Was ist mit ihr passiert?«

»Komm einfach vorbei und sieh es dir an. Ich kann und will das nicht am Telefon beschreiben.«

»Was ist mit Thilo?«

»Der ist auf dem Weg hierher, allerdings mit dem Taxi. Wie er mir erklärt hat, gab es wohl ein bisschen Rotwein zum Einschlafen und er wollte seinen Führerschein nicht durch irgendeinen Blödsinn gefährden. Also müsstest du dich auch ins Taxi setzen, oder hast du mittlerweile ein eigenes Auto?«

»Nein, nein, ich komme auch mit dem Taxi.«

»Lass dich am besten direkt zur Orangerie bringen, den Rest siehst du dann schon.«

»So schlimm?«

»Schlimmer.«

Sie beendete das Gespräch, bestellte sich ein Taxi, spritzte sich ein wenig Wasser ins Gesicht und putzte sich die Zähne. Zwei Minuten später zog sie leise die Tür hinter sich zu und sprang, immer zwei Stufen auf einmal nehmend, die erste der vier Treppen hinunter. Im Erdgeschoss umkurvte sie das Geländer und wollte auf die Haustür zugehen, als plötzlich alles um sie herum ein fieser, stechender Schmerz war. Sie griff sich an den getroffenen Rücken, doch im gleichen Augenblick trafen sie in rascher Folge die nächsten beiden Hiebe. Die Polizistin hörte, während sie auf die Knie sank, ein fauchendes und geiferndes Keuchen von oben. Gleichzeitig wurde sie vom nächsten Schlag erwischt, diesmal auf den rechten Oberarm.

Verdammt, der ist garantiert gebrochen, durchzuckte es sie.

Dann kamen die Tritte. Zuerst einer an den Hinterkopf, dann zwei von vorn, die sie aber mit hochgerissenen Armen leidlich abwehren konnte.

»Scheiß Bullenfotze, jetzt mach ich dich fertig!«

Pia erkannte sofort, wer sie da so hasserfüllt beschimpfte und auf sie eintrat, doch sie konnte nicht mehr tun, als sich zusammenzukrümmen und dabei so gut es ging ihren Kopf zu schützen. Nach ein paar weiteren Tritten griff der Angreifer ihr in die Haare und riss damit ihren Kopf nach oben. Sie versuchte es mit so etwas wie Gegenwehr, doch längst war der Schmerz um so vieles größer als ihre Kraft. Und dann folgte ein Schlag in die Magengrube, der ihr zuerst die Luft und danach das Bewusstsein raubte. In gewisser Weise hatte dieser Flug in die Ohnmacht für die Polizistin etwas Befreiendes, Tröstliches, und doch löste es auch ein nie gekanntes Gefühl der Trauer in ihr aus. Dann wurde es endgültig Nacht in ihrem Gehirn.

28

»Ach du Scheiße«, murmelte Thilo Hain, als er nach einer 90-Grad-Biegung auf die sich ihm bietende Szenerie sah. Im Vordergrund waren einige Techniker dabei, einen Sichtschutz aufzubauen. Ein gutes Stück davor bemühten sich etwa 20 Uniformierte, eine kleine, jedoch offenbar stetig größer werdende Gruppe tätowierter, zumeist glatzköpfiger Männer in Schach zu halten und am Vorwärtsdrängen zu hindern. Es wurde geschrien und gepöbelt, vereinzelt flogen auch Wurfgeschosse in Richtung der Beamten. Der Hauptkommissar wandte sich ab und fand den massigen Körper von Jürgen »Lemmi« Lehmann, dem altgedienten Kollegen vom KDD. Dann jedoch, nachdem er den Blick ein wenig gehoben hatte, wurde ihm schlagartig schlecht und irgendwie hatte er das Gefühl, dass sein Gehirn sich weigerte, das Bild, das ihm seine Augen übermittelten, als die Realität anzunehmen.

Ellen Pitschs Leiche hing, am Hals aufgehängt, leicht schwankend in etwa sieben Meter Höhe an dem fast waagerecht abstehenden, starken Ast inmitten der recht dichten Blätter eines massiven Baumes. Ihr Gesicht war komplett blutüberströmt, und trotz der sommerlichen Temperaturen trug der Leichnam einen dicken Wollmantel, Cordhosen und schwere Winterstiefel. Ihr herabhängender Kopf war kahl geschoren, die Arme baumelten wie traurige Anhängsel neben dem Oberkörper, und vor ihrer Brust hing ein Pappschild mit der Aufschrift »Ich war eine Nazinutte«. Der Karton wurde von einem um den Hals gelegten Strick gehalten, die Schrift darauf war krakelig und erinnerte an den Schreibstil eines Grundschulkindes. Für ein paar Sekundenbruchteile fragte Hain sich, an was ihn die Szene erinnerte, dann wurde es ihm klar. Auf diese Weise hatten im Dritten Reich die Nationalsozialisten Menschen zuerst gedemütigt und anschließend getötet. Er hatte in seinem Leben viele solcher Bilder gesehen und war von ihnen schon immer angewidert gewesen. Jetzt, in der Realität, war er ganz knapp davor, sich zu übergeben.

»Moin, Thilo«, hörte er wie durch einen Vorhang Lehmanns Stimme, dessen Näherkommen er überhaupt nicht wahrgenommen hatte. Der ehemalige Stürmer des KSV Hessen Kassel und jetzige Leiter des KDD legte ihm den Arm um die Schulter und drehte ihn ein wenig zur Seite. »Tu dir das nicht länger an als nötig, Junge.«

Es dauerte einen Moment, bis Hain den Blick endgültig von der bizarren Kulisse abwandte und Lehmanns Gruß erwiderte. »Morgen, Lemmi. Wie lange hängt sie schon da?«

»Das kann ich dir nicht sagen. Wir warten auf den Doc, der wurde aber aufgehalten. Seine Tochter hat wohl in der Nacht ihr erstes Kind gekriegt.«

»Die einen kommen«, sinnierte Hain und wies dabei ohne hinzusehen auf den Leichnam von Ellen Pitsch, »die anderen gehen. So ist das halt im Leben.«

»Ich hätte es nicht schöner formulieren können, Thilo.«

»Ist es hier passiert?«

Lehmann schüttelte den Kopf. »Ich vermute mal eher nicht. Wie ich es von hier unten erkennen kann, hat sie ein Loch in der Stirn. Deshalb denke ich, dass sie woanders umgebracht und dann hier so öffentlichkeitswirksam drapiert wurde.«

»Wann wird sie da runtergeholt?«

»Wir warten auf den Laster mit dem Steiger. Alles andere wäre totaler Quatsch.«

»Ja, schon gut, das sehe ich genauso.«

»Und außerdem«, erwiderte der Mann vom KDD und zog dabei sein Mobiltelefon aus der Jackentasche, »ist es sowieso zu spät, um zumindest die Details noch irgendwie aus der Öffentlichkeit zu halten.« Er scrollte ein paarmal über das Display und hielt es Hain hin. »Da, sieh dir das an. Das kann sich jeder Interessierte seit über einer Stunde im Internet anschauen.«

Hain nahm das Telefon in die Hand und betrachtete den Monitor. Es lief in Dauerschleife ein etwa sechs-sekündiger Film, auf dem genau das zu sehen war, das sie hier vor Ort sahen. Das Dämmerlicht und die violette bis orange Tönung ließen darauf schließen, dass der Zeitpunkt der Aufnahme etwa eineinhalb Stunden her sein musste, also kurz vor Sonnenaufgang.

»Hast du Pia erreicht?«, wollte der Mordermittler nach ein paar Sekunden wissen und reichte das Gerät zurück. Lehmann sah auf die Uhr am Telefon. »Die müsste eigentlich jeden Moment hier ankommen. Ich habe sie direkt nach dem Gespräch mit dir angerufen. Vielleicht hat sie für den Moment kein Taxi gekriegt, es ist gerade Schichtwechsel bei den Herrschaften von der Kraftdroschkenzunft.«

»Stimmt, für meinen Fahrer war ich auch die letzte Fuhre.« Damit drehte Hain sich erneut um und sah wieder in Richtung des Baums, an dem Ellen Pitsch hing. »Was ich nicht verstehe, ist das Wahnsinnsrisiko, das er oder sie eingehen. Mit dem ersten Morgengrauen wimmelt es hier von frühen Joggern und Hunden, die ihre Menschen Gassi führen. Warum also setzt man sich ohne schwere Not dem irre hohen Risiko aus, beim Arrangieren der Leiche erwischt zu werden?«

»Genau das haben wir uns in dem Moment gefragt, als wir hier angekommen sind. Da standen nämlich insgesamt vier Jogger und drei Hundehalter einträchtig unter dem Baum. Aber es ist nun mal genau so passiert, also gibt es auch einen Grund dafür.«

»Hat einer von denen sie gefunden?«

»Ja, einer von denen mit den Hunden. Oder besser gesagt seine Töle, denn die hat so lange in ihre Richtung gekläfft und Radau gemacht, bis der Mann an der Leine endlich den Kopf gehoben hat.«

Hain sah sich um. »Wo sind die jetzt alle?«

»Ich habe sie nach Aufnahme der Personalien heimgeschickt. Warum sollten die Leute noch hier rumstehen, was Kriegsentscheidendes gesehen hatte von denen sowieso keiner.«

»Gut.« Der jüngere Hauptkommissar fixierte erneut den Leichnam der Frau. »Ich würde jede Wette annehmen, dass sie im Verlauf der Nacht da hingehängt wurde. Zumindest aber, als es noch dunkel gewesen ist.« Er ließ einmal den Blick um 360 Grad kreisen. »Und dieser Weg hier liegt schon deutlich abseits der Hauptverbindungen. Wahrscheinlich ist es hier nachts absolut finster, weil das Blätterdach der Bäume nicht mal das Licht der Stadt durchkommen lässt. Also war das Aufknüpfen vermutlich gar nicht so risikobehaftet, wie wir es uns vorstellen.«

»Und er hat sich die Stelle vorher ausgesucht«, setzte Lehmann hinzu. »Das kriegst du meiner Meinung nach nicht in der Nacht und spontan bewerkstelligt.«

Hain ließ erneut den Blick kreisen. »Aber er muss die Leiche ja irgendwie hierher transportiert haben. Habt ihr schon mal vorsichtig nach Spuren auf dem Boden gesehen?«

»Haben wir, klar. Aber du weißt genauso gut wie ich, dass wir seit mehr als sechs Wochen keinen Tropfen Regen mehr gesehen haben. Der Boden ist demzufolge hart wie Beton, und da irgendwas erkennen zu wollen, halte ich schon eher für Kaffeesatzleserei. Aber auf jeden Fall würde ich ausschließen, dass er mit dem Auto hier war, denn das wäre dann doch ein klein wenig auffällig, auch mitten in der Nacht.«

»Aber er wird sie sich ja nicht einfach über die Schulter geworfen und hierher getragen haben, Lemmi.«

Lehmann zuckte müde die Achseln. »Was weiß ich, Thilo. Ich hatte eigentlich bis zu dem Anruf wegen der Sache hier eine erstaunlich ereignislose Nacht und mich schon …« Er brach erschreckt ab. Auch Hain zog instinktiv den Kopf ein, als aus der Gruppe der Schutzpolizisten ein Schuss krachte.

»Verdammt, was ist denn…?«, rief er laut in die Richtung und war auch schon losgelaufen. Lehmann, der wirklich früher einer der schnellsten Mittelstürmer der dritten Liga gewesen war, hatte mit seinen mittlerweile etwa 40 Kilo Übergewicht nicht den Hauch einer Chance, an ihm dranzubleiben.

»Was ist hier los?«, brüllte Hain in die sich gegenüberstehenden Gruppen.

»Kein Problem«, erwiderte der ihm am nächsten stehende Schutzpolizist. »Einer dieser Idioten hat wahrscheinlich gedacht, dass es auf Silvester zugeht, und einen Böller in unseren Haufen geworfen. Es ist aber nichts passiert.«

»Und ich dachte wirklich, dass jemand geschossen hätte«, gab der Hauptkommissar erleichtert zurück, während ihm der Gestank des Knallkörpers in die Nase stieg.

»Nein, nein. Wir haben das Ding kommen sehen und einfach die Köpfe eingezogen. Es hat glücklicherweise niemand geschossen, und es ist auch keinem von uns etwas zugestoßen.«

Die Pöbeleien richteten sich nun direkt und ausschließlich gegen Hain, der kopfschüttelnd die Gruppe stehen ließ und zu seinem vorherigen Standort zurückkehrte. Lehmann, der das Ende der Erklärung des uniformierten Kollegen mit angehört hatte, trottete nach Luft hechelnd neben ihm her.

»Wir sollten diese Brüder einfach in einen großen Bus packen und in den Knast verfrachten«, keuchte er. »Es geht mir nämlich tierisch auf den Geist, dass wir uns von denen so auf der Nase herumtanzen und anscheißen lassen müssen.«

»Willkommen im Rechtsstaat«, sinnierte Hain leise.

»Ach was, Thilo«, entgegnete Lehmann mit Blick auf die immer größer werdende Gruppe der laut grölenden Pöbler, »da drüben sind mehrere hundert Jahre Gefängnis versammelt, und wenn sie die noch nicht abgesessen haben, dann werden sie es halt irgendwann müssen. Aber diese Form der Nachsicht diesen Leuten gegenüber geht mir echt auf den Sack. Das sind stinknormale Kriminelle, und so sollten sie auch behandelt werden.«

Hain legte seinem Kollegen mitfühlend die Hand auf die Schulter. »Da bin ich ganz bei dir, aber wenn die Gesetzeslage es nicht hergibt, dann ist das halt so.«

Er heftete erneut den Blick auf den noch immer sanft im Wind schaukelnden Leichnam von Ellen Pitsch. »Und was passiert, wenn Menschen die Selbstjustiz für sich entdecken, können wir gerade erste Reihe Mitte bewundern.«

»Ja, da bin ich jetzt wiederum ganz bei dir, das geht natürlich auch überhaupt nicht.«

»Hast du sie eigentlich gekannt?«, wollte Hain nun von seinem Kollegen wissen. »Oder woher wusstest du, dass du es mit Ellen Pitsch zu tun hast?«

Lehmann verzog das Gesicht.

»Nach so vielen Jahren bei unserer Truppe kennt man vermutlich jeden aus diesem Verein. Ich hatte sie, glaube ich, mehr als 20 Mal im Auto sitzen, weil sie eigentlich immer mittenmang dabei war, wenn die Rechten nachts irgendetwas ausgeheckt hatten. Und wenn es nicht die rechten Umtriebe waren, an denen sie beteiligt war, dann hatte sie halt gegen irgendwelche Verordnungen im Bereich der Prostitution verstoßen.«

»Die Pitsch hat angeschafft?«, zeigte Hain sich sichtlich erstaunt.

»Klar, seit mehr als 20 Jahren. Nicht durchgehend, aber immer mal wieder. Mal mehr, mal weniger, vermutlich genau immer dann, wie sie Kohle gebraucht hat.«

»Meinst du, ihre Kollegen von der braunen Front wussten davon?«

»Keine Ahnung, aber so ganz doof sind manche von denen halt auch nicht. Also vielleicht ja, vielleicht aber auch nein.«

In diesem Augenblick tauchte mit knirschenden Schritten Dr. Franz, der Rechtsmediziner, mit seiner Arbeitstasche in der rechten Hand hinter ihnen auf.

»Guten Morgen, die Herren«, begrüßte er die Polizisten, die seinen Gruß erwiderten.

»Und, sind Sie endlich Großvater geworden?«, wollte Lehmann wissen.

»Ja, ich bin jetzt ein richtiger Opa. Mit allem Drum und Dran.«

»Und, was ist es, Doc?«, hakte Hain nach. »Junge oder Mädchen?«

Franz fing an zu grinsen. »Ein wirklich süßes Mädchen. Aber ich hätte auch einen Jungen genommen, was das Geschlecht angeht, war ich ziemlich emotionslos.«

Der Mediziner nahm die sich immer noch gegenüberstehenden Gruppen in den Blick. Mittlerweile jedoch waren die Polizisten deutlich in der Überzahl, weil mehrere Dutzend Beamte dazugestoßen waren und die Kollegen unterstützten. Irgendwie allerdings hatte es auch den Anschein, als würden die Agitatoren langsam müde.

»Egal welche Zeitung auf der Welt man gerade liest, Kassel kommt immer darin vor«, meinte er leise. »Täusche ich mich, oder waren das früher nicht so viele, mit denen man es zu tun hatte?«

»Die waren schon immer da«, antwortete Lehmann. »Ganz früher noch viel mehr, aber diese Zeit haben wir ja glücklicherweise hinter uns. Jetzt sind sie zwar zahlenmäßig weniger, aber leiser und weniger unangenehm sind sie deswegen noch lange nicht.«

»Hm«, machte Dr. Franz resignierend. »Ist halt leider nicht zu ändern. Aber was genau haben Sie eigentlich für mich zu tun hier?«

Er konnte die am Ast baumelnde Frau nicht sehen, weil die mittlerweile aufgebauten Schutzwände sie verdeckten.

»Kommen Sie, ich zeige es Ihnen, Doc«, erwiderte Lehmann und wies auf die Sichtbarrieren.

»Braucht ihr mich dabei?«, wollte Hain mit einem raschen Blick auf seine Armbanduhr wissen. »Ich würde gern nach Pia schauen, so langsam mache ich mir nämlich Sorgen um sie.«

»Stimmt«, meinte Lehmann. »Die hatte ich gar nicht mehr auf dem Schirm. Aber mach das ruhig, wir sehen uns dann gleich wieder hier.«

»Ja, so machen wir es.«

Zunächst versuchte der Hauptkommissar es auf ihrem Mobiltelefon, wurde jedoch nach dem Klingeln auf die Mailbox weitergeleitet. Er hinterließ eine kurze Nachricht und wählte dann die Nummer des Festnetzanschlusses. Dort nahm Dominik Herbst den Anruf entgegen.

»Ja, bitte.«

»Hallo Dominik, hier ist Thilo. Kann ich mit Pia sprechen?«

»Die müsste doch bei dir sein«, kam es nach einer kurzen Pause.

»Ja, das stimmt, aber sie ist noch nicht hier bei uns angekommen.«

»Das verstehe ich nicht. Irgendwann heute Morgen hat sie das Haus verlassen und ist bis jetzt auch nicht wieder-aufgetaucht.«

»Wollte sie mit dem Taxi fahren?«

»Das weiß ich nicht, weil sie mir nur kurz gesagt, dass sie losmuss. Hast du sie denn nicht abgeholt?«

»Nein, ich bin selbst auch mit dem Taxi gefahren. Aber vielleicht sitzt sie ja schon im Präsidium und wartet mit einem frisch gebrühten Kaffee auf mich.«

»Das würde mich wundern«, entgegnete Herbst besorgt.

Auch Hain war über alle Maße besorgt, wollte sich jedoch gegenüber dem Freund seiner Kollegin nichts anmerken lassen. »Ich sage ihr, dass sie dich gleich mal anrufen soll, in Ordnung?«

»Ja, das wäre echt klasse, Thilo, vielen Dank. Allerdings war ich gerade auf dem Sprung und muss mich jetzt verdammt beeilen, sonst verpasse ich noch meine Tram ins Café. Sie soll bitte versuchen, mich mobil zu erreichen.«

»Geht klar, richte ich aus.«

Sie beendeten das Gespräch, und Hain bestellte sich erneut ein Taxi. Allerdings ließ er sich nicht ins Präsidium chauffieren, sondern nannte dem Fahrer Pias Adresse. Der legte den ersten Gang ein und schoss davon, als würde er nach Geschwindigkeit entlohnt.

»Könnten Sie für mich herausfinden«, bat er den Fahrer mit hochgehaltenem Dienstausweis, »ob es heute Morgen an der Adresse, zu der wir gerade unterwegs sind, eine Leerfahrt gegeben hat?«

»Klar. Wenn Sie das möchten, mache ich das.«

»Das wäre sehr nett.«

Der Fahrer drückte eine Taste auf dem vor ihm hängenden Mobiltelefon. Kurz darauf ertönte die Stimme einer Frau über die Freisprechanlage.

»Hallo, Jenny, hier ist die 206. Gab es heute Morgen eine Leertour für den Donauweg 44?«

»Warum willst du das denn wissen?«

»Ich habe hier einen Polizisten im Wagen, der will das wissen.«

»Gut, dann frag ihn mal, ob er schon mal was von Datenschutz gehört hat.«

»Es geht um eine Kollegin«, rief Hain in Richtung Armaturenbrett, »um die ich mir ernsthaft Sorgen mache. Und wenn es diese Leerfahrt gab, dann habe ich wenigstens einen Anhaltspunkt, wo ich mit der Suche nach ihr beginnen könnte.«

»Moment bitte.«

Es entstand eine Pause, während der im Hintergrund gemurmelt wurde.

»Wie heißt die Frau denn?«

»Ritter. Pia Ritter.«

»Und es geht um den Donauweg 44?«

»Ja, genau.«

Wieder eine Pause.

»Also wir hatten heute Morgen da tatsächlich eine Leerfahrt. Es hatte wohl eine Frau angerufen und einen Wagen zu der besagten Adresse bestellt. Aber da sie darum gebeten hatte, nicht zu klingeln, weil sie runterkommen würde, ist der Fahrer nach ein paar Minuten wieder abgefahren. Wenn Sie mehr darüber wissen wollen, müssten Sie sich aber an meine Kollegin von der Nachtschicht wenden, die den Auftrag bearbeitet hat; die ist aber schon im wohlverdienten Feierabend.«

Hains Herz fing an zu pochen. »Nein, nein, das passt schon«, erklärte er der Frau. »Und vielen Dank für Ihre Mühe.«

»Immer wieder gern.«

Die nächsten acht Minuten wollten nach der Empfindung des Kommissars einfach nicht vergehen. Jede Ampel schien auf Rot zu stehen und jeder Fußgänger trat genau in dem Moment auf die Straße, in dem das Taxi auf seiner Höhe war. Dann allerdings hatten sie den Donauweg erreicht. Hain bezahlte den Fahrer, stieg aus und ging auf den Hauseingang zu. Dort sah er sich kurz um, aber es gab keine Auffälligkeiten. Bei irgendjemandem klingeln mochte er nicht, also setzte er sein Lockpickingset ein und betrat kurz darauf den Hausflur. Auch hier sah alles zunächst unauffällig aus, doch schon nach ein paar Sekunden entdeckte der Polizist links neben dem Aufgang dunkle Flecken auf dem Boden. Er beugte sich nach unten, betrachtete die Spuren etwas ausführlicher und war sich sofort sicher, dass es sich dabei um noch nicht komplett getrocknetes Blut handelte.

»Scheiße!«

Mit zitternden Fingern zog er seine Dienstwaffe aus dem Holster und bewegte sich langsam vorwärts. Hain hatte seine Kollegin zwar vermutlich schon Hunderte Male aus diesem Haus abgeholt, den Bereich, in dem er sich jetzt befand, hatte er jedoch noch nie betreten. Vor sich hatte er eine Tür mit einer kleinen Drahtglasscheibe im oberen Teil, durch die Tageslicht zu sehen war. Rechts schloss sich eine weitere Tür ohne Scheibe an, die seiner Meinung nach nur in den Keller führen konnte. Er drückte vorsichtig die Klinke herunter und schob die Tür nach vorn. Dort gab es nur Dunkelheit zu sehen. Seine linke Hand fuhr tastend um die Ecke, fand den Lichtschalter und knipste die Beleuchtung an. Mit langsamen Bewegungen und nach unten gehaltener Waffe umkurvte er die Treppenhauswand, warf einen schnellen Blick hinter die Tür und widmete sich nun den Stufen nach unten.

Dort, am Ende der Treppe, lag sie. Zusammengekrümmt und trotzdem grotesk verdreht.

Hain sprang mit zwei, drei Sätzen die Treppe hinunter, landete neben seiner Kollegin, ließ sich auf die Knie fallen und legte ihr den Zeige- und Mittelfinger seiner rechten Hand an den Hals.

Puls!

Nicht wirklich stark, aber immerhin spürbar.

»Pia, kannst du mich hören?«

Keine Reaktion.

Er riss sein Telefon aus der Jacke, wählte die 112, gab seinen Standort durch und schilderte die Situation.

»Und macht bitte schnell, Leute. *Bitte*!«

Während er auf den Notarztwagen wartete, brachte er seine Kollegin vorsichtig in eine stabile seitliche Lage. Einmal hatte er den Eindruck, als würde sie leise stöhnen, doch vermutlich war das mehr Wunsch als Wirklichkeit. Sanft, fast zärtlich, schob er ihr die Haare aus dem Gesicht und seine Hand unter die rechte Seite, um sie etwas vor dem kalten Fußboden zu schützen.

»Pia, hier ist Thilo. Hörst du mich?« Er beugte sich nach unten, um möglichst nah an ihrem Mund zu sein, doch bis auf ihr flaches Atmen konnte er nichts hören. Und dann nahm er wahr, dass eine Träne den Weg von seiner Wange in ihr auf dem Boden liegendes Haar gefunden hatte.

Wieder und wieder flüsterte er ihr den gleichen Satz ins Ohr, doch sie reagierte einfach nicht.

Vermutlich habe ich mich ihr in meinem ganzen Leben noch nie so nah gefühlt wie jetzt, dachte er stumm weinend.

Nun zuckte seine Kollegin ein paarmal.

»Pia? He, Pia, wach auf!«

Wieder ihr unmotiviertes Zucken. Und in diesem Moment bekam Hain Panik. Unkontrollierbare, kolossale Panik.

»Bitte, Pia, bleib bei mir. Atme und bleib bei mir!«

Sirenengeheul.

»Sie sind da«, sagte er mehr zu sich selbst als zu ihr. »Gleich ist der Arzt da, der weiß, was zu tun ist.«

Ebenso sanft wie zuvor legte er wieder ihren Kopf ab, sprang auf, hetzte die Treppe hinauf und riss im gleichen Augenblick die Haustür auf, vor der ein Mann und eine Frau standen. Sie trugen rote Klamotten mit dicken, weißen Reflexstreifen darauf, der Mann hielt einen monströs großen Alukoffer in der Rechten.

»Die Treppe da vorn«, wies Hain in Richtung Flur. »Sie liegt am unteren Ende.«

Alles, was nun folgte, erweckte bei dem Polizisten den Anschein, als würde es einer perfekt einstudierten Choreografie folgen. Die Ärztin und der Rettungssanitäter waren meisterhaft aufeinander eingespielt und strahlten höchste Kompetenz aus. Sie sprachen wenig miteinander, und wenn, dann waren es kurze Sätze oder einzelne Wörter. Mittlerweile war auch das dritte Besatzungsmitglied des NAW im Keller, er hielt sich allerdings im Hintergrund. Hain hatte das Gefühl, dass seine Anwesenheit nicht mehr vonnöten war, und zog sich deshalb in den Hausflur eine Etage höher zurück. Dort tippte er auf die Kurzwahl von Herbert Schiller und informierte den Kriminalrat darüber, wie er Pia aufgefunden hatte.

»Ach du Scheiße, Thilo. Wie schwer ist sie denn verletzt?«

»Ich bin kein verdammter Arzt, Herbert, aber es sieht ganz sicher nicht gut aus. Sie ist nicht ansprechbar und atmet sehr flach. Ihr gesamtes Gesicht ist rot, blutig und geschwollen, und sie hat mindestens einen gebrochenen Arm, der steht nämlich irgendwie komisch vom Körper ab.«

»Soll ich rüberkommen? Würde dir das helfen?«

»Nein. Aber du könntest eine Großfahndung nach Maik Zoller anleiern. Er hat ihr mehrfach gedroht und ist nach meiner Meinung unser erster Tatverdächtiger. Und wir brauchen die KTU hier vor Ort.«

»Ich kümmere mich darum. Und ich schicke dir ein paar Streifenwagen, deren Besatzungen sollen sich mal in der näheren Gegend umsehen.«

»Gut. Und wenn du schon mal dabei bist, könntest du gleich …« Hain brach ab, weil der Fahrer des NAW an ihm vorbeigeschossen kam und nach draußen rannte. »Ich melde mich gleich wieder, Herbert.«

Damit hetzte der Hauptkommissar hinter dem Mann her, der jedoch schon wieder auf dem Rückweg war. In seiner Rechten befand sich ein knallgelber Koffer.

»Gibt es Probleme?«, fragte Hain vorsichtig.

»Keine Ahnung. Bleiben Sie hier oben, ist besser so.« Er verschwand im Kellerabgang. Kurz darauf hörte Hain, dass die abgeklärte Umgangsweise der Rettungsmannschaft hektischer Betriebsamkeit gewichen war. Der Polizist trat an die Kellertür und sah hinunter, und was er sah, raubte ihm die Luft.

Der Sanitäter saß neben Pia und führte eine Herz-Lungen-Wiederbelebung durch, während die Ärztin auf den Monitor eines Defibrillators starrte und offenbar darauf wartete, dass der Kondensator aufgeladen und das Gerät einsatzbereit war.

»Achtung«, rief sie kurz darauf laut und presste die Elektroden auf Pias Brustkorb.

29

Andreas Bader sah an sich herunter. Es kam ihm vor, als würden überall aus seinem Körper Schläuche hervorquellen, und neben dem Bett piepten leise jede Menge elektronische Geräte. Er hatte die meiste Zeit des Tages geweint, und auch jetzt war ihm wieder nach Heulen zumute. Aber immerhin hatte er seinen Pflichtverteidiger zu Gesicht bekommen, einen alten, irgendwie heruntergekommen wirkenden Mann mit roter Nase und Säuferaugenringen. Eigentlich hatte Bader ihn gleich wieder hinauswerfen wollen, doch der Alte hatte ihm innerhalb von ein paar Minuten klargemacht, dass er ohne seinen anwaltlichen Beistand sang- und klanglos untergehen würde.

»Natürlich«, hatte der Rechtsanwalt gesagt, »können Sie sich auch einen Wahlverteidiger nehmen, wenn Sie das Geld dafür haben, aber wie ich die Situation einschätze, haben Sie das nicht. Also, gehen wir es an.«

Bader wollte aber gar nichts angehen. Er wollte seinen linken Fuß und seine rechte Hand zurück, er wollte einfach nicht den Rest seines Lebens als Krüppel zubringen. Er wollte es auch deshalb nicht, weil er befürchtete, die nächsten Jahre im Knast verbringen zu müssen. Und im Knast sind die Krüppel nun einmal die Ärsche der Kompanie, das wusste er aus seinen dreieinhalb Jahren Erfahrung in der Justizvollzugsanstalt Hünfeld.

Seit er im Krankenhaus angekommen war, hatte Bader aufs Klo gemusst, aber selbst auf mehrfache Nachfrage des Personals hatte er das nicht eingestanden. Er wollte einfach nicht auf diese verschissene Bettpfanne. Doch nun drückte sein Darm dermaßen, dass er es kaum noch aushalten konnte. Und in diesem Moment ploppte in Bader der Gedanke auf, dass er sein Leben mit vollem Anlauf an die Wand gefahren hatte. Seine rechte Hand war weg, sein linker Fuß ebenso, und obwohl die beschissenen Ärzte ihm etwas von diesen ach so modernen, supergeilen Prothesen vorgesülzt hatten, wusste er, dass sein Zustand einfach zum Kotzen war und auch so bleiben würde. Jetzt und für die gesamte vor ihm liegende Zeit.

Dass er immer wahnsinnige Angst vor dem Tod gehabt hatte, verwunderte ihn in diesem Augenblick. Es würde Klatsch machen, und er hätte es hinter sich.

Klatsch, und vorbei!

Bader hatte keine Lust auf einen aufreibenden Gerichtsprozess, der ihn, den Schulabbrecher, ins Rampenlicht der Öffentlichkeit zerren würde. Er hatte keine Lust auf die Mitleidsbekundungen seiner Kumpels, weil die immer nur so weit reichen würden, wie sie ihnen nützlich waren. Das wusste er deshalb so genau, weil er einer von ihnen war und es genauso gemacht hatte. Er war so mit den Kumpels umgegangen, und so würden sie würden sie auch mit ihm verfahren. Klar war ihm das spätestens in dem Moment gewesen, als Dr. Wöhler, der in der Szene überaus beliebte Rechtsanwalt und Mitglied der AfD-Fraktion in der Kasseler Stadtverordnetenversammlung, seine Anfrage, ihn zu verteidigen, rundweg abgelehnt hatte.

Erneut streifte sein Blick die Apparaturen links und rechts des Bettes und danach die aus seinem Körper ragenden Schläuche.

Das geht!

Bader wusste, dass vor seiner Tür mindestens ein Bulle sitzen würde, aber das war ihm egal. Er hatte nicht vor, das Krankenhaus durch den Haupteingang zu verlassen. Mühsam und keuchend hob er den Oberkörper und setzte sich auf. Dann riss er nacheinander alle mit ihm verbundenen Leitungen aus den Geräten, worauf sofort ein heilloses Gepiepe einsetzte, schwang die Beine über die Bettkante und ließ sich auf den Boden fallen. Für einen Moment wurde ihm schwarz vor den Augen und er hatte Angst, bewusstlos zu werden, doch dann rappelte er sich hoch und kroch auf die Tür zu, die hinaus auf den kleinen Balkon führte. Kniend schob er mit der linken Hand den Griff in die Waagrechte, riss den Flügel auf und krabbelte nach draußen. Dort erst erkannte er, dass sein Balkon mit denen der Zimmer auf seiner Etage verbunden war.

Scheißegal! Jetzt kommt es sowieso nur noch drauf an, es vor dem Auftauchen der bekloppten Schwestern und Ärzte über die Brüstung geschafft zu haben.

Er schob sich vorwärts, hatte Sekunden später das Geländer erreicht, und irgendwie erschien ihm der Tod in diesem Augenblick nur mehr eine logische Folge seines verpfuschten Lebens zu sein.

Fünfter Stock. Das reicht auf jeden Fall.

Aus Gewohnheit hob er den stärkeren rechten Arm, um sich an der Brüstung hochzuziehen, doch da war ja nichts mehr, mit dem er sich hätte hochziehen können.

Dann eben den linken.

Andreas Bader wog nicht einmal 65 Kilo und es fiel ihm trotz seiner Einschränkungen leicht, sich auf die Höhe des Geländers zu hieven. Einmal blieb er mit einem aus dem Fußstumpf ragenden Schlauch hängen, doch den riss er einfach heraus.

Die Schmerzen machen mir gar nichts mehr, die tun eigentlich richtig gut! Die machen den Rest einfacher!

Dann lag sein Brustkorb auf dem oberen Teil des Geländers und er versuchte, sich mit dem rechten Fuß vom Boden abzustoßen, um seinen Körper über die Brüstung zu wuchten.

Im gleichen Augenblick allerdings geschahen zwei Dinge. Zuerst wurden hinter ihm von der Zimmertür her Stimmen laut, die nach ihm riefen.

Zu spät, ihr Loser!

Das Zweite war eine sehr kräftige Pranke, die ihm ins Genick fasste und ihn zurück auf den Boden presste.

»Na, na, Andreas, wer wird denn da den Sittich machen wollen«, hörte er eine sonore Männerstimme sagen. Im Aufblicken schaute er in das eher sarkastisch als freundlich grinsende Vollbartgesicht eines Bodybuilders in Polizeiuniform.

»Siehst du, wir haben uns schon so etwas gedacht«, sagte die überaus beeindruckende Gestalt. »Und weil wir unbedingt wollen, dass dir nicht noch mehr Unheil widerfährt, habe ich mich hier draußen hingesetzt und dich auch von dieser Seite aus bewacht. Gut, was?«

Andreas Bader sank in sich zusammen, presste die gesunde linke Hand und den verbundenen Stumpf der rechten vors Gesicht und fing hemmungslos an zu weinen.

30

»Wir haben die Vitalfunktionen Ihrer Frau so weit stabilisiert bekommen, aber es sieht alles andere als gut aus«, erklärte die Ärztin Hain im Vorübergehen. Währenddessen wurde Pia von den Rettungsassistenten auf einer Trage die Kellertreppe heraufgebracht. »Sie hat ernste innere Verletzungen, die aber erst in der Klinik genauer untersucht werden können.«

Er schüttelte den Kopf und zeigte der Ärztin seinen Dienstausweis. Die beiden Sanitäter hatten jetzt mit der Trage das Erdgeschoss erreicht und drängten sich an ihnen vorbei.

»Pia ist nicht meine Frau. Sie ist meine Kollegin … und eine wirklich gute Freundin.«

»Ach so. Ich hatte vermutet, dass …«

»Und sie ist schwanger«, flüsterte der Hauptkommissar.

»Sie ist was?«

»Schwanger. Sie hat es mir erst vor ein paar Tagen erzählt.«

»Also in den ersten Wochen?«

»Ja, ganz am Anfang.«

Der Blick der Notfallmedizinerin machte ihm klar, dass sie der Schwangerschaft keine großen Chancen einräumte. »Das kann später kommen«, meinte sie trotzdem. »Jetzt ist es erst mal wichtig, dass sie am Leben bleibt.«

»Ja, das ist wichtig.«

»Wir sind so weit«, rief einer der beiden Helfer von draußen.

»Ich komme«, erwiderte die Frau und legte Hain die Hand auf den Unterarm. »Und ich würde Ihnen jetzt gern etwas sagen, das Sie tröstet, aber da gibt es leider nichts. Wir tun, was wir können, aber Sie sollten mit dem Schlimmsten rechnen.«

Der Polizist nickte, wischte sich eine Träne von der Wange und drehte sich um. Gleich darauf ertönte die Sirene des NAW und der Motor heulte auf. Dann war für ein paar Sekunden absolute Stille.

Verdammt!

Hain fuhr sich erneut mit dem Sakkoärmel durchs Gesicht, holte tief Luft und wollte gerade den Hausflur behelfsmäßig absperren, als drei Mitarbeiter der Kriminaltechnik durch die Tür hereingestürmt kamen.

»Wir haben den NAW wegfahren sehen, Thilo«, erklärte Malte Brumm, der Jüngste des Trios. »Wie geht es ihr?«

»Nicht gut. Aber sie ist stark, das wird schon.«

»*Nicht gut* klingt verdammt nach *richtig scheiße*. Sie wird aber durchkommen, oder?«

»Das können wir nur hoffen, Malte. Wenn ich die Ärztin richtig verstanden habe, kann es so oder so ausgehen.«

»Verdammt. Weißt du schon was Genaueres zum Tathergang?«

Hain schilderte seinen Kollegen, wie er Pia vorgefunden hatte und mit welchen Drohungen Maik Zoller sie überzogen hatte.

»Der Zoller? Mit dem hatte ich schon so oft zu tun, der ist doch blöd wie eine Büchse Thunfisch; den kriegen wir auf jeden Fall.«

»Das denke ich auch, aber zunächst will ich eigentlich nur an Pia denken.«

»Aber die Fahndung nach ihm läuft doch schon?«

»Ja klar. Und es waren auch schon ein paar Streifenwagen hier, die gerade die Gegend absuchen. Vielleicht feiert dieser Drecksack seinen Erfolg ja an irgendeiner Trinkhalle. Ich muss jetzt erst mal ihren Freund anrufen.«

Das Gespräch mit Dominik Herbst war ebenso kurz wie bedrückend. Der Besitzer einer kleinen Kaffeebar im Zentrum bestand darauf, sofort zu Pia zu wollen, was Hain ihm ohne Erfolg auszureden versuchte. Damit war das Gespräch auch schon beendet. Hain stand vor dem Haus, wo sich mittlerweile ein halbes Dutzend Streifenwagen eingefunden hatten, und sah in den Himmel. Dann wählte er die Nummer von Carla, seiner Frau, doch er erreichte nur ihre Mailbox. Er sprach nicht darauf, da ihm einfiel, dass sie am Vormittag einen Arzttermin mit ihrer Mutter wahrnahm, also schob er das Telefon zurück in die Sakkotasche. Im gleichen Augenblick fuhr Herbert Schiller vor. Der Kriminalrat nahm seinen Mitarbeiter wortlos in den Arm.

»Wie sieht es aus?«, wollte er wissen.

»Nicht gut«, antwortete Hain. Wieder lief ihm eine Träne übers Gesicht. »Kann so ausgehen, oder auch anders.«

»Scheißdreck. Scheißdreck, Scheißdreck, Scheißdreck.«

»Du sagst es.«

Sie standen eine Weile schweigend voreinander.

»Wie ich sehe«, bemerkte Schiller schließlich nach einem kurzen Rundblick, »ist immerhin die KTU schon am Start. Wenn es um einen Kollegen oder eine Kollegin geht, können die ja richtig schnell.«

»Das sagst du aber nur mir, bei denen da drin hältst du bitte deinen Mund.«

»Versprochen.«

»Hast du schon eine Idee, wie sich die Sache …« Der Kriminalrat brach ab, weil einer der Uniformierten neben den beiden auftauchte.

»Die Kollegen haben den Verdächtigen, diesen Zoller, erwischt und festgenommen«, erklärte er mit gedämpfter Stimme.

»Hat er Widerstand geleistet?«, wollte Hain wissen.

»Sorry, keine Ahnung.«

»Wo?«

»In der Innenstadt. Wenn ich den Kollegen am Funk richtig verstanden habe, war er wohl gerade auf dem Weg ins ›Vaterland‹.«

Hain schluckte. »Dann fahre ich sofort ins Präsidium. Diese Vernehmung lasse ich niemanden anderen machen.«

Schiller bedankte sich bei dem uniformierten Kollegen und wandte sich dann seinem Hauptkommissar zu. »Daraus wird nichts, Thilo.«

»Warum das denn?«

»Weil du mir emotional zu sehr involviert bist. Du bist angespannt, du sorgst dich um Pia, und ich sorge mich, dass du mit diesem Zoller irgendeinen Scheiß abziehst. Also wird jemand anderes die Vernehmung durchführen. Vielleicht mache ich es sogar selbst.«

»Das ist jetzt nicht wirklich dein Ernst, Herbert. Ich habe mich absolut im Griff und vollkommen unter Kontrolle, das verspreche ich dir.«

»Und ich verspreche dir, dass du in den nächsten Tagen nicht mal in Zollers Nähe kommen wirst. Und das ist keine Bitte und kein Ersuchen, sondern eine dienstliche Anweisung.«

»Aber was soll ich denn machen? Soll ich zu Hause rumsitzen und Däumchen drehen?«

»Auf keinen Fall. Du bist immer noch zu den Kollegen von ZK 10 abkommandiert und wirst die bei der Suche nach dem Mörder von Ellen Pitsch unterstützen.«

Hain legte die Stirn in Falten und stöhnte dabei laut auf.

»Du weißt«, kommentierte Schiller diesen emotionalen Ausbruch energisch, »welch große Stücke ich auf dich halte, Thilo, aber diese Entscheidung will und werde ich jetzt ausnahmsweise mal nicht mit dir diskutieren. Nimm sie hin und lass es gut sein. Ich werde dich über jedes Wort von Zoller informieren, aber ich lasse dich nicht an ihn ran. Und wenn es dir damit besser geht, dann sieh es einfach als meinen Versuch, dich vor dir selbst zu schützen. Denn wer sollte besser als ich wissen, wie kurz deine Zündschnur zuweilen sein kann.«

Hain hob den Kopf, betrachtete ein paar Sekunden lang den strahlend blauen Himmel und nickte. »Gut. Ich akzeptiere deine Entscheidung ohne Wenn und Aber. Und irgendwie ... bedanke ich mich sogar bei dir, weil ich der Meinung bin, dass sie absolut richtig ist. Vielleicht hätte ich mich doch nicht so perfekt unter Kontrolle gehabt, wenn ich mit ihm allein im Vernehmungsraum gewesen wäre.«

Schiller sah ihn erleichtert an. »Gut, dann wäre das ja zu unser beider Zufriedenheit geklärt.«

»Ja. Und wo wir gerade dabei sind, da war noch was gestern Abend.« Der Hauptkommissar informierte seinen Chef ausführlich über das merkwürdige Verhalten ihres Kollegen Tobias Rüther.

»Und ihr seid wirklich der Meinung, dass er das war, der da vor euch abgehauen ist? Dieser ... Tobias Rüther, der Kriminaltechniker? Ich habe übrigens noch nie von ihm gehört.«

»Hatten wir bis zu der Sache mit dem abgefackelten Haus auch nicht, aber Pia ist definitiv der Meinung, dass er es war. Und sein Verhalten während unseres kurzen Besuchs war auf jeden Fall mehr als sonderbar.«

»Und irgendwelche anderen Gründe für dieses merkwürdige Verhalten? Eine außerhäusliche Affäre, vertuschte Homosexualität, rechte Tendenzen, was weiß ich?«

»Es könnte Millionen von Gründen geben, warum er sich so verhalten hat, aber wenn er nicht darüber reden will, werden wir mit Sicherheit auch nichts darüber erfahren.«

Schiller schloss die Augen und überlegte. »Gut, dann sieh ihn dir halt ein wenig an. Du vergisst dabei bitte nicht, dass er einer von uns ist, schaust ihn dir aber an. Was macht er im Netz, wie verhält er sich in den sozialen Medien, Hobbys, Familie, Freunde, das ganze Programm. Ich rede mit Sascha Brinkmann und erkläre ihm, dass du einen Spezialauftrag von mir ausführen musst, über den ich im Augenblick nicht mit ihm sprechen möchte. Wenn er dir trotzdem Schwierigkeiten machen sollte, meldest du dich sofort bei mir. Alles klar? Und ganz sicher wird das nicht mehr alles heute passieren, weil ich dich spätestens in zwei Stunden nicht mehr auf der Straße sehen will. Dann liegst du zu Hause auf dem Sofa, lässt dir von Carla über den Schädel streicheln und drückst Pia die Daumen, dass sie stark genug sein wird, diese Scheiße zu überleben.«

»Alles klar, Herbert. Und … danke.«

»Da nicht für. Wir drücken alle Pia die Daumen und wünschen ihr nur das Beste, aber wir müssen uns auch alle dabei ebenso um unser Kerngeschäft wie unsere psychische Gesundheit kümmern. Das muss sein, und es hilft obendrein dabei, nicht ins Grübeln zu verfallen.« Der Kriminalrat holte sein Telefon aus der Jackentasche und drückte eine Kurzwahltaste. »Ich werde mich derweil um Maik Zoller kümmern«, sagte er zum Abschied und ging davon.

*

Etwa eine halbe Stunde später hatte Hain den Mazda zu Hause geholt und war im Präsidium angekommen.

Im Netz und speziell in den sogenannten sozialen

Medien trat Tobias Rüther komplett unauffällig auf. Er hatte einen Facebook-, einen Instagram- und einen Twitter-Account, die er aber nur sehr unregelmäßig bespielte. Über die Eingabe seines Namens in eine Suchmaschine fand Hain heraus, dass er sich früher offenbar für Modellbau interessiert hatte.

Der Polizeicomputer immerhin spuckte den kompletten Lebenslauf des Kollegen aus.

Geboren im Thüringischen Rudolstadt, nach der Scheidung der Eltern aufgewachsen im nahe gelegenen Ilmenau. Ein älterer Bruder und eine jüngere Schwester. Abitur mit Notendurchschnitt 2,7, danach Informatikstudium, allerdings nach fünf Semestern abgebrochen.

Für den Polizeidienst in Thüringen beworben, aber nach dem Eignungstest abgelehnt, in Hessen mit diesem Test ohne Probleme aufgenommen. Nach der Graduierung nach Offenbach versetzt worden, danach im PP Gießen eingesetzt, und seit nunmehr knapp drei Monaten in Kassel.

In den ersten Dienstjahren war Rüther in der damals neu geschaffenen Abteilung Cyberkriminalität in Südhessen eingesetzt gewesen, in der Gießener Zeit hatte er mehrere technische und EDV-Lehrgänge durchlaufen, sodass er nach seiner Versetzung nach Kassel direkt im Bereich Informationstechnik unterkam.

Sein Vater war Volkspolizist in der DDR gewesen und wurde nach der Wiedervereinigung von den thüringischen Behörden übernommen, die Mutter arbeitete bis zu ihrem Tod 1999 als Ingenieurin in einer Maschinenfabrik.

Seine Beurteilungen waren durchschnittlich bis gut, sein Sozialverhalten wurde von seinen Vorgesetzten als vorbildlich dargestellt, und wie es schien, gab es über Tobias Rüther nichts Negatives zu berichten.

So weit, so schlecht, dachte Hain.

Man hatte bei dem Kollegen, zumindest offensichtlich, auch keine irgendwie gearteten politischen Tendenzen, weder nach rechts noch nach links, feststellen können. Er kam pünktlich zum Dienst, ging in der Regel pünktlich wieder nach Hause und lebte ein Leben wie Tausende seiner Kollegen auch. Und trotzdem war er vor Pia und ihm davongelaufen.

Vermutlich zumindest.

Der Hauptkommissar hob den Kopf und sah auf die Uhr. Mit Pia zusammen hätte er jetzt über ein Mittagessen nachgedacht. Aber Pia lag im Krankenhaus und kämpfte um ihr Leben, zumindest hoffte er das. Dann stand er auf, schnappte sich sein Sakko und verließ das Präsidium.

20 Minuten später stand er etwas verlassen am Anfang der Straße, die er und Pia hinuntergelaufen waren, als Rüther vor ihnen geflüchtet war. Der Polizist ging langsam los und achtete dabei mehr auf die Details über seinem Kopf als auf den Weg unter seinen Füßen. Etwa auf halbem Weg blieb er stehen und blickte zu der Kamera auf, die über dem Eingang zu einem großen Haushaltswarengeschäft montiert war.

Bingo!

»Einen schönen guten Tag«, begrüßte er die junge Frau hinter dem Verkaufstresen und stellte sich vor. »Nimmt die Kamera da draußen über der Tür wirklich etwas auf oder ist das ein Dummy?«

»Ein *was*?«, wollte sie mit forschendem Blick wissen.

»Ich möchte wissen, ob das da draußen über der Tür eine echte Kamera ist oder ein sogenannter Dummy? Ein Blender, ein Fakegerät?«

»Nein, das ist eine echte Kamera, und die nimmt jeden auf, der unser Geschäft betritt oder auch wieder verlässt. Seit ein paar Jahren haben wir große Probleme mit Ladendieben. Aus diesem Grund haben meine Eltern, denen das

Geschäft gehört, sich zu diesem Schritt entschlossen. Nach meiner Meinung bringt es zwar nicht wirklich etwas, aber was soll ich machen?«

»Und wie lange werden die Bilder gespeichert?«

Sie zuckte mit den Schultern. »Keine Ahnung, echt nicht. Da kann Ihnen am besten mein Vater helfen, der kennt sich mit dem Ding bestens aus.« Sie grinste feist. »Man könnte auch sagen, dass er die Kameraaufnahmen zu seinem Hobby gemacht hat.«

»Und wo finde ich Ihren Vater?«

»Der ist im Lager und kümmert sich um die Lieferungen. Soll ich ihn hochholen?«

»Das wäre unheimlich nett«, nickte Hain.

Die junge Frau griff zum Telefonhörer, und nicht einmal eine Minute später kam den beiden ein grauhaariger, etwa 55-jähriger Mann entgegen, der sich, untermalt von einem kräftigen Händedruck, als Helmut Schweizer vorstellte. Hain zeigte ihm seinen Dienstausweis und schilderte sein Anliegen.

»Die Bilder der Überwachungskameras werden genau eine Woche aufgehoben; dann wird immer die älteste Aufnahme auf der Festplatte mit dem gleichen Tag der neuen Woche überschrieben.«

»Sie haben also mehrere Kameras?«

»Ja. Aber es gibt nur eine, die den Bereich vor der Tür überwacht. Der Rest ist hier im Laden verteilt.«

»Ach so. Könnte ich mir die Aufnahmen vom späten gestrigen Nachmittag ansehen?«

»Worum geht es denn? Sind Sie auf der Suche nach einem Verbrecher?«

»Das weiß ich noch nicht. Meine … Kollegin und ich müssten auf jeden Fall zu sehen sein, über den Rest kann ich Ihnen leider noch nicht viel sagen.«

»Ah, klar«, gab er verschwörerisch zurück. »Aus ermittlungstaktischen Gründen, nehme ich mal an.«

Seine Tochter schnaufte. »Oh Mensch, Papa.«

»Lass mal, Stefanie, ich schaue ja, wie du weißt, ziemlich häufig Krimis im Fernsehen. Da kommt so was regelmäßig vor.«

»Dann sind Sie ja praktisch so was wie ein ehrenamtlicher Kollege«, schmierte Hain dem Ladenbesitzer zentimeterdick Honig um den Bart.

»Na, das will ich lieber nicht behaupten.« Er wies auf eine Tür hinter einer Armada von Kaffeevollautomaten. »Kommen Sie, wir gehen in mein Büro, da befindet sich die Aufnahmetechnik.«

Wie sich herausstellte, handelte es sich bei Helmut Schweizer um einen echten Technikfreak. Die aufgenommenen Bilder, immer vier in jeder Sekunde, lagen in Farbe und bester HD-Qualität vor. Der Hauptkommissar nannte ihm den fraglichen Zeitraum, und kurz darauf konnte er es sich in Schweizers bequemem Bürodrehstuhl gemütlich machen. Der Inhaber wies auf einen Joystick. »Damit können Sie den Film starten, stoppen, in den Aufnahmen hin- und herfahren, aufzoomen, das geht ganz einfach. Ich muss leider zurück ins Lager, sonst komme ich in Teufels Küche, weil ich noch einen ziemlich großen Auftrag zu bearbeiten habe.« Er stand auf und ging zur Tür. »Die Lieferung geht nach Dubai, müssen Sie wissen«, setzte er voller Stolz hinzu. »Wenn Sie fertig sind und das für Sie Wichtige gesehen haben, lassen Sie einfach alles stehen und liegen und gehen einfach. Ich kümmere mich um den Rest.«

»Das ist sehr nett, vielen Dank, Herr Schweizer.«

»Kein Problem, das mache ich wirklich gern.« Damit verließ er das Büro.

Hain beugte sich nach vorn und drückte auf den Startknopf. Die schnell wechselnden, gestochen scharfen Aufnahmen zeigten immer neue Menschen, manchmal war auch nur der Bürgersteig zu sehen. Dann allerdings sprang klar erkennbar Tobias Rüther durchs Bild. Der Polizist fuhr eine kurze Zeitspanne zurück und sah sich die Aufnahme erneut an. Dann noch einmal und noch mal, und schließlich war er sich absolut sicher, dass es sich bei der am Haushaltswarenladen vorbeirennenden Person um Tobias Rüther handelte. Er fotografierte das Standbild ab und wollte eigentlich aufstehen, blieb dann aber sitzen und sah sich auch die nächste Minute noch an. Er sah Pias angespannt wirkendes Gesicht auftauchen und verschwinden, und in diesem Moment wurde ihm klar, dass er kein einziges Foto von seiner Kollegin hatte. Also kramte er erneut sein Telefon aus der Tasche und machte ein paar Aufnahmen von seiner Freundin und Kollegin.

Auf dem Weg nach draußen, gerade, als er sich von Stefanie Schweizer verabschiedete, klingelte sein Telefon. Er trat auf die Straße und sah mit zitternden Fingern auf das Display.

Es war Carla.

»Hi, Carla«, meldete er sich.

»Hallo, Thilo. Ich bin leider gerade erst aus dem Krankenhaus gekommen und habe gesehen, dass du es bei mir versucht hast. Gibt es was Wichtiges? Meine Mutter ist noch ziemlich benommen von der Narkose.«

Hain schluckte und wehrte sich gegen die aufkommenden Tränen.

»Wie ist die Untersuchung verlaufen?«

»Du, alles gut. So eine Darmspiegelung ist in ihrem Alter kein Kindergeburtstag mehr, aber glücklicherweise ist da, wo sie ihr hingeschaut haben, alles in Ordnung.«

Kurze Pause.

»Aber du klingst irgendwie komisch, Thilo. Ist irgendetwas passiert?«

Nun liefen die Tränen, und er konnte nichts dagegen tun. »Ja, leider.«

»Was denn? Nun sag schon, los.«

»Es gab einen Anschlag auf Pia. Sie ist im Klinikum, und wie es aussieht, kämpfen die Ärzte um ihr Leben.«

»Oh nein! Wie ist das denn passiert? Und *was* ist ihr passiert?«

»Jemand hat ihr wohl in ihrem Treppenhaus aufgelauert, sie ziemlich übel zugerichtet und dann die Kellertreppe hinuntergeworfen. Aber wie es aussieht, haben wir den Täter schon gefasst.«

»Das hilft der armen Pia leider nicht.«

Wieder eine Pause. Offenbar hatte auch Carla angefangen zu weinen.

»Wie geht es dir?«, wollte sie schluchzend wissen.

»Total beschissen, wie sonst?«

»Kann ich irgendetwas für dich tun, Thilo?«

»Nein. Ich denke an sie, drücke ihr in jeder verdammten Minute die Daumen und versuche trotzdem, mich abzulenken. Wie du aber sicher bemerkst, gelingt mir das nicht wirklich gut.«

»Ja, das merke ich.«

Stille.

»Ich weiß, dass du das jetzt vermutlich nicht hören und noch weniger beantworten willst, aber gibt es irgendetwas in Bezug auf ihre Schwangerschaft?«

»Die Ärztin meinte, dass Pia jetzt andere Probleme hätte als ihre Schwangerschaft.«

»Oh verflucht!«

»Ich will einfach, dass sie nicht stirbt, Carla. Ob sie ihr Baby behält oder nicht, ist für mich im Augenblick wirklich zweitrangig, auch wenn das jetzt vermutlich brutal für dich klingt.«

»Nein, das tut es nicht. Und vielleicht ...« Sie brach ihren Satz ab.

»Ja?«, wollte ihr Mann wissen.

»Ich will dazu nichts mehr sagen, weil ich mich vermutlich irgendwann dafür schämen würde. Und du hast völlig recht damit, dass hier und jetzt nur ihr Überleben zählt.«

»Danke, dass du das sagst, Carla.«

»Gern. Wo bist du gerade?«

»In der Innenstadt. Ich werde noch ein Gespräch mit einem Kollegen führen, dann komme ich, sofern sich bei Pia nichts ... nichts ... verändert hat, nach Hause.«

»Ich setze meine Mutter bei ihrer Wohnung ab und warte zu Hause auf dich, ja?«

»So machen wir es.«

»Schön. Ich denk an dich, Thilo.«

»Ich weiß.« Er beendete das Gespräch und nahm erst in diesem Moment wahr, dass ein etwa vierjähriger Junge vor ihm stand und ihn beobachtete.

»Was ist mit dir?«, wollte der Knirps mit besorgter Miene wissen. »Warum weinst du?«

Hain beugte sich hinunter und sah ihm in die Augen. »Eine Freundin von mir ist sehr, sehr krank, und das macht mich traurig.«

»Muss sie sterben?«

»Das ...«

»Yannick, lass bitte den Mann in Ruhe und komm her«, rief eine Frau, die vor dem Schaufenster stand und die Haushaltsgeräte bestaunte. Sie hob den Kopf und sah Hain an. »Sie müssen entschuldigen, er steht einfach total auf soziales Kontakteln. Kümmern Sie sich gar nicht um ihn, wenn es Sie nervt.«

»Nein, schon gut«, erwiderte Hain leise. »Er ist ein Kind, er darf das.«

31

Es war eigentlich alles wie am Abend zuvor. Hain stand vor dem Haus, in dem Tobias Rüther wohnte, legte den Finger auf die Klingel, trat zurück und wartete. Das Einzige, was sich gegenüber gestern verändert hatte, war das Fehlen seiner Kollegin Pia.

»Ja, bitte?«, fragte Ines Bruch auf die gleiche Weise wie etwas mehr als 24 Stunden zuvor.

»Ich bin es noch mal, Thilo Hain, der Kollege von Tobias, der gestern Abend schon mal da war. Dürfte ich Ihnen kurz ein paar Fragen stellen, Frau Bruch?«

»Mir? Warum das denn? Wir haben Ihnen doch gestern Abend schon alles gesagt, was Sie und Ihre Kollegin wissen wollten. Und außerdem ist der Tobi bei der Arbeit und nicht zu Hause.«

Beim Ausdruck »Kollegin« verspürte der Hauptkommissar einen schmerzhaften Stich in der Brust. »Ja, ich weiß. Ich würde Sie trotzdem gern kurz sprechen. Sie ganz persönlich.« Er dachte kurz nach. »Nein, eigentlich will ich Ihnen etwas zeigen und Sie dazu um Ihre Meinung bitten.«

Die Frau am anderen Ende der Leitung stöhnte auf. »Das tut mir echt leid, aber ich schreibe morgen eine verdammt wichtige Klausur, für die ich bis jetzt viel zu wenig gelernt habe. Also, hat das nicht Zeit bis übermorgen?«

»Nein«, brüllte Hain in das Lochgitter vor seinem Mund, »das hat definitiv nicht Zeit bis übermorgen, und wenn Sie nicht sofort die Tür aufmachen und mich reinlassen, komme ich mit einem Durchsuchungsbeschluss wieder. Dann werden Sie mich reinlassen, das versichere ich Ihnen.«

Es entstand eine Pause. Offenbar überlegte die Frau, wie sie mit der Drohung des Polizisten umgehen sollte.

»Gut, dann kommen Sie halt rauf. Aber ich habe wirklich nur ganz wenig Zeit.«

Es summte. Hain schob die Tür auf und stand keine zehn Sekunden später vor der Frau.

»Dann kommen Sie mal rein.« Sie wies ihm den Weg zur Küche und stellte sich mit verschränkten Armen vor dem Herd auf. »Ich finde Ihr Verhalten echt richtig scheiße, das kann ich Ihnen schon mal sagen. Mich so anzubrüllen ... Und jetzt zeigen Sie mir, was Sie meinten, und dann will ich, dass Sie sofort wieder gehen.«

Hain nickte, zog wortlos sein Telefon aus der Tasche und hielt ihr das mit einem Zeitstempel versehene Foto ihres Freundes hin.

»Und, was soll das jetzt?«, blaffte sie ihn an.

»Was das soll? Sie haben uns gestern Abend angelogen, das soll das!«

Ines Bruch sah den Kommissar mit zu Schlitzen verengten Augen an. »Sie halten sich wohl für einen ganz Schlauen, was? Aber wenn ich Ihnen jetzt sage, dass das da auf dem Foto gar nicht Tobi ist, sondern sein Bruder, dann werden Sie vielleicht ein bisschen ruhiger, oder?«

»Wie, sein *Bruder*? Wenn Sie mir jetzt hier eine irgendwie ausgedachte und völlig krude Story von wegen Tobis Bruder aufs Auge drücken wollen, dann nehme ich Sie gleich mit aufs Präsidium und lasse Sie da ein bisschen in einem unserer Vernehmungsräume schmoren. Verstanden?«

Sie stöhnte erneut laut auf. »Sie kapieren ja überhaupt nichts! Aber ich erkläre es Ihnen jetzt noch mal ganz langsam. Der Kerl, den Sie da auf dem Foto sehen, ist Tobis ein Jahr älterer Bruder Felix. Er hat zwar deutlich längere Haare, ist ungefähr zehn Zentimeter größer und wiegt auch mindestens 15 Kilo weniger, weil er nicht sein gesamtes Leben schon Kraftsport macht wie Tobi, aber er sieht ihm trotzdem verdammt ähnlich. Und auf diese Ähnlichkeit sind Sie einfach hereingefallen.«

Hain drehte das Telefon um und betrachtete noch einmal das Bild des Mannes.

»Lebt dieser ominöse Bruder auch in Kassel?«

»Ja, natürlich. Er ist der Grund, warum Tobi damals unbedingt nach Kassel versetzt werden wollte.«

Hain dachte über den Lebenslauf des Kollegen nach. Da war tatsächlich von einem älteren Bruder die Rede gewesen.

»Und …«

»Aber es gibt da ein paar Dinge« unterbrach die Studentin den Polizisten, »die man zu Felix einfach wissen muss.«

»Und was wäre das?«

»Felix ist ziemlich krank. Psychisch … und so. Was er genau hat, weiß ich nicht, weil Tobi das irgendwie wie ein Staatsgeheimnis behandelt, aber er ist wirklich ziemlich schräg.«

»Aber Sie kennen ihn?«

»Klar. Wir sind manchmal bei ihm zu Hause, und er ist manchmal hier. Aber Tobi sieht ihn viel öfter als ich, weil ich nicht immer Lust auf ihn habe.« Sie zögerte. »Manchmal ist es echt krass lustig mit ihm, aber manchmal ist er auch unausstehlich. Ich habe immer gedacht, dass er bipolar ist, aber das stimmt wohl nicht.«

»Sie meinen, er leidet unter einer bipolaren Störung? Im Sinne von manisch-depressiv?«

»Genau. Aber Tobi hat mir, als ich ihm das mal gesagt habe, ganz massiv widersprochen. Er ist dabei sogar richtig laut geworden.«

»Aber was seinem Bruder genau fehlt, dazu hat er sich nicht geäußert?«

»Nein. Wenn wir auf das Thema zu sprechen kommen, wird er immer ziemlich einsilbig.«

»Und wovon lebt dieser Felix?«

»Er ist so was wie ein Computergenie und hatte irgendwann sogar mal eine eigene Firma. Die hat er dann für richtig viel Kohle verkauft, und von dem Geld kann er wohl ganz gut leben. Zumindest könnte man das glauben, wenn man sieht, wie er so wohnt und was er sich leisten kann.«

»Was kann er sich denn alles leisten?«

»Ach, total viel Technikkram und so was. Und seine Wohnung, die ist wirklich phänomenal. Eigentlich ist es mehr ein Penthouse oder so was.«

»Und wo finde ich dieses *Penthouse*?«

»In der Jenaer Straße. Die Nummer weiß ich nicht, aber das Haus können Sie gar nicht verfehlen, es ist das größte in diesem Neubaugebiet und außerdem komplett in rot angestrichen. Sie müssen an der obersten Klingel schellen, da steht aber kein Name dran.« Sie fing an zu grinsen. »Wie gesagt, er ist schon mächtig gestört irgendwie. Aber das kann man ja auch verstehen, wenn man sich überlegt, was der schon alles durchgemacht hat in seinem Alter.«

»So? Was hat er denn alles durchgemacht?«

»Na, zunächst mal hat er seine Mutter gefunden, nachdem die sich aufgehängt hat. Sie hing in der Wohnstube am Lampenhaken, als Felix aus der Schule kam. Er hat sich einfach in einen Sessel gesetzt und geweint, bis jemand kam und sie runtergenommen hat. Ich glaube, das war sein Vater, aber genau weiß ich es nicht mehr. Und dann war da noch die Sache mit seiner Kindergartenfreundin, die ein paar Jahre später ums Leben gekommen ist. So richtig habe ich nie verstanden, wie das genau war, aber das hat ihm wohl den Rest gegeben, da hat er richtig lange getrauert. Seitdem ist er immer mal wieder in der Psychiatrie gewesen.«

»Das klingt wirklich alles sehr belastend, da gebe ich Ihnen recht. Und die Frau, um die er getrauert hat, das war seine Freundin?«

»Nein, nein, eine richtige Freundin hat Felix, glaube ich, noch nie gehabt. Ich denke sogar eher, dass er schwul ist, aber das behalte ich lieber für mich, und Sie zitieren mich Tobi gegenüber auch besser nicht. Diese Frau war wohl so was wie seine Sandkastenliebe, das sagt zumindest Tobi. Sie haben sich sehr häufig gesehen, auch als sie Thüringen und ihr Heimatdorf längst verlassen hatte. Entweder ist er zu ihr gefahren, oder sie hat ihn dort oder dann später woanders besucht. Das scheint so was wie eine Harry-und-Sally-Sache gewesen zu sein, nur leider ohne Happy End.«

»Was ist mit ihr passiert?«

»Ich weiß es nicht, da reden die beiden nicht drüber. Tobi kannte sie wohl auch, aber längst nicht so gut wie sein Bruder.«

»Wie hieß die Frau? Haben Sie einen Namen für mich?«

»Nein, tut mir leid. Die beiden reden, wie gesagt, nicht gern über diese Sache, vielleicht weil es für Felix zu belastend ist. Und das kann ich sogar verstehen.«

»Sie sagen, dieser Felix sei so etwas wie ein Computergenie. Was genau macht er mit Computern?«

»Jetzt, sagt er, ist er nur noch Anwender. Das Programm, das er damals geschrieben hatte, war wohl irgendwas mit Datenerhebung oder Statistik, keine Ahnung. Auf jeden Fall hat er sich wohl einen Algorithmus überlegt, mit dessen Hilfe man das Verhalten von größeren Menschengruppen richtig gut vorhersagen kann. Auf die Idee kam er wohl nach der Sache mit der Loveparade in Duisburg 2010.«

»Und damit hat er dann so viel Geld gemacht, dass er sich … na ja … zur Ruhe setzen konnte?«, zweifelte Hain.

»Auf jeden Fall hat er Kohle bis zum Abwinken. Und manchmal, wenn er in Geberlaune ist, kriegen wir auch was davon ab. Oder besser der Tobi, aber das geht dann in die Familienkasse. Wir wollen nämlich irgendwann bald mal heiraten.«

»Meinen Glückwunsch.«

»Danke.«

Hain schob sein Telefon kopfschüttelnd zurück ins Sakko und sah die junge Frau ernst an. »Irgendwie klingt die Geschichte, die Sie mir gerade erzählt haben, schon ziemlich spooky. Wenn Sie mich verladen haben, komme ich wieder, und dann wird das kein schönes Aufeinandertreffen für Sie. Ist das klar?«

»Aber ich habe Sie nicht verarscht, ehrlich nicht.«

»Gut. Und wenn Ihr Freund kommt, dann sagen Sie ihm bitte nicht, dass ich hier war. Geht das?«

Ines Bruch musste nicht einen Sekundenbruchteil überlegen, bevor sie antwortete. »Sie sind doch verheiratet, oder? Zumindest könnte man so etwas vermuten, wenn man sich den Ring an Ihrer rechten Hand anschaut.«

»Ja, ich bin verheiratet.«

»Und was würden Sie sagen, wenn ich Ihnen diesen Vorschlag machen würde? Ich meine damit, dass Sie Ihrer Frau was ziemlich Wichtiges einfach so mal nicht erzählen sollen?«

Er zuckte mit den Schultern. »Machen Sie von mir aus, was Sie für richtig halten.« Damit drehte er sich um und verließ die Küche.

»Gern geschehen«, rief sie ihm gallig hinterher, doch Hain tat so, als hätte er nichts gehört.

Als er am Mazda angekommen war, überlegte er, im Klinikum anzurufen, entschied sich aber dagegen. Er würde noch früh genug erfahren, wie es um Pia stand. Stattdessen drückte er die Kurzwahl seiner Frau, die den Anruf sofort annahm.

»Ja, Thilo? Gibt es etwas Neues?«

»Nein. Aber ich habe auch noch nicht im Krankenhaus angerufen. Ich wollte dir nur sagen, dass ich noch eine weitere Kleinigkeit erledigen muss, bevor ich nach Hause komme.«

»Du suchst dir aber eine Menge Kleinigkeiten, um nicht über die großen Dinge des Lebens und des Sterbens nachdenken zu müssen, Thilo.«

»Und du kennst mich viel besser, als ich mich jemals kennen werde, Carla.«

Stille.

»Wann wirst du hier sein?«

»Ich weiß es nicht genau, aber allzu lang sollte es nicht dauern. Ich will nur noch mal kurz in der Jenaer Straße vorbei und etwas abklären, das vielleicht eine Stunde dauert.« Er überlegte. »Höchstens eine Stunde. Wahrscheinlich bin ich schon früher bei dir.«

»Schön. Soll ich etwas zu Essen vorbereiten?«

»Nein, ich habe keinen Hunger. Hast du was von den Jungs gehört?«

»Ja, die sind gut in Rom angekommen. Wenigstens an dieser Front ist alles im grünen Bereich.«

»So eine Klassenfahrt zur rechten Zeit kann etwas absolut Entspannendes und Entzerrendes haben«, stimmte Hain seiner Frau zu. »Ich bin nämlich wirklich nicht traurig darüber, dass sie jetzt nicht zu Hause herumlungern und vielleicht realisieren müssten, dass ihre geliebte große Schwester Pia …«

»Sprich es nicht aus, Thilo. Lass uns lieber daran glauben, dass mit ihr alles in Ordnung kommt.«

»Das machen wir, Carla, das machen wir. Bis gleich dann.«

Die Jenaer Straße, wo er eine Viertelstunde später ankam, wurde zu beiden Seiten von gerade entstehender Wohnbebauung, Baumaschinen und Baggern eingerahmt. Überall waren Bauarbeiter zu sehen, es war laut und staubig, und einen Parkplatz fand der Kommissar erst, nachdem er die enge Sackgasse wieder verlassen hatte. Aber Ines Bruch hatte recht gehabt mit ihrer Angabe, dass man das Haus, in dem Felix Rüther wohnte, nicht verfehlen konnte. Es hatte zwar nur vier Stockwerke, nahm aber relativ viel Grundfläche ein und war tatsächlich in leuchtendem Rot angestrichen. Und es war, im Gegensatz zu den meisten anderen Gebäuden, nahezu fertiggestellt. Ein paar Arbeiten an den Außenanlagen und die Sache wäre erledigt. Hain ging auf den Eingang zu und warf einen Blick auf das etwa drei Meter vor dem Eingang stehende Klingelbrett. Die oberste von sieben Klingeln war die Einzige, an der sich kein Namensschild befand. Er klingelte und sah an der Hauswand nach oben.

Sechs Wohnungen, also auf jeder Etage zwei, dazu das Penthouse. Die Leute, die hier wohnen, lassen es ordentlich krachen.

Als sich nach etwa einer halben Minute nichts getan hatte, klingelte Hain erneut. In diesem Moment kam eine ältere Frau aus dem Haus, die umständlich einen Kinderwagen durch die offenbar sehr schnell zufallende Tür bugsierte.

»Kann ich Ihnen helfen?«, rief Hain freundlich und hatte sich auch schon zwischen die Tür und die Frau gedrängt.

»Das ist sehr nett, vielen Dank.«

Sie schob den Wagen hindurch, trat dann selbst ins Freie und dankte Hain erneut.

»So eine dumme Tür habe ich noch nie erlebt«, ließ sie den Polizisten wissen. »Da braucht man viel mehr Kraft, als ich sie aufbringen kann. Ich habe das meiner Tochter und meinem Schwiegersohn schon mehrmals gesagt, aber denen ist das wohl egal, wie ich aus dem Haus komme.«

»Ich werde mich darum kümmern«, versprach Hain ihr, lächelte sie erneut an und verschwand im Hausflur.

Sein nächstes Problem bestand darin, dass man in die einzelnen Wohnungen per Lift nur mit dem dazugehörenden Schlüssel kam. Da er keinen hatte, drehte er sich um und suchte nach dem Treppenhaus. Doch auch hier gab es ein Problem. Die Treppen waren nur über eine Tür zu erreichen, aber diese hatte auf seiner Seite keinen Griff. Eine Minute später und nach dem Einsatz seines Lockpickingbestecks war dieses Problem erledigt. Er ging die Treppe bis zum letzten Absatz hoch und betrat den engen Flur in der obersten Etage. Augenscheinlich waren die Wohnungen dazu vorgesehen, sie durch den Lift zu betreten. Dann stand der Kommissar vor der imposanten Tür des Penthouses. Noch imposanter allerdings war die Schließanlage links neben dem Eingang, denn hier fand er kein mechanisches Schloss vor, sondern entweder einen Fingerabdruckscanner oder einen Zugang über Iriserkennung.

Na Mahlzeit.

Es war ihm sofort klar, dass er in diesem Fall mit den ihm zur Verfügung stehenden Mitteln nichts ausrichten konnte, also machte er sich auf den Rückweg. Kurz vor der Treppenhaustür kam ihm jedoch eine Idee. Er kehrte um und drückte auf den Anforderungsknopf des Fahrstuhls. Sofort ertönten aus dem Schacht die typischen Geräusche eines sich in Bewegung setzenden Lifts. Dann öffneten sich die beiden Edelstahltüren, und auch hier konnte der geneigte Besucher erkennen, dass in diesem Haus wohl eher Menschen mit größeren finanziellen Ressourcen lebten. Er trat ein, drückte auf den untersten Taster und beobachtete die beiden sich nahezu lautlos zusammenschiebenden Türen.

Im Erdgeschoss angekommen wollte er eigentlich das Haus verlassen, doch die Kabine war ganz nach unten gefahren, nämlich in die erstaunlich großzügige Tiefgarage, in der mit dem Öffnen der Türen automatisch das Licht eingeschaltet wurde. Dort standen, säuberlich aufgereiht, drei Elektrofahrzeuge aus dem Luxussegment neben ein paar SUV, einem Cabriolet und einem kleinen Van.

Interessante Mischung.

Sechs weitere Plätze, zwei direkt vor ihm und vier im hinteren Teil, waren frei.

Hain wollte gerade wieder in die Kabine zurücktreten und zurück ins Erdgeschoss fahren, als das etwa sechs Meter breite Rolltor an der Einfahrt gegenüber sich langsam in Bewegung setzte. Er überlegte kurz, verließ den Lift und betrat die Tiefgarage. Dort rannte er geduckt nach rechts und versteckte sich hinter dem Van.

Die Chance ist zwar gering, dass er es ist, aber vielleicht habe ich ja Glück. Zumindest angesehen habe ich mir den komischen Typen dann wenigstens mal.

Es dauerte eine ganze Weile, bis das Fahrzeug in die Garage einfuhr. Zumindest kam es dem Kommissar so vor, denn das Gefährt sonderte nur ein leises Surren ab. Das Geräusch allerdings kam ihm genauso skurril vor wie der Rest des Dreirads, denn es handelte sich um ein Lastenfahrrad mit einer stabilen Kunststoffwanne vor dem Lenker. Dem Ton nach musste es eines dieser modernen Räder mit Elektromotor sein, und auch die Geschwindigkeit, mit der es auf die letzte Parkbucht zurollte, ließ ihn darauf schließen. Der Fahrer war unzweifelhaft einer der Rüther-Brüder, das konnte Hain mit einem schnellen Blick durch Heck- und Windschutzscheibe deutlich erkennen. Um welchen es sich dabei handelte, war ihm allerdings unklar.

Die beiden sehen sich wirklich verdammt ähnlich.

Er versuchte es über die unterschiedliche Körpergröße, doch auch das klappte wegen seines eingeschränkten Blickwinkels nicht. In diesem Augenblick vibrierte sein Telefon.

32

Erik Thomsen trat vor die Tür zum Büro seiner Dienstgruppenleiterin, holte tief Luft und klopfte an.

»Ja, bitte«, kam es von der anderen Seite. Der junge Polizeioberkommissar ging hinein und schloss die Tür hinter sich.

Beate Hansmann, die Vorgesetzte, sah von der Akte auf, die sie gerade bearbeitete, und wies ihm einen Platz vor ihrem Schreibtisch zu.

»Mensch, Erik, was ist denn los? Du hast es in deinem Anruf eben ja richtig spannend gemacht. Es ist doch nichts passiert, oder?«

Thomsen schluckte. »Doch, Beate, es ist etwas passiert.«

Nun erkannte die Frau, dass ihr Mitarbeiter tatsächlich überaus angespannt war. »Dann schieß mal los. So schlimm wird es schon nicht sein.«

»Ich fürchte, es ist viel schlimmer.«

Beate Hansmann legte den Kopf ein wenig schief, sagte jedoch nichts.

»Ich bin zum großen Teil dafür verantwortlich«, begann Thomsen stockend, »was dieser Kollegin von K passiert ist. Ich meine, die Kollegin, die in ihrem Hausflur totgeschlagen wurde.«

»Dafür bist du …? Wie meinst du das, du seist dafür verantwortlich? Und überhaupt, nach meinen Informationen lebt sie noch.«

Thomsen schüttelte den Kopf. »Ich habe eben in der Kantine aufgeschnappt, dass sie wohl vor einer halben Stunde gestorben ist.«

»Das wäre schrecklich, aber jetzt will ich erst mal wissen, wie du mit dieser Sache zusammenhängst. Was du damit zu tun haben könntest.«

Erik Thomsen redete eine knappe halbe Stunde. Er erzählte ihr in dieser Zeit alles, was er gegenüber seinen Vorgesetzten bisher verschwiegen hatte, und er erzählte ihr auch von Zollers Besuch bei sich zu Hause. Dann schwiegen beide eine Weile.

»Das kann doch gar nicht sein«, entfuhr es der Polizistin schließlich. »Du bist einer meiner besten Leute, das verstehe ich einfach nicht.«

»Ich war halt nicht immer so, wie ich heute bin. Und dass ich Zoller ihre Adresse gegeben habe, das kann ich in diesem Augenblick selbst nicht mehr verstehen. Aber ich habe es getan.«

Damit stand er auf und legte alles, was ihn als Polizisten auswies, auf die Schreibtischplatte. Als Letztes schnallte er seinen Pistolengurt ab und legte ihn daneben. »Ich werde alles, was jetzt unweigerlich auf mich zukommen wird, akzeptieren. Ich werde die Konsequenzen vollumfänglich tragen und will auf keinen Fall irgendeine Form der Sonderbehandlung.«

Sie zögerte. »Du weißt, Erik, dass innerhalb der Polizei viel möglich ist, aber soviel ich weiß, sitzt dieser Zoller bereits einem Vernehmungsbeamten gegenüber. Und ich zweifle nicht daran, dass er dich hinhängen wird.«

»Das tue ich auch nicht. Also lassen wir es laufen und sehen, welche Konsequenzen sich für mich daraus ergeben. Wie gesagt, ich werde jede Einzelne tragen und ertragen, das bin ich mir selbst schuldig.«

Beate Hansmann sah ihn kopfschüttelnd an. »Mensch Erik, was machst du nur für einen Scheiß?«

Er schwieg, hielt aber ihrem durchdringenden Blick stand.

»Du weißt, dass ich dich sofort an die Kollegen von K übergeben müsste. Allerdings will ich zunächst mal ein paar Anrufe erledigen. Solange wirst du dich nicht rühren oder mit irgendjemandem über die Sache reden. Haben wir uns verstanden?«

»Das haben wir, aber ich möchte noch einmal darauf hinweisen, dass ich …«

»Raus hier«, unterbrach sie ihn energisch. »Raus hier, bevor ich mich vergesse.«

33

Für einen Moment war es Hain vorgekommen, als hätte der Mann, der gerade vom Fahrrad gestiegen war, das Vibrieren seines Handys gehört. Er drückte sich so eng es ging an den VW-Bus, deckte mit der rechten Hand das Gerät vor seiner Brust ab und stellte für ein paar Sekunden das Atmen ein. Dann war er sich sicher, unentdeckt geblieben zu sein, denn der Mann schulterte gerade eine große Reisetasche, die er aus dem Gepäckfach des Rades gezogen hatte, und ging, ein Lied summend, auf den Fahrstuhl zu. In diesem Augenblick war Hain klar, dass es sich um Felix, den älteren der beiden, handelte, denn der Mann hier war deutlich größer und wesentlich schmaler gebaut als sein Bruder Tobias. Kurze Zeit später war er im Lift verschwunden und vermutlich auf dem Weg zum Penthouse. Der Polizist stand noch eine Weile hinter dem Van, ging dann ebenfalls auf den Fahrstuhl zu und drückte den Anforderungsknopf. Währenddessen gingen ihm noch einmal die letzten Minuten durch den Kopf.

Auf den ersten Blick würde ich dem diese ganzen gruseligen Taten gar nicht zutrauen, aber was heißt das schon.

Der Fahrstuhl brachte ihn zurück ins Erdgeschoss, wo er sich noch einmal kurz im Flur umsah und dann das Haus verließ. Im Gehen sah er auf das Display seines Telefons.

Verpasster Anruf von Herbert.

Der Kriminalrat hatte nichts hinterlassen, und Hain wollte erst mal nicht zurückrufen. Falls es etwas Neues von Pia geben sollte, wollte er es einfach in diesem Moment nicht wissen. Mit einem tiefen Seufzen steckte er das Telefon zurück und ging weiter. Allerdings fühlte er sich zunehmend weniger wohl dabei. Irgendetwas trieb ihn dazu, immer wieder zurück zu dem roten Haus zu schauen. Und dann, kurz bevor er wieder am Mazda angekommen war, drehte er sich um, ging zurück und drückte auf den obersten, den unbeschrifteten Taster am Klingelbrett.

»Ja, bitte?«

»Guten Tag, mein Name ist Thilo Hain, und ich bin von der Kriminalpolizei. Hätten Sie wohl einen kurzen Moment Zeit für mich?«

»Kriminalpolizei? Was wollen Sie denn von mir?«

»Das möchte ich ungern hier vor der Tür mit Ihnen besprechen. Wie wäre es, wenn Sie mich kurz heraufbitten und wir uns in Ihrer Wohnung unterhalten.«

»Ich muss Sie nicht hereinlassen, das wissen Sie.«

»Natürlich weiß ich das. Aber wenn Sie Nein sagen, könnte es sein, dass ich in zehn Minuten mit einem Durchsuchungsbeschluss in der Hand und in Begleitung von einem Dutzend Kollegen erneut bei Ihnen anklingele. Sie können sich aussuchen, was Ihnen lieber ist.«

»Aber was liegt denn gegen mich vor?«

»Es liegt eigentlich gar nichts gegen Sie vor, Herr Rüther. Und trotzdem fände ich es sehr schön, wenn Sie einer kurzen Befragung zustimmen würden.«

Für ein paar Sekunden war Stille.

»In Anbetracht der möglichen Konsequenzen, die Sie mir eben mehr *angedroht* als *aufgezeigt* haben, stimme ich Ihrem Ersuchen zu. Aber nur und ausschließlich deshalb. Denken Sie bitte nicht, dass ich Sie gern in meine Wohnung lasse.«

Das ist mir so was von Wumpe, was du gern machst oder nicht, dachte Hain und beugte sich ein wenig näher an die

Sprechzone heran. »Es dauert auch höchstens ein paar Minuten«, erwiderte er so höflich wie möglich.

»Dann kommen Sie bitte herein. Ich schicke Ihnen den Lift, und Sie fahren ins oberste Stockwerk. Dort erwarte ich Sie.«

Felix Rüthers Gesicht drückte mehr als deutlich aus, was er von seinem unerwarteten Besuch hielt. Dennoch hielt er ihm die Hand hin, begrüßte ihn förmlich und stellte sich als Felix Rüther vor.

»Aber das wissen Sie ja vermutlich bereits.«

Er bat den Polizisten ins Innere der geräumigen, modern eingerichteten und trotzdem irgendwie kühl wirkenden Wohnung. Was Hain dabei sofort auffiel, waren die ungewöhnlichen Raumhöhen. Der Architekt hatte bei der Planung wohl eine loftähnliche Anmutung angestrebt, was ihm durch die großzügige Gestaltung der etwa vier Meter hohen Räume auch gelungen war.

»Darf ich Ihnen etwas zu trinken anbieten? Einen Kaffee vielleicht? Oder ein Glas Wasser?«

»Nein, danke, ich brauche nichts.«

Der Hausherr bat Hain, auf einem Sessel Platz zu nehmen, er selbst setzte sich auf einen Stuhl gegenüber.

»Also, was kann ich für Sie tun, Herr …?«

»Hain. Kriminalhauptkommissar Thilo Hain.«

»Ja, Herr Hain, was genau wollen Sie mit mir besprechen?«

Der Polizist ließ sich in seinen Sessel zurückfallen und sah sich zunächst ein wenig in der Wohnung um.

»Mich würde zunächst interessieren, warum Sie gestern am späten Nachmittag vor mir und meiner Kollegin abgehauen sind, Herr Rüther.«

»Wie meinen Sie das? Ich kann Ihnen leider nicht ganz folgen.«

Hain zog sein Telefon aus der Jacke, holte das im Haushaltswarenladen geschossene Foto auf den Monitor und hielt es dem Hausherren vor die Nase.

»Irgendwie frappierend, diese Ähnlichkeit, finden Sie nicht?«

Rüther sah kurz auf das Bild und blickte dann wieder seinen Besucher an.

»Was wollen Sie mit diesem Foto beweisen? Ich kann mich selbst darauf erkennen, das sollte ja wohl auch unstrittig sein. Aber wie ein Mensch, der vor irgendjemandem davonläuft, sehe ich nun wirklich nicht aus.«

»Sie räumen also ein, dass Sie gestern Nachmittag in der Kasseler Innenstadt unterwegs gewesen sind?«

»Aber natürlich war ich das. Wie viele Tausend andere übrigens auch.«

»Was haben sie vor der Gaststätte ›Vaterland‹ gemacht?«

»Mir den Trubel angeschaut, auch hier wie viele andere auch.«

»Gab es einen besonderen Grund, warum Sie das getan haben?«

»Nein. Ich hatte in der Innenstadt zu tun und war erstaunt über den Auflauf. Das hat mich dazu bewogen, einmal zu schauen, was passiert ist.«

Hain sah sein Gegenüber ein paar Sekunden lang stumm an. Dann stand er auf und begann, sich ein wenig intensiver in der Wohnung umzusehen. »Sie fragen sich vermutlich«, fuhr er schlendernd fort, »warum mich das alles so brennend interessiert. Aber vielleicht ja auch nicht, und Sie wissen bereits, warum ich hier aufgetaucht bin.« Der Blick des Kommissars fiel auf ein kleines Bilderensemble an der langen Wand vor ihm. Dort standen, beleuchtet von einigen kleinen Strahlern, mehrere Fotografien, auf denen Rüther mit der immer gleichen Frau zu sehen war. Die Zeitspanne reichte von knuffigen Kleinkindfotos bis hin zu Aufnahmen junger Erwachsener. Auffällig war für Hain jedoch die vom Format her größte Fotografie, die eine zugewandte, freundlich lächelnde, dunkelhaarige Polizistin in Uniform zeigte. Hain hatte das Gefühl, die Frau schon einmal gesehen zu haben, konnte jedoch keine Verknüpfung in seiner Erinnerung herstellen.

»Wer ist das?«, wollte er von Rüther wissen.

»Eine Freundin.«

»Jene Freundin, um die Sie so lang getrauert haben?«

»Ich wüsste nicht, was Sie das angeht.«

»Wie ist der Name dieser Freundin?«

Rüther stand nun ebenfalls auf und kam langsam auf Hain zu. »Wenn Sie keine Fragen zu meinem kleinen Ausflug in die Innenstadt mehr haben, Herr Kommissar, dann bitte ich Sie, jetzt zu gehen.« Damit griff er Hain an die Schulter und versuchte, ihn in Richtung Ausgang zu schieben.

»Na, na, nicht anfassen«, erklärte der Polizist überrascht, »das habe ich nicht so gern.«

»Und ich habe es nicht gern, wenn man in meinem Privatleben herumschnüffelt.«

»Ihr Bruder macht doch das Gleiche. Können Sie den deshalb auch nicht leiden?«

Felix Rüther bedachte ihn mit einem verachtenden Blick. »Ich fordere Sie noch einmal auf, meine Wohnung zu verlassen. Zwingen Sie mich bitte nicht …«

»Ui, das kommt ja schon fast einer Drohung nah«, bemerkte Hain süffisant. »Und das sollte Ihnen Ihr Bruder doch eigentlich erklärt haben, dass man Polizisten besser nicht droht.« Damit wandte er sich um und wollte, weil er wusste, dass er sich rechtlich auf extrem dünnem Eis bewegte, dem Wunsch des Hausherrn nachkommen. In der Drehung allerdings blieb sein Blick noch einmal für einen kurzen Moment an der Fotografie der Polizistin hängen, und in diesem Augenblick wurde ihm klar, in wessen Gesicht er da sah. Allerdings bemerkte auch Rüther dieses kurze Zucken, diesen Sekundenbruchteil des Erkennens und reagierte darauf, in dem er sich mit einem wütenden, spitzen Schrei auf ihn stürzte. Der Polizist taumelte rückwärts und versuchte dabei, seine Dienstwaffe aus dem Holster zu ziehen. Rüther stoppte diesen Versuch mit drei kräftigen Schlägen, einen auf den Hals, einen gegen die Brust und einen gegen die Schläfe. Hain blieb schlagartig die Luft weg. Trotzdem gelang es ihm, sich zur Seite abzurollen und damit ein wenig Distanz zwischen sich und seinen Gegner zu bringen. Keuchend griff er erneut zu seiner Waffe, zerrte sie aus der Gürteltasche und wollte damit auf Rüther anlegen. Der jedoch war augenscheinlich schneller als der Kommissar, denn er hielt bereits eine klobige Pistole in der rechten Hand, deren Lauf durch einen unförmig wirkenden Schalldämpfer verlängert wurde. Dessen kleine, dennoch angsteinflößende Öffnung am vorderen Ende wies direkt auf Hain, der im selben Moment von einer unsichtbaren, aber höchst effektiven Kraft schräg nach hinten geschleudert wurde. Einen Schuss hatte er dabei nicht gehört.

Das Nächste, was der Polizist wahrnahm, war der Geruch von Räucherstäbchen.

Sandelholz?

Er sog vorsichtig Luft in die Nase.

Nein, das ist kein Räucherstäbchen. Das muss irgendein Parfüm sein. Ein Herrenparfüm.

»Na, wieder unter den Leuten?«, hörte er eine Männerstimme ein paar Meter neben sich.

Er wollte sich in die Richtung drehen, aus der die Stimme gekommen war, doch ein stechender, pochender Schmerz im Bereich der linken Schulter ließ ihn zurückzucken und laut aufstöhnen. Zudem pochte sein Schädel wie wahnsinnig.

»Tut weh, was?«

»Ja, das tut weh«, murmelte Hain, holte tief Luft und hob vorsichtig den Kopf. Er sah Felix Rüther an einer Propangasflasche hantieren, die auf dem Küchentisch stand. Allerdings war der Mann, auf den er starrte, kaum wiederzuerkennen, denn er hatte jetzt eine Glatze, war am Hals mit Runen tätowiert und trug ein Shirt mit der Aufschrift »Consdaple«.

Wie es aussieht, war ich ganz schön lange weggetreten.

Hain bemerkte, dass seine beiden Handgelenke mit Handschellen, vermutlich seinen eigenen, an einem Heizkörper fixiert waren.

»Warum machen Sie diesen ganzen Scheiß, Felix?«, fragte er leise. »Warum hacken Sie einem Menschen Hand und Fuß ab, warum schießen Sie einer Frau in den Kopf und stellen ihren Körper in absolut demütigender Art und Weise zur Schau? Nur weil irgendwelche Neonazis damals in Heilbronn Ihre Kindergartenfreundin Michelle Kiesewetter erschossen haben?«

»Ja, nur deswegen. Und weil diese Schweine es verdient haben«, erwiderte Felix Rüther. »Weil sie es verdient haben wie nichts anderes auf der Welt.«

»Können Sie es mir erklären?«

»Nein, das will ich nicht. Sie würden es ohnehin nicht verstehen, weil Sie nie, niemals den Schmerz verstehen könnten, unter dem ich jahrelang leiden musste.«

»Gehen Sie zum Arzt, vielleicht kann Ihnen ja doch geholfen werden.«

»Hören Sie auf, solch einen Unsinn zu erzählen. Ich weiß mittlerweile, dass Sie mit Tobias' Freundin gesprochen haben. Ich weiß zwar nicht genau, was diese dumme Pute Ihnen erzählt hat, aber das schert mich auch nicht. Ich will die Sache einfach nur noch zu Ende bringen.«

»Was wollen Sie zu Ende bringen? Ihren Rachefeldzug gegen den Rechtsextremismus? Gegen die Neonazis? Gegen jede Form von Denke, die Ihnen nicht passt?«

»Ja. Meinen Rachefeldzug gegen diese … Schweine. Sie haben mir alles genommen, was mir wichtig war. Alles.«

»Geht es dabei vielleicht auch um Ihre Mutter? Der Tod Ihrer Freundin Michelle allein kann doch unmöglich so einen abgrundtiefen Hass in Ihnen ausgelöst haben?«

»Meine Mutter hat sich aus freien Stücken das Leben genommen, weil sie unheilbar krank war, aber das wissen Sie ja vermutlich schon. Und was meine Freundin Michelle angeht, verbiete ich Ihnen, überhaupt über sie zu sprechen. Leuten wie Ihnen, Polizisten, die sich nie wirklich um die wahren Hintergründe ihres Todes gekümmert haben, denen spreche ich das Recht dazu komplett ab. Polizisten, die mehr vertuscht als ermittelt haben, die sich an ihr versündigt haben. Und ja, ich spreche auch von jenen Polizisten, die selbst dem rechten Gedankengut zugeneigt sind.«

Hain hätte Rüther gern geantwortet, doch in diesem Augenblick loderte in seinem gesamten Oberkörper ein kaum auszuhaltendes Feuer auf. Es brannte, es schmerzte und er befürchtete, jeden Moment ohnmächtig zu werden. Seine gesamte Brust war blutbeschmiert und es fühlte sich an, als wäre auch sein Rücken feucht von Blut. Offenbar hatte Rüther ihm einen Schulterdurchschuss verpasst. Und dann stellte Thilo mit Schrecken fest, dass sich unter ihm eine stetig größer werdende Lache bildete.

»Erzählen Sie mir von Ihrer Freundschaft zu Michelle. Dann kann ich vielleicht besser verstehen, warum Sie so hasserfüllt sind.«

»Sie würden es nicht verstehen, und wenn Sie hundert Jahre alt würden. Also lassen Sie es einfach.« Rüther band das eine Ende eines Stahlseils um den Hals der Gasflasche, beugte den Kopf nach unten und schraubte mit direkt an der Flasche liegendem Ohr vorsichtig den Drehregler auf. Dann schloss er ihn wieder komplett, aber nur, um ihn gleich wieder in die nur minimal geöffnete Position zu bringen. Hain konnte das leise Zischen des Gases hören.

»Sieht aus, als würden Sie so etwas wie Tabula rasa spielen wollen«, bemerkte er und versuchte, dabei möglichst unbeteiligt und cool zu klingen. Sein krächzender Unterton allerdings konterkarierte dieses Vorhaben.

»Das könnte man glatt so sehen«, erwiderte Rüther sarkastisch. »Obwohl, Sie werden davon nicht mehr viel mitbekommen.«

Hain schüttelte den Kopf, was die Schmerzen nahezu ins Unerträgliche anwachsen ließ. »Wir werden Sie kriegen, Sie verdammtes Arschloch«, schleuderte er dem Mann im gefakten Neonazioutfit entgegen. »Und wenn nicht mehr ich, dann eben meine Kollegen. Jemand wie Sie kann sich nirgendwo auf der Welt verstecken, das sollte Ihnen doch klar sein.«

Felix Rüther lachte laut, fast schon hysterisch auf. Dann drehte er den Verschluss der Gasflasche zu und lehnte sich direkt daneben an den Tisch.

»Jetzt will ich Ihnen mal etwas sagen, mein lieber Herr Polizist. Damit Sie sich überhaupt keine falschen Vorstellungen mehr machen, wie das hier ausgeht für Sie und für mich. Wir beide werden nämlich den heutigen Tag nicht überleben, das schon mal gleich zu Anfang.« Damit ließ er sich vom Tisch gleiten und kam auf Hain zu. »Alles, was heute geschieht, wäre auch so passiert, wenn Sie und Ihre Kollegin mich nicht vor diesem Neonaziloch mit meinem

Bruder verwechselt hätten. Der einzige Unterschied wäre gewesen, dass Sie Ihr restliches Leben ungestört hätten zubringen können. Allerdings mussten Sie ja unbedingt hinter mir her spionieren und an meiner Tür auftauchen. Das war ein wirklicher Fehler, wie Sie gerade realisieren dürften. Und was mich betrifft, mein Leben ist schon seit vielen Jahren so wenig lebenswert, dass ich mich wirklich auf das freue, was heute noch geschieht. Ich werde nämlich in die Gesichter von mindestens 30 oder 40 von diesen Tieren sehen, wenn es mit ihnen zu Ende geht. Ich werde die Angst in ihren Augen sehen, werde ihren stinkenden Schweiß riechen, und dann werden wir alle gemeinsam zur Hölle fahren.«

»Und damit das auch wirklich klappt, braucht es diesen Neonazimummenschanz mit Glatze, Tätowierung und Nazibranding auf dem Shirt?«

»Das wird mein Meisterstück, wenn Sie mir dieses Selbstlob gestatten.«

Hain spuckte aus. Es schmeckte nach Blut. »Ines hatte recht. Sie sind wirklich komplett durchgeknallt.«

Wieder lachte Rüther laut auf. »Das stimmt, das bin ich definitiv. Ich habe es sogar schriftlich.«

»Ach ja?«

»Ja. In einem psychiatrischen Gutachten über mich kann man lesen, dass ich an einer narzisstischen Persönlichkeitsstörung leide, es mir an Selbstvertrauen mangelt und ich mich deswegen der Welt gegenüber immer wieder mit drastischen Aktionen beweisen muss. Hinter diesem Zwang verbergen sich, schenkt man dem Gutachten Glauben, eine geringe Schamtoleranz, die wiederum Rachsucht und Wut zur Folge hat. Dazu kommen fehlendes Verantwortungsgefühl, Unehrlichkeit und ein Mangel an Empathie. Noch Fragen?«

»Sie sind ja noch ärmer dran, als ich geglaubt hatte«, flüsterte der Kommissar. »Aber Spielchen mit Gasflaschen gehen, wenn ich das richtig sehe?«

»Auf jeden Fall gehen die. Und ich verspreche Ihnen, dass Sie von dieser wirklich großen Detonation nichts mehr mitbekommen werden. Das funktioniert einfach perfekt.«

»Ich weiß«, erwiderte Hain. »Mit dieser Masche hat man im Jugoslawienkrieg in den 90er-Jahren einzelne Häuser oder auch ganze Straßenzüge unbewohnbar gemacht. Leicht zu handhaben, billig, und eine Gasflasche zum Sprengen der Häuser hatten die armen Leute, die man entweder vorher vertrieben oder irgendwo im Haus festgebunden hat, in der Regel sogar in der Küche stehen.«

»Mein Respekt, Sie sind gebildeter, als ich vermutet hatte. Aber wenn Sie das alles wissen, dann muss ich Ihnen ja nicht mehr viel erklären.«

Wieder durchzuckte Hain der pochende Schmerz, der mittlerweile aus dem gesamten Oberkörper strahlte. Er kämpfte mit den Tränen, diesmal jedoch nicht aus Sorge um seine Kollegin und Freundin, sondern aus purem Schmerz. Allerdings wollte er Rüther diesen Triumph nicht gönnen, weshalb er sich bis an die Grenze des Machbaren cool zu geben versuchte.

»Nö«, keuchte er, »das ist wirklich nicht notwendig. Was ich allerdings nicht verstehe, ist, wenn ich das Krankheitsbild Narzissmus bisher richtig verstanden habe, dass Sie sich selbst mit diesen Glatzen in die Luft jagen wollen. Wo bleibt da die Anerkennung der Welt, wo bleibt der Beifall, hinter dem Sie doch so sehr her sein müssten? Wo bleibt der Blick in die Geschichtsbücher, in denen Sie sich und Ihre Taten doch so gern genannt sehen würden? Wenn Sie mit denen zur Hölle fahren, können Sie sich ja gar keinen mehr runterholen auf diesen vermutlich einzigartigen Erfolg.«

Felix Rüther schnalzte mit der Zunge. »Guter Versuch, Herr Polizist, wirklich ein guter Versuch. Aber leider läuft er ins Leere. Ich werde in dem Moment, in dem ich mit meinem Mobiltelefon den Impuls auslöse, der glücklichste Mensch der Welt sein.«

»Und Sie meinen, die lassen Sie mit einem Haufen Sprengstoff in ihre Kneipe rennen, nur weil Sie aussehen wie einer von ihnen? Das wird nicht funktionieren, und das wissen Sie auch ganz genau.«

Nun bedachte Rüther den Kommissar mit einem bedauernden Blick. »Sie beleidigen meinen Intellekt. Sie glauben vermutlich, dass die Positionierung der Gliedmaßen nur dem Zweck gedient hat, mir ein wenig Aufmerksamkeit oder Genugtuung zu verschaffen, doch da irren Sie sich. Sie haben die Räumlichkeiten komplett durchsucht, Sie haben alles kriminaltechnisch behandeln lassen, aber die dreieinhalb Kilogramm Semtex-1H-Sprengstoff unter dieser verrotteten Bude haben Sie nicht einmal gesehen, geschweige denn aufgespürt.«

»Sie bluffen. Sie haben kein Semtex, das ist in Zeiten des internationalen Terrorismus für einen Irren wie Sie nicht mehr zu kriegen.«

»Sie irren sich. Mit meinen finanziellen Mitteln und meinen Möglichkeiten konnte ich es sogar direkt beim Hersteller Explosia in Tschechien kaufen. Einfach so.«

Hain hätte Rüther liebend gern weiter ins Gespräch verwickelt, aber die Schmerzen waren zu stark. Er ließ sich stöhnend zur Seite fallen.

»Das war es dann wohl«, rief Rüther mit heller Stimme, beugte sich wieder hinüber zur Gasflasche und öffnete den Drehregler. Dann zog er kräftig am offenen Ende des Seils, bis die Flasche unter der etwa drei Meter hohen Decke hing. Er band das ganze Konstrukt schließlich an einem Bein des massiven, vermutlich sehr schweren Holztischs fest. Das Designermöbelstück bewegte sich ein paar Zentimeter nach rechts, der Fuß hob sich ein wenig, dann jedoch verharrte es in dieser Position.

Hain keuchte. Er keuchte und kämpfte sowohl mit einem aufkommenden Brechreiz wie mit dem Gefühl, dass ihm jederzeit schwarz vor Augen werden konnte. Er wusste nicht, ob das von seinem Blutverlust oder dem Schlag auf den Kopf herrührte, und in diesem Moment war es ihm auch scheißegal.

Ich brauche ein verdammtes Wunder, dachte er in einem Moment der Klarheit.

Allerdings wollte er sich noch nicht endgültig mit seinem Zustand abfinden, weshalb er sich trotz der Schmerzen noch einmal aufrichtete.

»Lassen Sie es«, fauchte Rüther ihn an. »Lassen Sie es, ich will nichts mehr von Ihnen hören.« Damit griff er nach einem Lichtbogenfeuerzeug und entzündete die auf dem Tisch stehende Stumpenkerze.

»Sie sind ein ganz kleiner, unbedeutender Wichser«, zischte Hain in seine Richtung. »Ein kleiner, unbedeutender Wichser, dessen Großmannssucht am Lauf der Welt nicht das Geringste ändern wird.« Das Herz des Polizisten hämmerte, sein Kopf dröhnte und aus seinen Augen traten Tränen. Dann fiel er wieder auf die Seite. Als seine Arme von den Handschellen gestoppt wurden, schrie er gellend auf.

Gleichzeitig begann dröhnende, extrem laute Musik, und im selben Moment wurde der Kommissar tatsächlich für ein paar Sekunden bewusstlos, erwachte und sackte wieder für ein paar Sekunden weg. Dann wurden aus den Sekunden Minuten. Irgendwann jedoch, nachdem er immer wieder stöhnend zu Bewusstsein gekommen war, öffnete er die Augen und holte tief Luft.

Thilo Hain spürte die Schmerzen wie durch eine Nebelwand. Eine wabernde, dichte Nebelwand. Sein Gehirn erfasste das pochende und quälende Stechen aus der Schulter lediglich wie in Zeitlupe. Sein gesamter Körper zitterte vor Schmerzen.

Noch einmal versuchte er sich aufzurichten, konnte jedoch auch dieses Mal nichts gegen die Handschellen ausrichten, mit denen er an den weiß lackierten Heizkörper gefesselt war. Seine eigenen Handschellen. Sein ausgelaugter und blutender Körper sank zurück auf den Dielenboden. Hain dachte an seine beiden Söhne. Dachte an Carla, seine Frau. Alles in ihm schrie danach, stark zu bleiben, durchzuhalten, um sie wiederzusehen, und gleichzeitig hatte der Hauptkommissar das Gefühl, als würde das Leben sich mit jeder verrinnenden Sekunde ein wenig mehr aus ihm zurückziehen.

Er schrie so laut es ihm möglich war auf, brüllte gegen die dröhnende Musik aus den beiden großen Lautsprecherboxen auf der anderen Raumseite an, doch er wusste, dass auch dieser Versuch im Ansatz zum Scheitern verurteilt war.

Erneut wandte er den Kopf nach rechts und fixierte die sanft flackernde Flamme der etwa vier Meter entfernt auf einem Tisch stehenden Kerze. Dann, nach einer gefühlt endlos scheinenden Zeit, hob er den Kopf und sah hinauf zur Decke. Auf einem quer verlaufenden Stahlträger konnte er schemenhaft die rote Elf-Kilo-Propangasflasche erkennen. Hain wusste, dass das aus der Flasche austretende Gas langsam zu Boden sank und dass es nur eine Frage der Zeit war, bis sich um die brennende Kerze ein zündfähiges Gemisch gebildet hatte.

Wahrscheinlich wird die Explosion so gewaltig, dass hier nicht eine Mauer stehen bleibt, dachte er. *Na ja, wenigstens sollte es schnell gehen.*

Kurz durchzuckte den Polizisten die Frage, woran er eigentlich sterben würde, wenn es zum großen Knall kam, doch diese komplett irre Aufgabestellung konnte er zum Glück genauso schnell aus seinem Kopf vertreiben, wie sie gekommen war.

Scheiße, dachte er. *Ich werde hier verrecken, ohne auch nur den Hauch einer Chance zu haben, mich von denen, die mir wirklich etwas bedeuten, verabschieden zu können.*

Dieser Gedanke fügte unter die rasende Angst in ihm eine gehörige Portion Wut hinzu. Mit Tränen in den Augen rüttelte er an den Handschellen, bog den gesamten Körper wegen der schlagartig wieder aufkeimenden Schmerzen durch und schrie erneut laut auf.

»Nein«, brüllte er. »Verdammt noch mal, nein!«

34

Herbert Schiller wollte gerade das Büro verlassen, als sein Telefon auf dem Schreibtisch klingelte. Der Kriminalrat zögerte nicht, ging zurück, nahm den Hörer ab und meldete sich.

»Ja, Herbert, hier ist Carla. Ist Thilo vielleicht bei dir oder weißt du, wo er steckt?«

»Nein, das tut mir leid, Carla. Ehrlich gesagt dachte ich, dass er längst zu Hause sei.«

»Das hatte er mir auch vor über zwei Stunden zugesagt. Ungefähr so lang versuche ich ihn übrigens schon zu erreichen, aber sein Telefon klingelt immer so lang durch, bis die Mailbox drangeht.«

»Das klingt merkwürdig. In seinem Büro hast du es natürlich auch versucht, oder? Ich meine, nur für den Fall, dass er sein Telefon mal wieder im Auto liegen gelassen hat.«

»Natürlich habe ich es dort auch nahezu ununterbrochen probiert. Und jetzt mache ich mit ernsthaft Sorgen um ihn, gerade vor dem Hintergrund, was mit der armen Pia passiert ist.«

»Gut, dann werde ich mich sofort um die Sache kümmern. Thilo wollte einem unserer Kollegen ein klein wenig auf den Zahn fühlen, weil der gestern wohl eine merkwürdige Verhaltensweise an den Tag gelegt hat. In dieser …«

»Kann es sein, dass dieser Kollege in der Jenaer Straße wohnt? Da wollte er nämlich noch mal kurz vorbei. Das hat er mir in unserem letzten Telefonat erzählt.«

»Das muss ich herausfinden, Carla, aber als Erstes werde ich eine Telefonortung in Auftrag geben. Wenn sein Telefon, wie du sagst, durchklingelt, wissen wir spätestens in ein paar Minuten zumindest, wo sich das Ding befindet.«

»Meldest du dich bei mir, wenn du Näheres weißt?«

»Das mache ich auf jeden Fall, versprochen.«

»Dank dir, Herbert.«

Es dauerte nicht einmal drei Minuten, dann hatten sie den Standort von Hains Telefon geortet.

»Er befindet sich hier in Kassel«, erklärte ein Techniker dem Kriminalrat, »und der Netzbetreiber konnte ihn sogar über drei Funkzellen anpeilen, sodass die Ortung recht genau ist. Willst du die geografischen Koordinaten oder lieber die zugehörige Adresse?«

»Was soll ich denn mit den verdammten Koordinaten?«, polterte Schiller. »Nein, ich will die Adresse.«

»He, he, wir machen alle nur unseren Job«, entgegnete der Techniker. »Da brauchst du nicht gleich laut zu werden, wenn ich dir eine ernst gemeinte Frage stelle. Auf dem platten Land zum Beispiel könntest du in vielen Fällen mit einer Straßenangabe rein gar nichts anfangen.«

»Entschuldigung, Kollege, es war wirklich nicht böse gemeint. Aber wir sind hier alle …«

»Ich weiß, was bei euch los ist, deshalb Schwamm drüber. Die Adresse ist Jenaer Straße 7. Von oben betrachtet ein Neubauviertel, das Haus selbst ist komplett rot gestrichen. Könnt ihr gar nicht verfehlen.«

Schiller bedankte sich kleinlaut, beendete das Gespräch, verschaffte sich Zugang zur Einwohnermeldedatenbank der Stadt Kassel und tippte die Adresse ein. Es tauchten 15 dort gemeldete Personen auf:

Ehrenreich, Anita
Ehrenreich, Benno

Forster, Jane
Forster, Jim
Forster, Samuel
Heldt, Pascal
Kramer, Ansgar
Kramer-Hoppe, Gertrud
Rüther, Felix
Schaumann, Marc
Schaumann, Simone
Schaumann, Yannick
Ullmann, Birthe
Ullmann, Frank
Ullmann, Sabrina

Nachdem er die Liste zweimal überflogen hatte, blieb sein Blick an einem Namen hängen:

Felix Rüther.

»Rüther, Rüther, das war doch der Kollege …« Der Kriminalrat zerrte das Telefon aus der Ladeschale und drückte eine Kurzwahltaste. »Ich brauche sofort das SEK«, rief er aufgeregt.

Wenn es noch eines Beweises bedurft hätte, dass Thilo Hain sich in der näheren Umgebung des roten Hauses aufhielt, dann wurde er durch den MX5 erbracht, der etwa 150 Meter davon entfernt in einer Seitenstraße parkte.

»Es kann gut sein, dass da ein Kollege gegen seinen Willen festgehalten wird«, ließ Schiller den Einsatzleiter des Kommandos bereits zum dritten Mal wissen. »Und ich will nicht, dass ihm auch nur ein Haar gekrümmt wird.«

»Das hast du jetzt oft genug kundgetan, Herbert«, erwiderte der in voller Montur steckende Spezialist. »Und jetzt hau ab und lass uns einfach unseren Job machen.«

»Ja klar, schon gut.« Damit zog sich der Kriminalrat in einen der Kleintransporter zurück, mit dem das SEK angerückt war, und sah zu, wie sich die Beamten Zugang zum Haus verschafften. Er konnte über einen Stöpsel im Ohr den Funkverkehr mithören, was jedoch nichts an seiner Nervosität änderte. So bekam er mit, dass die Tür zum Penthouse sehr stark gesichert war und die Kollegen den Einsatz eines kleinen Sprengsatzes diskutierten, um sie zu überwinden.

»Nein, wartet, das kriege ich so hin. Die Ramme reicht dafür aus.«

»Bist du sicher? Das sind echt massive Aufhängungen.«

»Läuft. Sicher.«

»Dann los.«

Etwa zehn Sekunden später gab es ein lautes Krachen, gefolgt von Fußgetrappel und wildem Geschrei. Weitere 15 Sekunden darauf war völlige Stille.

»Verdammt, was ist da los?«, hörte der Kriminalrat sich selbst fragen, denn eine Verbindung von ihm zum Team gab es nicht.

»Offene Flamme ist aus!«

»Alle Fenster auf, sofort! Und keiner löst irgendeinen Funken aus!«

»Wir brauchen dringend einen NAW. Der Kollege lebt, ist aber schwer verletzt.«

Dann hörte es sich an, als würden Handschellen auf den Boden fallen. Herbert Schiller sprang aus dem Auto, stürmte ins Haus, musste sich kurz orientieren und hatte nach dem Hinweis eines SEK-Mannes das Treppenhaus erreicht. Dort hastete er, zwei Stufen auf einmal nehmend, in den vierten Stock, wurde jedoch von einem weiteren Kollegen des Kommandos gestoppt.

»Die Lage ist noch nicht komplett klar, Sie müssen noch warten, bis …« Er griff sich ans Ohr. »Verstanden«, murmelte er und zog seinen Arm zurück. »Sie können.«

Schiller betrat mit schnellen Schritten die Wohnung und wurde vom Einsatzleiter zu dem auf der Seite liegenden Hain gebracht. Einer der SEK-Männer war dabei, ihn noch ein wenig stabiler zu lagern. Die Größe der Blutlache, in der der Hauptkommissar lag, war beängstigend.

»Thilo«, flüsterte der Kriminalrat und ließ sich auf die Knie fallen. »He, Thilo, kannst du mich hören?«

Keine Reaktion.

Der SEK-Mann schüttelte den Kopf. »Den hat es echt übel erwischt. Sie sehen ja, wie viel Blut er verloren hat.«

»Ja klar. Ich hatte nur die Hoffnung, er könnte ...«

In diesem Moment zuckte Hains rechte Hand und er öffnete langsam die Augen. »Herbert«, flüsterte er. »Du hier, und nicht in Hollywood?«

»Ruhig, Thilo. Der Doc ist unterwegs und wird jeden Moment hier sein. Bis dahin gibst du Ruhe und hältst ausnahmsweise mal die Klappe.«

Hain wollte den Kopf schütteln, was ihm jedoch nicht gelang. Stattdessen verspannte er den gesamten Körper wegen der Schmerzen.

»Ruhe muss leider erst mal ausfallen«, krächzte er. »Ihr müsst sofort zum ... ›Vaterland‹, dieser Verrückte hat dort ... einen Anschlag vor.«

»Dieser Felix Rüther?«

Hain nickte matt. »Er hat dort eine ... einsatzbereite Bombe deponiert, die er nur noch zünden ... muss. Ihr müsst also verdammt vorsichtig ...« Damit fiel der Kopf des Kommissars zur Seite.

Schiller sprang hoch und lief auf den Einsatzleiter zu. »Wir haben die nächste Kacke am Dampfen«, erklärte er ihm und wiederholte Hains Worte.

»Zunächst muss die Gegend weiträumig abgesperrt werden, damit nicht noch ein riesiger Kollateralschaden entsteht.

Dafür sorgst du, Herbert. Ich sammle meine Männer ein und versuche, auch diesen Knaller zu verhindern.«

Schiller, der keine Ahnung hatte, von was sein Kollege genau sprach, nickte und griff zum Telefon. Erst in diesem Moment nahm er die in etwa drei Metern Höhe bedrohlich schwingende Gasflasche wahr.

35

Der Mann mit den Runen auf dem Hals, dem der Szene angepassten Shirt und dem rasierten Schädel betrachtete mit einem hämischen Grinsen die etwa 20 Männer und zwei Frauen, die er in die linke hintere Ecke des Neonazitreffpunkts getrieben hatte. Drei weitere Männer lagen in einer großen, fast schwarzen Blutlache vor der Theke. Diese hatte er beim Eintreten in die Kneipe ohne irgendeine Warnung von den Barhockern geschossen. Einzig Holger Schneid, der Wirt, stand mit verschränkten Armen und grimmigem Blick hinter seiner Theke. In Felix Rüthers linker Hand lag ein Mobiltelefon, sein Daumen kreiste über dem Display. Dann jedoch sah er zu der verängstigten Meute und wedelte mit der schallgedämpften Pistole in ihre Richtung.

»Ich habe noch neun Schuss im Magazin. Hat nicht jemand Lust, den Helden zu spielen? Ich kann euch nicht alle abknallen, also müssten sich nur ein paar von euch opfern, damit die anderen überleben.«

»Was wollen Sie denn von uns?«, kam es aus der Mitte der Gruppe. »Wir sind doch nur hier, um ein bisschen Dart zu spielen, ein paar Bier zu trinken und uns zu unterhalten. Wir haben doch nichts falsch gemacht.«

»Interessant«, grinste Rüther. »Komm doch mal ein paar Schritte nach vorn, du Volksheld.«

Der etwa 35-jährige Mann schüttelte verängstigt den Kopf.

»Ich meinte ja nur. Vielleicht handelt sich das ja alles nur um ein Missverständnis.

»So ein Missverständnis etwa wie das, wenn ich dir jetzt ein Loch in deinen verfickten Nazischädel schieße?«

Der Mann riss die Augen auf. »Nein, bitte nicht«, gab er kleinlaut und zitternd zurück.

»So ein Missverständnis etwa«, fuhr Felix Rüther fort, »wie das damals bei Michelle Kiesewetter? Der haben Leute wie ihr einfach so ein Loch in den Kopf geschossen?«

Bis auf eine Frau, die bei der Erwähnung der Polizistin kurz zusammengezuckt war, konnte offenbar keiner etwas mit dem Namen anfangen.

»Michelle Kiesewetter? Nie gehört, liebe Nazis? Das kann ich mir gar nicht vorstellen.«

»Das war die junge Polizistin«, erklärte die Frau nun so leise und unauffällig wie möglich, »die damals in Heilbronn erschossen wurde.«

»Von euren Kumpels vom sogenannten NSU, um genau zu sein.«

»Ich will Sie jetzt nicht verärgern«, widersprach die Frau mehr als vorsichtig, »aber das ist doch nie ganz aufgeklärt worden, soweit ich mich erinnern kann. Zumindest im Prozess gegen …« Sie brach ab, weil sie offenbar eine Regung bei dem Mann mit der Waffe wahrgenommen hatte, die das ratsam erscheinen ließ.

»Noch einmal für euch: Ich habe hier drinnen neun Schuss. Ihr seid etwa 20, da könnte der eine oder andere von euch glatt überleben. Immer noch keiner dabei, der den Helden spielen will? Ihr seid doch sonst nicht so zimperlich, zumindest dann nicht, wenn ihr euch Schwächere vornehmt.«

»Aber das stimmt doch alles gar nicht, das ist doch nur die Propaganda der gleichgeschalteten Medien«, rief ein weiterer.

Rüther beachtete seinen Einwand nicht. »Dann will ich euch jetzt mal erzählen, wie dieser Tag für euch und für mich weitergeht.« Er hob das Telefon hoch und schwenkte es. »Als ich neulich hier gewesen bin, um die vergammelten Überreste eures Kumpels Bader auf der Theke zu hinterlassen, war ich vorher im Keller und habe dort eine richtig große Menge Sprengstoff deponiert. Und dieser Sprengstoff wird euch und mich gleich gemeinsam in die Hölle verfrachten.«

Innerhalb der dicht beieinander stehenden Gruppe brach Unruhe aus. Offenbar hatte jeder ein bisschen gerechnet und seine Überlebenschancen abgewogen, doch die Ansage mit der Bombe ließ diese Kalkulation mit einem Schlag obsolet erscheinen.

»Das kann ja jeder sagen«, brüllte der Wirt von seinem Standplatz hinter der Theke. »Du bluffst doch!«

Rüther trat ein paar Schritte auf ihn zu, ohne jedoch den anderen dabei zu nah zu kommen.

»Warum habe ich genau diesen Satz von dir erwartet, du Gastgeber des schlechten Geschmacks? Warum war das so sicher wie das Amen in der Kirche?«

»Weil …« Der Wirt stockte und zog, wie alle anderen im Raum außer Rüther, den Kopf ein, weil im gleichen Augenblick nach einem dumpfen Knall der Boden unter ihren Füßen kurz, aber deutlich spürbar vibrierte.

Felix Rüther hatte eine Taste auf dem Display gedrückt. »Überzeugt?«, fragte er gefährlich leise. »Und das war nur die Antwort auf deine erwartete Frage.«

»Wichser!«

»Wie schön es doch ist, Gott zu spielen«, antwortete Rüther, hob ungerührt den Lauf seiner Pistole und schoss dem Wirt direkt in die Stirn. Der bullige, groß gewachsene Mann kippte nach hinten, fiel in den blinden Spiegel, riss die davor im Regal stehenden Gläser herunter und schlug schließlich mit einem satten Krachen auf dem Boden auf.

»Da waren es nur noch acht«, murmelte der Mann mit der rauchenden Waffe in der Hand. »Eure Chancen werden immer besser.«

»Was können wir denn tun, um Sie umzustimmen?«, wollte die bislang stumme zweite Frau verzweifelt wissen. »Ich habe eine zwei Jahre alte Tochter, soll die denn ohne Mutter aufwachsen?«

»Eure Mörder vom NSU haben doch auch Kinder zu Halbwaisen gemacht, ohne darauf Rücksicht zu nehmen. Warum also sollte ich das jetzt machen?«

Sie fing an zu weinen. »Weil ich Sie darum bitte. Nein, ich *bitte* Sie nicht, ich flehe Sie an, mich zu verschonen. Mich gehen zu lassen.«

»Sie als Einzige?«

»Klar, ich würde auch als Einzige gehen.«

»Schlampe!«, zischte die zweite Frau. »Verdammte Schlampe. Du hast doch überhaupt kein Kind! Und wenn du eins hättest, wüsstest du schon gar nicht, wer der Vater ist.«

»Interessant«, meinte Rüther lächelnd. »Dann also gut, gehen Sie. Aber nur Sie allein.«

Die Frau sah ihn unschlüssig an. »Ich habe Angst, dass es mir genauso geht wie dem Holger«, erklärte sie leise.

»Sie meinen den Herrn Schneid da hinter der Theke?«

Die Frau nickte.

»Nein, nein, Sie müssen sich nicht fürchten. Ich meine es wirklich ernst, wenn ich sage, dass Sie gehen können.«

»Du gehst nirgendwo hin«, blaffte der direkt neben ihr stehende Mann und legte seine rechte Hand um ihren Oberarm. »Sonst immer die große Fresse und damals sogar Geld für die Uwes sammeln, und jetzt den langen Schuh machen? Das kommt gar nicht in die Tüte.«

»Ach, Sie haben seinerzeit für die Herren Mundlos und Böhnhardt Geld gesammelt? Auch interessant.«

»Aber das stimmt doch gar nicht«, jammerte sie. »Das stimmt wirklich nicht.«

»Klar stimmt das«, protestierte ein anderer. »Du warst immer ganz vorn dabei, wenn es um die Sammelei für die drei ging.«

In diesem Augenblick hob Rüther erneut seine Waffe und nahm in kurzen Abständen jeweils einen anderen aus der Gruppe ins Visier, ohne jedoch einen Schuss abzufeuern. Alle schrien durcheinander, doch keiner hatte den Mut, auch nur einen Schritt auf ihn zuzugehen.

»Bitte, schießen Sie nicht!«, riefen mehrere quasi im Chor in seine Richtung.

Damit hob Rüther, einem Dirigenten gleich, seine beiden Arme und erstickte mit dieser Bewegung jedes Wort im Raum.

»Ich bin müde«, ließ er die nun noch enger zusammengerückten und um ihr Leben bangenden Männer und Frauen wissen. »Und ich habe jetzt wirklich genug gesehen. Ich habe gesehen, dass jeder von euch im Grunde seines Herzens ein armseliger, kleiner Hosenscheißer ist, dem der Nächste völlig egal ist und der ausschließlich an seinem kleinen, unbedeutenden Leben interessiert ist. Ihr seid nichts weiter als miese, fiese kleine Feiglinge, die sich zwar in der Gruppe megastark fühlen, aber komplett zusammenbrechen, wenn es an ihre eigene kleine verschissene Existenz geht. Ich hatte vermutet, dass es so sein würde, bedanke mich aber bei jedem Einzelnen von euch, es mir so explizit vor Augen geführt zu haben.«

Mit seinem letzten Wort schloss er die Augen, holte tief Luft und setzte an, den Daumen auf das Display des Telefons zu senken. Im gleichen Augenblick jedoch wurde sein gesamter Körper nach vorn katapultiert, noch in der Bewegung von einer Blutfontäne überholt, die aus seinem Hals schoss, und schließlich auf einen der drei am Boden liegenden Männer geworfen. Sein Telefon schlug mit einem lauten Knall auf dem Boden auf und zersprang dabei in mehrere Einzelteile. Zunächst bewegte sich niemand aus der Gruppe der Männer und Frauen. Das änderte sich erst, als mehrere bewaffnete Männer in Uniform und mit Sturmhauben über den Köpfen in den Raum preschten und sie hinaustrieben.

EPILOG

Kassel, acht Tage später.

Eine Beerdigung ist in der Regel eine trostlose Angelegenheit, die Beerdigung von Ellen Pitsch jedoch war an Trostlosigkeit kaum zu überbieten. Es hatten sich gerade einmal vier Personen versammelt, um im strömenden Regen von der Frau Abschied zu nehmen. Eine davon war der Priester.

Zur gleichen Zeit spielte sich im Klinikum Kassel eine merkwürdige Szene ab. Dort bat ein vor ein paar Tagen operierter Mann darum, mitsamt seinem Krankenbett zu einer Frau auf einer anderen Station gebracht zu werden. Zunächst wurde seine Bitte kategorisch zurückgewiesen, irgendwann jedoch hatte er die Mitarbeiter der Station so weich gekocht, dass sie sich seinem Wunsch einfach nicht mehr widersetzen konnten.

»Hi, Pia«, murmelte der Mann, als er in das Einzelzimmer und an das Fußende des dort stehenden Krankenbettes geschoben wurde. Die Frau hob matt den Kopf und sah ihn lächelnd an.

»Hallo, Thilo. Vor dir ist man aber auch an keinem Ort der Welt sicher, was?«

Bevor er antworten konnte, mischte sich der jetzt neben dem Bett des Kommissars stehende Krankenpfleger Chris, ein immer gut gelaunter Amerikaner aus Tennessee, ein.

»Sie beiden brauchen mich ja im Moment nicht, nehme ich an. Klingeln Sie einfach und lassen nach mir rufen, dann komme ich rauf und bringe meinen Lieblingspatienten wieder auf seine Station.«

Thilo Hain bedankte sich. Kurz darauf hatte der Pfleger den Raum verlassen.

»Wie geht es dir?«, wollte Hain wissen, wobei er versuchte, sich ein wenig aufzurichten.

»Geht so«, erwiderte seine Kollegin, deren Kopf bandagiert war. Der mehrfach gebrochene, bereits operierte rechte Arm war mit einer Schale versehen, das linke Bein lag neben der Bettdecke auf einer Erhöhungsschiene.

»Das mit dem Baby tut mir unendlich leid, Pia.«

»Und mir erst. Aber die Ärzte sagen, dass da unten so weit alles in Ordnung ist und einer weiteren Schwangerschaft nichts im Weg stehen sollte.«

»Das ist zwar bestimmt tröstlich, ändert aber an der jetzigen Situation leider gar nichts.«

»Das stimmt. Aber ich glaube, dass ich damit besser leben kann, wenn ich es mir auf diese Art schönrede.«

»Und wie geht es dir sonst?«

Die Oberkommissarin zuckte mit den Schultern. »Ich könnte den ganzen Tag durchschlafen, aber das dürfte auch an den Medikamenten liegen. Und irgendwie hat es uns ja ziemlich ähnlich erwischt, oder?« Sie wies mit der linken Hand auf seinen Oberkörper. »Dominik hat mir von deiner Schussverletzung erzählt. Das war garantiert auch kein Zuckerschlecken.«

»Nein, war es nicht. Ich hatte dabei ziemliches Glück, ein paar Zentimeter weiter unten, und das Herz wäre dran gewesen.«

»Scheiße.«

»Ja.« Hain holte tief Luft. »Weißt du eigentlich, dass im

Präsidium das Gerücht von deinem Ableben die Runde gemacht hat?«

Pia Ritter sah ihren Kollegen erstaunt an. »Nein. Wie kam das?«

»Einer der uniformierten Kollegen, die vor Ort waren, hat einen ziemlich pessimistischen Tweet abgesetzt. Der wurde von ein paar weiteren geteilt, und irgendwann hat dann jemand daraus geschlossen, dass du bereits gestorben seist. Wie das dann halt immer so geht. Einer sagt was, der Nächste macht ein Schleifchen dran, der Dritte bindet einen Kranz drum und schon ist man nach Meinung des vierten Beteiligten tot. Ich habe glücklicherweise erst davon gehört, als ich schon wusste, dass du überlebt hast.«

»Sachen gibt's.«

»Ja. Aber nichtsdestotrotz war es ziemlich eng, wenn ich den Ärzten Glauben schenken darf.«

»Ja, das haben sie mir auch gesagt. Zum Glück kann ich mich an rein gar nichts erinnern. Irgendwie ist, zumindest im Moment, der ganze Tag aus meiner Erinnerung verschwunden.«

»Dass es Zoller war, wir ihn erwischt haben und er gestanden hat, das weißt du aber?«

»Klar, das hat Dominik mir alles erzählt. Was mich im Augenblick aber viel brennender interessieren würde, sind die Einzelheiten des Horrors, den du erlebt hast. Davon weiß ich nämlich bisher nur Bruchstücke.«

Es dauerte etwa eine halbe Stunde, dann hatte der Hauptkommissar seiner Kollegin den Ablauf der Ereignisse detailliert geschildert.

»Es gab einfach keine Alternative zum finalen Rettungsschuss, da sind sich alle Beteiligten einig. Vier Tote hatte es schon gegeben, und es galt als sicher, dass er eine Bombe im Keller der Kneipe vorbereitet hatte.«

»Hatte er?«

Hain nickte. »Es war, wie er es mir erzählt hatte. Dreieinhalb Kilo Semtex. Die Jungs vom Bombenkommando waren echt beeindruckt.«

»Wenn er die gezündet bekommen hätte, würde die Kasseler Innenstadt jetzt vermutlich anders aussehen.«

»Auf jeden Fall. Der Krater hätte sich vermutlich tief ins Gedächtnis der Stadt eingegraben.«

»Schön, dass es nicht dazu gekommen ist.«

»Weniger schön war und ist auf jeden Fall, dass diese Ines, die Freundin von Tobias Rüther, ihn auf dem Dachboden des Hauses gefunden hat. Am Seil hängend.«

»Ach du Scheiße. Selbstmord?«

»Ja, mit Abschiedsbrief und allem Drum und Dran. Daran, dass es Suizid war, gibt es nicht den geringsten Zweifel. Und irgendwie kann ich ihn sogar verstehen, denn er hatte sein Leben ja quasi mit Vollspeed an die Wand gefahren. Das, was er bei seiner Arbeit mitbekommen hatte, hat er abends gleich an seinen Bruder weitergegeben, damit der seine Racheplăne gegenüber den Neonazis auf dem neuesten Stand halten konnte. Echt schräg, die Geschichte.«

»Und es ist wirklich so, dass dieser Felix Rüther mit Michelle Kiesewetter befreundet war? Gibt es dafür belastbare Beweise?«

»Alles belegt, klar. Die beiden waren wirklich über Jahre ein Herz und eine Seele; ihr Tod muss für ihn ein … absoluter Volltreffer gewesen sein.« Er stockte und sah seine Kollegin eine Weile an.

»Was ist, Thilo?«, wollte sie ein wenig verunsichert wissen.

Es dauerte ein paar weitere Sekunden, bis er ihr schließlich antwortete. »Dein Tod wäre für mich auch ein absoluter Volltreffer gewesen, Pia.«

»Und für mich erst, Thilo.«

Die beiden lachten, was jedem wegen der Verletzungen sichtbar schwerfiel.

»Dann lass ich dich jetzt wieder allein, Frau Kollegin.«

»Ja, mach das mal.« Damit griff sie zur Klingel und rief nach der Schwester. Fast zeitgleich wurde die Tür geöffnet und eine junge Lernschwester sah herein. »Mein Besucher würde gern wieder abgeholt und in sein zugewiesenes Habitat verbracht werden. Können Sie das veranlassen?«

Die junge Frau schaute kurz verdutzt. »Gern.« Damit zog sie die Tür wieder hinter sich zu.

Die Polizistin sah ihr hinterher und blickte dann wieder ihren Kollegen an. »Wie du siehst, habe ich aus freien Stücken auf jegliche Verbindung nach draußen verzichtet. Keine Glotze, kein Telefon und auch kein Internet. Jetzt ist allerdings der Moment gekommen, wo mich schon interessiert, wie die ganzen Ereignisse hier in Kassel so in der Republik diskutiert werden. Weißt du was darüber?«

»Klar. Die Rechten verdammen die Linken, die Klugen die Doofen, und die Dicken die Dünnen. Es ist eigentlich alles wie immer.«

»Du bist und bleibst ein Spinner. Ich meinte die Frage schon ernst.«

»Und ich leider die Antwort. Der Grad der Verdrängung wäre zwar noch viel schlimmer, wenn nicht die Fußball-EM und die Olympischen Spiele abgesagt worden wären, aber mir reicht es auch so. Und die völlig unerwarteten, schon das gesamte Jahr anhaltenden politischen und gesellschaftlichen Verwerfungen nicht nur in Deutschland leisten ebenfalls ihren Beitrag dazu, dass das Volk sich überraschend schnell neuen Themen zugewandt hat. Das Thema hat, ganz unbestritten, für zwei oder drei Tage die Schlagzeilen dominiert, aber jetzt werden halt schon die nächsten Säue durchs Dorf gejagt. Business as usual, würde ich sagen.«

Pia starrte eine Weile an die Zimmerdecke. »Wir leben echt in einer kranken Welt, Thilo.«

»Da widerspreche ich dir nicht. Immerhin haben die Ereignisse dazu geführt, dass es innerhalb der rechten Szene auch ein paar Verwerfungen gegeben hat. Und dazu jede Menge Verschwörungstheorien.«

»Was denn zum Beispiel?«

»Etwa, dass Ellen Pitsch und Felix Rüther gemeinsame Sache gemacht haben. Angeblich soll sie Andreas Bader in eine Falle gelockt und Rüther sich später seiner Mitwisserin entledigt haben. Oder, dass bei dem Brand in der Gottschalkstraße gar niemand zu Schaden kam. Und diejenigen, die das ganz große Rad drehen wollen, behaupten, dass die ganze Sache vom BND inszeniert wurde, um der AFD zu schaden, und die Rüthers hinterher kurzerhand liquidiert wurden. Aber Vollidioten, die so etwas behaupten, wird es immer geben, und mithilfe der ach so sozialen Medien wird deren Reichweite auch zunehmend größer und größer. Aber das soll jetzt wirklich nicht unser Thema sein.«

»Ja, das würde mir wirklich zu weit führen.«

»Aber eine Sache gäbe es da trotzdem noch«, meinte Hain leise.

»Ja?«

Wieder zögerte er einen Moment. »Als ich mich neulich ganz ernsthaft um dein Leben gesorgt habe, ging mir durch den Kopf, dass ich dich als meine Freundin ansehe, Pia.«

Die Oberkommissarin lachte laut auf, was allerdings in einem gequälten Stöhnen seine Fortsetzung fand. »Jetzt wirst du aber echt pathetisch, Thilo. So kenne ich dich ja gar nicht.«

»Ja, vielleicht. Aber ich kann es halt nicht ändern.«

In diesem Moment wurde erneut die Tür geöffnet.

»Na, dann wollen wir mal wieder«, ließ Chris die beiden immer noch bestens gelaunt wissen und zog das Bett des Kommissars langsam Richtung Tür.

»Bis dann, Pia«, meinte Hain lächelnd.

»Bis dann, mein lieber Freund Thilo«, erwiderte die Kommissarin mit einem schelmischen Grinsen.

ENDE

Weitere Titel finden Sie auf den folgenden Seiten und im Internet:

WWW.GMEINER-VERLAG.DE

Kommissare Lenz und Hain ermitteln:

1. Fall: Nervenflattern
ISBN 978-3-89977-728-4

2. Fall: Kammerflimmern
ISBN 978-3-89977-776-5

3. Fall: Zirkusluft
ISBN 978-3-89977-810-6

4. Fall: Eiszeit
ISBN 978-3-8392-1002-4

5. Fall: Bullenhitze
ISBN 978-3-8392-1037-6

6. Fall: Schmuddelkinder
ISBN 978-3-8392-1084-0

7. Fall: Rechtsdruck
ISBN 978-3-8392-1130-4

8. Fall: Zeitbombe
ISBN 978-3-8392-1202-8

9. Fall: Menschenopfer
ISBN 978-3-8392-1237-0

10. Fall: Höllenqual
ISBN 978-3-8392-1308-7

11. Fall: Pechsträhne
ISBN 978-3-8392-1422-0

12. Fall: Bruchlandung
ISBN 978-3-8392-1523-4

13. Fall: Müllhalde
ISBN 978-3-8392-1596-8

14. Fall: Halbgötter
ISBN 978-3-8392-1737-5

15. Fall: Paketbombe
ISBN 978-3-8392-1824-2

16. Fall: Unkrautkiller
ISBN 978-3-8392-1958-4

Hain und Ritter ermitteln:

1. Fall: Tödliche Ferien
ISBN 978-3-8392-2117-4

2. Fall: Tödlicher Befehl
ISBN 978-3-8392-2346-8

3. Fall: Tödlicher Betrug
ISBN 978-3-8392-2478-6

4. Fall: Tödliche Hetze
ISBN 978-3-8392-2764-0